布老虎工业文学

沸腾的群山

李云德 著

春风文艺出版社

·沈阳·

图书在版编目（CIP）数据

沸腾的群山 / 李云德著. -- 沈阳：春风文艺出版社，2025.1.--（"布老虎工业文学"系列丛书）.
ISBN 978 - 7 - 5313 - 6824 - 3

Ⅰ. I247.5

中国国家版本馆 CIP 数据核字第 2024PA4725 号

春风文艺出版社出版发行

沈阳市和平区十一纬路25号　邮编：110003

辽宁新华印务有限公司印刷

责任编辑：姚宏越　周珊伊		责任校对：赵丹彤	
封面设计：黄　宇		幅面尺寸：155mm × 230mm	
字　　数：352千字		印　　张：30	
版　　次：2025年1月第1版		印　　次：2025年1月第1次	
书　　号：ISBN 978-7-5313-6824-3			
定　　价：58.00元			

一

一九四八年秋天的一个傍晚，副营长焦昆带领两连解放军，开赴辽南孤鹰岭矿。

阴云遮住太阳，如烟似雾的暮色笼罩着山野。峰峦起伏、蜿蜒连绵的群山，争雄似的一座比一座高。峻峭的孤鹰岭，青虚虚地高耸于群山之巅。岭上光秃秃的，乱石丛立，峭壁连片，最高峰上有块褐色大石，远远望去，像是一只蹲着的雄鹰。

焦昆对这座矿山很熟，六年前他曾在这里待过。之前，他在农村铁匠炉学打铁，因为受不了小业主的气，跑到孤鹰岭矿来当矿工。那时，日本帝国主义在华北解放区实行"三光政策"，把解放区的一些青壮年押到矿山做苦工，当地群众称呼他们为"特殊工人"。焦昆在矿山接触过这些"特殊工人"，了解了一些革命道理和解放区人民的生活，因此对日寇和汉奸把头的残酷压榨强烈不满。有一天，他借机打了大把头金大马棒，逃出矿山，到胶东参加了八路军。此刻，他望着石峰，内心充满了喜悦，他想：日寇已经滚蛋，蒋匪军也逃走了，矿山终于归到了人民的手里。

拐过山脚，整个矿山都展现在眼前了。六年了，矿山没有改变，石峰仍然高耸，人工开劈的峭壁还是那么几片，洞子也没有增加，只是山上生长了一些灌木丛。但是沿山麓的建筑都垮了，厂房也已大部分倒塌，成片的房屋揭了盖，到处是残垣断壁、破砖烂瓦、蒿草丛生，荒荒凉凉的几乎成了一片废墟。破小火车头和破矿车没在蒿草里，只露出些铁锈斑斑的头脚。建筑在石崖上的栈桥，只剩下个铁架子，孤零零地耸立着。

焦昆望着矿里的荒凉景象，原有的那种喜悦心情完全消失了，真没想到矿山被破坏得这样惨。

队伍接近矿山了。焦昆命令部队停止前进，派出一个班前去侦察，其余战士在原地休息。这时，他看见沿着山麓小道走来两个人。头里是个老头儿，披着破大衣，戴一顶破棉帽，背着工具箱。跟在后面的是个年轻人，扛着口袋。他看出这两个人像是矿工，便迎前几步，问："老乡，你们是哪里的？"

老头儿高声回答："孤鹰岭矿的矿工！"

焦昆听说他们是孤鹰岭矿的矿工，心里很高兴，又往前迎几步问："老乡，矿里还有蒋匪军吗？"

"没有，他们在昨天上午都跑光啦！"老头儿加快了脚步，边走边说，"那些王八蛋都是属兔子的，胆小腿长，听说解放军打来了，都吓得夹着尾巴逃跑啦！"老头儿来到部队跟前，热情地向战士们打招呼："同志们辛苦啦！"

战士们说："不辛苦，老乡们好！"

"好哇！"老头儿的二儿子在前年参了军，所以他对战士们更加亲热，满脸堆笑地走上前说，"自从前年八路军离开矿山，我们就像盼星星盼月亮那样天天盼，这回可把你们给盼来了！国民党那些坏种在矿里这段时间，可把我们坑苦啦！"

焦昆打量着老头儿，见他有五十多岁，瘦削的脸膛，高鼻梁，嘴巴上一把短胡髭，两眼闪着兴奋的光芒，一口山东腔，爽爽朗朗的。他觉得这位老矿工有些面熟，可是一时想不起来他是谁，打量了一阵，试探地问："你贵姓？"

"姓苏。"老头儿也禁不住打量焦昆一眼。

焦昆忽然想起来，这老头儿是老矿工苏福顺，便兴奋地一把抓住老头儿的手，紧紧握着说："苏师傅，你还认识我吗？"

苏福顺一愣，后退一步，上下打量着焦昆。是他，高高的个子，红润的脸膛，重眉下衬着一双炯炯发光的眼睛，额上有一块伤疤，穿着一套崭新的黄军装，腰间系着宽皮带，英气勃勃的。他惊喜得拍了焦昆一掌，说："哎呀，是你呀！真没有想到，瞧你的变化多大，跟当年比，简直成了两个人，叫我怎么认识呢！"

焦昆笑着说："那时候我是个苦力，现在是解放军啦！"

苏福顺打量着焦昆，说："见到你，真叫人高兴！自从你在黑石沟暴打金大马棒以后，我听到响了一阵枪，就很为你担心，不知你是不是逃走了。后来林大柱的姑娘秋妹悄悄告诉我说，你藏在她家养过伤，没等好利索就走了。以后就没有听到你的信，想不到……"

"想不到我还活着。"焦昆哈哈大笑，拍了老苏一下说，"我还活着，活得好好的，那些法西斯可完蛋啦！"

苏福顺赞叹地说："真有你的，有两下子，英雄！"

年轻人听说他就是焦昆，就目不转睛地盯着他。几年来，他没少听人讲痛打金大马棒的故事。焦昆在他的心目中是个顶天立地的汉子，早就想认识他。眼前的焦昆，果然很英武。

焦昆被年轻人看得不好意思，向苏福顺问："这位是谁？"

苏福顺指着年轻人介绍说："是我的大儿子万春。我们爷儿们都是矿工，指望着矿山吃饭。矿山垮了，我们的饭碗就砸了，现在只得到乡下做零工，修理铁锅铜锁，盘炕砌烟囱，一天挣个三升二升的粮食好糊口。"

"你们受苦啦！"焦昆拿出烟卷来招待爷儿俩，自己也点着了一支，问，"林大柱还在这里吗？"

苏福顺说："他还住在后山沟那间小草房里。老林是个老实人，不会活动，矿山不开工，他一点招也没有，愁病了，一病就是好几个月，现在刚好。多亏秋妹能干，要不然就更糟了！"

焦昆听苏福顺提起秋妹，就想起那个总是缠着他要他讲故事的小姑娘，说："秋妹能干什么？一个小姑娘。"

"小姑娘？现在是个大姑娘啦！"苏福顺微笑着说。"你算算看，你离开林家已经六年了，如今她已长成一个二十来岁的大姑娘了。"

焦昆点了点头，禁不住地笑了。

苏福顺说："秋妹真是个好姑娘。她很能干，扛起锄头能种田，放下锄头拿斧子，丢了斧子使针线，白天晚上地干，比一个小伙子都强。"

苏万春说："秋妹常念叨你，她说她也很想到解放区去。"

焦昆想起在林家时，秋妹当他的面就说过这话，没料到她念念不忘。他又问："古尚清还在吗？"

"在。"苏福顺说，"国民党在这里的时候，老古上了工，后来跟工头干了一仗，挨刷了，也像我们一样靠下乡做零工糊口。"

焦昆很感兴趣地静静听着他们的介绍，并向他们打听一些熟人的情况，苏家父子向他一一做了介绍。可惜有的人已经去世，许多人都不在矿山了。他们正谈着，先进矿山的侦察员回来报告，说蒋匪军确实在昨天全部撤走了。焦昆立刻命令队伍继续前进。

队伍沿大道前进。苏家父子跟着队伍一起走。在交谈中，焦昆告诉苏福顺，他由林大柱家里走了以后，经历了千辛万苦跑到胶东，在那里参加了八路军。从那以后，他拿起枪，转战在胶东各地。"八一五"光复后，随部队开进东北。三年来，他转战在辽吉两省。昨天攻占了附近县城，团首长知道他熟悉矿山情况，派他带两个连的队伍，进驻孤鹰岭矿。

苏福顺暗暗替焦昆高兴，他死里逃生，现在成了个雄赳赳的解放军干部。他问："这回解放军走不走啦？"

焦昆肯定地说："这回不会再走啦！国民党快完蛋了。这几年我们把国民党打得落花流水，现在他们只剩下几个孤立的城市，我们正在包围攻打他们，东北全境解放的日子就来到了！"

"好极啦！"

苏福顺兴奋地瞅瞅队伍，队伍迈着整齐的步伐，雄赳赳地前进。

解放军进驻矿山是第二次了。第一次是在"八一五"光复的时候。八路军在矿山驻守了几个月，那时候矿工们对共产党和八路军都有好感，但有的人担心八路军待不长；也还有人对国民党有些幻想，以为国民党进来就会开矿。不料蒋匪军一进来，就大肆破坏，盗卖器材，敲诈勒索，无所不为。这才使他们受到了教育，幻想破灭了，知道共产党才真正是人民的救星，把一切希望都寄托在解放军身上。盘踞在矿山的蒋匪军昨天上午逃光了，大家就盼解放军快开进来。现在解放军开到了，带队的又是熟人，苏家父子高兴极啦！

苏福顺的眼光一会儿看看战士，一会儿又落在焦昆的身上，问："你呢，你也能在矿山长期待下去吗？"

焦昆摇摇头说："不能，我是不能长期在矿山上待下去的，等矿山主管一来，我们就交给他。我还得去打蒋介石，矿山的事咱管不着。"

苏福顺听焦昆说不能留在矿山，有些遗憾地说："若是你能待下去该多么好，你对矿山熟哇！"

焦昆笑着说："我再熟也没有你们熟，你们才是这里的主人。将来领导一到，一切都会有很好的安排，你们放心吧！"

苏万春问："解放军开矿吗？"

焦昆肯定地说："要开的，不过不是解放军，是人民政府。将来你们要为恢复矿山多出力呀！"

苏福顺深深地叹了一口气，说："惨哪，矿山给破坏得不成样子啦。你瞧，厂房都是有墙无盖，变电所全部给毁了，机器丢的丢，毁的毁，连一件完整的也没有了。排水系统不能使用，破碎机遭到严重的损坏，运输线路、机车也完蛋了。"他用手一指，"你瞧，办公室和那一片宿舍像什么样子，简直成了一堆堆破砖烂瓦啦！"

焦昆朝苏福顺手指的方向望去，那一片破烂不堪的惨象，实在叫人痛心。

苏福顺继续说："矿山的工人也都散啦。鬼子刚垮台时，把劳工和'特殊工人'遣散了。其他的矿工，有家的回家，没家的也到别处去找出路，留下来的就像我们这样人家。我们一大家子，农村没有人，到别处也不容易，只好在这里挨饿受冻，挨到现在，若是矿山再不开工，也得走啦！"

焦昆安慰他说："你放心，矿山一定要开工。"

队伍来到小镇边，由单行变成四路纵队，雄赳赳地开进镇里。小镇的街道两旁，到处都站满了人。矿工和他们的家属都来到街头，白发苍苍的老头儿，衣衫褴褛的儿童，连姑娘媳妇都跑出来了。人们看见雄赳赳的队伍开进来，立刻响起一片欢呼声。

焦昆望着那些矿工弟兄，感到很亲切。人们的热烈情绪，深深使他感动。他理解人们的心情，明白他们对共产党、对解放军抱有很大希望。他想，等到矿山开工就好啦！

部队刚刚住下来，焦昆还没有安顿好，护矿队长就要求见，焦昆让通信员请他进来。

焦昆见进来的人有四十来岁，矮胖子，黄蜡色的脸膛，贼眉鼠眼，胡髭很重，一开口露出二鬼把门的金牙。他从那人的举止动作上看，知道这人不是矿工，不用说，是个把头。但他仍然客气地让座，给他一支烟。

矮胖子接过烟就自我介绍道："我叫周彪，担任护矿大队长。"接着凑近油灯把烟点着，深深吸了两口说，"官长一路辛苦，来到我们这偏僻的小镇，没啥招待的，实在不过意！"

焦昆没有时间听他闲扯，就说："我现在很忙，还不能跟你长谈。矿山情况，等将来找时间咱们再详细谈，请你准备一下。如果你有紧要的事就说说。"

周彪沉吟了一下，说："弟兄们要我来请示一下官长，现在能不能开点钱，给些粮食也行。护矿队员们两三个月没有得到钱，大家都饿着肚子啦！实不相瞒，我家里今天就没米下锅，那些队员就更不用说了。大家都盼望共产党解放军，说是解放军一来就有饭吃，都等着呢！"

周彪说完，两眼盯着焦昆，看他有什么反应。

焦昆明白周彪的用意，这是有意出难题，心里很恼火。但他思索了一下，站起来说："好吧，你们要好好护矿，粮食问题我们随后想办法解决。"

周彪走出去后，焦昆在地上踱着步子沉思。在早晨接受进驻矿山的任务时，就料到了矿山会有许多事要解决：果然不出自己所料，刚住下就找到头上。他虽然知道周彪是有意给部队为难，但是矿工饿肚子总是实情。他认为要接收矿山，首先就要养活起矿工，粮食是当前的重要问题。可是，现在连部队都没吃的，哪有粮食给矿工呢？他正在沉思，忽听山里传来枪声，便迈步走出去。

仗是在东边深山里打响的。机关枪、步枪响成一片，离矿山很近，在暮色迷蒙的山脊后闪着火光。焦昆望着有些疑惑：据侦察，蒋匪军在昨天就撤到沈阳，矿山附近已没有蒋匪军，为什么还有敌人活动呢？敌人是跟哪个部队打上了呢？他听枪声很激烈，认为需要派队伍去支援和防范，便立刻向身边的通信员说："让司号员吹号，队伍马上集合！"

通讯员应了一声，马上去找司号员。

集合号声一响，队伍迅速集合起来。焦昆命令一个连上山布防，他亲自带领一个连，跑步奔赴东山。队伍刚跑出镇郊，东山的枪声稀落了，有二十几个人顺沟膛子急匆匆地向孤鹰岭镇奔来。他们看见了焦昆带的队伍，高兴极了，离老远就喊："解放军同志，你们先到矿山啦！"

焦昆看那队人穿的灰衣服，知道他们是地方部队，但他还是警惕地喊："你们是哪一部分的？"

"我们是孤鹰岭镇区政府的！"

两股队伍会合到一起，区政府队伍里走出一个人，拿出县政府的公文，问道："哪位是焦副营长？"

"我就是。"焦昆伸手接过公文，看了一遍，向那人问，"你是俞区长？"

那人点点头说："我叫俞立平。县里通知我们说，焦副营长带领队伍进驻矿山，让我们来孤鹰岭镇建立政权。"

焦昆打量一眼俞立平。这人细高个子，瘦瘦的脸膛，眼睛不大，但明亮有神。他穿着一套灰制服，全副武装，风尘仆仆；不用问，这是个饱经战火锻炼的干部。焦昆心里很高兴，说："区长同志，你们来得好，快把政权建立起来吧。你们方才遇见国民党军队啦？"

"不是国民党正规军。"俞立平说，"我们方才在东山沟同土匪干了一仗。这股土匪是些逃亡地主、伪宪警和惯匪，有三百多人，头子是金大马棒。"

"金大马棒？"焦昆注视着俞立平问。

俞立平说："金大马棒是他的绰号，真名叫金海川，原来是矿山的大把头，也是本县的头号大地主。解放了，他逃到沈阳，被国民党委任为本县保安团长。在国民党支持下组成了这股地主武装，活动很猖狂，砸过两三处区政府，对矿山也是个威胁！"

焦昆说："这人我知道，是个残暴的家伙，血债累累，是矿工的死对头。"

俞立平有些不解，问："你怎么知道他呢？"

焦昆说："我怎么会不知道他。六年以前我在这里当过矿工，跟他打过交道。"

"噢，原来是这样啊！"俞立平非常高兴。他觉得矿山有了两连解放军，又有这样的领导，这就有了靠山，可以放心大胆了。他高兴地说："这太好啦，焦副营长对矿山这样熟悉，一切都好办了，但愿你长期驻在矿山，咱们好为恢复这座矿山共同出力。"

焦昆说："长期在这里是不可能的，不过，住一天总要出一天的力。走吧，回镇里吧。"

队伍回到孤鹰岭镇，俞立平随焦昆来到营部。一进门，焦昆就向他说："区长同志，矿区很重要，又很乱，这里有许多问题需要你解决呢。"

俞立平说："焦副营长，咱们共同研究一下吧。"

焦昆请俞立平坐下，说："矿山破坏得好惨哪！这回解放了，可不能让它再受破坏，我们要很快把它接收过来。别的暂且不说，重要的是粮食。矿工们都在饿肚子，继续流散，这多可惜，我们得帮助他们解决困难。"

"是呀！再不能让矿工们流散了，我们得设法解决。"俞立平摘下挂在身上的盒子枪和挎包，拍拍挎包上的灰尘，微笑着说，"现在我是两手攥空拳，任嘛没有！政府的印章和公文都在挎包里，干部就我这么一个，再就是区小队有二十来个人。再说，农村现在也很苦，附近连续两年遭灾，加上拉锯战争，蒋匪到处抢夺，搞得民不聊生，很难征到粮食，实在困难。矿山属于辽南钢铁公司，他们来人接收就好啦！"

焦昆觉得俞区长的话也是实在的，现在他很难弄到粮食，沉默了一会儿，说："我们不能等待，应该积极想办法。你快向县政府反映，县里也许会弄些粮食来。还可以组织工人搞生产自救，同时要向矿工们展开宣传，安定人心。"

俞立平点点头说："好吧，我尽量去办，焦副营长，我先去安置一下，明日再谈。"

焦昆送俞立平到门口。随着俞区长远去的身影，焦昆望望山野。夜色苍茫，峭壁悬崖已看不大清楚，只见黑巍巍的峰峦轮廓，孤星在齿状的山巅上闪烁，银河已被云彩遮掩，周围一片寂静。远处传来狗叫声，山谷里发出汪汪回响，使人产生一种神秘莫测的感觉。

二

清晨，太阳还没升起，群山上空布满浮云，山野里静悄悄的。小镇里没有小贩的叫卖，也没有孩子们的喧闹，只偶尔传来孤零零的雄鸡啼声。不久，失业工人们出动了，他们背着工具、口袋，还有的担着挑筐，三三两两结伙下乡去做零工或做小生意。一群衣着褴褛的孩子，拿着镰刀和绳子，吵吵嚷嚷地上山去砍柴。

焦昆走出屋子，望望荒凉的山野和冷落的小镇，心情很不愉快。他记得，矿山开工的时候，每到清晨，催人下井的汽笛声一阵紧一阵，接着就响起一排开山炮。现在却是一片荒凉，冷冷清清，矿工们不是上山去开矿，而是背着工具下乡去做零工。他想："多咱能响起汽笛声和炮声就好啦！"他看见值星的夏连长，就令他把排级以上的干部召集起来，一同上山去看地形。

夏连长应声去了。不大的工夫，全体干部到齐，焦昆带领他们上山。

他们登上山顶，太阳已经很高了。金光在群山中闪耀，山野的一切景物都很清晰。焦昆举起望远镜往西望望，越过几座起伏的丘陵，便是一片辽阔的原野，一马平川，望不到尽头。一座座村庄，像棋子似的点缀在田野里，一条大河穿过村庄奔向天边。

他转身往东北望，嘿！山连山，岭连岭，峰峦起伏，蜿蜒连绵。山坡上、峡谷里到处是灌木丛，不时出现一片树林。弯弯曲曲的道路，好像小蛇一样盘着山岭钻进树林。散布在山沟里的村庄，有的藏在大树下，有的紧挨石壁，只能看见小小的屋顶，许多地方只能看见升起的炊烟。

这一带确实适于土匪活动，进而可毁矿山，切断铁路线，退而可潜入深山隐藏。若是山村里的居民不发动起来，土匪就不易剿灭。焦昆望了一阵，放下望远镜，向几个连排干部说："据俞区长说，金大马棒纠合了三百多个匪徒在这一带山区活动。这些匪徒里有的是逃亡地主，有的是伪宪警，也有些是惯匪。这些家伙很狡猾、顽固。另外还应该看到，沈阳还有几十万匪军，也可能窜犯矿山。蒋匪在东北全部垮台，必然要留下许多特务潜伏下来，对付这些敌人不是件简单事。"

夏连长跟几个人交换了一下眼光，问："焦副营长，我们真的要长期驻守矿山吗？"

焦昆说："我们驻守一天就要负责一天，一定要研究好敌情，布好防，绝对不许麻痹！"说完又举起望远镜观察地形，最后制订了一个布防方案。

连排长们向山下走去。焦昆留在后边，居高临下，望着各处，望见那些熟悉的景物，唤起了一些回忆，但多是辛酸的。他沿着岗梁向东走一阵，往后山沟里望望，看见在山谷里有几座小房，靠北头一棵大柳树下就是林大柱的家。六年来没有变，仍然是矮小的草房，不过有些歪斜了。他望着小草房，禁不住想起六年前打金大马棒的事。那天晚上，风雪交加，凑巧在黑石沟遇见金大马棒，他看四处无人，一棒把金大马棒打倒在地。他正想结果那个恶魔的性命，忽然有几个矿警赶来，只得扔下棒子往山上跑。矿警向他开枪了，他刚跑到岗梁，腿上中了一弹。他顾不得伤痛，咬着牙继续奔跑，跑到山坡就摔倒了，连滚带爬来到林大柱的门前。林大柱开门一看是他，忙扶进屋子里把他藏起来。林大柱不顾敌人搜索，留他在家里养了半月伤。为了防止意外，没等伤口全好他就离开了林家。

一路上，焦昆正回想着林家一家人对自己的关怀照顾情景，看见山路上走来一个姑娘。她挎着一个篮子，边走边唱着《红缨枪之歌》，当她看见岗梁上有一个军人，迟迟疑疑地不想往前走了。焦昆听她唱的歌，猜到她是林秋妹，便大声试着问："同志，林大柱还在这山下住吗？"

姑娘闻声便站下来，惊异地望着他。

焦昆看她站下来，认定她准是秋妹，便向前走去。稍近，他看清了，那不是她是谁，还是梳着一条粗辫子，还是额前留着刘海儿。由于头发遮了前额，脸蛋儿显得圆圆的，眨着一双乌亮的大眼睛，那么惊讶地望着自己。真是女大十八变，六年没见她就长得这么高，成了大姑娘了。他亲热地说："秋妹，你的个子长高啦。"

林秋妹仍然惊异地打量着他，还没有认出他是谁。

焦昆走到她的跟前，微笑着说："你怎么愣住啦，连我都不认识了吗？"

林秋妹终于认出来了，惊喜地往前走了两步，说："你是焦大哥！哎呀，你这是从哪儿来的，真没有想到！"

焦昆哈哈大笑，说："怪不得你不往前走了，我这个挎盒子枪的大兵，惹你怕了吧？"

林秋妹腼腆地笑了，脸上浮起一层红晕。她说："哪里会想到是你，你变得这样威武，若不是你先说话，我可真不敢认你。"

　　焦昆说："你的变化也不小，长了这么高，出落成大姑娘了。"

　　林秋妹笑笑，不禁低头瞅瞅自己的身材，她好像今天才发现自己长高了。

　　焦昆问："你爸爸在家吗？"

　　"他在家。昨晚他听说解放军进了矿山，高兴极了。我临走时，他说他一会儿准备过岭去。"林秋妹说，"自从你走以后，我爸和我妈一直挂在心上，怕你给日本鬼子抓去，怕你的伤口再犯，怕你有个好歹。过了一年又一年，总是没得着一个信。他们要知道你回来了，不知该怎样高兴呢！"

　　焦昆听了秋妹的话，感动地说："这几年你们受苦了！听说你爸爸病了好几个月，现在他好利索了吗？"

　　"他刚好。"林秋妹把她爸爸这几年的经历向焦昆讲了一遍，问："焦大哥，矿山招人的时候，还能不能要我爸爸啦？"

　　焦昆肯定地说："能要！你们的苦日子有头了，矿山一开工，不单你爸爸可以上工，连你也可以上工！"

　　林秋妹惊异地问："我也能上工？"

　　"能！"焦昆说，"而且还要跟男工一样同工同酬，女的不会再受歧视了。"

　　林秋妹隐藏不住内心的喜悦，满面春风，两眼闪闪生光。她邀请焦昆到她家，焦昆正准备去看林大柱，便随她一起下岭。

　　焦昆和林秋妹快到林家门口时，见门上挂着一面红旗。林秋妹告诉他，这是在"八一五"刚解放、八路军进驻矿山时，爸爸让她做的红旗。国民党来到矿山后，就把红旗藏起来，昨天听说解放军开进矿山，又拿出来挂上。焦昆听着，感兴趣地望望那面红旗，红旗迎风飘扬，好像向他致意。

这时，小院里走出一个人，走到门口发现了他们，便站在门口出奇地望着。

林秋妹离老远就嚷："爸爸，你看谁来啦！"

林大柱迎前几步，睁大两眼打量着这位英武的军人。稍近，他认出来了，激动地喊了一声，奔上前一把攥住焦昆的手说："是你，真想不到！"

焦昆见林大柱瘦了，嘴边有一把不加修饰的胡子，但精神很好，两眼闪着兴奋的光彩。他说："昨天我就想来看你，没得空。你的病全好啦？"

"好了！看见你真让人高兴。"林大柱看见老伴迎了出来，就说："秋妹她妈，你成天叨叨咕咕，怕这怕那，我说焦昆是条硬汉，一定能闯过那些鬼门关。你看，这不是焦昆来啦！"

林大婶惊讶地站在院当央，激动得两眼挂着泪花。她说："别老站在外边，快进屋。"

焦昆看林家一家人对自己这样亲热，深深受了感动。

进了屋，林秋妹就告诉爸爸说："焦大哥说，矿山开工的时候，你还能上工。"

林大柱对这个并没有感到惊讶，只是点了点头。老林平常不爱说话，是个有心计的人。自从八路军撤出矿山后，他就坚信八路军会打回来；只要共产党来开矿，他林大柱就能上工，所以他一直保存着红旗，宁肯挨饿也不离开矿山。

焦昆告诉他说："矿山领导还没有来，暂时还不能招工，等矿山领导一来，马上就能招一些人。"

林大柱高兴地说："这几年我就天天盼，这回算把你们盼来了。"

　　焦昆跟林大柱谈起矿山。林大柱痛心地说："日本鬼子临垮台的时候，破坏了一次；国民党来了后，破坏得更厉害，矿山给毁啦！现在的护矿队不是护矿队，是破坏队。队长周彪是金大马棒手下的一个把头，是个大坏蛋，正经的工人他不要，净要那些不三不四的人，嘴说护矿，实际天天盗卖矿里的东西。"

　　焦昆对林大柱的揭发很重视，问："那个副队长呢？他叫什么名？"

　　林大柱说："叫魏富海。他懂点技术，过去在矿山干过几年。'八一五'光复后回关内老家了，不知道他为啥在前一个多月突然回来了，也不知道他怎样就当上了副队长。对待工人和周彪不大一样。前天我看见他时，他还破口大骂国民党。对他咱不摸底。"

　　焦昆点了点头说："你对矿里的事要留心点，将来修复矿山，还要依靠你们这些老工人。"

　　"好！"林大柱说，"你们可不能依靠那个护矿队护矿，你们要管起来，再不能让他们盗卖矿里的东西啦！"

　　"军队要管起来，绝不能让他们继续盗卖。"焦昆看看表说，"我得走了，那边还有许多事。"

　　林大婶还热情地挽留。林大柱知道焦昆有公事，站起来说："我正准备过岭，咱们一起走。"

　　林大柱、林秋妹和焦昆一起出了家门，到岭上焦昆和林家父女分手了。林大柱和林秋妹奔向小镇，焦昆往驻地走去。

　　一连战士扛着锹、镐上山去挖战壕。护矿队员拿着木棒，三三两两地在山麓游荡。焦昆望着荒凉的矿山，心里有些焦急，他希望矿山的领导快一些来，自己是带部队来占领矿山，不是来接收矿山的。矿山的事很乱，有许多问题自己不好处理。他准备回去再找俞立平商量商量，看看是否可以设法搞到一些粮食。

焦昆回到营部，推开门，见屋里有两个人。一个是二十左右的小伙子，另一个已经年近四十了。小青年长得很英俊，红润润的脸膛，两道浓黑的剑眉，两眼炯炯有神，高挑挑的个子，穿一身崭新的灰制服，背着盒子枪，利利落落的，显得精明强悍。那位年长的很朴实，穿一身旧灰制服，戴着蓝制帽，瘦瘦的脸膛，嘴巴上有重重的胡髭，他正以沉静的眼神打量着焦昆。焦昆明白了，年轻的是警卫员，年长的是首长。

焦昆走进去，还没有说话，那位首长就站起来微笑着说："同志，我想你定是焦副营长了。"

焦昆微笑着说："不见得吧？"

"我不会认错，你额上那块伤疤就是个标记。"

焦昆摸一摸伤疤，爽朗地哈哈大笑。他暗自惊奇，这位首长怎么会了解自己。

这时，通信员打水回来，忙向焦昆介绍说："焦副营长，这位是唐矿长。"

唐矿长亲热地抓住焦昆的手，说："我叫唐黎岘，他叫薛辉。"

焦昆高兴地说："我正盼望你们快一点来接收。快接收吧，矿山的事真叫人挠头。"

唐黎岘说："你可不能撒手不管哪！"

"矿长来了，我还管个啥。军队负责保卫矿山，矿里的事交给你们了。"焦昆又爽朗地笑了。

唐黎岘说："老焦，目前我还是个光杆司令，只有我和薛辉两人，到这里人地生疏，摸不着门，希望你多帮助。"

"我尽力而为。"

唐黎岘很喜欢焦昆的爽朗性格，焦昆也喜欢唐黎岘那种平易近人的作风，两个人一见如故。焦昆到桌边倒了三碗水，给唐黎岘一碗，给薛辉一碗，自己一口气喝了一碗。他把碗往桌上一放，说："矿山被破坏得太惨了，机械丢的丢，坏的坏，厂房倒塌，宿舍揭了盖，闹得体无完肤，成了一堆废墟。老工人大都走了，剩下的人，有的不得不去倒腾破烂，做小生意，有的靠下乡给人做零工糊口，工人不断在失散。你这个矿长可不大容易当，因为困难是多了一些。"

唐黎岘说："是不容易。不过，要干革命就得不怕困难，我相信在毛主席和党的领导下，困难会一个接一个地被克服，矿山会恢复起来，而且将来会大大发展。"

焦昆觉得唐黎岘沉着老练，刚才的这几句话也说得坚强有力，给了他很大的鼓舞。这时唐黎岘两眼正冲着窗户望着矿山沉思，他也禁不住向外望望。矿山横在眼前，望不到山顶，只能看见山脚下那一片废墟。他怕扰乱唐矿长的心绪，不再说话，只是悄悄在一旁陪伴。

沉默了一会儿，唐黎岘转过身来说："在毛主席的英明领导下，我们的党是在艰苦斗争中壮大起来的。自从建党以来，经历了多少困难，但困难没有阻碍住革命。在与困难的斗争中，党一天天地成长壮大起来。过去，我们能在极端困难的情况下，战胜国民党几次'围剿'，战胜了日本帝国主义，在解放战争中取得了伟大胜利，取得了绝对主动权，蒋介石的末日快到了。现在，我们也能在一片废墟上，建设起自己的矿山和工厂。"

焦昆怀着尊敬的心情瞧着他，暗想这位矿长一定是个久经锻炼的老干部。

唐黎岘家住在安源，在煤矿里当过童工。父亲是安源煤矿的老矿工，因为参加革命活动被敌人杀害。唐黎岘跟舅舅离开家乡到了武汉，后来听说参加了红军的叔叔在陕北，便去找叔叔。叔叔没找到，他就参了军。他在抗日前线跟日本鬼子打了几年仗，从一九四一年转业到地方。先当盐场的场长，后又做县委书记，到矿山以前是地委组织部部长。总之，他参加革命已经十一年了。在这十一年的革命生活中，他经历过许多艰险，遇到过许多困难，而困难一个接一个都克服了，使他受到了锻炼，遇到任何困难都那么沉着老练。

唐黎岘继续说："搞工业建设可能会比跟敌人作战更困难些。但是既然这一艰巨任务已经摆在我们面前，我们就不能示弱，要勇敢承担，绝不能回避。老焦，你说是吧？"

焦昆赞同地点点头，说："对！"

唐黎岘跟薛辉交换一下眼光，喝了几口水，向焦昆说："矿山的问题很多，困难很大，想一下子把什么问题都解决，是不可能的。你的意见很对，首先要搞些粮食，让矿工们有饭吃，有了人就有一切。"

焦昆更加感到莫名其妙，唐矿长怎么会知道自己的想法呢？便问："唐矿长，你这是听谁说的？"

"俞立平，俞区长。"唐黎岘微笑着说，"我来这里先跟他谈了一阵，他向我推荐说，你找焦副营长去吧，他过去在这里待过，对矿山很熟悉，又很热心，他会帮助你解决一些问题的。"

唐黎岘又告诉焦昆说："俞立平已经行动起来了，组织了一个工作组，拿着县里的介绍信，到附近农村搞粮食去了。"

在交谈中，焦昆向唐黎岘谈了自己的想法。他仍然认为应该首先搞些粮食，解决工人的生活问题。护矿队可扩大，由现在的二十来人扩大到百八十人，并且对原有的护矿队进行一番清洗。他向唐黎岘介绍说，队长周彪是个坏家伙，要选最有威信的老矿工担任队长。还建议矿山要搞自己的武装，并扩大区中队，一旦解放军调走，好保护矿山，打击金大马棒匪徒的破坏。

唐黎岘对焦昆的意见很重视，全部都记在本子上。现在他更加喜欢焦昆，决心要把他留在矿山。当焦昆讲完，他说："你这些意见都很好，谢谢你！老焦，你对矿山这么熟，矿山很需要你这样的干部，若是把你调来，我想你不会反对吧？"

焦昆霍地站起来，说："这我可不同意，你快打消这个念头吧！我不能离开队伍，不能放下枪杆子，我决心在前线战斗，解放全中国。现在正打辽西战役，没参加上我觉得怪可惜的，手急得发痒。解放战争已经到了决定性阶段，让我在这时候放下枪杆子，不行，无论如何也不行！"他有些激动，连连摇头。

唐黎岘平静地说："老焦，你不要激动，咱们平静地讨论讨论嘛。你的心情我很理解，你的精神可嘉，可是你也应该看到，工业建设也很重要，工业也是为战争服务的呀。再说参加工业建设战线，并不比参加军事战斗轻松，在某些方面还要困难得多，同样需要有勇气，需要有顽强的革命精神。"

焦昆忽然明白，怪不得唐矿长开头发了一大套议论，原来是讲给他听的。他还是毫不含糊地说："现在谈工业建设，为时过早。蒋介石还坐在南京，他手下还有几百万军队，军事斗争是压倒一切的任务，一切在于掌握政权。"

唐黎岘说："你说得很对，当前的主要任务还是军事斗争。可是这里是大后方，谈工业建设不是为时过早，而是应该提到主要议程上来。毛主席在《论联合政府》里说：'在新民主主义的政治条件获得之后，中国人民及其政府必须采取切实的步骤，在若干年内逐步地建立重工业和轻工业，使中国由农业国变为工业国。'现在离全国解放的日子不会太远了，全国一解放，工业建设就会成为首要任务，我们要做个先锋！"

焦昆固执地摇摇头说："唐矿长，请你不要在我的身上费心思了，等到全国解放再调我来矿山吧！"

这时，外边吹起军号，连队集合起来去操练。焦昆借这个机会，说了声"你们坐着吧"，迈步走了出去。

唐黎岘对焦昆并不生气，倒很喜爱焦昆的倔强劲。一个身经百战的军人，热爱自己的岗位，是可以理解的。他见焦昆走远了，回头一面写信，一面向薛辉说："我写封信，你马上回公司去见刘经理，请他尽快跟军区联系，一定要把焦昆调来。"

薛辉揣起信，向唐黎岘敬个礼，转身就往外跑。

屋子里只留下唐黎岘一人，端起水碗喝水。他感到一切都是陌生的，自己来接收矿山，有什么可接收的呢？就是这么个破烂摊子。自己两手空空，光杆司令一个。在多年的革命斗争生活里，遇到过不少像这样的情况，但今天同过去独自去开辟游击区的情况大不相同。现在的工作改变了，一切都得重新学起。他喝完了水，走出屋子，向山麓的一片破房子走去。

走到一所房子前，他看见门口挂着一块牌子，上写：孤鹰岭矿护矿大队部。门前坐着一个四十来岁的人，手里拿根木棒，胳膊上戴着护矿队员的白袖标，认真地守护在那里。他看见唐黎岘要往里走，站起来拦住问："你是干什么的？"

唐黎岘打量了他一眼，说："我是矿里的人。"

那人怀疑地打量唐黎岘一眼，伸出手来说："拿来！"

唐黎岘不晓得他要什么，问："你要什么？"

"袖标！"

唐黎岘说："我没有。"

"没有你就走开吧！"那人重新在小凳上坐下，木棒横在膝上。

唐黎岘知道这人是大队部的门岗，心里很气愤，暗在心里说："好大的衙门，还专放个门岗，这种威风该结束了。现在要让他们干点正经事啦。"看来不报名是不行了，只得说："我是新来的矿长，要找你们大队长。"

守门人听说是矿长，霍地站起来，惊讶地望着他。

唐黎岘和蔼地向他点点头，从他身旁走过，进了屋。

屋里烟气蒙蒙，一群人密密层层围在一起，有些人踏着凳子探头往里边望。唐黎岘走进去，没人注意他。只听中间在哗啦啦洗牌，接着嚷："鹅五配银瓶，二板配长三。"乒乒乓乓亮开牌，夹杂着一阵阵的议论。看到这些人聚在这里赌博，他心里更是恼火。

守门人跟在他身后走进来，嚷："周队长，矿长来啦！"

这一声，惊动了全屋的人。站在凳子上的扑通扑通跳下地，围在桌边的赶紧站起来。周彪把牌九往旁边一推，问："矿长在哪？"

守门人指指唐黎岘，说："这位就是矿长。"

周彪见唐黎岘的神色严肃，感到很狼狈，一时不知所措，站在桌边说不出话来，但马上就满脸赔笑地辩解说："弟兄们看解放军来了，觉得有了靠山，聚在一起玩玩。"

唐黎岘没有吱声，默默地扫视了人们一眼，见人们都用惊讶的眼光望着他，心里很不痛快。

周彪向人们挥挥手，说："别站着，都到矿山巡逻去吧！"他转身向唐黎岘说："矿长，请到那边屋里坐。"

唐黎岘随周彪走进大队部室，他略略皱眉对屋里的摆设扫视了一眼：正面墙上贴着一张全国地图和一张矿区地形图，地图上边挂着几张用镜框镶着的美人图，两边悬挂十来张字画，靠窗前放着三张写字台，三把皮转椅，有一套绿色丝绒沙发，沙发前放着一个茶几。摆设得不伦不类，说它是办公室，又像个士绅的书斋。看来没人收拾，墙上布满蜘蛛网，桌子和沙发上到处是灰尘。

周彪掸扑了几下沙发上的灰尘，请唐黎岘坐，又掏出香烟递上，讨好地说："矿长，路上辛苦啦！"

唐黎岘摆手谢绝了，说："你谈谈护矿队的情况吧。"

周彪告诉他，护矿队是在国民党临走时成立的，刚成立的时候有六十多人。他是队长，魏富海是副队长。可是在国民党走了后，没有人给开工资，都散了，他费了很大力气才拉住了二十几个人，继续坚持岗位。他最后说："矿山的东西是国家的财产，哪能随便让人偷盗破坏。我和魏富海看国民党走了，解放军还没有来，矿里成了三不管，就领着二十几个弟兄，日夜守在矿山。可是队员们没吃的，没钱花，不安心护矿，难哪！实在是难哪！"

唐黎岘对周彪的表功有些反感，暗想："凭你们这帮人能护好矿？不知盗卖了多少器材呢！"但他还是应付着说："你们这种爱护国家财产的精神很好，辛苦啦！"

周彪受宠若惊，龇着金牙笑了，又自夸地说："我们辛苦点没啥，矿山的头头都走了，没有管事的人，我们不出头谁出头。"

周彪的话使唐黎岘更反感，没有再跟他谈话的兴趣，便问："矿里现在有些什么东西，有清单吗？"

周彪说："清单被大员们拿走了。"

唐黎岘皱起眉头，心想，连份清单都没有，还有啥可接收的呢？他让周彪领他到仓库和厂房里去看看，周彪自然答应。周彪先领他走进仓库，库房很大，装得也很满，残缺不全的凿岩机，卷扬机，糟电线，破桌子，铁锈斑斑的破罐笼，还有一堆堆的废铜烂铁，没有一件完整的东西。唐黎岘只看了一眼就退出来，跟周彪走向修配厂。

修配厂紧靠山麓，厂房高大宽敞，房盖和围墙还算完整，窗上的玻璃打得粉碎，许多窗户都可以爬进人，门上却挂一把大铜锁。周彪把锁打开，推开门，几只麻雀惊叫着飞出去，里边暗幽幽的，到处挂满蜘蛛网，风一吹，从黑色的顶棚和墙壁上落下灰尘，厂房空荡荡的。车床、刨床、马达全没有了。往里间走，还有两盘打铁炉，再就是一堆堆破烂。

唐黎岘问："机床都哪儿去啦？"

周彪说："全被国民党运到沈阳去了。"

唐黎岘的脸色很阴沉，心里气愤地骂道："这些恶棍，把矿山糟蹋完了！"他掏出笔记本记下周彪提供的情况，准备沈阳一旦解放，立刻就去找矿山的机械。

唐黎岘同周彪刚出修配厂的门，迎面走来一个人。消瘦黄净的脸膛，穿着一件灰色粗呢大衣，戴着白袖标，神态很斯文。周彪告诉他说，这人是护矿队的副队长魏富海。

魏富海老远就招呼："唐矿长，你来巡视啦！"

唐黎岘听他喊出自己的姓，觉得奇怪：自己来到矿山还不到一个小时，接触的人很少，方才在护矿队也没有说出自己的姓，不知这人怎么知道的。

　　魏富海来到唐黎岘跟前，说："周队长领你到仓库和修配厂去看了吧！没啥好东西，只剩下一堆破烂。国民党真是祸国殃民，把个好好的矿山破坏得不像样子了！"他接着大骂起国民党，揭露国民党接收大员盗卖器材的罪恶活动，又骂国民党肆意破坏机械和建筑物，越骂越激动，越骂越起劲。

　　唐黎岘冷静地听着，暗自思索：这人表面上跟周彪不同，对国民党充满了仇恨，对矿山还很有感情。可是他为什么能跟周彪这些人混在一起，又怎么能当上护矿队的副队长呢？

　　魏富海似乎察觉了唐黎岘的心思，说："唐矿长，你还不了解我，我是个施工员，搞工程建设的。'八一五'光复之后，我就希望能早日把矿山恢复起来呀！可是国民党那些混蛋，不是来建设，而是来大肆破坏。眼看一个很好的矿山，破坏得这样惨，怎不叫人心痛啊！"

　　唐黎岘看出这人有些做作，但等他说完后，还是鼓励他说："你对矿山这样关心很难得。没关系，将来我们会把它恢复起来的。周队长，还有些什么？"

　　周彪用手指点着说："还有一处办公楼，十来张桌椅。另外就是那几处工人宿舍，再就是那一片破房墙。山区的农民坏得很，他们把玻璃给偷走，连窗框都不留；还敢下矿井，把道木都给搬走。"

　　唐黎岘往山上望望，又望望周围的破烂房屋，不想跟他们谈了，也不想跟他们转了。矿山的所有物资都被抢劫一空，要恢复生产就要白手起家，重新干起，任务很艰巨。这情况太出乎他的意料。当领导决定让他来接收矿山时，他以为矿山还会像个样子哩，而现在接收的只是眼前几座没有开发的大山。

三

　　唐黎岘到处转了一圈后，更感到了自己承担的任务的艰巨。矿里一无图纸资料，二无技术人员，工人也只有护矿队那二十几个人，可是那些人中又有几个是可靠的呢？干部只有自己和薛辉；战争在继续进行，政府又不可能拿出过多的资金和物资来修建矿山……面对这些情况，他反复地思考了半天，觉得第一步先要有人。要组织起一支坚强队伍，首先要有一批骨干。他认为光依靠上级给派干部是不行的，需要在矿工里挑选培养一批。他去找焦昆商量，焦昆介绍了苏福顺、林大柱和古尚清，他便决定去找这三个人。

　　午后，唐黎岘准备到老矿工苏福顺家里去访问。路过集市，看集市上很热闹，便停下来各处瞧瞧。

　　集市沿着街道两旁直伸延到小河边。上市的货物不多，人可不少。货摊沿街摆，多数是摆在地上，也有少数人推着小车，架起小床子。有些人背着口袋卖粮，还有些人提着筐，挎着篓，卖些瓜果、土豆、鸡蛋之类的东西，也有卖破旧衣服的。东西很贵，到处争价讲价，但很少成交。市场一角，摆着长长一排卦摊儿，算命的、批八字的、黄雀抽帖的，都念念有词地在招揽生意。靠墙根有两处赌场，许多人围在那里押宝。在卦摊儿附近，有一群人围着个穿破旧衣服的年轻人。那青年手里拿个竹板，一边打一边唱：

> 说的是英雄武二郎，
> 酒醉奔上景阳冈。
> 英雄正在石头上坐，
> 忽听丛林里风声响，
> 嘿，一只猛虎跳在土岗上……

同青年人在一起的，还有个穿长衫的中年人，手里提着写有"仁德堂"三个大字的皮包。唐黎岘走上去，那青年已经说完快板，向周围的人一抱拳，说："咱快板说得不好，戏法变得可灵，不信，你就瞧着。咱分文不取，为的是打个场子，一会儿仁德堂药店的伙计有灵丹妙药卖！现在咱变的戏法，名字叫金钩钓鱼。说变就变，瞧着吧！"

看热闹的人多了起来。唐黎岘看了一会儿，正想走出市场，忽听背后有个女人哭喊，回头一看，小胡同里走来两个人。走在头里的是个大汉，腋下夹着一架座钟，迈着大步走着。后边一个女人，紧紧地跟着他，边哭边嚷："你这个酒鬼呀！肚子都塞不饱，还忘不了喝辣汤。嫁了你算倒了八辈子霉！我的东西全给你卖光啦，那是我娘的钟，你还要给我卖，倒霉鬼呀！"

大汉站下来，放大了嗓门猛吼一声，女人就站下来。男的转身往前走，女的继续尾追着，又哭又嚷。

唐黎岘站在道边望着大汉，这人长得高大魁梧，敦敦实实的好像半截黑塔，穿一件补了又补的破衣服，纽子全掉了，走一步衣襟一扇一扇的。他四方大脸，满嘴胡髭，一脸怒气，两眼红红的。唐黎岘望着，心里暗想，怪不得他老婆不敢上前，若是把这位老兄惹火了，抡起那双大拳头可真够人受的。大汉来到他的身边，他立刻嗅到一股酒气，唐黎岘知道他是想去卖掉座钟再大喝一顿。从大汉的衣着举动，猜定他是个矿工，便上前拦住他说："同志，你为啥要卖钟啊？"

大汉站下来，皱着眉头打量唐黎岘一眼，冷淡地说："家里等钱花，我想把这架老钟卖掉！"

唐黎岘说："你怎么不跟老婆商量好再卖，让她又哭又喊的，多么不好看。"

大汉回头横了老婆一眼，说："那个浑娘儿们，就是不知道羞臊，他妈的净给我丢脸！"说完迈步就想走。

唐黎岘一把拉住他的衣襟，说："别忙，咱们再谈谈嘛。你是工人吗？"

大汉不高兴地重新打量了唐黎岘一眼，知道他是共产党干部，只得站下来说："过去是工人，矿山里谁不知道我电工古尚清？现在想做个零工都找不到主顾！"

唐黎岘听说他就是古尚清，觉得更需要管了，便说："古尚清同志，你把钟还给你女人吧，有困难再想办法。可不要喝酒了，看你喝得醉醺醺的。"

古尚清说："我没醉，我老古酒量大得很，再喝这么多，也不会醉。"他的舌头已经发硬了。

古尚清的女人来到近前，对唐黎岘说："你别听他吹。他一喝酒就要喝个醉，醉了就又哭又闹，耍完酒疯就长拖拖地躺下，一睡就是一天一夜。"

古尚清狠狠地瞪了女人一眼，嚷道："他妈的，你给我滚回去，小心我敲断你的脊梁骨！"

女人看有人在跟前，不示弱地说："你别凶，快把钟给我！你这个酒鬼真是没脸没皮哟！"

古尚清的女人穿得很破，脸瘦瘦的，颧骨突起，眼窝很深，看来她是被男人惹火了，有些豁出去的架势。唐黎岘对她很同情，向古尚清说："老古，你把钟还给她吧，她穿得单薄，大冷的天，别冻着了，有事回家商量去嘛。"

那女人对唐黎岘很感激，像是见着娘家亲人似的，眼泪不断地涌出来，一边哭一边说："你可不知道哇，我跟他可操老心啦！他是个酒鬼，有两个钱他就去灌了辣汤，弄得家里穷得叮当响。这架座钟是我姥姥给我妈妈陪嫁的。我嫁了他，妈妈说是当工人要看钟点上工，把这架钟给了我。为了这架钟，我娘家嫂子好个不乐意……"

古尚清不耐烦了，打断了她的话，喊："你唠叨个啥，快滚回去！"

唐黎岘严肃地向古尚清说："老古，你这样就不对了！快把钟还给她，有困难再想别的办法。明天你到矿山去上工吧。"

古尚清虽然是喝多了，但听说让他上工，立刻高兴起来，惊异地瞧着唐黎岘的脸问："明天上工？你说了算数吗？"

唐黎岘点点头说："我是矿山的，你明天去吧。来，把这个给她。"说着就伸手从古尚清的腋下取过钟，给了他的女人。

古尚清瞅老婆一眼，见老婆用眼睛瞪他，抱歉地笑了。

唐黎岘看老古怪有意思，也笑了。他看周围站了一群人，就向古尚清说："老古，你领我到苏福顺家去好吗？"

古尚清此刻更清醒了，看人们都瞅着他，巴不得赶快离开这里，领着唐黎岘就走。

古尚清老婆是个爽快人，爱说话，跟唐黎岘一边走一边唠。她问清他姓唐，就管他叫老唐，无拘无束，谈得很随便。为了替男人圆场，她向唐黎岘说："你是新来的人，不知道俺男人。他是矿里出名的电工，别看他粗，心眼可好使，干起活来一个顶俩。他除了爱喝酒这一道，别的歪门邪道什么也不沾。在过去，这街上有好几个窑子、赌场、杂耍场……"

古尚清推了老婆一把，说："你这个快嘴货，讲起就没个头，快回家去吧！"

唐黎岘微笑地说："大嫂子，请回家去吧，今后我们不让老古喝酒。"

"若是能管住他喝酒，那就再好不过啦！"她又示威地向男人瞪了一眼，夹着钟往回走，走不远又站下来向唐黎岘说："唐大哥，你有空请到我家来坐！"

唐黎岘说："好，有空我一定去。"

唐黎岘随古尚清走，边走边思索着。市场上的见闻使他不愉快。他知道，在旧社会，阶级敌人用妓女、酒馆、赌场、封建迷信等种种方式腐蚀工人，使许多工人上了当，养成了种种不良习惯，看来这里也是如此。特别是自"八一五"光复以来，这里的矿工长期失业，为生活所迫，有些人去做小商贩，甚至去搞投机倒把，有的人还盗窃矿山的东西，思想上受到产重腐蚀，这使他很痛心。他想："该到让他们做工的时候了，可不能再拖延啦。"

古尚清领唐黎岘来到苏家屋前，扒着玻璃窗户往里边望望，见苏福顺和苏万春都在家里。

苏福顺今天没出去。他不愿意背着口袋下乡给人做零活，这不仅是为了揽活不易，也为了这样做他感到耻辱。自从听了焦昆的话后，他就对矿山充满了希望和责任感，很希望到矿山去上工，哪怕眼下不挣钱，干尽义务也行。上午，他跟一些工友们议论了半天。大家相信共产党不会走了，也相信会修复矿山，只是不相信很快就能动工修复，目前工人们还得自谋出路。究竟多咱开始修复，他心里也没有底，可是他相信共产党对工人失业问题会关心的。这一点他有过实际感受。他记得"特殊工人"当年曾向他讲过一些革命道理和解放区人民的生活，当时虽然感到很新鲜，可是没有亲眼看见过，不免有些怀疑。自从"八一五"光复后，八路军进驻了矿山，果然像"特殊工人"说的一样。八路军一到矿，部队首长就请他去商量矿山的大事，让他串联老工人，那时候真的有了主人翁的感觉。现在解放军又回到矿山，带队的又是焦昆，自己很想赶快进矿去做些事。于是，他回到家，从棚顶取下那盏旧式矿灯，因为五年没动过，矿灯上布满了厚厚的灰尘。他吹掉了浮灰，靠窗边坐下，用湿布细心地擦着。矿灯是他的伙伴，伴随着他在黑暗的坑道里活动，在坑道里没有矿灯，就像失去了眼睛，因此也是他的宝贝。由于他保护得精心，矿灯使用了十几年还是好好的。近几年来矿灯熄灭了，他也就失业了。在这段艰难的岁月里，他多么希望点燃起矿灯拎着它上山哪！现在他点燃了矿灯，也点燃了他的希望。他望着矿灯发出的光辉，心情开朗了，古铜色的脸上浮着微笑。

苏福顺细心地擦着，嘴里轻轻地哼着山歌；全家人对他这时的表现都觉得有些不寻常。孙子小虎坐在他身边，仰着脸，瞪着一双黑溜溜的眼睛，出神地瞧着，听着，他觉得爷爷怪有趣。苏大嫂坐在一边捻麻绳，她见老头儿这样高兴，心情也很舒畅。这几年很少看见老头儿脸上有笑容，现在他那么高兴地擦着矿灯，使她隐隐觉得前景充满了希望，好日子快来了！儿媳素梅怀里抱着孩子，听公公轻声唱起山歌，冲着里屋的万春笑笑。

苏福顺擦着矿灯，忽听古尚清在门外嚷："苏老大，来客人啦！"他赶紧放下矿灯，下地去迎，拉开门一看，客人穿着灰制服，知道他是共产党干部。

古尚清介绍说："他就是苏福顺，这是矿山的老唐。"

唐黎岘亲热地伸出手来，说："苏师傅，我从前也当过矿工，咱们是同行，现在来到孤鹰岭矿，咱们是一家啦！"

"噢！"苏福顺听说他是矿山的人大为高兴，一把攥住唐黎岘的手，激动地说，"快进屋吧！屋里窄小，也不干净……贵客临门，太好啦！"

唐黎岘随苏福顺走进屋，见屋里果然窄小，对面两铺炕。苏万春走出来，坐在炕上捻麻绳的苏大嫂也下了地，儿媳素梅在忙着收拾炕，这样就更显得拥挤，简直没有转身的地方。九岁的小虎子蹦下地，一不小心被他爸爸绊倒了，头磕在炕沿上，咧嘴要哭。唐黎岘伸手拉起他说："勇敢的孩子，不能哭，要笑！"小虎子果然没哭，摸了摸磕疼的地方，冲唐黎岘笑了。

苏大嫂指着炕边说："坐吧！屋子小，他们爷儿们爱抽烟，弄得满屋子净是烟。"

"没关系，我也是抽烟人，不怕烟。"唐黎岘在炕边坐下，拿出一盒烟请大家抽，自己也点着一支，吸了一口说，"这样一来，屋子里的烟气可要更大啦！"

苏家父子看唐黎岘很朴素，态度平易近人，就毫不拘束地接过老唐给的纸烟，围坐在他身边；苏大嫂和儿媳素梅站在门边，悄悄地打量着客人。

唐黎岘感兴趣地望着这一家人，看他们个个都那么纯朴、好客，心里很喜欢。他问："老苏，你家几口人？"

苏福顺说："我的二儿子万荣在前年参军了，我的兄弟福昌在护矿队里，再就是眼前的这六口人。穷工人只有两只手，这年月两只手没地方用。不怕你见笑，现在家里有三个堂堂男子汉，连嘴都供不上。"

唐黎岘说："你们的手很有用，不要小看它。修房子，盖工厂，操纵机械，开凿坑道，采矿石，全靠那两只手。你们家三个工人六只手，这六只手可以为国家创造许多财富；将来国家富强了，你们的生活也会得到改善。"

苏家父子和古尚清听了唐黎岘的话，都好奇地看看自己的双手。是呀，搞一切全靠这一双粗糙的手呢。大家听唐黎岘说话很有意思，高高兴兴地谈下去，连苏大嫂也参加进来。她说："他唐大叔说话怪有意思，手的用处那么大，可是闲着还得挨饿，不知哪一天能开矿？"

此刻唐黎岘心里也没有数，只得说："现在还有点难说，不过，不久就要修复。"

苏福顺问："老唐，矿山都来了什么人，矿长来了吗？"

唐黎岘微笑着说："暂时还没来什么人，来了些战士，还有我一个，也算是老矿工吧。咱们矿工就是矿山的主人，修复矿山要靠我们矿工，开采矿石也要靠我们这些人。"

古尚清十分赞成老唐的话，说："你说得对！别看咱们穷，别看咱们工人的脸黑，恢复矿山要全靠我们工人，没有咱们工人什么也做不成!"

唐黎岘向古尚清说:"你说得很好,没有工人什么也做不成。劳动创造世界,世界上的一切都是劳动人民创造的。就说孤鹰岭矿吧,原来不过是个荒凉的山沟,是矿工们到这里开了矿,才改变了面貌。将来我们要大开发,大建设,把埋藏在山底里的矿石全开发出来,用它炼成钢铁,造机械,修铁路。咱们工人不简单哩!"

唐黎岘的话激起了苏福顺的自豪感。他们是矿工世家,老哥儿俩是矿工,小哥儿俩也是矿工,矿山一开工的时候他就在。老二福昌、儿子万春和万荣从小就去当童工,在那漫长的岁月里,他们开采的矿石可以堆成小山,对开发矿山做出了重要贡献。可是矿石都被日寇运走了。他忍不住地问:"老唐,你是上边派来的人,知不知道矿里多咱能招工?"

唐黎岘说:"我就是特意来请你,还有你的儿子,加上你们老二。"他转脸问苏万春:"小伙子,你愿意上工去吗?"

苏万春高兴地说:"太愿意啦!"

"好,咱们就算说定了,明天早晨你们父子就去上工。"

苏福顺激动得站起来。苏万春高兴得抓住小虎子的头,一个旱地拔葱把小虎子拎起很高。素梅嚷:"看你,乐疯啦!"小虎子趁势抓住爸爸的两臂,爬上了他的肩头,向妈妈做个鬼脸,惹得全屋的人都哈哈大笑。

苏福顺用双手拉住唐黎岘的手,使劲抖了两下说:"老唐啊,你是个矿工,会了解我们矿工的心思,失业的滋味太难受了。我们盼望到矿山干活盼得眼红,现在才盼到了!"

古尚清怂恿地说:"老苏,今天是个大喜的日子,喝几盅才是!"

苏大嫂说："你就是忘不了喝两盅，月娟她妈听见了又好吵你啦！"

古尚清说："我可不怕她吵。你的办法比她高明得多，不吵不闹，用软招子，把大哥治得服服帖帖，什么都得听你的，有两下子，高明！"他说着哈哈笑起来。

唐黎岘看他们这样高兴，心里也很高兴，站起来说："老苏，老古，矿山准备先招收百十名矿工，要真正是老矿工，你们了解情况，请给推荐一些人。"

"好哇！"苏福顺转向万春说："你们不要闹腾啦，来，咱们一块想一想！"

唐黎岘重新坐下来，同他们一起研究。因为这一批主要是招收一些老工人，好开训练班，培养一批骨干，所以很慎重。刚研究完，苏福昌推门走进来，他看见唐黎岘就愣在那里。

唐黎岘见苏福昌身材魁梧，黝黑的脸膛，衣袖上戴着护矿队的袖标；他想起在护矿队里曾看见这个人，不用问，他定是苏福昌了。

苏福昌忙上前说："唐矿长，你什么时候来的？"

"我来半天了！"唐黎岘跟苏福昌握握手，"护矿队员同志，你好！"

听苏福昌说老唐是矿长，大家都惊讶地睁大眼睛注视着唐黎岘。古尚清拉拉苏福昌的衣袖，低声问："他是矿长吗？"

苏福昌说："这还能假吗？今天他到过护矿队。"

唐黎岘说："我是矿长，也是个矿工。今后你们还是叫我老唐。"说着爽朗地大笑起来。

苏福顺上前抓住唐黎岘的手，深情地说："唐矿长，你对我们矿工太好啦！”

唐黎岘笑着说："矿长和矿工是一家人，没有你们这些矿工支持，我这个矿长就毫无作用。"他分别握握他们的手，说："天不早了，我得回去，明天你们都来上工！"

天色阴沉，街上漆黑，小镇沉静下来，住宅区里灯光稀疏。他们听到几声婴儿的啼哭，还有一家夫妇在打架，男的高声叫骂，女的号啕大哭。他们来到街上，唐黎岘让苏家父子和古尚清停下，他们坚持送他；唐黎岘知道镇里情况很乱，就没有再坚持，四个人一起往前走。正走着，迎面走来两个黑影，走近了，唐黎岘一看，其中一人是焦昆。

焦昆忙走过来说："唐矿长，你这么晚不回去，可把人急坏了，我们到处找你！"

唐黎岘抱歉地笑笑，说："我到苏福顺老师傅家里去了，同老矿工们在一起，绝对安全。"他指指身边的三位矿工说："现在我不是光杆司令了，已经有了这三位战士。"

辞别了苏家父子和古尚清，唐黎岘随焦昆一起往回走。走不远，镇边叭叭响了两枪，流弹的火光掠过小镇，吵嚷的人声平息了，婴儿也停止了啼哭，整个小镇陷于一片沉寂。

四

镇子里家家都早早熄了灯。牛家酒馆也早早地摘下幌子，关上了铺板。这家酒馆门面不大，只有一间半小房，放着四张桌子，橱窗里摆着猪头肉和花生米，生意很不景气。但后边有个很大的院落，有三间草房。矿山的人们都知道老掌柜牛乐天不光是经营酒馆，还让寡妇儿媳翠花做暗娼，兼搞投机买卖。这些活动都是在后院进行的，有心的顾客来到酒馆，都往后院望望，总觉得那三间草房里有些秘密。

今晚，在那间秘密的屋子里有一个人。他又高又胖，披着青长袍，站在地上像一尊凶神。他的头很大，宽脑门子，满脸疙疙瘩瘩，头发很长，满嘴胡须，两道眉毛又长又重，两眼闪着凶光。他双手叉着腰，焦躁地在地上来回走动，不时叹一口长气。

这人就是土匪头子金海川。他原是金复州人，当过土匪，又会说些日本话，当过日本南满铁道株式会社的翻译。九一八事变前曾领日本人调查过孤鹰岭矿的资源，因为日本人到这里进行掠夺，他有功，当上了大把头。他是日寇的一条忠实走狗，经常替日寇出谋划策，残害工人。那时候他手不离马棒，看谁不顺眼举棒就打，又凶又狠，矿工们提起他无不切齿痛恨。他当大把头的十来年，吃空额、克扣工资、敲诈勒索，采用多种多样的剥削手段压榨工人。光复前，他在原籍和矿山附近买了上百顷土地，还开了两处买卖，成了地主恶霸兼资本家。国民党盘踞矿山时，摇身一变，成了矿山办公室主任，加入了中统特务组织。他一向与人民作对，对共产党对人民怀有刻骨仇恨。他奉命到山区组织地主武装，在矿山附近的深山里活动。

金大马棒是昨天夜里来的，一来想给潜伏在矿山的特务们布置一下任务，二来想顺便会会翠花。

他来回走了一阵，站在窗前望望矿山。山被前边的房子挡住了，只能望见黑乎乎的山尖。他对矿山很留恋，过去在矿山里谁不知道他金海川，谁不知道他金大马棒，真是一跺脚能踩得矿山乱颤，现在一切都完了蛋，作威作福的日子一去不复返了，成了个亡命之徒。他望了一会儿，又烦躁地来回走。他已经清楚地看到，东北是保不住了，全国的局势也不佳，"国军"节节败退。他弄不明白，就凭"国军"的武器，凭这么多的部队，就是打不过解放军。他恨"国军"无能，最使他气恼的是矿山驻了几百名国民党军队，还没见解放军的面，头两天就逃掉了。他越想越气愤，禁不住地骂道："妈的，全是些饭桶！"

这时翠花用木盘端着酒菜进来，听他在骂人，吓了一跳，站在门口娇声娇气地问："我的大爷，你这是骂的哪一个呀！"

金海川瞅了她一眼，没有吱声，继续来回地走。

翠花高挑挑的身材，上身穿着黄花小袄，下身穿着绿缎裤，瓜子脸，白净的脸蛋上有零星的雀斑，一双风骚的眼睛有点斜视，脂粉盖住了她额上的细密皱纹。她看金海川不理她，轻盈地走到他身边小心翼翼地问："是俺公公对不住你，还是俺得罪了你？"

"不是！别瞎胡搅吧！"金海川烦躁地向她挥挥手，差一点把她手里的酒菜打落。

翠花连忙往后退了两步，尖声叫道："喏，你吃了枪药是怎么的，为啥这么大的火呀！"

金海川狠狠地瞪她一眼，压低声音说："吵什么！"

翠花撒娇地冲金大马棒努努嘴，把酒菜放在桌子上，说："金大爷，你别总是那么暴躁，喝酒吧。酒是好东西，一醉解千愁，不过你可要少喝，别真的喝醉了。"

金大马棒没理睬她，仍然走动着，思索着。他觉得自己的处境很不利，周围的城市全被解放军占领，不久解放军就可能抽出部队进山清剿。特别是山区农村正在搞土地改革，穷人都跟着共产党跑，"反共救国军"在农村越来越站不住脚。前几天，他溜进沈阳去请示，上司要他多注意地下特务组织的活动，要使潜伏的特务力量跟公开的武装很好配合，搞出成绩来。他左思右想，准备在矿山下手，可是又毫无把握，感到前途十分渺茫。

翠花给金大马棒斟了一杯酒，也给自己倒了一杯，上前一把拉住金海川的袖子，说："快坐下来喝吧，若不然菜就凉了。"

金大马棒在桌边坐下，一口喝干了一杯，放下酒杯，说："翠花，我上次跟你说的事，上司已经正式批准。从今天起，你就是'反共救国军'驻孤鹰岭镇的联络员。"

翠花一听吃了一惊，国民党临撤退时金海川曾跟她谈过这件事，那时以为随便应付一下就完事，没料到他当了真。她不愿意给自己套上枷锁，不愿意受约束，但为了要跟金大马棒讨一笔钱，又想干。这时她故意拿一把，赶紧站起来假装推辞说："不行，我只会给人端酒端菜，俺可干不了那个！"

金海川忙给她打气："你行，聪明伶俐，舌尖嘴巧，善于应付；还有，你又是酒馆的女招待，孤鹰岭镇再也没有比你更合适的人了。"

"不行，不行！"翠花任性地摇头说，"你别往我的脸上抹粉了，俺不是那块料。来吧，喝酒，酒都凉了。"说着就动手斟酒。

金海川见翠花只是撒娇，耐心地说："我跟你谈正经事，你别跟我胡闹，事情已经说定了，你一定得干。你的任务很简单，就是看个门，放个哨，必要的时候送个信。"

翠花故意连连摇头，说："俺是开酒店的，讲究的是嘴片子，三分货，七分嘴，肉味不香，也要讲得人流涎水。还要顺人情，说好话，对高官阔人要热情招待，对那些来吃酒的穷工人也要笑脸相迎，为的啥？就是为了挣几个钱。自由自在挣几个钱，够俺受用就行了。俺一不想升官，二不想出名，何必去冒那个险，我不干！"她滔滔说了一大套，端起一杯酒一饮而下，一扭身飘飘走到窗边。

金海川见她这样任性很不高兴，把酒杯往桌子上一蹾，皱起了眉头，两眼盯着她，拿出一副威严的架势说："你不要跟我摆生意经，你要知道，现在你已经是我手下的人。谈正经事，不准你乱来，鬼婆娘，你惹恼了我可别说我对你不客气！"

"喏，瞧你那个凶劲，眼睛瞪得那么大，你还能把人生吞活咽哪！"翠花怕金大马棒，半认真半撒娇地歪着头，眼睛滴溜溜转着，嘿嘿笑了两声，又说，"告诉你，俺翠花可不听这个。俺是个买卖人，不摆生意经哪成？打开窗户说亮话吧，你让俺翠花豁出脑袋干那事，给多少好处？"她说着，两眼向金海川连飞几次，装出一丝媚人的笑意。

"那个好说，亏不着你，每月给你一份薪饷。"金海川痛快地说。

翠花问："多少？"

金海川想了一下说："九十万元[①]！"

"喏，要使那么大的劲，才给这几个，还不够俺翠花的抹粉钱！"

"干好了还有奖！"金海川看出她的心思，又狠狠地瞪了她一眼，从腰里掏出一沓票子，往桌子上一摔，火暴暴地说，"拿去，你要小心，从今后要听我的，再不准跟我胡闹！"

---

① 九十万元：相当于现在的九十元。

翠花看看那一沓票子，满意地笑了，娇声娇气地说："瞧你，还真动火了。俺来向你赔个不是。"说着，斟了满满一杯酒，送到金海川的嘴前。

　　金海川夺过酒杯一口喝干，睁大了眼睛瞪着翠花。翠花见他的脸色不善，怕惹恼了这个魔王，自己吃亏，不敢再跟他纠缠，小心翼翼地说："这是个大事，要问问俺公公，没有他的话，俺也不好干。"

　　金海川说："你公公早就是我们的人。不用问了。"他把翠花面前的杯子斟满酒，自己也斟了一杯，站起来举起酒杯说："翠花，来，为你荣任'反共救国军'的联络员，为将来的胜利，咱俩干一杯！"

　　翠花端起杯来，一饮而尽。

　　金海川喝完酒说："今后，你要懂得你的身份，再不是个平常的女招待了，是个身负重大使命的人。一切行动都要检点，要严格服从纪律，不让你知道的事，不准打听，不让你来往的人，不准来往，不准乱说乱道，夜晚不准留任何人睡觉，一切都要听命令。违犯了纪律你会招来灾祸，被共产党发现就要被杀头。一旦被捕，不准供出同人和秘密，发现供出来，就要受严厉制裁，不仅要杀掉你个人，还要杀掉你娘家全家……"翠花闻听吓得脸上变色，恐惧地盯着金大马棒。

　　金海川见她脸色紧张，转而温和地安慰她说："你不要怕，一切事情听你公公的就行了！"

　　这时，前屋有了响动，两个人都竖起耳朵，听见用勺子敲打铁锅连响三声，知道是魏富海来了。少时，魏富海推门进来。

　　翠花忙站起来，娇声娇气地说："魏大队长，你来得好，有酒有菜，喝两杯吧。”说着搬来一个凳子。

魏富海瞟了翠花一眼，摘下帽子在桌边坐下，不客气地端起酒杯就喝了一杯。

金海川对翠花说：“翠花，你到前屋照看一下，我跟魏先生有点事情。”

翠花不高兴地扬扬眉毛，噘着嘴巴走出去了。

见翠花走了，金海川低声问魏富海：“你见到这股解放军的头头吗？据说来了个矿长，你见到了吗？他们对你的态度如何？”

魏富海说：“都见到了。领头的姓焦，是个副营长。矿长姓唐，暂时他们对我还没有怎么样，让我继续当护矿队副队长。”

“是吗？”金海川的脸色开朗些，习惯地摸一把胡子，说，“你干得很好。只要青山在，不怕没柴烧。来，干一杯！”

金海川把酒喝干，放下酒杯，抹了一把嘴说：“你们在表面上要积极，要表现出干才，先站住脚跟，保住职位，以后就大有可为。”

魏富海喝了一杯酒，叹了一口气说：“困难哪！我看姓唐的不是好惹的，那个焦副营长更难斗，你猜那个焦副营长是谁？就是在黑石沟打过你的焦昆！”

“焦昆！”金海川吃了一惊，砰地放下酒杯，杯里的酒洒了一半，“就是打过我的焦昆？”

“就是他！”魏富海肯定地说。

“你看准了吗？”

“我并不认识他，我是听苏福昌说的，经过调查果然不错，就是那个焦昆，一点不假！”

金海川脸色阴沉，拧着眉毛，回想起焦昆。他对焦昆并不熟，但是印象非常深刻。

一九四二年冬季。有一天金海川拎着大马棒到露天采石场巡视，离老远就看见有一群工人蹲在石崖下跟几名"特殊工人"唠嗑儿。他把大衫襟一撩，绕着石崖悄悄走到工人背后，不容分说举棒就打，一棒把林大柱打得鲜血顺额上往下流，他正要举棒打别人，突然听见沉雷似的声音喊："住手！"

金海川吃了一惊，举起的马棒没敢往下落。定睛一看，见前面站着一个小伙子，高高的个子，穿着破烂衣服，袒露着胸膛，神色严厉，闪闪生光的眼睛正愤怒地盯着他。他定了定神，气势汹汹地嚷："你想干什么？"

那人挑战似的说："你为什么无故打人，险些把人打死！"

金大马棒十年来一向在矿工面前作威作福，举手就打，张口就骂，谁敢说他半个不字；现在这个小伙子竟然当众顶撞他，气得他火冒千丈，但看到周围的"特殊工人"都气势汹汹地注视着他，又不敢怎么样。他想用话把小伙子吓退，就提高声音喊："你活得不耐烦了吗？滚，快给我滚开！要不小心你的脑袋！"

小伙子气得往前跨了一步，也提高声音说："人都给你打昏了，还不让人说话，你是什么东西！"

金大马棒说："打昏了你又能怎么样？"

"再打就不行！"小伙子厉声喝道。

金大马棒看小伙子不示弱，越发上火，又看到周围的人们都瞧着他，觉得脸上挂不住，举起大马棒就向小伙子打去，小伙子闪开势头，伸手就把大马棒攥住。金海川怕丢了马棒要吃亏，奋力去夺马棒。正争夺中，忽听一声呼哨，有个"特殊工人"喊："来呀，大家来狠揍这个大坏蛋！"

这一喊，呼啦啦闯上来一群"特殊工人"，把金海川按倒在地，七手八脚地猛劲捶，打得他嗷嗷乱叫。没等矿山警察赶到，"特殊工人"就都跑了，小伙子却被警察抓住了。

金海川把小伙子带到家里一问，才知道他叫焦昆，到矿山来当工人还不到二年。他把焦昆打得皮开肉绽，又灌凉水、压杠子，把焦昆折磨得死去活来。狗腿子主张把焦昆当政治犯送到日本宪兵队，金海川觉得焦昆的命攥在自己的手心里，用不着送给日本宪兵队，这样可以自己来治他，磨他，因此当工人们联名来保他的时候，便把焦昆放了。

半个月后，焦昆刚能下地，金海川就派狗腿子去逼他下坑道里运矿石。焦昆每天一声不响，只是埋头干活。金海川以为焦昆受到教训，服了，便扬扬得意地向狗腿子们吹嘘说："孙悟空的能耐再大，也跳不出如来佛的手掌心，就是块钢，我也能把它化成水。制服一个工人还不容易？"

一天晚上，天降大雪。金海川由坑道里出来往回走，走到黑石沟，忽听背后有脚步声，回头一看，是焦昆提着木棒，正在大步向他赶来，吓得他惊叫一声，刚掏出枪，焦昆一个箭步冲上来，一棒砸在他的胳膊上，枪就掉在地上，他一看不好，抬腿就跑。焦昆喊了声："站住！"抢着木棒追上了他，猛一棒就把他打倒了。这时见有几个巡逻警闻声赶来，焦昆就跑了，警察边向焦昆开枪边追，由于天黑，追了一阵也没追上。金海川被人抬回家，养了三个来月才把伤养好。

回想这一段往事，使金海川心里又恨又愁。他没想到焦昆去当了解放军，更没想到焦昆能再来矿山；焦昆了解矿山情况，使他觉得不好对付。他将自己的想法告诉了闷头坐在那里的魏富海。

魏富海叹了一口气说:"是呀,这个姓焦的对矿山较熟,特别是也认识那些穷工人,那些穷工人也靠近他,实在是不好对付。"

金海川说:"我知道你的处境困难,我也是如此。看来现在共产党一天比一天站得稳了,乡下的穷棒子闹翻了天,又是斗地主,又是分土地,都他妈的跟我们作对!"他摇摇头,又强自镇定地对魏富海说,"焦昆是正规军,不可能长久在矿山待下去,用不了多久他就会滚蛋!"

魏富海嗫嚅地说:"我要求离开矿山,跟你上山去打游击,我觉得如今我在这里很难站住脚。"

金大马棒见魏富海愁眉苦脸的样子,皱了一下眉头,煞有介事地说:"上司对这座矿山极为重视,命令我们要把工作重点放在这里,不让共产党搞什么工业建设。他们对你抱有很大的期望,因此我才冒险来跟你联系,希望你承当重任,不负党国的委托。"

魏富海并不怎么把金海川看在眼里,对他的话也有点不屑理会。日伪时期,他凭着上边有人,当了一个时期施工员。"八一五"光复后,日子混不下去了,听说一个舅舅在南京当官,他就跑到南京。他舅舅在特务机关里当上校副处长,看他是块材料,就送他到美蒋特务训练所去受了二年训,出来后他就在武汉、大冶铁矿等地搞特务活动。蒋匪帮在东北战场上节节败退,他们知道形势不妙,就派了一批特务人员来东北,潜伏各地。魏富海就是在这时被派到孤鹰岭矿的,刚到这里一个月就解放了。这地区本来应该由他负责,但他两手空空;金海川手下有一把人,在孤鹰岭镇周围有势力,他只得屈从金海川的领导。此刻他满肚子怨气,有意拿金大马棒一把,苦笑了一声,说:"上司既然重视矿山,就该派高人来,就该不惜代价!让我两手空空地在这里拼,我不干!"

金海川明白了魏富海的意思,忙由怀里掏出委任状,递给他说:"这是委任状,任命你为'反共救国军'副司令兼矿山潜伏组组长!"他又哗啦一声倒在桌上一堆光洋,"这是一百块光洋,给你做活动经费,收下吧!"

魏富海看了看委任状和那堆光洋,一声不响,脸色很阴沉,一个劲地吸烟。

金海川看魏富海沉默,心里很不高兴,但仍温和地说:"你过去在这里待过,人熟,地形也熟。那时候你在矿里不显山不露水,而且你还有些技术,凭着你的本事,我相信你会站住脚,会干出惊人的成绩来的。"

魏富海仍然毫无表示,只是默默地拿过委任状和光洋。

金海川拉魏富海坐下,说:"你不要辜负党国的信赖,要打起精神来干!现在,东北战场的情况的确不好,但并没有完全失败,决定胜负要靠辽西一战。退一步说,就是失败了我们也不要灰心,'国军'还有几百万,特别是还有强大的美国。美国人绝不会眼看这么大的中国成了共产党的天下,必要的时候,他们会帮助我们反攻!"

魏富海叹了一口气说:"美国再不动手可就完啦!不管怎么样,我只有拼命干下去!"他扔下烟头,倒了一杯酒,一口喝下。

金海川赞许地说:"好!你要好好干下去,'国军'回来起码可弄个副矿长当当。"他在魏富海对面坐下说:"魏兄!你的处境确实很艰难,这就要求你特别小心,发展人的时候要真正看准,不能有一丝一毫马虎大意。你们要很好地保护酒馆这个阵地,没事你要少来!"

魏富海点了点头，说："周彪这个人很轻薄，放他在此很不保险！"

金海川说："你和周彪不发生关系，让牛乐天指挥他！你要下力量对付那个姓唐的和焦昆，瞅机会采取暴力手段！"

魏富海把钱揣进腰里，连喝两杯酒，一抹嘴巴子，站起来向外走去。

金海川送魏富海到门口，向外咳嗽两声，酒馆掌柜牛乐天、外号叫牛胡子的走进来。他习惯地捋着黄焦焦的胡子，跟金海川坐在一起谋划起罪恶勾当。

五

太阳在东山顶升起一竿子高，唐黎岘就随苏福顺、古尚清爬上了山。他们三个人每人手里拎着一盏矿灯和一个旧柳条帽，要巡视一下各矿区，探探几条坑道，要对矿山做一番调查。苏福顺和古尚清对矿山最熟悉，两个人一边同唐黎岘爬山，一边向他介绍情况。

矿山的规模很大，由孤鹰岭起，西至丘陵起伏的西岗脚，东至峰峦连绵的砬子山，都有铁矿露头，面积大得很，若是全走到需要两天时间。现在还没有勘探清矿山的铁矿埋藏量，反正在这几座山里到处有矿。日本侵略者进行了掠夺式的开采，分为三个采矿区。第一矿区在西岭，那里有三条坑道，主要是从坑道里开采。第二矿区最大，从矿山最高峰孤鹰岭起，向西延长好几公里，向东北延至黑石沟、砬子山。这里有两个大矿井，四条坑道，还有一处露天采石场。第三矿区在二矿区的东北，规模较小。与这座大铁矿相连的群山里，还有煤矿、石灰石矿、矽石矿、石英矿和铜矿。整个矿山不仅铁矿埋藏量多，矿床规整，便于开采，而且交通比较方便。往西不到十五公里就是大平原，农业发达，物产丰富，从各方面条件看，这座矿山的工业价值很大。

苏福顺介绍完矿山的情况，赞叹地说："孤鹰岭这一带，山是宝山，地是宝地，到处都有矿，崩一炮就是一大堆铁矿石，真招人喜爱。"

唐黎岘望着峻峭的岭峰，感到无比振奋，他说："这是个很理想的大矿山，资源丰富，交通又很方便。这样大的矿山，是我们国家发展钢铁生产的很好的基础，我们一定要好好建设起来。"

古尚清感慨地说："可惜被日本鬼子抢夺了那些年，运走了大量铁矿石。"

"是呀！"苏福顺说，"日本鬼子在四十年前就眼馋这座矿山。听说在四十年前，日本南满铁道株式会社地质调查所就在这里调查过，隔了八年就跟沈阳军阀合办来开矿，日本鬼子吞了东北三省后，他们就把矿山全霸占了。从那时候起就扩大生产，到他垮台的时候，运走的矿石算也算不清。"

唐黎岘问："这一带的铁矿是日本人发现的吗？"

苏福顺摇摇头说："不是，铁矿是我们中国人发现的。听说在唐朝年间就开过矿，还在这里用土法炼过铁，在北山脚还有个炼铁炉遗迹。究竟是谁发现了这个铁矿山，咱不知道，不过有个传说。"

唐黎岘感兴趣地说："那就请你讲讲那个传说吧。"

"好。"苏福顺沉思了片刻就开始说，"传说唐朝年间，在大名府附近有个铁王庄，庄里住有一个世传的铁匠户。老铁匠陈刚是个六十岁的老头子，铁黑色的脸膛，嘴巴上满是黄而夹红的胡须，身子骨硬邦邦的。他认识铁石，又会炼铁，还能打各种家什。老头儿有个儿子叫陈山，长得敦敦实实，从小就跟爹爹学了一手好手艺。除了爷儿俩以外，家里还有婆婆白氏和一个童养媳芳姐。这年八月十五中秋节，全家在院子里赏月，别人都高高兴兴，只有老头儿皱着眉头。陈山见爹爹闷闷不乐，便问：'爹爹，你老为啥不高兴呢？'陈刚说：'我有心事呀！'陈山奇怪地说：'咱家虽然没有土地钱粮，可我们个个能干，吃穿不愁，全家的人又没病没灾，爹爹还有啥心事呢？'陈刚说：'我不是愁吃愁穿，我是替大唐朝廷焦虑，为天下黎民发愁。朝廷防敌保国要刀枪，天下黎民过日子离不开铁器，可是现在产铁不多，将来把铁石炼尽，朝廷没有刀枪保国，黎民没有铁器使用，那时节就糟了。'是呀，天下没有铁器怎么得了哇，娘儿三个都忧虑起来。陈刚向娘儿三个说：'我打算走遍深山，为天下老百姓找到充足的铁石，不知你们愿意不愿意？'娘儿三个闻听都很惊讶，白氏说：'你管这些干什么，就是将来铁器绝了，咱们是祖传的铁匠，还愁没有铁器使用吗？'老头儿说：'你这是娘儿们家见识，天下会我这套本领的人很少，铁器不足我心里有愧。'陈山看爹爹这样心切，鼓起勇气说：'爹爹要去，我愿意跟爹爹前往！'芳姐腼腆地向陈山说：'你放心随爹爹去吧，家里有我侍奉妈妈。'陈刚看儿子和儿媳这样热心，心中大喜，决定次日登程。

"第二天早晨，天刚蒙蒙亮，陈家父子背着包裹，带着工具和防身宝剑，领着伶俐的小黑狗，辞别了白氏和芳姐，向深山走去。唐朝的天下那么大，山岭那么多，究竟哪个山上有宝他们不知道。

他们走了一山又一山，饿了就打野兽烧来吃，渴了就喝山泉水，夜里睡在山上，不顾风雨，天天勘察。爷儿俩走了一年多，不知攀登过多少山岭，也不知过了多少江河，才来到孤鹰岭。他们来到沟口往山里望去，见山高岭险，石峰之下全是森林，决定进山里看看，刚爬到半山腰就发现了矿石。陈刚砸下一块看看，高兴地一把拉住儿子说：'你看这铁石多么好，这就是我们要找的宝山哪！'他高兴得流下了眼泪。他们没料到身边就是熊窝，这时忽听得小黑狗狂叫，抬头一看，两只老熊正在扑来，两人忙抽出宝剑跟老熊斗起来。陈山年轻力壮，几个回合就把老熊刺死，转身一看，爹爹跟另一只老熊正滚在一起，他惊喊一声，上前猛刺老熊，等把老熊刺死，爹爹已经不行了。陈刚吃力地说：'我不中用了，可惜我不能了却我的心愿，我把我的手艺全传给你了，现在全指望你啦！'说完他就闭上眼睛。陈山掩埋了爹爹的尸体，站在坟墓边，感到很孤独，想起了家。他觉得应该给家里送个信，可是这信谁给捎呢？他想着，一眼看见了小黑，灵机一动，决定让小黑回家送个信。于是他写了一封信，用兽皮包上，拴在小黑的脖子上，拍拍小黑的头说：'小黑，回家去吧。你要逢山找平道，见河要走桥，千万把信送到！'小黑向他摇了摇尾巴，顺着来路往回跑去。

"陈山自己干了半年多，开出了矿石，砌了炉子准备炼铁。那天他刚点起火，听见林里沙沙声，惊得他忙抽出宝剑，见跑来的是小黑。他高兴地喊了一声：'小黑！'这时林中走出一个人。这人身材短小，头上裹着青布扎巾，身穿紧身青衫，眉清目秀，长得很英俊。陈山赶紧上前施了一礼说：'铁匠陈山有礼了！'那人并不还礼，嘻嘻笑着脱去青衫，摘下头上的扎巾，刹那间变成一个俊俏的姑娘。陈山一看是芳姐，惊喜地喊了一声：'芳姐！'上前抓住芳姐的双手。芳姐打量着他问：'这几年你好苦哇！你找到铁石了吗？'陈山用手向周围的山岭一指说：'这些山里全是铁石，我已经开掘不少，正在炼铁。'芳姐向陈山说：'妈妈在夏天死了，我独身过了几个月，小黑回到家后，我马上改装随小黑来找你。我来给你做个帮手，免得你一个人孤单单的。'陈山大为高兴，领着芳姐炼起铁来。不久铁炼成了，拿铁去见唐王。唐王闻奏大喜，马上派人在这里建起铁厂。"

唐黎岘对这个故事很感兴趣，说："这个传说很好，它反映出我国劳动人民勤劳勇敢，又有智慧，在一千多年前就掌握炼铁术了。可惜，这座矿山被日寇霸占好多年，现在才真正回到人民手里。我们一定要它为祖国的工业建设发挥作用！"

唐黎岘同两个矿工边谈边走，来到一个平巷洞口，往里边望望，洞子被水淹没了，水顺着流出来，在洞口结了冰。他们走到另一个平巷洞外，见里边的岩壁已经塌落，堵塞了坑口。三人来到一个竖井边，见井柜已经腐朽，在半山坡的草丛里丢着一条上了锈的钢丝绳，排水设备完全损坏，电线杆子被人拿去烧火，运输线路也垮了，碎石烂铁丢得遍山坡。这座矿山原先的开采状况就不合理，日本人为了掠夺富矿，采用杀鸡取蛋的办法，到处乱采乱掘，不但造成地质资源大量浪费，也为以后进行全面开采造成很大困难。现在又被破坏得如此严重，想修复生产实在困难。

三个人来到孤鹰岭下的一个最大的矿井，坑口开凿在半山之中，过去称它五号大井，是矿山的主要采区。从竖井下分四层坑道开采，工人称它四道盘山。一二道已经掘进三四千米深，三道也掘进了一千多米，只是四道短些，根据钻探了解，这下边很深的地方还有矿。日伪时期很重视这座矿井，它是矿山里建设最好、设备最完善的矿井。通风和排水设备完善，运输线路畅通。过去下井都坐罐笼下去，现在卷扬机室没坏，但没有钢丝绳，又不通电，因此罐笼等于废物，只得从井壁的铁梯子往下爬。

苏福顺和古尚清领唐黎岘走到井口，往里边望望，黑洞洞阴森森的，神秘莫测。五年没进去人了，不知道铁梯锈没锈坏，井壁怎么样，坑道里的水有多深，贸然进去很危险。

苏福顺点起了矿灯，向唐黎岘说："好几年没人下去，怕有啥危险。我先下去探探路，如果没啥危险，我在底下摇晃矿灯，你们再一个接一个下去。"

唐黎岘不放心地说："若是有危险可不要下去！"

苏福顺说："不要紧，我加点小心就不会出事。"

古尚清说："他是个地老鼠，跟矿井打了二十来年交道，没事！"

唐黎岘思索了一下说："你下去吧，千万要加小心，走到中间看没有把握就不要勉强下去。"

"你放心吧！"苏福顺拎着矿灯就往下爬，爬了不远回头向上边喊，"等着呀，见到我的信号你们再下！"

"你要加倍小心！"唐黎岘关切地望着他说。苏福顺顺着铁梯往下爬，越爬越远，后来只见一点灯光了。唐黎岘望着黑洞洞的井口，望着那移动着的灯光，很受感动，他知道老苏毅然去探路，不仅是因为他有经验，更重要的是他有一颗工人阶级的火热的心。

不久，苏福顺传来安全的信号。于是古尚清在前，唐黎岘在后，一同顺铁梯爬下去；爬到第一道巷道时，他们赶上了等在那里的苏福顺。

巷道里阴森森的，支架的木头变黑了，到处长了白花花的毛，散发着腐烂发霉的气味，洞边的岩石缝里和顶棚架上，正在哗哗往下流水；地上的两条排水沟已被污泥淤满，污水漫过了铁道，几辆矿石车仰天翻倒，矿石堆了一地。

　　苏福顺让唐黎岘和古尚清先等一下，自己再往里探路。老苏走了，唐黎岘和古尚清蹲在巷道里，点起了烟，又唠扯起坑道来。古尚清告诉他说，坑道里要有一套动力设备、一套排水设备、一套运输设备、一套通风设备，再搭好支架，才能谈到生产。现在他们只能在通向井口的巷道里活动，里边不通风，进去就会窒息。正谈着，猛然听见苏福顺高喊："什么人？"

　　唐黎岘吃了一惊，怕井内藏着坏人使老苏吃亏，赶紧从腰里拔出手枪直向里边跑去。当他跑到苏福顺附近，听见里边有人答话："老苏，是我呀！"

　　唐黎岘定睛看去，由里边走出一个人。这人身材不高，瘦骨嶙峋的，腿湿了半截，破棉袄也湿成一片。从他手里拎的矿灯上看，也像是个矿工。

　　古尚清嚷："这真是白日见鬼啦！你钻进这里来干吗？"他过去就捶那人一拳，然后向唐黎岘介绍说："唐矿长，这是打眼工林大柱，也是个地老鼠！"

　　唐黎岘听说他就是林大柱，心里很高兴，热情地拉住林大柱的手说："我打算看完这个矿井，就过岭去看你，想不到在这里遇上你啦！"

　　林大柱紧紧地拉住唐黎岘的手，心里有很多话要说，可是待了半天，连一句话也没说出来。

"瞧你，弄得湿淋淋的。"苏福顺帮林大柱擦擦身上的泥点子，说，"你的病还没有好利索，为啥往这里钻呢？"

林大柱说："我在家里待不住，上山来到处看看，五年多没进过坑道啦！"他望了望唐黎岘，抽起烟来。

林大柱昨天跟焦昆交谈后，过岭到矿山去看看，跟工友们谈谈，兴奋得一夜没睡着。他相信在共产党的领导下，矿山会复活起来。又可以拎着矿灯进矿井，又可以去打眼放炮啦！今天他到矿里去没找到人，就到这里来了。

再不能往里走了，苏福顺主张领唐黎岘他们到第二道巷道去看看，大家同意，于是由他带头，四个人一同向下爬去。

苏福顺来到第二道巷道，站在铁梯上举灯照照，大吃一惊。坑道里一片汪洋，浑浆浆的泥水灌了半洞，小铁道上的矿石车只露出一个头，污水上漂着一些碎木头。老苏看这里的水这么深，知道第三道和第四道全被水灌满了；等唐黎岘、林大柱和古尚清下来，他回头向他们说："你们看，水多么深哪！"

唐黎岘见坑道被水淹成这样，心情很沉重。他知道下边全被水灌满了，排除这些水就是个很大的工程。

坑道里静得有些吓人。他们每人的手里都举着一盏矿灯，站在铁梯上默默地望着那灌满洞子的污水。

苏福顺望着，禁不住想起开工的时候，坑道里是很活跃的，顶棚上隔不远挂着一盏灯，一行路灯把坑道照得彻亮，工人推着矿石车轰隆隆地来回奔波，人声喧闹不休。现在是满洞子污水，想看看巷道的情况都不可能。他在矿山度过了半生，矿山里的一切都渗透着他的血汗，开凿这座大井的时候，是他打的第一个眼，放的第一炮，因此对它充满了感情。现在，他看大井被水淹成这个样子，心里很难过。他瞧瞧井壁，望望黑洞洞的巷道，古铜色的脸上布满了愁云。

古尚清更是满腔愤怒，紧皱双眉，凝视着污水，呼哧呼哧地喘着粗气。

林大柱默默地站在那里，脸上流露着心疼和气愤的神情。他一动也不动，像一尊塑像。

唐黎岘看三个老工人那种出神的样子，知道他们在沉思；他怕扰乱他们的思绪，也不说话，悄悄地站在一边陪伴着。他见工人们对矿山这样关心，觉得工人阶级的胸怀就是开阔，他们没有把自己局限在个人生活上，而在关心着矿山，为国家工业建设焦急。矿山过去没有党组织，矿工们很少受到党的教育，若是他们对党有了更多的了解，多懂些革命道理，会更积极起来的。他认为革命事业在农村依靠贫雇农，在工业战线上就要依靠这些老工人。

四个人默默地站了一阵，唐黎岘说："我们出去吧。"

出了矿井，他们又踏勘了露天采石场，爬上了孤鹰岭下的山梁；他们站在山头一望，整个矿山的面貌都在眼底了。

苏福顺望望山下一片荒凉的景象，叹息地说："当年日本人和沈阳军阀合办的时候，我就在这里，算起来到现在是二十八年了。矿石是没少采呀，可是……哎，现在把矿山给毁了，看看这种破破烂烂的样子，真叫人难受！"

唐黎岘安慰他说："矿山的建筑毁了，矿山并没有毁，山里还埋藏着大量的铁矿石，我们要把它重新建设起来，也一定能把它建设起来。我们要相信自己的力量，伟大的工人阶级有力量改造世界，一个矿山就能难住我们了吗？"

三个矿工听了矿长的话很受鼓舞，互相交换了一下眼光，脸色开朗多了。

唐黎岘指指脚下的石头说："咱们在这里坐下歇一歇，交谈交谈。"等大家都坐下后，问："不久就要开始修复矿山了，你们看要从哪里着手好？"

苏福顺说："我是个工人，过去都是受人支使的，头子叫咱干啥就得干啥，这些事可没想过，俺提不出啥好主意。"

唐黎岘笑着说："现在解放了，工人当家做主，自己的家要自己当，不想可不行。林大柱同志，你说，应该这样吧？"他有意引林大柱说话。

可是林大柱只是微微一笑，算是回答。苏福顺和古尚清都笑了。他们看到矿长这样随便，就都毫不拘束地提出了自己的意见。

苏福顺说："我看要修复矿山，得先修复变电所和输电线路，有了电可以开动机械，可以开动水泵抽洞子里的水，洞子里的水不抽出来，什么也不能干。还有运输线啦，洞子里的通风啦，加工厂啦……要不把这些搞好，别的也难修成，想开矿更不成。"

"对！"古尚清说，"苏老大说的不差，最主要的是电，没有电什么也干不成！"

唐黎岘问林大柱："老林，你有什么好主意？"

林大柱说："这得好好想想。要恢复矿山，电是第一项，要快一些治住坑道里的水呀！"

唐黎岘赞成地说："你们的意见很对，首先要修复变电所和输电线路。电是动力，没有动力别的就干不成。老古，搞电是你的拿手戏，这回要看你的啦！"

古尚清听矿长这样说，心里很得意，嘿嘿笑着站起来。他把柳条帽推在背后，望着那一眼望不到头的输电线路，开始琢磨如何修它。

唐黎岘也站起来，同古尚清一起放眼望那被破坏了的线路，电线都被人割去了，剩下光秃秃的电线杆子，远远望去，那些电线杆子好像相隔很近，一个接一个，成排成行地延伸向远方。此刻他们都想着一件事，要尽快把输电线路修好，让电在矿山发光。

六

唐黎岘由山上回来，刚走到山麓，就听见司号员吹集合号，战士们全副武装，由各屋子跑出来集合。他以为发生了什么紧急情况，便加快了脚步。待走近时，见焦昆也收拾得整整齐齐，正站在房前跟俞立平说话。他问："焦副营长，集合队伍做什么？"

焦昆抬头一看，见唐黎岘回来了，高兴地说："唐矿长，你回来得正好，我正想找你呢！我们团首长来了命令，要我们马上开走。"

焦昆的话使唐黎岘大吃一惊，暗想薛辉还没有回来，不知事情办得怎么样，焦昆带着队伍一走就不好办了！他不安地问："队伍全开走吗？"

"对，全开走！"焦昆兴冲冲地向唐黎岘迎来，边走边说，"好消息，部队正在向锦州逼近，要攻占锦州，然后要打大仗，说不定不久就要解放沈阳。上级命令我们团到指定地点集中，准备参加解放全东北的最后决战。瞧哇，这叫人多么高兴！这些日子我急得手都发痒，这一回可盼到了！"

唐黎岘来到近前，扫视了正在站排的队伍一眼，不安地说："你们走了，矿山怎么办呢？"

　　焦昆说："上级已有安排，今天下午就有一连地方部队到达这里。"他又指着俞立平说："俞区长手下有区中队，保卫矿山是不成问题的。"

　　俞立平闷闷不乐地说："就是来一连地方部队也不行。区中队全是些新战士，武器不好，弹药不足，很难担负起保卫矿山的任务。唐矿长，你可得想办法要求上级多派队伍来，深山老林，跟外地不能及时联系，土匪活动那么猖獗，没有足够的武装力量可不行。"

　　唐黎岘说："是呀！矿区的情况很复杂，很需要加强力量，不料你们却要走了。"

　　焦昆看看唐黎岘又瞅瞅俞立平，在这几天相处中，他对唐黎岘特有好感，这样快就分手，有些留恋。他说："我了解你们的困难，上级来了命令就得走了。我要把矿区的情况向上级反映，要求给你们多派一些部队来。"

　　唐黎岘说："矿里不仅是需要部队，还需要干部。"他说着望望大道，盼望薛辉快一些回来。

　　焦昆明白矿长的心情，说："唐矿长，你不用着急，在党的领导下，你们会把矿山好好办起来的。缺乏干部只是暂时的，以后上级会成批地给你们调来。"

　　队伍集合好了，肩荷武器的战士们整整齐齐站成长排。值日连长跑步过来向焦昆报告。

　　焦昆跟唐矿长、俞立平握握手，然后迈步走向队伍，站在中间扫视了战士们一眼，喊口令起步出发。

队伍出发了。这时，远远地见有两人骑马奔来，马快如飞，尘土飞扬。

骑马的人见队伍出发了，一边摆手，一边加鞭催马前进。唐黎岘用手罩着眼帘望去，认出跑在头里的是薛辉。他看小薛骑马跑回来，又有一人跟他，料到薛辉是交涉妥了，心里很高兴；焦昆也认出了薛辉，又看到跟在薛辉后边的是岳营长，明白事情可能有变化，立刻命令队伍停止前进。

薛辉打马飞驰而来。他看见了唐黎岘，离老远就嚷："唐矿长，事情办成啦！"小伙子像个将军刚打了胜仗似的，骑在高大的白马上，显得非常英俊。来到人们面前，他猛一勒缰，白马嘶叫一声，竖起前蹄，他随即把缰绳往外一带，白马就地转了一圈，他便甩镫离鞍跳下马来。

岳营长跑到人们面前，也离鞍下马。

薛辉向唐黎岘介绍道："唐矿长，这位是岳营长。"

岳营长跟唐黎岘握握手说："军区同意了你的要求，焦昆同志调给矿山，还留下一个连归矿里领导。"

听了岳营长的话，焦昆惊得目瞪口呆。唐黎岘瞧了焦昆一眼，暗在心里问："这回你还有啥可说的？"薛辉一边擦汗，一边得意地瞅着焦昆。俞立平也高兴地微笑着。

焦昆一动也不动，挺直站在那里，两眼注视着岳营长。岳营长见他那模样，便向他说："老焦，你发什么呆！唐矿长不是已经跟你说过了吗，你对矿山的情况较熟，矿山很需要你，上级决定把你留下来建设矿山，咱们要分手了！"

焦昆没料到唐矿长有这一手，他感到很突然，一时转不过弯来，憋得脸色通红，跳过去抓住岳营长的手说："这太突然啦！怎么能……"

岳营长拍拍焦昆的肩膀说："老焦，你不要激动，搞工业建设同样是革命工作，同样光荣嘛！"

俞立平也劝他说："焦副营长，你对矿山的情况较熟，留下来对开展工作有利！"

焦昆急了，真想骑上岳营长的马，去找首长谈谈。可是想到军人要坚决执行命令，便克制着没有动。

唐黎岘一声不响地注视着焦昆。他理解一个满怀激情准备奔赴战场的军人，突然接到留下的命令时的心情；他向岳营长要来调令展开看了一下，然后提醒地说："焦昆同志，命令下达啦！"

焦昆听了唐黎岘的话，脸上顿时烧得火热。他向来性子爽朗，做事果断，此刻却不知道怎么好。唐黎岘没有多说，站在焦昆面前望着他；岳营长、俞立平、薛辉都站在焦昆的身边，默不作声；两连战士整整齐齐站着，也都鸦雀无声。

战马在地上打个滚，站起来抖抖鬃毛，吐吐打着响鼻。

焦昆明白唐矿长的意思：命令下达，军人要服从命令啊！他沉思了一下，突然转身问岳营长："岳营长，不知团里决定留下哪个连。"

"第二连。"

"装备变不变？"

"不变，全连装备都留下。"

"一连什么时候走？"

"我马上带走！"

焦昆没有再说话，整整帽檐儿，决然地转身向队伍走去。他走到队伍前面，站定，喊："二连，成八路纵队，向前看齐！"

战士们遵照命令，迅速行动起来，很快就站好了。

焦昆声音洪亮地说："同志们，团里来了命令，命令我和二连的同志留在矿山，担负保卫矿山的任务。这里就是前线，我们要在这里跟敌人斗争，决不让矿山受到任何破坏，一定要保证矿山安全地进行生产建设！"他转向二连长说："就地解散，马上组织全体同志讨论如何执行保卫矿山的任务！"

部队解散了。焦昆跑步来到唐黎岘面前，向他行个军礼，郑重地说："焦昆报到！"

唐黎岘还了礼，上前紧紧握住了焦昆的手，岳营长、俞立平、薛辉也都跟他握手致意。焦昆一声不响，心里毛辣火热的。

岳营长带着一连开走了。唐黎岘让薛辉通知连队所有的党员到矿长临时办公室来开会。

五分钟后，七名党员都到齐了。唐黎岘宣布成立一个支部，选举三个人组成支部委员会。结果唐黎岘、焦昆和夏连长被选为支部委员。参加会议的人虽然不多，但会场的气氛很严肃，党员们都意识到摆在自己面前的任务很艰巨，需要加倍努力，团结和带动群众，迎接各种困难，奋勇前进。

唐黎岘望着在座的党员们，心情很激动。这么多年以来，在农村的老乡家里，在村外的树林里，在山上，在田野，在硝烟弥漫的战壕里，在白色恐怖的敌占区里，他都开过这样的党员大会。有时是上百人，有时是几十人，有时参加的人数比今天还少，许多党员大会的情景，长期留在他的记忆里。在极端困难的情况下开了党员大会，党员们就更会挺身而出，带领群众去战胜困难，从一个胜利走向另一个胜利，有了党组织就有了胜利的保证。这时他对大家说："今天是矿山值得纪念的日子，党组织在今天建立起来了。现在摆在我们面前的任务很艰巨，困难也很多，矿山破坏得不像样子，留在矿山的工人陷于饥饿中，周围的深山里还有敌人在威胁我们，更有形形色色的资产阶级和封建主义的旧势力在腐蚀工人阶级。由于过去矿山没有党组织，矿工们很少受到党的教育，他们对党还没有足够的认识……我们大家都是军人，在枪林弹雨的战场上不退缩，在工业战线上也不能退缩！我们是第一批来矿山的党员，一定要很好工作，要给以后陆续到来的党员和新发展的党员做出榜样！"

唐黎岘的心情很激动，他说得很简单，但很有感情，大家都受到了鼓舞，会场也活跃了起来。

薛辉第一个站起来，英气勃勃地说："我们决不退缩，要革命就不怕困难。过去不怕强大的敌人，现在有啥可怕的？再困难也能顶得住，坚决在工业战线上打好这一仗！"

一位年纪稍大些的排长说："俺是个大老粗，扛大活的出身，当了兵，学会了打仗。这些日子捞不着打仗，急得手痒。听说叫俺留在矿山，俺寻思要在这里养肥膘了，每天站个岗放个哨就算完事。听唐矿长这么一说，这事真不简单哩。俺就是不怕困难，越困难干起来越过瘾。"

多数人都发言了。唐黎岘看看焦昆，见焦昆似乎仍然心情沉重，正凝视着窗外出神。他发觉唐黎岘在看他，转过脸来郑重地说："我决不会退缩，有什么任务就请分配吧，我一定努力去完成。"

"好！"唐黎岘对党员们的发言很满意，他知道大家说的不是空话，把任务交给他们，他们会毫不动摇地去完成。他说："大家的精神很好，一个革命者在任何岗位上都要永远保持革命的锐气，保持战斗精神。党要求我们修复矿山，为发展钢铁工业提供资源，让我们摸索些矿山建设的经验，这任务的确不轻，怎么办呢？我们只有在党的领导下，用毛泽东思想武装起自己的头脑，发扬我党的光荣传统，发扬我军的战斗作风，带动群众，艰苦奋斗，排除万难，一定要把矿山建设好。不过，光有革命热情还不够，在新的任务面前，给我们提出个学习任务，要虚心向老矿工和技术人员学习，真正钻进去，尽快地由外行变成内行！"

散会后，唐黎岘把焦昆留下来，微笑地问："老焦，你对调动工作的事，从心眼里通了吗？"

焦昆直爽地说："老实说，我从心眼里是不同意的，但是我服从组织分配。既然组织上决定把我调到矿山，没别的话可说，一定努力完成任务，决不闹情绪。"

"这就是说，你是身服心不服啦？"

焦昆同意地点点头。

唐黎岘知道他一时还转不过弯来，但他能表示服从组织分配，努力工作也就够了。唐黎岘相信等任务压在他的身上，紧张地干起来，他就会想得通的，于是说："好吧，我相信你慢慢会把一切都想通的。现在咱们研究一下工作吧。"

焦昆说："此刻我还提不出具体意见。我希望快一点动手修复，矿工们都盼望早日开工。"

唐黎岘思索了一下说："现在还谈不到开工，在目前首先是建立组织，建立起工人阶级的队伍。我们党支部成立了，可是还不算在矿山扎了根，必须在老矿工里培养积极分子，发展一批矿工党员，这样党才算在矿山扎下根。现在，矿里缺少干部，除了上级会陆续派来一些，还要从矿工里提拔一些。有了党的领导，有了干部，有了工人，那时才能谈到开工修复。"

焦昆同意唐矿长的见解，当前的首要任务是尽快建立起一支建设队伍，没有队伍就打不了仗。

唐黎岘又说："我想举办个工人训练班，训练一些老工人，培养一些骨干力量。你我都拿出一部分时间去讲课，你看怎么样？"

"对，需要快一点培养骨干，没有骨干，咱们就没有依靠。"焦昆赞同地说。

门吱的一声开了，进来一个姑娘，怯生生地往里边望，一眼看见了焦昆，欢喜地喊："焦大哥！"

焦昆见是林秋妹，赶紧站起来说："秋妹，你从家里来吗？"

"嗯！"林秋妹高兴地答应。她看见唐黎岘坐在那里，站在门口不敢往里边走。

唐黎岘感兴趣地问："老焦，你们好像很熟呢？"

"很熟，我过去曾经在她家里养过伤，她是老矿工林大柱的女儿，叫林秋妹。"焦昆随即向林秋妹介绍道："这是唐矿长。"

林秋妹规规矩矩地向唐黎岘行个礼，脸色绯红，她显得有些拘束，仍然不肯进来。

唐黎岘和蔼地说："林秋妹同志，过来坐呀！"又高兴地向焦昆说："你的熟人这么多，这太好啦！"

林秋妹怯生生地进来坐下了，矿长朴素的衣着，和蔼的态度使她感到意外。在她想象里，矿长哪是这样的！她想起焦昆那天说妇女不会再受歧视的话，看矿长这样好，相信矿工再不会受气，妇女也再不会受歧视了。

唐黎岘问："你有事吗？"

林秋妹鼓起勇气说："我想来上工！"说着瞅瞅焦昆，又把眼光落在唐黎岘身上。

唐黎岘看林秋妹两眼直直地望着自己，知道她心情有些紧张。他微笑着，故意向焦昆问道："老焦，你看咱们要不要女工？"

焦昆也微微一笑，没有表示态度。林秋妹求助地瞅瞅焦昆，看他不开口，心里有些着急。唐黎岘看林秋妹急了，就向她说："好吧，你到登记处去登记，明天你就上班，你还是矿上的第一个女工哩！"

林秋妹高兴了，立时满面春风，乌亮的眼睛闪着兴奋的光芒。她没有再说啥，规规矩矩地向唐黎岘行个礼，瞅了焦昆一眼，表示告辞，走出门还回头望望。

唐黎岘目送着林秋妹，转脸看见焦昆已经走到窗边，正从玻璃窗往外望，于是他也站起来，凑到窗前。外边，秋风飕飕，树叶子在空中飞扬，许多矿工都在登记处站排登记，林秋妹站在最后面。苏福顺和古尚清站在人群里，兴高采烈地讲着什么。在场的工人都是他们介绍来的，都是些老矿工。这时有十几个戴着袖标的护矿队员走过来，转了一圈，又到山根巡逻去了。

焦昆说："护矿队分子不纯。听苏福顺和林大柱说，队长周彪是个把头，还是个流氓，现在还不知道他跟蒋帮特务有没有关系。队员中也有些是流氓分子、小把头和狗腿子。"

"魏富海呢？"唐黎岘问。

焦昆说："我对魏富海特别进行过了解。这个人懂点施工技术，在日伪时期当过施工员，没啥罪恶活动。'八一五'光复时，他回到关内老家，一去就是五年。前一个多月才回到矿山，国民党撤退时当了护矿队的副队长。据魏富海自己说，因为国民党需要个懂技术的人负责，才让他当了副队长。不过，他回关内这段历史不清，对他也要提高警惕。"

唐黎岘点点头说："我们一定要提高警惕。这支护矿队是一团乱麻，需要整顿。暂时让连队把所有重要地方都接管过来，让战士守护，不让那些人再管。等我们缓过手来，立刻进行彻底整顿！"

焦昆同意唐矿长的话，告辞出来，边走边思索着面临的问题。

七

唐矿长亲自到工人家去招工的消息，很快传遍了孤鹰岭镇和附近乡村，想来上工的人很多。夜里下了一场秋雨，雨后又落起雪来，细细的雪花漫天飞舞，老北风吹得很紧，天气很冷。一清早，办理登记的人还没有来，工人们却早早地就在登记处门前排成长长的大队。

焦昆出得门来，看见了那群排队的人，感到不安。矿里最近还用不了许多人，要招的人，通过苏福顺和林大柱串联，已经招得差不多了，可是现在来了这么多人，又怎好拒绝呢？焦昆走上前，人们都望着他，他见负责登记的职员没有来，生气地暗在心里骂道："缺乏群众观点，老爷作风！"看人们冻得慌，便向大家招招手说："工友们，跟我来！"

焦昆把工人们领进一个大房子里，让通信员给抱来一堆劈柴，在地上拢着火。工人们挤进屋子，感到暖和了。这倒不仅因为有那堆火，大家感到焦昆对人亲切，心里也暖和了。焦昆思索了一下，觉得应当向工人们交交底，于是向工人们简要地讲了一下革命形势，最后说："矿山的设施需要清理，房子需要修，有许多工作要做，很需要人。可就是缺少粮食，暂时还不能用更多的人。"他见大家有些失望，又接着说："这只是暂时的，唐矿长正在向辽南钢铁公司领导上请求，用不了多久，就会运来一批粮食。俞区长也在请示县政府，设法支援矿山一些粮食。单等粮食一到，马上请大家来上工！"

工人们听了都点头称是，可是也流露了不满足的表情。焦昆想了想，忽然想起一个办法，便对大家说："你们既然来了，就不要白搭工，先给大家登记上，登记完先回去，到时候通知你们就来，你们看好不好？"

众人异口同声地赞成。

焦昆马上派通信员去找负责登记的职员。大家的情绪活跃了，都怀着亲切的感情围在焦昆身边问长问短。当那位职员一到，大家便兴高采烈地去登记。

焦昆离开那里，准备到区政府去找俞区长打听一下跟县政府请示的情况。刚走不远，见俞立平带着十几名区中队的战士，赶着三辆胶轮马车迎面走来。俞立平兴奋地告诉他说："县里答应给解决一部分粮食，并且让我们到盘龙岭去取，那是农民勒紧裤带凑集的粮食，热情支援矿山的。方才我请示唐矿长，他让我马上派人去运！"

焦昆听了很高兴。他看了看战士们的装备，说："这股道净是山路，有土匪活动，你带这点武装行吗？"

俞立平说："行，这十七个人都是经过选拔的，押送粮食不成问题。"

"粮食非常宝贵，大意不得！"焦昆想了一下说，"这样吧，我派个机枪组跟你们去!"

俞立平高兴了,说:"有一挺轻机枪,那就更好,你放心,保险万无一失。"

机枪组的人到了,俞立平就带领队伍赶着大车向镇外走去。焦昆回去找唐矿长研究改编护矿队的事。

周彪准备去护矿队部,刚由小巷里出来,看见俞立平他们出了小镇,便站下来望着,捉摸着俞立平他们去的方向。正望着,忽听后边有脚步声,回头一看,都是进工人训练班的老工人,心里很不痛快。在他看来,这些老工人都是共产党的红人,将来从训练班出来,都是听共产党话的人,不能小看他们。训练班里的活动他不清楚,只见唐黎岘和焦昆天天轮流去,光讲政治课他倒不大在乎,就怕这些工人揭他的底。正想着,他看见苏福顺从街里走来,便主动迎上前去招呼:"老苏,你来得好早哇!"

苏福顺瞅了他一眼,冷淡地说:"不早,不是阴天,太阳该出山了。"

周彪搭讪地说:"雪下得太早,天冷得很突然,真让人受不住。"

"冷点怕啥?不受气了,再冷些也没关系。"苏福顺脚步不停地向前走去。

周彪听这话觉得噎脖子,气得脸色发紫,站在那里盯着老苏走了几丈远,在心里咒骂了几句,才向前走去。近来,他越看情况越不妙,最使他头痛的是焦昆留在矿山,焦昆人熟地熟,一切很难瞒过他。他觉得苏福顺这批进训练班的老工人对他也是个威胁,骗子最怕老乡亲,这些人都是他的老对头,了解他的底细,不会让他平安。现在,他从工人们的态度上看出,都对他有股劲。

矿工们一个个显得扬眉吐气，对他不加理睬，实在让他气闷。他望着苏福顺等人陆续走进屋子，摇摇头，叹了一口气，加快脚步走向护矿队部。

护矿队员都来了，屋子里挤得满满的。炉子刚刚燃着，因为逆风，顺炉口往外冒浓烟。周彪走进去，皱着眉头扫视了队员们一眼，没有吱声，赶紧走进里屋。

魏富海躺在沙发上望着天棚出神，他已经知道焦昆留在矿山了，感到对自己的压力很大，正在盘算着怎样对付。

周彪坐下来就发牢骚说："重要的地方那些丘八都把住了，我们这个护矿队还干个球，咱们成了聋子耳朵，摆设。他娘的，真叫人上火！"

魏富海没有理会他，继续望着天棚沉思。周彪看魏富海不理他，有些气恼，眨了眨眼睛继续说："他娘的！这差事干得真憋气。那些进训练班的人都是红人，整天坐在房子里，每天中午还能混上一顿饭。我们呢？一个钱不发，外快也搞不到，连顿饭都混不上，还来个二姨太太倒贴，搭上烟钱！"

魏富海冷淡地说："瞎吵有啥用，一点也没用！"

"我憋气呀！"周彪摇晃着头说，"我们不图名，不图利，在这个穷矿山待个啥劲！"

魏富海向来看不起周彪，认为他干不了大事，只配当个马弁。这小子爱咋呼，跟他在一起干事是危险的，因此从心眼里厌恶他。他点起了一支烟，向周彪问道："训练班的人，每天供一顿饭的事，护矿队员都知道了吗？"

"我不详细。"周彪对此并没在意。

魏富海眯眼吸了几口烟，意味深长地说："应该让大家都知道。"

周彪瞅瞅魏富海，若有所思地眨了眨眼睛，领悟般地点点头说："对，要让大家知道！"

魏富海用二拇指弹弹烟灰，没有再说话。

周彪抻长脖子，压低声音告诉他说："我看见俞区长带领二十个人，赶着大车奔向东山，看样子是去运粮食。"

魏富海对这一消息非常注意，闪地坐起来问："他们会到哪里去？"

周彪思索了一下说："是往盘龙岭方向去的！"

两个人正说着，忽听外边喊了一声："焦副营长来啦！"周彪慌忙站起来，推门一看，焦昆已走进外间大屋子。跟他一起来的，还有古尚清、苏万春等二十几名工人。他吃了一惊，但镇静地赔着笑脸，招呼道："焦副营长，请到里边坐！"

焦昆说："你们二位都在这里，矿里决定要加强护矿队，要把新来的二十三个人编入护矿队。"他回头用手指着古尚清等说："用不着我介绍，你们可能都认识。"

"对，都是熟人。"周彪向古尚清等人点点头，扬手打招呼说："各位来护矿队，我周彪非常欢迎，请进屋，都请进屋！"

古尚清白了周彪一眼，领头走进来。围在炉边的人纷纷起来跟熟人打招呼，让开地方。新队员们一进来，屋子挤不下了。周彪把焦昆领进队长室。

焦昆坐下来就说："唐矿长让我来跟你们二位研究一下护矿队的编制问题，原来只有二十几个人，现在扩大了，已经有五十多人，如果还是队部直接领导，显然是不适当，需要改组一下。"

周彪听罢，一丝阴影在他的脸上掠过，目瞪口呆。

魏富海马上赞同说："对，原先的编制很不正规，应该改组！焦副营长是带兵的，你看怎么改好？"说着瞅一眼周彪，见周彪一声不响，暗在心里骂他混蛋。

焦昆不理会周彪的神色变化，说："把新老队员混合编开，队部下设两个小队，每个小队二十五个人，小队设正副队长，怎么样？"

魏富海恭维地说："焦副营长很有军事经验，这样编法很好，很好！"

焦昆又说："经过唐矿长批准，第一小队长派古尚清担任，第二小队长派苏万春担任！"

魏富海明白这一改编是针对他和周彪来的，这也分明是对自己和周彪不信任。现在，他更感到情况不妙，想顺水推舟，缩小自己的目标，就说："古尚清和苏万春当小队长是再好不过啦！不过，我看让古尚清担任护矿队的副队长更适合，让我做别的去吧！"

魏富海要求辞退副队长，使周彪感到意外。焦昆也没料到这一手，两人怀着不同的心情注视着他。

古尚清说："咱从小就没管过人，当个小队长就够咱受的了，可干不了那个。你不要客气，还是你干吧。"

魏富海向焦昆说："不是我魏富海推脱，我确实干不了这个。我有技术，爱干技术活，国民党临走时叫我干，我就不爱干，可是他们想用个懂技术的人装装门面，硬给我塞进这里。我哪能干了这个？还是让我退了吧！"

焦昆听魏富海这一番话，觉得似乎也有道理，可是又觉得他是在有意开脱，自己也没有跟他谈这些，他为啥要开脱呢？沉思了一下，说："那得请示唐矿长，唐矿长批准之前，你还是应该负责！"

魏富海连连点头说："是，是！"

焦昆不愿意跟他们多扯，便要他们立刻把全体护矿队员集合起来。当护矿队员们集合起来后，他宣布了编制，又讲了话。散会后，他就离开了护矿队。

周彪看焦昆走了，又乱骂起来。魏富海讥诮地说："肝火不要太盛了，太盛了会得病！"说完就走出屋子。

雪停了，风吹得更紧，气候更加寒冷。小镇里冷冷清清，街上很少有人走动，市场里的小贩和买东西的人也很少。魏富海来到牛家酒馆门前，见翠花倚在门边，有气无力地向那稀落的人群嚷："要喝酒的请到这里来吧！屋里暖暖和和，有二锅头、老龙口，有猪头肉、花生米，要吃热菜俺现炒，喝上一壶热酒，赶起路来腿脚灵便……"她看见魏富海，冲他微微一笑，继续把她要喊的话喊完。

魏富海走进屋，见里边的小桌都是空的，只有牛胡子坐在那里自斟自饮。见魏富海来了，牛胡子让翠花烫一壶酒，端一盘花生米。

翠花把酒菜端上来，魏富海说："你到门口练嗓子去吧！"

翠花把围巾往肩上一搭，瞟了两个人一眼，一扭身走到门口，倚着门，又尖着嗓子成套成串地喊起来。

牛胡子肉头肉脑，头顶是秃的，胡子可很长，眨着一大一小的眼睛，低声说："金司令派人来了！"

魏富海也低声问："金司令有什么命令？"

牛乐天喝了一杯酒，声音压得更低："昨天沈阳剿总来电报，说现在'共军'都到辽西战场，辽南一带空虚，沈阳的'国军'要乘虚而入，重新扩大地盘，让金司令配合'国军'展开活动，牵制'共军'。这几天，金司令又增人又增枪，还从沈阳运来大批子弹，老爷子劲头很足，很想干出点名堂，瞅准机会要马踏孤鹰岭。"

魏富海听这消息并没有高兴，他是个有见解的人。觉得形势很不乐观，"国军"在各个战场上吃败仗，形势越来越往不利的方向转。他闷声闷气地说："辽南'共军'虽少，并不是好兆头，相反的是辽西吃紧。如果锦州失守，我们跟关内的联系被截断，东北的形势就更不利了。'国军'在辽南也不大能有所作为。"

牛胡子见魏富海有些丧气，忙对他说："你不要泄气，沈阳还驻扎几十万大军，蒋委员长决心要保住东北，听说他亲自飞到沈阳指挥战斗，正由秦皇岛往东北运兵，添本钱，下力量，决心要在辽西把'共军'的主力吞掉……"

魏富海闷声不响地喝着酒，烦躁地听牛胡子大吹大擂。

牛胡子替蒋介石吹了一通后，说："剿总指出，这是关系东北存亡的决战，命令所有的反共力量都动员起来，在'共军'后方出击，给它来个四面开花，打它个顾头顾不了腚。现在正是我们显身手的时候！……"

翠花给他们丢个眼色，高声嚷："二位客人，要喝酒请进来吧！好酒好菜，包你满意！"

两人停止了谈话，各自斟了一杯酒，喝起来。有个青年农民想进来，探头望望，一个老头儿拉着他说："这地方不是咱庄稼佬去的，天不早了，走吧！"硬把青年拉走了。这时，翠花又不紧不慢地吆唤。

牛胡子还想说下去，魏富海哪里把他放在眼里，忙拦住他的话说："这里不是演说的地方，金司令让我干什么，你干脆说吧。"

牛胡子心里很不高兴，板起面孔说："金司令让我找你问问矿山的情报，看看是不是有机可乘。'国军'可能不久进驻矿山，你拿什么礼物去迎接呢？空着两手吗？"

魏富海听牛胡子用这样口吻跟他讲话，气得脸色铁青，砰一声把酒杯往桌上一蹾，发牢骚说："妈的，他们走的走，逃的逃，老子冒着风险在这里坚持。现在，来个姓唐的矿长，焦昆也留在矿山，这两个人好厉害，他们一来就跟工人混在一起，那些穷工人都跟他们跑，局势越来越险恶。妈的，空口说白话，用嘴巴熊人，连白痴都会……"他忽然看见翠花不满地向他跺脚，便不再说下去。

牛胡子看魏富海火气不小，知道自己惹不起他，只得忍气吞声，赔着笑脸说："兄弟冒失，兄弟冒失！你坚持留在矿山，功劳不小，好，好！谈正经事吧！"

魏富海大咧咧地喝了一杯酒，说："矿里现在住一连'共军'，装备优良，有三挺轻机关枪、三门小炮，火力很强。另外还有区中队。他们占据有利地形，很不好攻。唯一的弱点就是缺粮，矿里没有粮发给工人，工人都在饿肚子，连'共军'吃的粮都是从附近乡下现筹来的，如果能截住他们的粮道，对他们就是个威胁。"

牛胡子点点头说："对，在粮食上大有买卖可做！"

魏富海说："今天早晨，周彪看见俞区长带人赶着大车往岭东去，可能是去运粮。你赶快跟金司令联系，让他们设法截住他们的粮食，我们在这里……"他看翠花在门口，怕她听见，拉了牛胡子一把，"走，咱们到后边去！"

翠花看两个人走了，不再到门口去招揽生意，关门收摊了。

外边风刮得很紧，冰冻要来了。

八

锦州解放了。这震撼了东北的蒋军，围困在长春的蒋军，起义的起义，投降的投降，只剩沈阳等几座孤城，他们在东北全境覆灭的日子已在眼前。驻守在沈阳的一部分，绝望地想夺路逃跑；廖耀湘兵团继续向锦州方向前进，梦想夺回锦州，打开关内外的联络，被我军包围在大虎山、黑山、新民地区；剩下的敌人倾巢沿中长路南下，要夺路从营口逃跑。白天，孤鹰岭镇谣言四起，说："锦州失守，蒋介石急了，亲自飞到沈阳指挥，从海上和空中运来大批军队，沈阳的国民党大军出动了，要重新占领辽南！"夜里，远处传来隆隆的炮声，战斗在离矿山几十里的地方进行。矿区的人多半没有睡，都静悄悄地听着。炮声断断续续地响了半夜，刚停下来，土匪又趁机扰乱人心，在附近的山区里打枪，扔手榴弹。

清晨，人们都早早走出屋，这时传说更多了，说："'国军'要来占领矿山，有一个团正往矿山开！""金大马棒的人马已把矿山围住了，要马踏矿山，血洗孤鹰岭镇。""'国军'这次回矿山，对靠近共产党的人不客气，特别是进训练班的，抓住就杀头！"……谣言像阴风似的，刮遍了整个矿区，越传越悬。人们望望昨夜传来炮声的远方，望望雾气腾腾的山峦，有种风声鹤唳、草木皆兵的感觉。

苏大嫂听见这些谣言，更是惶惑不安。因为丈夫进了训练班，二儿子万荣又当了解放军，若是国民党真的打回来，可要遭殃了。她拿了一双鞋底，到处留心去打听。妇女们到一起就议论，话到她们的嘴里就更神秘了。她们恐慌地瞪着眼睛，悄声悄语地说："大婶，可了不得啦，国民党大军遮天盖地又打来啦！""是呀，我们邻居都看见了，哎呀呀！那个大炮可大了，从沈阳一炮就能打到矿山，一打上，整个山头都起火！"有些好心的邻居提醒她说："他大婶，你们家他大叔进了训练班，可得小心哪！""说的是呀，国民党进来可不能轻饶，明白人在这年月里可不要出头，兵荒马乱的，得罪了哪头都要吃亏！"她只是悄悄地听着，一句话都不说，心里却直打鼓。

苏大嫂回到家，低声细语地向儿媳素梅说了。素梅却不以为意地说："妈，你别听了风就是雨，爸爸他们比咱知道得多，听他们的吧。"

这没能打消苏大嫂的疑虑；对儿媳这种满不在乎的神态，她也微微感到一些不满。

素梅是苏大嫂的亲侄女，十三岁就到了苏家，没结婚时叫苏大嫂姑姑，结婚后改称妈妈。她摸准了婆婆的脾气是再好也不过的了，多咱也不来火，因此她对婆婆一点也不害怕，直爽地说："妈，你就是爱操心，听小虎他爷爷的吧，他比咱有见识。"

"你呀……"苏大嫂不说了。她的脸上笼罩着愁云，眼角的皱纹更加细密，坐在窗下一面纳着鞋底一面思量着。她这样胆小怕事是有来由的：她父亲是个码头工人，在青岛的码头上干活。在她十五岁的那年五月节，妈妈去称了二斤面，跟她在家里包饺子，准备等爸爸回来欢欢喜喜过个节。饺子没有包完，突然有个人急匆匆地跑来，一进门就嚷："不好啦！你家大叔在码头上被吊钩撞着了！"娘两个吃了一惊，放下饺子就往码头上跑，走到半路看见两个人把爸爸抬回来，近前一看，已经奄奄一息。抬的人告诉她们说，她爸爸早晨上班，被把头一顿好打，这回刚坐下来想抽袋烟，忽见把头拎着棒子走来，吓得起来就跑去干活，不小心被吊车的吊钩撞了头。

她爸爸终于因为伤势过重，很快就死去了。真是祸不单行，严霜单打独根草。就在掩埋了爸爸的尸体回来的时候，她跟妈妈走在马路上，突然开来一辆军用汽车，横冲直撞，吓得她喊了一声妈妈，往马路边就跑，只听一声惨叫，汽车在妈妈身上碾过，妈妈立时就惨死了……这一连串的横祸在她的心灵里留下了深深的创痕。后来她跟苏福顺来到东北，先在大连，后到矿山，在这些年月里她又看到许多人生惨祸，因此她总觉得人生是在风雨飘摇之中，随时会遇到风险，也就经常为丈夫和儿子们担心，一有什么风吹草动，她就提心吊胆。

苏大嫂正思索着，丈夫和万春从外边回来，要吃早饭去上班。她帮儿媳端上饭，就站在丈夫的身边小心翼翼地问："你们听到什么风声了吗？"

苏福顺反问："你听到了什么啦？"

"我……"苏大嫂慢吞吞地说，"听说国民党又要打回来，对进训练班的人……"

苏福顺截住她的话说："瞧你吞吞吐吐的，有人造谣说，国民党打回矿山，抓住进训练班的人就杀头。听那个呢！听狼叫唤就不敢养小猪了吗？别说国民党打不回来，真的打回来，我就跟唐矿长他们走，这回我跟共产党走到底啦！"

听了男人的话，苏大嫂的脸色都白了。她想，若是国民党真的打回来，男人们跟解放军一走，家里只剩下她们两个妇道和孩子，那日子可怎么过呀！她禁不住瞅瞅孙子和孙女，两个孩子正在狼吞虎咽地喝稀饭；瞅瞅儿媳，儿媳也仍然无忧无虑，什么事也没有。

苏万春说："妈，你一辈子就是这样胆小怕事。怕什么，毛主席他们成立共产党时才几个人，反动派那些狗杂种天天要抓他们，可是毛主席他们不怕，坚决跟反动派斗争，由几个人扩大到几百人、几千人、几万人，现在几百万人，打得反动派屁滚尿流。穷人要想翻身，就得跟他们干。"他把刚学来的一套道理几乎全用上了。

苏福顺向万春摆摆手说："你跟她讲这些干吗，她什么也不懂！"

"爸爸，唐矿长不是说男女平等吗，你可不能轻视妇女呀！"

苏福顺哈哈笑着向老婆说："胆小不得将军座，像你这样胆小的人，干不了大事。解放军里有不少女的，人家能骑马打枪，在战场上跟男人一样，若是你呀，哈哈，听见枪响腿肚子一定转筋。"

苏大嫂露出一个勉强的笑容说："人家跟你说正经事，看你，老没正经！"

苏福顺又笑起来。这几天他们在训练班里听了好几课，大家一起讨论，明白了许多革命道理。现在他觉得自己跟共产党联系在一起了，不论听到什么谣言，他对唐黎岷和焦昆的话毫不动摇。吃完饭，他向全家说："唐矿长说了，攻下锦州，就是关门打狼，长春的国民党有的起义，有的投降，就剩下沈阳这一股了。解放军正在收拾他们，吓得他们逃跑还来不及。咱们不要听那些谣言，一定要听唐矿长和老焦的话，跟着他们走，他们是毛主席派来的领导人！"

爷儿俩饭后照常去矿里，分手后，苏福顺去训练班，苏万春扛着一根木棒去护矿队。

苏万春走进队部，见多数人已经来到，挤得满满一屋子，有人已生起炉子。这里的空气也显得有些异样，有些人围在炉前，有些人蹲在墙边或拄着木棒靠窗前站着。人们把自己听到的谣言带到这里，互相传播，议论纷纷。

魏富海没有来，周彪来了。他今天穿上皮夹克，站在地当央，手指夹着纸烟，眨着小眼睛，神气活现地说："弟兄们，夜里听到炮声响了吗？沈阳的'国军'出动了，从秦皇岛、葫芦岛、营口运来很多兵，这批人是美国帮助训练的，全是些新式武器，好家伙，大炮筒子里能并排睡两人……"

有人问："周队长，你看见那种大炮了吗？"

古尚清嘲笑地说："他看见了，还领着老婆在大炮筒子里睡过觉呢。"

众人哄堂大笑。周彪气得脸色通红，却不敢发作，只是恼怒地盯着古尚清。古尚清毫不在乎，要打架，周彪不是他的对手，更看不起他这个小把头。过去他仗势欺人，现在可没啥依仗，因此他挑战似的迎着周彪的目光，暗在心里说："你能把老子怎么样！"

一个叫郎金魁的队员过来问周彪："听说国民党有一个团向矿山开来，这是真的吗？"

"听说是开来了，你没听见炮响吗？离这里不远了。"周彪说着瞅一眼古尚清，继续说，"听说铁道线都叫国民党占了。还有金大马棒的人已经迫近矿区，不能小看他们。那里边有炮手，有胡子，枪法呱呱叫，指你的左眼不打你的右眼，就是他们打来也够瞧的啦！"

苏万春怒气冲冲地嚷："不准你造谣，你这是替国民党吹牛！"

"吹牛？"周彪向苏万春努努嘴说，"你瞧着吧！"

郎金魁接过来说："这事也很难说，听说老蒋坐飞机来到沈阳，亲自督军指挥，从空中运来大批美国武器，坦克兵团已经在营口登陆。大坦克可厉害啦，碰着大树马上倒，一撞房子马上塌。解放军别的都行，就是对付不了这个！"

"谣言，谣言！"苏万春反驳说，"沈阳有点兵又能怎么样？蒋介石算个啥？他若是有能耐，为啥见了解放军就像兔子见鹰，撅着尾巴逃？他若是有那些好武器，为啥不早使用，等快完蛋了才用？瞎扯！造谣！"

另一个护矿队员曹顺林插言说："咱们都是老百姓，谁也摸不着底，看着就是了。那些传言不可不信，也不能全信。听着、看着吧，不用争吵了。"

"这话说得不错。"郎金魁接过来说，"如今的世道属孙猴的，八九七十二变，没个准头，你不要太朝前了，世道变化了就要吃大亏！"

古尚清顺手拉一下郎金魁的帽子，嘲笑地说："你还是到市场上去说快板、变戏法、卖假药去吧，别跟在人家屁股后头瞎嚷嚷。"

郎金魁骂了古尚清一句，拉拉帽子，闪身躲开他。

古尚清大声说："大家不要信那些谣言，不要跟那些蠢驴瞎哄嚷，要听唐矿长和焦副营长的。"

陆续有人来到，又带来新的谣言。人们继续议论，有些人认为这是真的，有些人说这是谣言，有些人表示怀疑，还有些人一声不响，悄悄地听大家争论，吵吵嚷嚷，喧闹不休。

周彪不响了，站在一边想心思。他对那些传言很清楚，都是些谣言，只是经过那些义务宣传员的添油加醋，越传越神罢了。昨天夜里远处的炮声和深山里的枪声，使他产生了幻想："国军"可能打回来。他希望得到证实，可是至今没有确切的情报。昨晚牛乐天要他看机会煽动工人跟矿里要粮。他想跟魏富海商量，可是魏富海今天托病不来，觉得自己人单势孤，又有古尚清和苏万春等人在这里，知道事情不大好办。他想了一阵，向大家挥挥手说："弟兄们，不要光在这里溜舌头，咱们商量个正经事。现在咱们大家都在饿肚子，上回'国军'走，咱们没及时要，黄了；这回再一黄，我们喝西北风啊！咱们和矿长要薪金粮去！"

"这倒是正经事，矿里该给咱们发粮了！"

"是呀！今早晨我就没米下锅，吃了一团野菜来的。"

"对，该去要，不然他们一走，这笔账就黄啦！"

苏万春说："共产党不能跟国民党比，国民党那帮坏蛋尽顾自己的腰包，不顾工人的死活。共产党可处处关心咱们。唐矿长不是说正在搞粮食，粮食一到就发，你们别听周彪的，不用去要。"

"共产党来了这些日子，咱还不是照样饿肚子，光说运粮，到现在也没运来！"

"是呀，我们等不得啦！"有个狗腿子向苏万春嚷，"你爸爸是个红人，你也学会溜须拍马，这回你们爷儿们可出息了，爬上去了。"

另一个小把头说："老苏家坟头冒了青气，官运亨通。"他发现苏福昌蹲在角落里抽烟，便向他说："苏老二，你哥和你侄都抖起来了，你怎么没混个差事？"

苏福昌自从进屋就没有说话，一直蹲在角落里抽烟。听到有人提到他，抬起头来瞪了那人一眼。

一个狗腿子挑拨地说："好处没他的份。他哥哥净抓他的大头；苏老大老婆孩子一大堆，连孙子都有了，苏老二还得抱着枕头睡觉。"

苏万春被激怒了，盯着那个狗腿子喝道："你浑说个啥，坏蛋！"

狗腿子正想趁机发泄闷气，听万春骂他，撸胳膊挽袖子，想奔过去打万春。

古尚清瞪着眼睛喝道："不许打架！蠢驴，你动手试试看！"

狗腿子吓得连连后退，嘟嘟囔囔说："你……你骂人！"

古尚清怒冲冲地说："你这个狗腿子，过去围着把头屁股后头转，仗着把头势力欺人，现在世道变了，还能容你咋呼！"

那些小把头和狗腿子被古尚清镇住了，都不声响。

周彪又乘机煽动说："矿里很不公平，一样的工人，两样待遇。参加训练班的人，晌午白供一顿饭，我们守山放哨，白天黑夜地干，实在很辛苦，可是一粒粮食也没发给咱们。"

小把头、狗腿子和一些落后分子被煽动起来了，蹲在地上的站起来，站在后边的往前拥，七嘴八舌地乱叫喊："妈的，他们拿咱们护矿队当三孙子看啦！"

"咱们成了后娘孩子，没人管啦！"

"不能让他们抓大头，跟他们要粮去！"

"对，要粮去！不给粮就不干啦，还是去倒腾小买卖吧！"

古尚清用棒子敲着地板，用洪钟一样的声音喊："工友们，不要听周彪的，他是个坏蛋！矿里确确实实去运粮食了……"他的话也没起作用，被乱嚷乱吵的声音盖住了。

薛辉突然在门口出现。他那英俊的脸膛很严肃，瞪着两只闪闪发光的眼睛逼视着叫喊的人们。那些人都不响了，静悄悄地注视着他。

沉默了一会儿，薛辉厉声问："你们吵嚷什么？"

众人没有吱声。周彪看着薛辉的神色，暗自发毛，赔着笑脸说："薛同志，是这么一回事，大家都在饿肚子，希望矿里能发给薪金粮。"

薛辉在外边已经听到了方才那阵吵嚷，他年轻气盛，压不住火气，高声训斥道："粮食运来就发，还能亏着你们？你们这样乱哄哄的吵嚷像什么话，毫无组织性，乱弹琴！你们在这样紧张的时候离开工作岗位，跑到这里闹要粮，一点集体观念没有，这种行为可耻，简直是捣乱！"

有些人对薛辉的态度很不满，却不敢吱声，睁大眼睛望着他。薛辉见这些人的眼光里流露出不服气，就更加生气，往前迈了两步说："你们都是工人阶级一分子，工人阶级是大公无私的，有整体观念，有组织性和纪律性，你们这样不顾整体，这样不守纪律，是给工人阶级丢脸！"

周彪扫视了工人们一眼，看见有些人对薛辉不满，就截住薛辉的话说："当工人也要吃饭，要薪金粮也不能算捣乱。"

"对，发粮食吧！等我们吃饱了肚子，你再来教训好了！"

"发粮吧，不给粮我们就不干了！"

人群骚动起来，吵嚷成一团。薛辉气得脸色苍白，瞧着喧闹的人群不知所措，情不自禁地用手摸摸腰里的枪。

周彪一见，便煽动说："瞧哇，他要动枪啦，弟兄们，加小心哪！"

人们以为薛辉真要动枪，于是喧哗声更高了，连原来持中间态度的人也参加进来，前推后拥地往薛辉跟前凑。薛辉想再说话，被震耳欲聋的吼声打断了；他挥舞手臂要大家平静，谁也不听。人们继续嚷着，往前挤着。他又气又急，真想抽出枪来镇一镇，但他终于克制住了。这时有人提议说："跟他没啥可说的，咱们找唐矿长去吧！"

"对，去找唐矿长去！"

由两个小把头领头，一群人乱哄哄地拥出屋子。周彪看屋里还有不少人，挥手嚷："都去呀！"众人不理他。他看苏福昌和另外一人没动，招呼说："苏福昌，你们是老队员，怎么不去呀？"

苏福昌瞅了周彪一眼，没有动，继续默默地抽烟；另一人把脸扭一边，也不理他。

周彪招呼不动，只得自个儿走出去。他见闹粮的人只有二十来人，多数是小把头或他自己一伙的人，有些泄气。正走着，从训练班的房子里拥出一群老工人，拦住了他们的去路。于是，又吵成一团。

苏福顺伸开双臂拦住人们，劝解说："工友们，你们不要跟周彪跑，周彪原先是金大马棒手下的把头，是个坏蛋。矿里正在为咱们工人想办法运粮，粮食运来就发。大家不要上坏人的当，快回去吧。"

闹粮的人群纷乱地嚷："躲开，我们要着了也有你们一份！"

"你们干你们的，我们要我们的，各不相扰！"

"闪开！闪开！别脚踩老鼠，假装吱吱（积极）！"

林大柱气得脸色铁青，分开人群走到前边，激动地高声说："不是把头和狗腿子的人快出去！你们跟这些坏蛋起哄，太丢脸啦！你们糊涂哇！瞎了眼啦？不看看那些吵吵嚷嚷的是谁吗？好坏人都不分啦？"

许多被卷进来的人给苏福顺和林大柱提醒了，大约有一半人退了出去。

周彪眼看闹事的队伍被瓦解了，心里很着急，便领头吵嚷，催留下的人往前走。但这十几个人被训练班的人拦住去路，前进不得。正在僵持，忽然有人喊："唐矿长来了！"

唐黎岘迈着稳重的步子，不慌不忙地来到人群跟前。他扫视了人们一眼，那些跟着闹事的人，都窘迫地低下了头。他以从容的语气说："我了解大家的困难，我们正在想办法解决。俞区长已经带人去运粮食，估计今天就能运到，运来后就发给大家。现在矿区流传很多谣言，这都是敌人造的谣，大家不要相信。如今锦州和长春都解放了，只剩下沈阳一座孤城，驻在沈阳的敌人眼看他们的末日到了，正在垂死挣扎，想沿中长路奔向营口，企图逃跑。他们的力量有限，分不出兵来进犯矿山，谣传说敌人有一个团向矿山开来，根本没有这回事。大家要安定情绪，照常工作。"

矿里的人几乎全到场了，黑压压地站了一大片。大家听了唐矿长的话，疑虑解除了，都以信赖的眼光静静地望着他。

唐黎岘往人群前走几步继续说："敌人大举进攻是不可能的，但我们不能麻痹，附近的深山里还有一股土匪，孤鹰岭镇里，甚至我们矿里，还有些暗藏的敌人在趁机活动，大家要提高警惕，不要上敌人的当。"他说着把眼光落在周彪身上，吓得周彪低下头，悄悄往后退。他继续说："根据目前形势，估计沈阳不久就会解放，那时候人民政府会拿出更多的物力和人力来修建矿山，我们要为全面开始修复工作做好准备。现在情况比较复杂，大家要一条心，共同保护好矿山，要处处防止敌人破坏！"

薛辉站在一边，瞅瞅沉着老练的唐黎岘，又望望黑压压的人群，暗暗后悔自己方才的行动，对唐黎岘用不多的话就把风波平息了，觉得十分佩服。

魏富海忽然跑来，分开人群挤在前边，装腔作势地向护矿队的人说："你们这是干什么？吵吵嚷嚷的，像话吗？唐矿长、焦副营长、俞区长他们那样关心我们，操心劳神地想办法给我们运粮食，你们还这样闹，拍拍良心想一想，下得去嘛！你们这些人哪，太糊涂了！"

周彪听罢一愣，这个魏富海原是赞同闹事的，现在他这是干啥？

唐黎岘仔细地观察着他，心里也画个问号。

魏富海向大家挥着手嚷："回去，都回去！简直不像话！"

闹事的人刚想走开，忽然传来了响鞭声。薛辉转脸望去，见沿山麓的大道上三辆大车正在飞驰而来，仔细一看，车上有俞立平。他兴奋地用手一指，嚷道："看，俞区长他们运粮食来啦！"

唐黎岘转脸向山麓望去，确是俞立平运来三车粮食，感到很高兴。

工人们都抬头望去，见三辆大车一辆跟一辆，已经接近小镇。赶车的人像在故意显本领，摇晃着大鞭杆，响鞭儿咔咔响。

少时，三辆大车来到附近。车上载着满满的粮食，车上的战士们都风尘仆仆；有两名战士受了伤，区长俞立平左胳膊上绑着布，右手拎着匣枪，满脸是汗。

唐黎岘一看，忙迎上前去问："老俞，跟土匪打上啦？"

"打上啦！"俞立平跳下车，来到唐黎岘跟前说，"我们走到腰岭沟，就跟土匪遭遇上了，多亏焦副营长派个机枪组，又仗着赶车的机灵，刚接火他就打马飞跑，要不粮食就到不了家啦！"

唐黎岘问："有损失吗？"

"算我一共伤了三名，牺牲一名！"俞立平声音低沉地说。

唐黎岘听说后心里很难过；工人们也深受感动，都沉默地望着车上牺牲的战士和伤员。

战士们都下了车。唐黎岘怀着感激的心情，跟战士们一一握手，然后登上了大车。

工人们的眼光都集中在唐黎岘的身上。唐黎岘的脸色很庄严，面对着人群站了一阵，感情激动地说："同志们，粮食运来了，卸下车就发给大家。粮食虽然不多，但它是农民弟兄勒紧裤带支援咱们的，又是用战士的鲜血换来的，希望大家珍重它！"他又扫视了工人们一眼，见他们都神色肃穆，觉得用不着多讲了，便说："我提议，向光荣牺牲的同志志哀！"

唐黎岘脱下帽，俞立平和战士们也脱了帽，在场所有的工人都脱了帽，一齐向牺牲的战士低头默哀。

周彪想趁此机会溜走，但刚一迈步，一直盯着他的苏福顺便厉声喊道："周彪，你别溜，站住！"

林大柱憋了一肚子火，对周彪恨极了，奔过去一把抓住他的脖领子。

周彪还想挣脱，古尚清骂道："狗崽子，你往哪里溜！"他气大力猛，伸出大手，一把就将周彪拎回人群。

矿工们呼啦啦地围上周彪，都瞪着眼睛愤怒地逼视着他，骂他；还有些人要伸手打他。后边的人看不见，有人高声提议："老古，把他推到车上去，让大家看看！"

"对，要他向大家交代！"

…………

在众人的愤怒声中，古尚清把周彪推到车上。在声势浩大、众目睽睽的人群面前，周彪吓得脸色苍白，手腿发颤，嘴巴抖动，说不出话来。

众人拥向大车，愤怒地揭发他的罪行。

九

原先的护矿队队部做了矿长办公室，拿走了那些字画和女人的照片，只留下几张地图，屋里收拾得面目一新。唐黎岘回到办公室，就和焦昆一起研究矿内外发生的情况。

焦昆在紧张的时候，精神总是那样充沛，虽然昨晚一夜没睡，仍然神采奕奕。他说："方才我跟俞立平谈过，老俞说他们走到腰岭沟，发现土匪由山梁上冲下来，粮车如果退，更加危险，只有前进，他们一边抵抗，一边催马往前冲。土匪喊：'夺下粮食车！活捉俞立平！'……由此看来，这次土匪劫粮的事件不是偶然的，显然敌人知道我们运粮，这和矿里闹粮有密切联系，敌人一方面想劫走粮食，一方面在这里煽动工人闹事，企图制造混乱，涣散工人队伍。"

唐黎岘点点头说："你说得不错，劫粮和闹粮这两件事不是巧合，是敌人预谋的。周彪供认了什么？"

焦昆说："周彪还在狡赖，一口咬定只是为的要点粮饷，没有别的意思。我认为他虽然是煽动者，但还不是主谋，在他的背后还有个指挥者！"

唐黎岘同意焦昆的分析，沉思了一下说："我们要把这个主谋挖出来，他一定在孤鹰岭镇！"

焦昆思索了一下问："唐矿长，魏富海这个人究竟是个什么人？"

"魏富海吗？"唐黎岘反问，"你看呢？"

焦昆说："这人行动可疑，今早他没到护矿队，可是当你已把闹事的人说服了，他又忽然钻出来说了那套话。"

"是呀！对他要严加注意！"唐黎岘说，"对付暗藏的敌人，是长期的、艰苦的、复杂的事。我们要时刻警惕！"他站起来，踱着步子思索了一阵说："今天这些情况不能等闲视之。敌人是想借沈阳蒋军出动的声势搞阴谋活动。这两件事是敌人向我们发出的挑衅信号。现在他们是失败了，不仅没有造成混乱，相反，教育了工人，锻炼了工人。但他们是不会甘心的，他们还会搞其他的阴谋活动。"

焦昆说："他们会搞的。劫粮闹粮的事，是不是会和更大的阴谋联系在一起，也还难说，比如说，趁矿山内部混乱，金大马棒的匪徒来袭击矿山。"

"对，需要多方面设想，也需要采取措施！"唐黎岘对焦昆很满意，觉得这是个得力的助手。

焦昆站起来，走近墙边瞧着地图沉思。现在的情况虽然复杂，但他心里有底，派出的侦察员已经送回情报，敌人没有往矿山进军的迹象。上级指示说，由沈阳窜出来的国民党军没有别的企图，只是抢占铁路沿线各站的城镇，矛头指向辽阳、鞍山、大石桥，奔向营口，准备从营口登船逃走，因此不会进犯矿山。现在主要是防范土匪袭击，金大马棒的匪徒在人数上多于矿里的武装，他们又净是些亡命之徒，阴险毒辣，无恶不作，要设法保卫矿山，绝不能让匪徒们再来破坏。

薛辉推门进来，见矿长和焦昆都在沉思，想退出去，唐黎岘让他坐下，说："小薛，你谈谈闹粮事件的经过吧。"

薛辉看看唐黎岘，又看看焦昆说："前边的情况我不清楚。我路过那里，听见里边吵吵嚷嚷，周彪的嗓子最高，口口声声要找矿长要粮，不然就要罢工。我听着觉得实在不像话，就进去了。"

唐黎岘接过来说："你进去后就批评指责，进行压服威胁！"

薛辉看唐黎岘的神色很严肃，心里有些发毛，脸也红了。他承认说："当时我看实在不像话，有些压不住火，批评了几句，讲些道理，想制止他们乱吵，我可没有威胁。"

"没有威胁？你进屋就盛气凌人地训斥，甚至还摸枪！"唐黎岘不满地注视着薛辉，等待他回答，见他不作声，进而说道，"我已经跟古尚清和苏万春谈过，他们把当时的情况详细跟我说了。你知道你在这件事上起了什么作用吗？起了推波助澜的作用！"

薛辉张口结舌，脸上红一阵白一阵。他知道自己当时的做法不对头，可没有想到像矿长说的那样严重。他一向以唐黎岘为榜样，处处向他学习，可是遇到情况就不能像他那样沉着，现在他后悔自己当时过于急躁；他避开唐黎岘的眼光，像寻找同情似的瞅瞅焦昆，见焦昆正冲着他微笑，心里有点恼火。

唐黎岘继续严厉地说："你做得很笨，很不对头！你年少气盛，工作办法少，是可以原谅的；但是你这样做的影响很坏，是脱离群众的！"

薛辉睁大两眼瞧着唐黎岘，额上和鼻子尖上冒出了点点汗珠。

唐黎岘仍然不放松地说："你不调查不研究，不分青红皂白，进屋就训斥，这不是我们共产党的作风！"他看薛辉冒汗了，知道薛辉有些紧张，便缓和了语气说，"我们要从这件事上吸取教训，对待工人群众不能采取老爷态度，处理任何问题都不能采取压服办法。群众路线是我们党的光荣传统，在任何时候都要有群众观念。毛主席在党的七大报告中就说：'我们的代表大会应该号召全党提起警觉，注意每一个工作环节上的每一个同志，不要让他脱离群众。'这里是个新区，矿工们对我们还不够了解，当前最重要的问题是取得矿工们的信任。我想，危险不在于敌人，就怕我们脱离群众。工人群众是建设矿山的力量，也是保卫矿山的靠山，没有他们的支持，我们就寸步难行！"

薛辉见唐黎岘不往下说了，就慢吞吞地说："唐矿长，我今天犯了错误，我不该……"

唐黎岘摆摆手说："你不忙检查，等有时间的时候，再好好想想，现在你给工人发粮食去吧。"

薛辉松了一口气，站起来向唐黎岘敬个礼，转身往外走了。

唐黎岘目送着他出去，心里很喜爱这个毛头小伙子。薛辉跟他在一起已有三年了，这小伙子对党忠诚，聪明能干，勤恳好学，跑跑颠颠的很灵活，还有高小文化，抄抄写写也行，是他的有力助手。不过因他年纪还轻，所以对他还得抓紧，不然就会出娄子，这次的娄子就不算小。

薛辉走后，唐黎岘和焦昆在一起商量防范措施。他们决定对护矿队进行彻底改组，把周彪送到区政府看管起来，把那些小把头、狗腿子和一些不可靠的人全部清除，决定训练班今天暂时停课，让他们都参加护矿队。护矿队长由焦昆兼任，让苏福顺暂任护矿队的副队长。还决定把区政府的武装和矿里的武装组织到一起，由焦昆统一指挥，统一行动，一起到战略要地去布防。研究完了，他们一同走出办公室，唐黎岘看一群工人在那里排队领粮，薛辉正忙得满头大汗。焦昆回指挥所去了，唐黎岘过去叫来四名工人参加分粮，自己也操起了大秤。

夜晚还是同昨晚一样，小镇笼罩着紧张气氛，人们也还是有些惶惶不安。谣言不断流传，说有一股国民党军队已经进了山，金大马棒的人马在附近的山岭摆开阵势，单等时刻一到，就要打进矿山。天气阴暗，山野里一片漆黑，街上没人敢走动，家家都早早熄了灯。居民区静悄悄的，山野也静悄悄的，住在沟膛子里的人家狗一叫，回音震荡山谷，似乎更增加了恐怖气氛。

矿里的人在紧张地防范：一队队的武装战士上山布了防，三人一组的游动哨沿着山麓巡逻，区政府的武装全部组织起来，布防在镇边的丛林里。

唐黎岘有意识地想锻炼一下参加训练班的工人，通知他们晚上全部来参加护矿。

矿工们都来了。不仅参加训练班的工人来了，许多一般工人也主动要求参加。二十来个人组成一个班，拿着木棒、铁棍、铁锹和扎枪，守护着仓库、其他建筑物或矿山的交通要道。他们并不担负作战任务，主要是防范坏人破坏，也是为了预防万一情况有变，大家好一道行动。有一群工人为了壮声势和取暖，燃起一堆篝火，于是各处都仿效起来，篝火一堆堆地燃得很旺，工人们围在火堆边抽烟交谈。

唐黎岘在薛辉的陪同下在山麓巡视，一堆堆的篝火使他不禁想起军队里的战斗生活。他记得他参加军队的第二天夜里就在山峡里露宿，一个排，有的是一个班，在石崖下燃起一堆堆篝火。那时候望着那星星点点的火光，感到很兴奋，认为这就是军事生活的特点，这就是革命的气氛，而且为自己能坐在篝火边感到自豪。从那以后他经常见到这种篝火，经常坐在篝火边畅谈革命，从湖南到湖北，从延安到东北……

他和薛辉走到一堆篝火边，看见古尚清在那里。老古穿着光板的老羊皮褂子，挂着一根安有铁头的棒子，正在高声发议论："……国民党把咱们矿工坑苦了。他们破坏了矿山，把矿里的机械都拉跑，现在我们刚上了工，他们又想来捣乱，若是他们真敢来，这回我老古就要瞪起眼珠子，和解放军一起跟他们拼，别看我手里是个棒子，抡到那些狗崽子的脑袋上，准叫它开花！"

有人说："古大炮，你别说大话，到时候会吓得你光记得往家跑了。"

古尚清说："你当咱老古也像你那样只有芝麻大的胆？我可不是草包。真的打起交手来，咱一个还不能对付他三个四个的？"说着他做了一个骑马蹲裆式，挥起大棒子，左右开弓练起来。也别说他吹，砸、压、挫、扫，真还有些门路，抡起的棒子在他手里呼呼生风。正练着，他忽然发现了唐黎岘和薛辉，忙收住架势，不好意思似的嘿嘿一笑。

唐黎岘笑着说："你练得很好，再练一套。"

"不练啦！"古尚清放下棒子说，"这是我小时候在河北老家学的，起码有二十年没练了，今天高兴了，比量几下，忘了不少，行家一看就露了馅。"

唐黎岘称赞地说："你那两手不坏，真的交了手，一般的人打不过你。"

古尚清得意地笑了。

唐黎岘问："老古，若是万一出现什么情况，我们不得不撤退的时候，你怎么办？"

古尚清说："我跟你们走。"

"舍得离开家吗？"

"这个？"古尚清思索了一下说，"我豁出来了！让她们娘儿们自己想办法活着，反正还得打回来。"

有人逗他说："得啦，你净瞎吹，上次八路军来矿山，他们临走劝你跟他们去，你怎么没去？"

唐黎岘认出说话的人就是那天拦他的门卫，一打听，知道他叫曹顺林。

古尚清看曹顺林当着矿长的面揭自己的短，心里很恼火，回敬他说："一时讲一时。那回没去有原因，这回说了就算数！你是光棍一条，腿肚子贴灶王爷，人走家搬，无牵无挂，凭着威武的八路军不去当，甘愿在周彪手下混饭吃，还说别人呢！"

曹顺林脸红了，嘟囔说："说我干吗，我也没逗能！"

唐黎岘微笑着对古尚清说："这事你自己说了恐怕还不能算数，要跟家里商量商量，大嫂同意才行。她不放你，你也走不了。"

"对呀。"有人向唐黎岘介绍说，"他家是娟子妈当家，别看他瞎咋呼，在家里得乖乖听老婆的，除了他借酒醉发一阵酒疯，平时被管得紧紧的。"

唐黎岘和薛辉都笑了，围坐在火堆边的人也都哈哈大笑起来。古尚清有些发窘，连忙摆摆手说："你别听他瞎说，这没有的事。"

东北方的山顶上出现了火光，因为距离遥远，透过夜色，火光时强时弱，一会儿消失，一会儿又出现，鬼火似的，显得凶险可怖。这现象令人猜疑，不知那是敌方的信号火，还是敌人故意布的疑阵。

唐黎岘和薛辉走向另一个火堆，看见林大柱拿着一杆撬棍守在那里，林秋妹也在那里，她穿着一身蓝衣服，手里拿着一杆扎枪，同那些男工人一起站着。全体人员中只有她一个是女的，显得有些突出。

薛辉感到意外，忙向前问："林秋妹，你怎么也来啦？"

林秋妹说："所有的工人都来了，我是个工人，怎么能不来呢？"她边说边注意瞅着唐黎岘，怕矿长要她回去。

唐黎岘问："你不害怕吗？"

"别人都不害怕，我怕啥！"林秋妹斩钉截铁地答道。

林大柱见自己的女儿这样刚强，忍不住夸赞地说："你别看秋妹腼腼腆腆，脾气柔和，她可要强哩。六年前，她焦大哥在我家里养伤时给她讲的那些战斗故事，她都记在心里，还向我谈过她要当女英雄哩！"

"爸爸，看你！"林秋妹觉得脸有些热了，明亮的眼睛里却闪着自豪。

唐黎岘微笑着说："想当英雄好嘛！我们希望每一个人都有当革命英雄的愿望，每一个人都成为英雄。有理想，有愿望，向前进就有了动力，但要从最平凡的事做起，只要你踏踏实实去干，愿望就能够实现。"

林秋妹认真地听着，暗暗记着唐矿长的话。她一心想参加革命，想成为一个女英雄，她已下定决心，如果解放军要转移，她就跟焦大哥去当女兵。现在她能同大家一起护矿，感到非常光荣。

前边的一堆篝火燃得更旺，一群工人围在火堆边哼着新学的歌。唐黎岘走到近前，见这里几乎都是进训练班学习的老工人，在熊熊的火舌映照下，人人都精神抖擞，满面红光。他打听苏福顺在哪儿，有人回答说苏福顺刚走，另一人就向远处喊："苏福顺，唐矿长找！"

另一个火堆立刻有人接过去喊："苏福顺，唐矿长找！"

一个火堆传到另一个火堆，工人们知道唐矿长跟他们在一起，更放心，更有勇气了。

苏福顺背着老洋炮，大踏步地走来。今天晚上，他负责整个护矿队的工作。在工人中他的威信高，又有些办法，大家都听他的，因此组织得很顺利。他老当益壮，精神百倍，来到唐黎岘跟前就说："今天发粮正是节骨眼，工友们都很感动，都来了，一心想保住矿山！你看，一堆火就十来个人！"

唐黎岘数了一下，共有八堆火。他想，有这样一个机会锻炼一下工人太好啦！他称赞地说："你组织得很好！"

"主要是人心齐！"苏福顺说，"大家的胆都很壮，若是有枪就会更壮啦！"

唐黎岘说："矿里有一连解放军，还有区中队，完全可以对付匪徒。你告诉大家不要怕，真的打响了，要听从指挥。"

这时对面山上的火光越来越强，由三五处扩大为十几处，看样子燃得很旺，远远望去，火焰像在云雾里蹿动；熟悉地形的人说，火光距离矿山并不远，就在和矿山相对的山头上。

苏福顺望着山上的火光，气愤地说："那准是金大马棒那帮土匪干的，他们是活得不耐烦了，想找死！解放军再开来一些，把这群坏蛋收拾了吧！"

唐黎岘说："现在解放军正在辽西打大歼灭战，腾不出手来，等不多久就会抽出部队来剿灭他们。"他望望各处的工人们，心里很满意，工人们来了就是对党的支持，这表明工人的觉悟有了提高。

突然，小镇边升起了三颗信号弹，一颗红的，两颗绿的，接着前边的山林里响起了激烈的枪声。蹲在火堆边的工人都站起来，往枪响的地方张望。唐黎岘一面叮嘱大家要沉着，不要慌，一面掏出了手枪；薛辉也把盒子枪端在手里，打开机头。大家都警惕地望着枪响的方向，突然，镇里叭叭响了几枪，有人呼喊，又响起一阵枪声。稍时，枪声不响了，镇里恢复到一片沉静。这是怎么一回事呢？望了一阵再不见动静，唐黎岘准备到焦昆那里去。刚走不远，营部的通信员跑来了，唐黎岘忙问："枪响是怎么一回事？"

通信员说："那是特务打枪，周彪逃了！"

这使唐黎岘很不高兴，他问："周彪是怎么逃的？"

通信员说："区政府把周彪押在一间草房里，区中队大部分都到镇郊布防，留下两个新战士看周彪，在前山的匪徒佯攻枪声的掩护下，几个特务从黑胡同摸到草房后，开枪打伤了两名新战士，把后窗砸开，这就让他逃走了。"他接着又说，"焦副营长让我向你报告，敌人燃篝火是疑兵之计，据侦察员报告，在东南的山村里发现匪徒，看动向，匪徒可能来矿山冒一次险。焦副营长已经调整了部署，如果匪徒敢来进犯，有把握消灭他们。另外，他要大家把火熄灭，免得吃亏。"

唐黎岘点点头说："你回去告诉焦副营长，我一会儿就到他那里去。老苏，让大家把火熄了！"

命令一下，篝火全熄了，整个矿区漆黑一片，气氛显得更加紧张了。

十

那天夜里，匪徒们终于没有敢来。以后情况变得很快，几天的时间，沈阳解放，营口解放，东北全境都解放了。胜利的捷报接连不断地传来，矿山开了群众庆祝大会，宣传队扭着秧歌走上街头，到处锣鼓喧天，小镇里一片喜气洋洋。

矿里贴出了招工告示，几天中新招三百多人，上级也陆续派来了一些干部，总共已有五百来人了，修复工作还没有展开。工人训练班第一期结业，第二期又训练了五十多人，剩下的人除了抽出少数电工、钳工、配管工和熟悉线路的运输工人，去检查供电线路、排水系统和运输线路外，大部分人都被派去修房子。因为干部很少，组织管理跟不上，每天早晨一大群工人聚集在办公室门前，像是在集市上似的，乱哄哄地等着分配工作，半个小时后才能开赴工作场所。但是矿山有了生气，总算有了一把人，动了工。

唐黎岘太忙了。他要接见和安排新来的干部，要考虑建立机构，要跟上级打交道，要接触工人，每天还要到工人训练班去讲课，但他老练稳重，不慌不忙。只有薛辉才知道他每天要工作到深夜，只能睡五六个小时。

薛辉在矿长的办公室外屋放一张桌子，桌子上放着电话，根据矿长的指示处理公务。有时他看找矿长的人太多，不得不替矿长挡挡驾，然而，他的好心一经唐黎岘发现，就会受到一顿严肃的斥责："你这个小官僚，为啥把人支走，你是不是成心要把我跟群众隔绝？"他只好不吱声，暗在心里反驳："鸡毛蒜皮的小事，都让找你，那还得了！"

今天，薛辉把盒子枪掖在腰里，穿上他唯一的一件青上衣，口袋里插上钢笔，成了文职人员。他早早地来到办公室，屋里屋外清扫一遍，刚坐下就有人推门进来，抬头一看，是个姑娘。

姑娘是细高个子，穿着一件旧士林布衫，背后垂着一条辫子，黑黝黝的脸蛋，浓浓的眉毛下面闪着一双乌亮的眼睛，长得端正秀气，神态也很大方。她进门来向薛辉瞟了一眼，就往里屋走。

"你找谁？"薛辉忙站起来拦住她问。

姑娘停下来说："找唐矿长！"

"找矿长有什么事？"

"有要紧的事。"

薛辉客气地说："小姑娘，矿长还没有来呢。"

姑娘不满地盯了薛辉一眼说："你不要小看人，谁是小姑娘，比你小不了几岁。矿长没来，我等他一会儿。"

薛辉被她顶撞得很不自在，勉强微笑着说："同志，你把你的事当我说说，若是我能办就帮你办了。"

姑娘听薛辉改口叫她同志，抿着嘴笑了，便温和地说："我认识你，你姓薛，跟唐矿长一起来的，你给唐矿长当听差。"

"什么叫听差，那叫警卫员，我现在是他的秘书。"姑娘的话使薛辉有些不高兴，但他还是耐心地说，"你到底有什么事，快说吧！"

"你能做主吗？"姑娘两眼盯着他。

"能！"薛辉毫不迟疑地答道。

姑娘又望了他一下说："我要到矿里来上工，你做主要我吧？"

薛辉说："这事不用找唐矿长，也不用我做主，你到登记处去吧，出门往东拐，走不远就可以看见一个牌子，你若是认识字，一看牌子就知道了，不认识字打听一下。"说完他就低头去整理抽屉里的东西。

姑娘见薛辉对自己冷淡，有些不高兴地说："那个登记处我去过了，他们难说话，小看人，不给我登记，我非找唐矿长不可。"看来她不想跟薛辉说了，在靠墙边的椅子上坐下，把脸扭在一边，垂头摆弄着辫子。

薛辉看看这个执拗的姑娘，明白她瞧不起自己，定要见矿长了。他感到有些无可奈何，便耐着心说："你不必找唐矿长了，回头我跟管招工的同志说说，让他们再研究研究。"

姑娘摆一下头说："我要等唐矿长，林秋妹告诉我说，唐矿长这个人很好说话。"

薛辉觉得她这样的小事也要找唐矿长，心里很不高兴，板起面孔说："矿长忙得很，没有时间过问这样的小事，你回去吧，太啰唆了！"

姑娘听了薛辉的这一番话，心里也很不高兴，她盯了薛辉一眼，稳坐在那里，不再理会他。

唐黎岘来了，一进门，见姑娘噘着嘴巴，心想可能又是薛辉惹了她，刚想问，姑娘忙站起来说："唐矿长，我正找你呢！矿山不是招工吗，我是老矿工的女儿，别看我长得瘦点，我已经满二十岁了。可是他们说我是女的，不要我。我跟他们讲理，那个戴眼镜的把手一摆说，去，去，去！"她说着瞅一眼薛辉，分明表示她对薛辉也很不满。

唐黎岘看姑娘越说越来气，微笑地问："你叫什么名字？"

"我叫古月娟，我爸爸叫古尚清，我娘也认识你。"

唐黎岘听说她是老古的女儿，重新打量了她一眼，暗想，她这样爽快，很像她的爹娘。便问："月娟，你爸爸这几天喝没喝酒？你娘那架座钟还在吗？"

古月娟说："喝是喝啦，可没有多喝。为了那架钟，我娘至今还感激你呢。"

唐黎岘笑了，向薛辉说："你给登记处老王打个电话，告诉他老矿工的子女有优先权，把古月娟留下。"说完他向古月娟招呼一声，走进矿长办公室去了。

薛辉一声没响，抓起耳机打电话。古月娟站在桌前看他打电话，不再生他的气了，并且因他在帮自己的忙而对他有了好感。

古月娟见薛辉和对方说好了，高兴地拍一下手，抬腿就往外跑，刚出门又站下，转身笑嘻嘻地对薛辉说："我谢谢你，有空到我家去玩，我家就住在西街红房子里，和苏福顺大爷家只隔两座房子。"

薛辉向她点点头说："好，有空我一定去！"

古月娟高高兴兴地跑了，薛辉开始抄写唐黎岘向上级写的报告。刚写几笔，电话铃响了，是俞区长打来的，他说上级给调拨一批粮食，要派车去运。于是薛辉又打电话向负责运输的人联系；刚放下电话，又来人要找唐矿长，他仍然要问明因由，不肯随便往屋里放人。他很忙，但心情很愉快。

焦昆走进来，薛辉今天的衣着使焦昆觉得他变了样，他冲薛辉笑笑，迈步走进屋，习惯地先去看地图，这是一张全国地图，图上插着许多小红旗。东北地区的大城市全插满了，关内各个战场上的红旗也不断增多。他看了又兴奋又感慨地说："辽沈战役打得真过瘾，一举就歼灭敌人四十七万多人。这样空前的大战役没参加上，实在遗憾！现在东北野战军正往关内开，百万大军一过关，准有大仗可打。咳！咱现在只能听听胜利消息了！"

唐黎岘瞧着焦昆，说："你别长吁短叹了。革命有分工，总不能人人都去参加打大仗。你在这里也很有干头，修复若是开始，比打仗还艰巨。老焦哇，你还是对你目前工作岗位的重要意义不理解，一旦理解，你就不会为参加不上打大仗而叹息了。"他给焦昆倒了一杯水，说："喝杯水，去去心火。"

"你呀，你虽然当过兵，却还是不理解一个军人的心情，跟你怎么说呢？"焦昆无可奈何地叹了一口气，慢吞吞地在唐黎岘对面坐下。

唐黎岘不想再跟他多谈，他知道对这样的人无须多说，任务一压在他的身上他就会忘我地奋勇向前。他从抽屉里取出一纸公文，交给焦昆说："公司同意我们成立个修复建设办公室，任命你当主任，你要在修复建设中唱主角呢。"

焦昆接过公文看了看，默默地把它放在桌上。他知道修复建设办公室主任是个什么样的角色，感到担子沉重：矿山被破坏得这样惨，各方面的条件都很差，怎么去修复呢？他心里一点数也没有，他意识到承担面临的任务，需要很大的勇气。

唐黎岷把公文放进抽屉里，怀着喜悦的心情瞧着焦昆，看他不说话，便问："老焦，你看过上级来的指示了吗？指示说，现在必须把经济建设放到压倒一切的地位。"

焦昆已看到过那个指示：东北全部解放，解放战争向关内发展，东北已成为大后方，搞好东北的经济建设，对全国解放具有战略意义，因此摆在全东北人民面前的任务，是利用东北地区在地理、工农业、交通方面的有利条件，加速经济恢复与经济建设，巩固东北，支援全国解放战争，争取全国彻底胜利。他清楚地理解自己工作岗位的重要意义，现在任务来了，只有努力去完成。他没有再说什么，只问："你对修建办公室的工作有什么指示？"

"首先把机构组织起来，尽快制订起修复计划！"

"制订修复计划？"焦昆感到一些压力。

唐黎岷重复地说："你们要尽快拿出一份修复计划！"他望着焦昆，"搞工业建设咱们都不是内行，因此我既不硬性地给你规定期限，也不规定条件，你可以和你的部下大胆创造，但是有一条原则，就是要根据革命形势的需要、矿山的实际情况和可能条件，以革命的精神去修复，要突破一切困难，要用最快的速度把矿山修复起来！怎么样，有困难吗？"

焦昆在战场上无论遇到什么困难情况，无论首长给他多么艰巨的任务，向来不叫苦，不讲价钱。他按军队的习惯，根据自己的领会，把唐矿长所讲的原则简要地重复说了一遍，看唐黎岷点头，说："我可以走了吗？"

唐黎岷说："可以。希望你领同志们深入调查研究，搞出个既有革命精神又是切实可行的修复计划来！"

焦昆行个军礼，往外走去。本来他的脚步就重，又穿着坚硬的翻毛皮鞋，走起来踏得地上咚咚响。

唐黎岘目送着焦昆的背影，满意地点点头。

修建办公室设在一间比较大的房子里，屋里摆着几张桌子，但没有人。焦昆跟人事部门联系，管人事的说正在分配，他只得等着。这时他才开始冷静地考虑起自己的任务。他想，唐矿长虽然没提出时间要求，可是形势是明摆着，炼钢厂和炼铁厂那边已经着手筹备修建平炉和高炉，高炉点起火来，就得不断供应铁矿石；矿山的情况他清楚，现在哪里具备条件哪！这就必须早上马！可是这计划，究竟怎么样搞法呢？……这时候他更感到，在新的任务面前，光有革命热情不行，需要钻进去，外行要尽快变成内行。

焦昆想着，忽然想起参军那天，连长把一支步枪交给自己时说："你要参军打敌人，就要先学会放枪，放响好办，要打得准可不容易，那得下功夫练！"自从那一天起，他就下苦功练，经过二年的工夫，终于练了一手好枪法。但是光有一手好枪法还是不够用，因为被提拔当了指挥员，还得学会指挥。有一次他跟团政委叫苦，团政委把毛主席在《中国革命战争的战略问题》中的一段话指给他看，毛主席说："读书是学习，使用也是学习，而且是更重要的学习。从战争学习战争——这是我们的主要方法。没有进学校机会的人，仍然可以学习战争，就是从战争中学习。革命战争是民众的事，常常不是先学好了再干，而是干起来再学习，干就是学习。"从那以后，他再也不叫苦了。现在，新的担子又落在肩上，虽然曾经当过二年矿工，那又有多大用处？这回是要领导整个修建工作呢！为了革命需要，还得从头学起，方法呢，只有边干边学，边学边干。

他沉思了一阵，掏出小本子，伏在桌上写道：

　　　　新的任务来了，这是个沉重的担子，必须挺直腰板，勇敢地挑起来！担子重、困难多，不可怕，只怕失去革命锐气。困难会被突破，突破困难就是胜利，就会摸到经验，有了经验就会提高。革命事业，只有通过冲破重重困难才能成功！……一场新的战斗开始了，还得去打冲锋啊！

张学政来了，这是矿里唯一的采矿工程师。他很年轻，细高个子，穿着紧身夹克，没戴帽子，围着一条围巾，精干利落，好像一个运动员。他进门就嚷："焦主任，我来了！让我跟你搞整个矿山的修复计划，可我从来没有搞过，这任务我难以胜任哪！"

焦昆很喜欢这位年轻的工程师，觉得他泼辣好强，没有多少知识分子架子，见他来了心里很高兴，合上本子说："你的条件比我强得多，专门学过，又多少有些实际经验。我呢，当矿工的时候只会放炮，现在有什么话可说，组织上既然交给了任务，只有努力去完成！"

张学政原是清华大学的学生，思想进步，是学校地下党培养的积极分子。前年毕业时，随几名进步同学到东北解放区。这二年他在东北工作，调到孤鹰岭矿只有五天。他虽然有一些实际经验，但这次派他到修建办公室任工程师，负责整个修建的技术工作，感到压力很大。他解下围巾，到桌前坐下说："我怕搞不好哇!"

焦昆鼓励他说:"用不着怕,这是个很好的锻炼机会。一个人不经受过艰苦锻炼,就不能成长!"

张学政看焦昆这样沉着老练,心里很钦佩。他自来到矿里,就没少听人们赞扬焦昆,因而对他很尊敬,爱跟他接触,在他面前无话不说;现在能跟焦昆一起工作,他感到很高兴,但仍然信心不足地说:"我的技术能力不足还不是主要的,主要的是矿山被破坏得太惨了,条件很差,恢复起来实在困难。"

焦昆安慰他说:"矿山确实破坏得很严重,不过还有些基础。更主要的是它是一座很好的矿山,铁矿又多又好。我们不仅要恢复,而且将来要扩建。"他说着站起来,从玻璃窗往山上望望,映入他眼帘的却是一片荒凉景象。

张学政闷闷不乐地说:"恢复是可以恢复的,也可以进行扩建,不过,那是遥远的事,短时间里是办不到的。"

"我们就是要设法在短时间里办到!"焦昆转过身来说,"按资本主义国家那些办法当然办不到,咱们能不动脑筋?要革命,要创造,找出能适用的新办法。要说制订修复计划难,就难在这一点上……不要愁眉不展的,鼓起劲来干,不是还有党的领导和那么多的老工人嘛!"

分配到这来的人,陆续都来报到了,总共才六个人。技术人员只张学政一人。焦昆向他们传达了唐矿长的指示,明确了全室的任务是集中力量搞修复计划。然后安排人员分工,让所有的人都分头下现场和有关部门去进行调查研究,掌握情况。会议开得十分简短,总共不到一小时。他看人们在互相交换眼光,便说:"现在大家对矿山的情况都不了解,脑子里还是个空白,谈多了也没用。大家尽快地下去，等了解了情况，咱们再坐下来谈。"

焦昆把他们打发走了后，给唐黎岘挂了个电话，请求抽苏福顺、古尚清、林大柱等五名老工人组成个研究小组，跟他一起研究制订计划。唐黎岘立刻答应了，并且让薛辉把那五名老工人给召集起来。他们很快就来了，焦昆向他们交代了任务，便一同上山。

东北风刮得很紧，被卷起的碎草落叶在山梁上飞舞，到山谷里才渐渐消失。天空晴朗无云，群山的轮廓非常清晰。一只山鹰展着双翅，懒洋洋地在孤鹰岭上盘旋。

焦昆同苏福顺等人一起往山上走着，尽管对矿山如何修复还没有数，尽管许多问题难以解决，尽管压力很大，但他望着蕴藏量丰富的矿山，心里仍有一种说不出的快乐。对他个人来说，今天是个值得纪念的日子，这是个新的开始，投入了一场新的战斗；对建设来说，总算开了头，斗争将要展开，沉睡的矿山将要复苏，荒凉的村镇将要改变。

十一

在通向孤鹰岭矿的崎岖山路上，一辆吉普车在迎风奔驰。车里坐的是新调到孤鹰岭矿的副矿长邵仁展，还有一位是工程师严浩。

邵仁展和严浩都一声不响，一个望着前方沉思，一个眯眼养神。司机手把着方向盘，加速马力前进。

孤鹰岭矿是邵仁展最熟悉的地方。日伪时期，他在这个矿里做过四年工程师，现在他闭上眼睛都可以想象出矿山的情景。那时，他是抱着靠技术挣钱的观点受雇来工作的，来到矿山后，发现大量铁矿资源都被日本人掠夺，自己又处处受日本人辖制，心情总是不好；自七七事变后，日寇对中国工人的压榨越来越凶，他心里更不好受，特别是看到那些汉奸把头欺压折磨工人，更加气愤。他觉得都是中国人，应该互相照看点，不应该给日寇做帮凶，因此，他和日本上司以及汉奸把头们的关系搞得不好。金海川当时是孤鹰岭矿的头号汉奸，凡是中国人在矿里混事，都要讨他的好，邵仁展觉得自己有技术，得罪你金大马棒又能怎么样。有一次，金大马棒娶小老婆，送给他一张请帖，他没去。第二天金大马棒就来寻衅，他一怒之下，当众骂了金海川；过了不到一个月，金海川就给他栽了赃，制造个反满抗日的罪名，把他抓到日本宪兵队，随后就被送到北满密山去做苦工，在那里他接触了共产党的地下党员。"八一五"光复后，他回到了哈尔滨，被介绍到东北局工业部门工作。因为他是技术人才，又有一年多做苦工的光荣历史，领导上很器重他，同志们也尊重他，他的确也很积极，去年春被吸收做候补党员，又被提拔当了副处长，他干得就更加起劲。当他听说孤鹰岭矿解放了，觉得一座规模很大的矿山，将来一定很有发展前途，就几次请求调到这个矿来。现在领导上批准他来了，满足了他的希望，他便决心要在这里搞出点名堂来。

邵仁展听说沈阳发现有国民党从矿山运走的东西，就赶紧先去沈阳，到那里后使他大失所望，只找到一堆破烂，连一件完整的设备都没有，却发现了原国民党孤鹰岭矿副矿长严浩。严浩是个工程师，在他手里还保存了一些矿山资料。这次能把严浩要来是个收获。现在各处很需要工程技术人员，像严浩这样曾到国外留过学的人，还是很难得的。

汽车跑得很快，风声呜呜，路边上的电线杆子、树木、石崖迎着车，一闪地就过去了。

邵仁展望着奔驰着的景物，听风声呼啸，颇有感触。在过去，这条道他没少跑，自从受迫害后，有七年多没走过了。时代真是激流勇进，在这短短的七年中，形势有过多大的变化，日本侵略者滚蛋了，随之又来了国民党，现在国民党已逃出东北，离彻底垮台为时不远了。在这个动荡的年代，他受到党的教育，走上了革命道路，这条路是走对了。他想，现在东北已成为大后方，党把经济建设提到重要议程，已经有大批干部转业到建设战线上来，可是这些人绝大部分都是搞军事斗争的，打仗行，搞工业建设可不见得行，党正需要建设人才。他越想心情越振奋，认为在这样革命大发展时期，正好轰轰烈烈地大干一场，若是在孤鹰岭矿搞好了，就是对工业建设做出了贡献。

邵仁展转脸瞅瞅严浩，严浩翻起大衣皮领子，缩着头，已经睡了。正在这时，汽车猛地一颠，把严浩颠醒了。

"天气冷，在车里睡容易感冒。"邵仁展对他说。

严浩打个哈欠，欠欠身子说："不要紧！"

路越来越崎岖，汽车一颠老高，邵仁展看前边的山路狭窄崎岖，提醒司机说："前边的道路不好，要注意点！"

司机减慢些速度，车子稳当了些。邵仁展问："严工程师，你在矿山待了一年，对矿山的情况很了解，你看我们该怎样动手修复？"

严浩说："矿山破坏得太惨了，很难恢复啦！"他指指那一大包资料，"这里是一份修复计划稿和附带的资料，是我花费七个月的时间做出来的，我的一切见解都在这上边。"

那一包资料足有六七斤重，邵仁展很想看看，可是在车上没有办法。他问："开始实施了吗?"

严浩说："呈报上去就没有下文，上司还没有批呢!"

"为了什么?"

严浩耸耸眉毛，说："不大清楚，大概是没人管吧。"

"'南京政府'不是很重视辽钢吗?听说派来了不少要人。"

严浩没有回答，只在鼻子里哼了一声。

邵仁展又问："听说那时炼钢厂有一座平炉开过工，没用这里的平炉富矿①吗?"

严浩答道："像那样的开工，用不着多少矿石，从附近矿山捡点就够了。"

邵仁展想起在去年春，南京电台曾经为此事大吹大擂。听严浩这样一说，他开心地笑了。他想继续跟严浩谈谈，见严浩苍白的脸上布满愁容，把头高高仰起，像是清高，又有些戒备，问一句才吭一声，就失去了谈话的兴趣。

严浩心事重重，哪有心思跟邵仁展谈话。他是湖北人，大学毕业后曾到英国留学两年，回国后到国民党资源委员会工作。那时候他年轻好胜，真想在工业建设上干出一番事业，可是，十几年来只是纸上谈兵，没做过像样的开发工作。一九四六年春，他作为国民党接收大员来到东北，被委派到孤鹰岭矿当副矿长。他到这里踏勘了矿山之后，便爱上了这个蕴藏量丰富的矿山，很想

---

① 平炉富矿：指可以直接炼钢的矿石，含铁丰富。

搞出些名堂，便把家属接来，在矿山安了家。他花费了很长时间进行勘察，认真地制订了一个修复建设方案。可是国民党政府腐败透顶，同他一起来东北的大员们各怀鬼胎，明是来搞工业建设，暗里是来发洋财，派系之间钩心斗角，彼此倾轧，互相歧视，争权夺利，营私舞弊还来不及，谁管矿山建设？方案呈报上去自然没有下文，要人没人，要资金没资金，连矿山仅剩下的器材设备也被盗卖。因此，他们在矿山待了一年，什么事也没有做成。后来形势起了变化，解放军展开了反攻，国民党军节节败退，别的大员都走了，他还坚持留在矿山，直到解放军逼近附近县城，才匆忙带着全家跑到沈阳。这时，他的意志消沉了，感到在国内毫无前途，不想再留，准备出国，若有可能，就去美国。沈阳解放前夕，他本准备走，可是飞机都被要人和阔佬占了，像他这样的工程师是没份的。现在他又回到了矿山，心情很沉闷，有种压抑的感觉。

沉默了一阵，邵仁展又忍不住地说："国民党实在太腐败，太无能，盘踞辽南钢铁公司那么长的时间，吵吵嚷嚷拉很大架子，可是什么事也没做，反而把设备器材给盗卖光了……"

严浩仍然没有吱声。说国民党腐败无能他是赞同的，但听这话似乎关联到自己，感到有些不舒服，暗想，共产党又有多么大的经济力量？又能做出什么成就呢？

邵仁展看严浩的神色，察觉到当他面说这话不够妥当，连忙打圆场说："严工程师，那时候你没有用武之地，这回到孤鹰岭，咱们可以一起好好干一场了！"

严浩淡淡地说："尽力而为。"

两个人不再谈了，默默地坐着，各自想着各自的心事。

汽车爬上了山，在崎岖的盘山路上颠簸着前进。爬得越高，风也越大，尘沙直往车窗上扑打。冷风刮进驾驶室里，凉飕飕的，邵仁展把大衣扣好，戴好帽子，继续望着前方沉思，汽车爬上山岭，他远远地望见了孤鹰峰。

孤鹰峰全部出现了，它真像蹲在山峰上的老鹰在俯瞰群山。起伏的群山向两边伸延。出于一个采矿工程师的兴趣，他非常喜欢那些埋藏着丰富资源的峻峭山峰。邵仁展怀着亲切的感情，自言自语地说："孤鹰峰啊！我回来了！"

此刻，邵仁展的感情更加热烈，心胸更开朗了。他暗自在心里说："是的，一定要好好干一场，一定要在孤鹰岭上搞出成就，搞出经验，将来，好写它一本书。这书不是只写科学技术问题，要写人的活动、人的胸怀！"

严浩也望见了孤鹰峰，触景生情，心里更不好过。去年春来的时候，怀着满腔热情，搞了个修复计划，结果不只是个纸上谈兵，而且还灰溜溜地跑出了矿山。现在回来有何脸面见人，又会有何作为？唉，不幸啊！

突然，汽车呜呜叫了几声，火灭了。邵仁展的思绪被打断了，忙问："怎么啦？"

"抛锚了！"司机跳下了车。

邵仁展也跳下车，看了看，担心地问："坏了吗？"

司机说："这是从国民党手里缴获的破车，总爱出毛病！"说着爬到车底下去检修。

汽车这一抛锚，破坏了邵仁展的情绪，因为他吃过这种破车的苦头，一修就是一两个小时。严浩也下了车，紧裹着皮大衣，放下皮帽耳子，脸背着风站着。

邵仁展看严浩那样子，觉得好笑，向他说："严工程师，这才刚开头，真正的寒冷还在后头呢。"

严浩说："东北的气候太坏，冬季一到，简直是受罪！"

邵仁展情不自禁地笑了。他觉得严浩怪有意思，说："辽南的气候在东北来说是最温暖的，到了哈尔滨以北才真正算冷，现在那里早冻冰了。可是当地的人并不怕，河水冻，大雪深，正是运木材、打猎、凿冰捕鱼的好时候。"

严浩对此不感兴趣，一声没响。

司机修理了一阵，就请他们上车。不久接近了矿区，那一片荒凉的景象出乎邵仁展的意料，他微微欠起身子，手扶车窗，默默地仔细望着，暗想怪不得那个严浩说很难修复，原来破坏得这样惨哪！

严浩早已了解矿山的惨象，对此无动于衷。

汽车还是没有将就到矿，开到小镇边又抛了锚。邵仁展看已经快到了，就跟严浩商量不等了，严浩同意后，他关照司机把他们的行李送到矿里，同严浩一起下车步行。来到矿里，唐黎岘不在，薛辉把他们分别送到已为他们准备好的宿舍里。

宿舍很宽敞，炉子生得很旺，屋子里暖暖的。邵仁展脱下大衣，闷闷不乐地坐下来抽烟，脑子里翻腾着矿山的情况。矿山的建筑是完了，设备也完了，坑道里怎么样？运输、排水、动力情况怎么样？……他很想找人谈谈这里的一切情况。

司机把他的行李扛来，帮司机拿东西的还有魏富海。魏富海把行李放在床上，打量了邵仁展一眼，立刻惊喜地走上前说："邵工程师，果然是你，你不认识我了吧，我是魏富海！"

邵仁展看魏富海有些面熟，但记不清了。

魏富海说：“你忘啦！修建五号矿井的时候，我领过工，咱们曾经在一起骂过日本鬼子山田太郎！”

“啊，我想起来了！”邵仁展热情地指指椅子，让魏富海坐，“一晃有七年啦，哪里能记得清。”

魏富海坐下说：“方才我听司机说你过去在矿里待过，我就猜可能是你，果然是你！”他对邵仁展非常亲热，就像多年没见的老朋友，无拘无束地继续说，“那天，我们听说你被日本宪兵队抓去，就知道准是金大马棒捣的鬼，大家都替你难过，都恨金大马棒，可是敢怒不敢言哪！”

提起金大马棒，邵仁展就压不住满腔怒火，骂道：“金大马棒是个大汉奸，是个恶魔，是我们的死对头！”

“是呀！那个大坏蛋可恶极了，狼心狗肺，比毒蛇、蝎子还毒！受他害的人多极了！有朝一日抓住他，要枪崩，不，要绞死、点天灯……”魏富海很激动，咬牙切齿地大骂。

邵仁展听魏富海大骂，感到解气，但也觉得魏富海太幼稚，这样骂一通又有什么用呢？他摆摆手说：“老魏，何必动肝火呢？日本法西斯垮台了，这些汉奸走狗也跟着完了蛋。”

魏富海笑着说：“一提起他，我就忍不住火，虽然明知这没有用。听说金大马棒还没死，在山里当土匪头呢！”

“当了土匪头？”邵仁展皱了皱眉头，嘘了一口气说，“这个恶魔一定逃不出人民的惩罚！老魏，你把矿里的情况给我说说。”

魏富海向邵仁展介绍了矿山情况，又把国民党大骂了一顿，最后要求说：“邵矿长，动工修建的时候，希望能让我当施工员！”

邵仁展知道魏富海没有啥技术，在日伪时只能给人做个助手，不过目前像他这样的人恐怕也不多，便随口答应说："好吧，你要在技术上好好钻研，要真正能担当起任务。"

魏富海喜得眉飞色舞，马上接口说："我一定好好钻研，你放心，我决不辜负你的栽培！"立刻觉得"栽培"两字用得不当，又改口说，"希望邵矿长多加帮助指导！"

正说着，薛辉陪唐黎岘来了。邵仁展见唐黎岘同薛辉在一起，就知道了他是谁，忙上前握住唐黎岘的手，说："你是唐矿长吧？听说你已经把天下打下啦！"

唐黎岘摇摇头说："哪里呢，我还没有做什么。你这一来，咱们可得开始干啦！"说着，他瞥了魏富海一眼。

魏富海见唐黎岘注意他，忙解释说："汽车在镇郊抛锚了，我帮司机给邵副矿长扛扛行李。"

邵仁展说："我们是熟人，在一起谈谈。"

魏富海和薛辉走出去。唐黎岘跟邵仁展坐在一起。公司组织部门曾向他介绍过邵仁展的情况，知道他是知识分子。他看邵仁展穿着一套灰棉衣，戴着一顶狐狸皮帽子，脚上穿一双棉大头鞋，满身风尘，很朴素，好像并没有多少知识分子味道。他说："头几天就听说你要来了，等了两三天你也没到，后来才知道你到了沈阳。"

邵仁展说："现在这个时候，各单位都往手里抓东西，就得闻风而上，错过机会就会被别人弄走。我也没来得及跟你联系就跑到沈阳，可是去查找了好几天，只搞到一些破烂，没啥用处。"他吸了两口烟说，"搞工业，特别是搞现代化工业，最根本的是要有先进的设备。矿山原有的设备都损失了，这可是个难以解决的重大问题。"

唐黎岘原来对那些东西也抱着希望，听他这一说，觉得可惜。他看邵仁展紧皱眉头，就说："设备是个重要问题，我们要设法解决。不过，设备也不能算最根本的问题。最根本的是人，人是搞好任何事业的第一要素。解放了的工人阶级有很大的潜力，一旦发动起来就会创造出奇迹，我们要有信心！"

邵仁展听唐黎岘鼓励自己，觉得这不必要，微笑着说："当然要有信心，东北成了大后方，经济建设任务提到了首位。在哈尔滨接到调令后，我的心马上就飞到矿山，一定要好好干一场！"

唐黎岘看邵仁展的劲头很足，心里很高兴，说："矿山破坏得很惨，当前物质条件差，困难不少，咱们只有充分发动群众，披荆斩棘地去闯，千方百计去战胜一切困难，踏出一条路来！"

"对！"邵仁展说，"帝国主义者、资产阶级藐视我们缺少建设人才，断言说共产党人不会办工业，咱们真得长志气，在矿山搞出成就，让他们看看！"

唐黎岘说："要长志气！搞工业建设你是内行，要多帮助我呀！"

邵仁展微笑着说："咱们互相帮助嘛！你放心，在工程技术和管理问题上有我，我们一定要搞出一个名堂！"

唐黎岘觉得邵仁展不够谦逊，但对他的积极态度很赞赏，说："好哇，在这方面全靠你了！"

"你放心吧！"邵仁展重复了一句，向唐黎岘要求说，"你给我介绍一下矿山的情况吧。"

唐黎岘怕影响他休息，简要地介绍了一下就告辞了。

屋里只剩下邵仁展一个人了，他躺在床上又思索起来。矿山的情况完全出乎他的所料，实在不能令人乐观，思考了一阵也想不出什么道道，便起来到严浩那里，把那份修复计划稿和附件抱来，坐在桌边看起来。

焦昆领张学政、苏福顺、林大柱、古尚清等人也正在讨论修复计划。经过十几天的紧张劳动，他们把矿山的各方面情况都弄清了，计划初步有了些眉目，张学政主张坐下来写，焦昆认为写是次要的，主要的是把情况搞准确，把修复工程的主次分清，把轻重缓急安排好，因此还要反复地进行讨论，先不忙写。这时薛辉来告诉他们说邵副矿长来了，同他一起来的还有个大工程师，张学政听了很高兴，擦了一把鼻尖上的汗说："这回可好啦，来了个大工程师，我可该松口气啦！"

焦昆说："你不要有依赖思想，不要松气。副矿长和工程师有他们的任务，代替不了你，你承担的任务必须坚决完成！"

张学政瞅瞅苏福顺和古尚清，两个老工人冲他笑笑。经过这些日子在一起工作，张学政对焦昆有了进一步了解，他看出焦昆充满革命气概，工作上也有办法。现在他的信心很高，劲头非常足，使焦昆不得不提醒他要冷静。他思索了一下说："不管怎么样，我的担子会轻些，原先矿里就我一个，压得实在重。"

焦昆怕打断大家的思路，让大家继续研究下去，直到傍晚才逐项研究完。

散了后，焦昆和苏福顺一起走出办公室。工地上也收了工，工人们从山麓、从厂房区成群往家走，几个青年工人兴冲冲地唱着歌，一些孩子跟着应和。焦昆望着人群，向苏福顺说："现在人手不少啦，如果开始修复，要多少人就有多少人，干部也陆续调来，队伍形成了，可就是缺乏武器。如果有了机械设备和建设材料就好啦！"

苏福顺说："国民党接收大员像蝗虫一样，路过哪里，哪里一扫光，矿山的机械让他们运走的运走、盗卖的盗卖，咱们修起来实在难哪！"

　　"干革命就是难哪！"焦昆有些感慨地说，"旧社会给我们留下这个破烂摊子，收拾起来要费很大的劲。难是难，可是在党的领导下，全体职工齐心努力去干，困难会被克服的，矿山一定会修复起来的。"他说着，情不自禁地抬头望望矿山。

　　苏福顺也随着往山上望望，对矿山修复他很有信心。不过，在参加制订计划时，他了解了矿山的情况和领导的意图，知道虽然有不少有利条件，但是存在的问题也是不少的，他不免也为这些问题焦虑操心。

　　焦昆挨近他说："唐矿长多次强调，修复矿山必须依靠老工人，现在条件很差，要啥没啥，唯一的就是有些人，只有充分发挥人的力量，特别是充分发挥你们这些老矿工的力量，老苏，矿里指望你们呢！"

　　苏福顺听着很受感动，也增强了责任感，但他没有说话，沉思默想起来。

　　焦昆见苏福顺在沉思，便向他说："苏师傅，咱们不搞疲劳战术，你快回家休息去吧！"说完他们分了手。

　　苏福顺独自回家，一路走一路想。根据计划，不久就要开始动工修复，这使他很高兴，可是还存在很多难处。此刻，他的心全放在修复上，那些困难怎样解决呢？在哪些事上自己能出上力呢？……他慢慢地走着，想着，忽然想起一件事，马上惊喜地停下步来，又想了想，最后是高兴地拍一下大腿，自言自语地说："对，就这么办！……"他顿时精神焕发，加快了脚步。

十二

红日落下西山，暮色笼罩着山区。苏大嫂帮儿媳做好饭，出门往矿里的方向望望。街上人来人往，就没有自己的丈夫和儿子。这是她半辈子养成的习惯，每到傍晚就盼望他们回来，因为在日伪时期，矿工下矿井等于下地狱，坑道里经常发生冒顶、片帮①事故，许多矿工惨死在井下。矿工的妻子每天都提心吊胆地等她盼望的人安全回来，晚了就急得慌。今天，她虽然知道丈夫没下井，但回来晚了，也有些惦念。正望着，忽听见有人喊她，回头一看，是娟子妈。

娟子妈从窗口探出头来，嬉笑着说："老苏婆子，你又在盼老头子啦！"

苏大嫂有点不好意思，便转开话题问："他古大叔回来了？"

"没有！"娟子妈说，"他是个电工，矿山要开工，先得有电。现在他可吃香啦，唐矿长亲自派他领人去查电路，忙着呢。"

苏大嫂来到古家窗下，对着娟子妈说："俺家里你大哥和万春他们也是那么忙，常常很晚才回来。如今这个世道，工人都很吃香，听说唐矿长过去也当过工人呢！"

"是呀，工人才向着工人嘛！"娟子妈自作聪明地说。她对唐矿长很有好感，禁不住又向苏大嫂讲起那架座钟的事，正讲着，座钟当当响起来。她眉开眼笑地说："你听，打六点啦，若不是唐

---

① 冒顶、片帮：指岩石塌方。

矿长，我家那个老东西早就把它卖掉了。"

苏大嫂笑着说："你们两口子真有趣。听说你家娟子也上工了，是吗？"

"她上工啦。那个死丫头片子，上了工就扬气了。我支使她干点啥，她就说：'妈，我上工啦，家里的事你多操劳点吧！'可也真有她的，也顶一个工人领粮份，真是个帮手呢！"

"娟子还不是像你，有本事，能闯荡！"

娟子妈得意地笑了。她是个爱唠的人，唠起来就没个完，肚子里芝麻大一点事都憋不住。她跟苏大嫂扯了一阵家常，忽然放低声音说："那天我在牛家酒馆打酒，看见你们家老二在那儿，喝得醉眼惺忪的，翠花那个狐狸精坐在他对面陪着。我一看，气就不打一处来，恨不得打她两耳光，那些光棍汉挣俩钱，都叫这贱货给迷去了！"

苏大嫂叹了一口气说："可不，我们老二过去挣俩钱都被那寡妇给贴去了！"

娟子妈说："你们家老二是个三十四五的人了，该成家啦，你们当哥嫂的要替他张罗点，给他娶个老婆吧。"

苏大嫂咂咂舌头，说："我和你大哥都很着急，到处张罗，可是，说了几个主都没成。现在上了岁数，更难啦！"

她们正说着，古尚清和苏福昌从市场走来，两个人边走边说，不时还哈哈大笑。苏大嫂和娟子妈看他们的样子，就知道又喝多了酒，两人都皱起眉头。

古尚清看见了苏大嫂，老远就说："苏大嫂，你看看这个孬种，灌了两小壶酒，就醉成这个熊样。"

苏福昌摆着手说："我没醉，你……你才……才醉了呢，你再给我……来二斤，看……看我醉不醉？"

"得啦，别吹牛了，你舌头都硬啦！"古尚清哈哈大笑，自吹自擂地说，"讲喝酒你往哪摆，老子可算是个状元，你连个秀才都不够。"

娟子妈听了，没有好气地说："呸，你有能耐，又去灌辣汤，不要脸！"

古尚清发现老婆从窗口探出身子，立时住口了。

苏大嫂不安地看着这两个酒鬼。苏福昌的脸红得像关公，头发又长又乱，醉眼蒙眬，摇摇晃晃的。古尚清虽然说话有些悬天悬地的，但没有醉，挨着苏福昌的身边走着，不时扶他一把，嘻嘻哈哈取笑他。两人来到近前，苏大嫂嗅到一股酒气，她叹息地咂咂舌头说："老二，你又喝醉啦！"

苏福昌摇头说："我没醉，你……别……听他瞎说，他……他才醉了，尽说胡话。"

古尚清拍了苏福昌一巴掌，笑向苏大嫂说："苏大嫂，你照顾点他，不然他会把门牙碰掉的。"

苏大嫂同苏福昌一起往家走，看老二喝得醉醺醺的，心里不高兴。福昌七岁时母亲就死了，临死把福昌托付给她。她没有辜负婆婆的嘱咐，已经把他拉扯大了。早就张罗给他娶个老婆，可是在旧社会，一个穷工人想娶媳妇谈何容易！加上小叔自己也不争气，挣几个钱，不是去喝酒，就是去找野女人，一般妇女都不愿意嫁给他。她想说他几句，见他醉成这样，觉得说了也没有用，只是长长叹息了一声。

苏福昌确实是喝醉了，不过神志还很清楚。他见大嫂叹气，明白大嫂不满意他，垂下头默默地走着。他不是怕大嫂，而是对大嫂很尊敬。俗话说"老嫂比母"，这话真不假，他是在这位好心肠的大嫂照料下长大的。因此他一不跟大嫂开玩笑，二不跟大嫂吵嘴，但是大嫂的话他不听，嫂子究竟是嫂子，管不着自己的事。

沉默地走了一阵，苏大嫂终于忍不住地说："福昌，你以后可别再胡闹了，要积几个钱，好娶媳妇！"

苏福昌一听，又引起了烦恼。他想，男人没有老婆叫跑腿子，有了老婆才叫成家。可是自己再过几年就是四十，还没娶上老婆，难道做一辈子的跑腿子吗？过去他对这倒不在乎，工棚子里住着许多跑腿子，那时候没有家口倒好，自己吃饱了就无牵无挂；近年来，矿山里的那些跑腿子大都走了，留下的人多数都有家，到谁家去都看到有家的温暖，他感到很孤独，很想自己也早些成家。

苏大嫂看他不吱声，只好把到嘴边的话又咽回去，叹息了一声。

两个人走到家，素梅告诉婆婆，那爷儿俩都回来了，饭也没吃，就拿着铁锹铁镐到房头的小偏房里去了。苏大嫂让儿媳给福昌泡壶茶，就向小偏房走去。推门一看，丈夫正举着蜡烛照亮，万春在倒腾破烂，她问："你们这是干什么？"

苏福顺说："挖那几个马达。"

苏大嫂疑问地瞅了老头儿一眼，问："挖它干什么？"

"有事呗！"苏福顺把蜡烛递给老伴说，"你举着它，我帮他倒腾。"

苏大嫂接过蜡烛在一边望着，不知老头儿今天为什么忽然要把这宝贝挖出来。

狭窄的小屋子里堆满了破烂，净是些废铜烂铁，还有些破家具和烂木头，多年没动过。这一倒腾，满屋弥漫着铁锈和尘土的气味。不久，爷儿俩就把破烂东西堆在一边，万春拿起铁锹挖土，挖了二尺多深，出现一个木箱子，打开箱盖，里边装着三台马达。苏福顺从老婆手里取过蜡烛，蹲下来看看，马达保存得很好，只有几处生点锈，用破布使劲一擦就能擦掉了。

苏大嫂瞅着爷儿俩，心里更加纳闷，这三台马达已经埋了好几年，从来没有动过，现在挖出来干什么呢？

苏福顺把蜡交给老伴，向万春招招手说："来，咱们把它抬出来！"

爷儿俩把三台马达取出来，并排放在地上。马达一大两小，大的五马力，小的都是三马力。苏福顺拿一块破布擦了擦，站起来用脚轻轻一踢说："这几个家伙在地里埋了好几年，这一回算是见了青天，可派用场了。"

苏大嫂问："用它干啥？"

苏福顺说："用它排水，用它带动机器，用场可多啦！你这个家里蹲，什么也不知道，矿山要开始修复了，还问用它干啥，笨蛋！"他满面春风，愉快地跟老婆开玩笑。

苏大嫂听老头儿骂自己笨蛋，又看儿子在一旁笑，便瞪了老头儿一眼说："你们回家来不跟我讲，谁知道矿山里的事，还骂人笨蛋！"

苏福顺笑了，苏大嫂也笑了。苏福顺是个好说好笑的人，年轻的时候爱跟老婆开玩笑，可是自从老爷子死后，全家的担子落在他的身上，就很少看见他的笑容，别说开玩笑，就是问句话他也老半天才哼一声。现在矿山要修复了，男人们高兴，老婆也很高兴，几年来一直盼望有这一天。

"矿里给多少钱一台？"苏大嫂又问。

"钱?"苏福顺马上收了笑容说,"咱们是工人,不能像倒腾小买卖的人那样见钱眼开。矿山要开始修复,各方面都有难处,咱们应该有手艺的拿出手艺,有力气的拿出力气,有器材的拿出来献给矿山,你还提钱,不嫌害臊!"

苏大嫂被老头儿的一席话说得脸色绯红,看老头儿的神色很严肃,没敢再吱声。这时,苏福昌走进来,看见地上的马达,说:"大哥,马达能卖出去,大的能卖三千多万元,小的也能卖两千万元,牛家酒馆牛胡子就能找到主顾。"

苏福顺看福昌醉眉醉眼,酒气熏人,心里很不高兴,皱起眉头说:"老二,看你又喝得醉醺醺的,我跟你说过多少次,你怎么就是不改!你呀,真是的!"

苏福昌已经过了酒劲,头脑很清楚,看大哥皱眉头,自己感到不好意思。他抹了抹嘴,掩饰地说:"我喝得不多,现在很少去喝酒。大哥,我跟牛掌柜打听过,他说交给他就可以出手,现钱交易,我看咱们托他给卖了吧。"

苏福顺坚定地说:"绝对不能卖,不管谁给多少钱,也不能卖。咱们要为矿山着想,矿山太需要它啦,一定要把它献给矿山。"

苏福昌听大哥说要献给矿山,感到意外地睁大了两眼。

这时,屋子里空气有些紧张,四个人的脸色都很严肃。苏大嫂没料到老头儿跟她和小叔子发这么大的火,她怯生生地望着老头;万春也不高兴地默默望着二叔,他对二叔要托牛家酒馆的掌柜卖马达不满。风吹蜡烛,火苗摇动,几个人的脸色也随着烛光在变化。素梅抱着孩子走来,一看大家的神色不对头,站在门口没敢进屋。

沉默了一会儿，苏万春打破沉闷，温和地对苏福昌说："二叔，矿山就要开始修复了，非常缺少器材，咱们矿工要尽一把力气呀！"

苏福昌哼了一声，说："你不献马达也一样当矿工，也一样干活挣钱。"

"共产党对咱们工人这样好，我们也该拿出真心来。"苏万春对苏福昌的话感到很不满意。

苏福昌说："那也用不着巴结！"

苏福顺听说"巴结"两字，气得脸色铁青。在日伪时期，老苏对把头和狗腿子向来不理睬，既不讨好奉承，也不送礼，惹得把头和狗腿子不断向他找碴寻衅。苏大嫂胆小怕事，劝他说："咱是个穷工人，斗不过人家，得顺着人家点。"他倔强地说："人穷腰杆子不能弯，干活靠两只手，低三下四的咱不干，把老子惹急了，就跟他干！"他看到有人去巴结把头就生气，觉得这是丢工人的脸，是"软骨头"。此刻，听福昌说自己是巴结，真有些气炸了肺，但想到自己弟弟还认识不到，便压住火，动情地说："老二，你好糊涂哇，现在怎么能跟过去比呀！现在解放了，咱们工人翻了身，再也不受那些窝囊气啦，还用得着去巴结谁呀！矿山要修复，缺这少那的，咱献马达是对矿山尽一份心意，可不同向把头送礼，你要睁开眼睛，把事看清，别胡说乱道！"

苏福昌看大哥的神色很严肃，话也说得在理，没有话说了，在一块木头上坐下。他思索了一阵，又说："你说的都对，可是矿里也不指望你这两台马达，白献给矿山，我不干。那时候好不容易弄来家，埋了这些年，闹了个花子拾金，空欢喜一场，这可不行。不是钱少，这是七八千万元哪！有了这笔钱干啥不行。"

苏大嫂同意老二的话，畏怯地说："老二说的不假，若是能卖那么些钱，卖了也好，老二要娶媳妇，这些钱足够啦！"

苏福顺对老婆和福昌的想法并不感到意外。当年兵荒马乱，矿里的东西大批丢失，连附近的农民都来矿山搞东西，他们见这几个马达反正也保不住，就把它扛回家。原来他也打算卖几个钱给福昌娶个媳妇，可现在矿山很需要它，无论如何也不能卖。他耐心地说："老二，不能这样子！唐矿长不是说，如今咱们矿工就是矿山的主人，建设矿山要靠我们大家。人家这样看得起我们工人，我们做事要对得起共产党，不能卖了！东西原来就是矿山的，我们要还给矿山。牛胡子不是个好人，咱们不能跟他走私。再说，咱们矿工指望矿山吃，指望矿山穿，矿山开工了，开山炮响了，咱们就好啦！"

苏万春说："二叔，你不要听牛胡子的话，那家伙老奸巨猾，是个大坏蛋，他净干投机倒把走私的事。我们苏家三辈都是工人，矿山是咱们的饭碗子，不能走歪门邪道，修复起矿山要紧。"

苏福昌固执地说："我也不是想跟牛胡子走私。这么大的矿山，那几个小马达算个啥，有它也成，没它也能修复，我不同意献！"

苏万春急了，单刀直入地批评说："你真落后，见钱眼开，总是爱上酒馆跟翠花胡混，真丢脸！"

苏福昌被万春刺痛了，气得脸色通红。他闪地站起来，布满血丝的眼睛瞪着万春，嘴巴直动说不出话来，憋了半天才冲口骂道："妈的，丢脸！我给你们爷儿们丢脸，你们积极，我落后，落后又能怎么样？……"

苏大嫂忙劝说道："他二叔，万春不会说话，你不要上火。"

"我落后是我的事，连累不着谁！"苏福昌越嚷火气越大，眼睛瞪得溜圆，唾沫星子四溅，两手叉着腰嚷，"我不想沾你们爷儿们的光，你们要嫌我，我离开你们好了！反正我是个跑腿子，没人搭理，你们走你们的阳关道，我走我的独木桥，从今以后咱们就分开！"

苏福顺劝他说："老二，你别上火，咱们好好商量嘛！"

苏福昌挥一下手说："商量个屁！你现在是老婆孩子一大群，管我干啥！算了，今后你就当没有兄弟！"说着转身就往外走。

"老二！"苏福顺边追边喊，追到大门口，苏福昌连头也没回，很快就消失在夜色里。望着福昌去的方向，苏福顺心里很难过，他对老二的婚事不是不着急，给他张罗了多少年，就是没成。现在解放了，工人的日子会越来越好，他打算等矿山开工后，生活好了，无论如何也要给他娶老婆，不料老二对自己的意见这么大。使他更难过的是，父母双双早早去世，把福昌扔到自己跟前，自己爱他、疼他，在生活上尽到了心，可是不像对自己儿子那样管得严，过于纵容他，因此使他从小就娇惯成性，长大成人后，就更不好管了。他早就发现福昌跟一些不三不四的人接触，生活放荡，但说浅了不起作用，说深了又怕他生气，只得迁就。现在他才明白过去自己错了，觉得自己没尽到当大哥的责任，对不起死去的父母，也对不起兄弟。他又想到，训练班结业那天，唐矿长要求他们团结好工人，带动群众搞好建设，老二也算是个老工人，又是自己的亲兄弟，不仅没有团结好，反而闹翻了……他默默地站着，脸上显得苦恼，两眼仍凝视着远方。

苏大嫂手里的蜡只剩个根了，她脸上流露着焦急的神情，心里有话要说，但看看老头儿，没敢开口。

苏万春单腿蹬在大马达上，一手扶着膝盖，一手叉着腰，脸上还是愤愤的，他见爸爸转回屋，就说："他这个人简直是死脑筋，有毛病还不让人说，说了他那么两句，就吹胡子瞪眼，发那么大的牛脾气！"

苏福顺瞪了万春一眼，斥责道："他是你的叔叔，说话没个大小，事都叫你给闹糟了！"

苏万春心里不服气，却没敢强辩，赶紧放下胳膊收了腿。

蜡快烧尽了，谁也不动，谁也不吱声。素梅由门口探进头来望望，见三个人的脸色都不好看，又缩了回去。他家一向很和睦，过去在极端困难的情况下，也没有争吵过，今天这样的情形是很少有的。

苏福顺站了好长一阵，叫老婆再点一根蜡，让万春把马达好好擦洗干净，他自己出了小偏房。

苏大嫂同万春开始擦洗。不久，苏福顺回来了，手里拿着一张红纸，亲自写上了"献给矿山"四个大字，小心翼翼地把马达蒙上。烛光尽管微弱，红纸黑字却闪着光，鲜艳夺目，红彤彤的使小屋顿时充满光辉。

第二天早晨，苏福顺领万春用一辆手推车，推着三台马达直奔矿长办公室。他见着了唐黎岘就指着马达说："这三台马达在地里埋了好几年，现在矿山要修复，把它送来，这是我们爷儿们对矿山尽的一份心意，请收下吧！"

唐黎岘看马达擦得锃光闪亮，红纸上的四个大字词短情长，他心里很激动。这不仅是献出三台马达，这是工人阶级向党献的一颗红心哪！他上前紧紧握住苏福顺和苏万春的手，怀着深切的感情说："好，我收下！谢谢你们！"

苏福顺看唐矿长这样，心里也深受感动，说："唐矿长，这用不着谢，你不是说我们矿工是矿山的主人吗，尽点心意是应该的。"

唐黎岘诚恳地说："你们做得很对，真正表现了主人翁的态度。不过我还是要谢谢你们，感谢你们对党的建设事业的支持！感谢你们对矿里的支持！你们的行动值得大家向你们学习！好，太好啦！"他回头向薛辉说："小薛，你负责找人把马达推到仓库，我要同他们谈谈。走，老苏，进屋坐坐！"

三人一同走进办公室。唐黎岘跟他们坐在一起，亲热地唠起来。

唐黎岘从苏家父子的嘴里了解到还有许多人保存不少器材，他想，若是广泛地宣传动员，群众觉悟提高，再给以适当的奖励，会从群众手里收回许多机械器材，这是解决器材缺乏的一个好办法。当他送走苏家父子以后就向薛辉说："小薛，你打电话给俞区长和焦昆，请他们马上到这里来一趟，让供应科长冯文化和新来的几个主要干部也来，开个支委扩大会。你再告诉工会，让他们大张旗鼓地表扬苏家父子，而且要研究给以适当的奖励。"

不大一会儿，焦昆、俞立平、冯文化、夏连长和所通知的干部都来了，副矿长邵仁展也在座，屋里坐得满满的。唐黎岘看人都到齐了，就宣布开会。他把苏家父子献马达的事向大家介绍了一番后，说："这件事不寻常，它反映了矿工们对党的热爱，对矿山建设的支持，这是个很好的先进例子，有广泛的教育意义。我们要抓住这个典型，大力展开宣传，搞一个轰轰烈烈的献交器材运动。这次运动有两个目的：一方面可以搜集一些器材，另一方面对全体矿工和矿区居民进行一次广泛深入的政治思想教育，也是加强开工修复的一次发动。为了使运动广泛深入，真正做到家喻户晓，我认为需要矿里矿外一起进行，矿里和区政府都要拿出主要力量，狠抓一下，行动要快，在两三天内就掀起运动。时间不宜过长，用十天左右的时间就行了。"

唐黎岘说完，焦昆马上表示赞成，他说："苏福顺他们父子的行动有代表性，矿工们盼望开工修复盼得眼红，只要我们广泛地宣传，向全体矿工和矿区居民发出号召，手里有器材的都会踊跃献出来。这样发动一次很有必要。"

邵仁展也同意搞这个运动，他补充说："搞一次献交器材运动的确有必要。现在东北全境解放了，那些资本家都跃跃欲试，到处收买器材，准备扩大生产，如果我们不很快把矿工和居民手里的器材收来，就会流失。广泛发动是需要的，给一定的奖励也是必要的。"

"对！"唐黎岘说，"我们要估计到思想工作的复杂性，不能只做一般号召。在这次运动中要大造声势，也要踏踏实实深入地做思想工作，给一些奖励是可以和必要的。"

俞立平、夏连长、冯文化和所有在座的干部都一致表示同意。于是开始讨论具体问题。经过研究，决定矿里和区里抽调十五名干部，共同组成一个献交器材运动办公室，唐黎岘亲自担任办公室的主任，焦昆和俞立平担任副主任，下面设宣传组和秘书组，还设一个器材接收处。会议开得很顺利，不到两个小时就散会了。

唐黎岘把俞立平留下来，说："这次宣传运动，区政府可要多出力量！"

俞立平立即响应，说："区政府一定全力以赴，把文教干部、妇女会、居民委员会的力量都调动起来，保证搞好！"他马上给区里挂去电话，让文书立刻召集有关干部。

唐黎岷送走了俞立平，马上坐下来草拟报告提纲。当天又召开了干部会，布置了工作。办公室连夜拟制标语口号，组织文艺宣传队伍，筹备召开群众大会。

十三

筹备工作进行得非常快，一天两夜的工夫就妥了。

那天天气晴朗，风和日丽，很适宜在露天开会。会场设在市场附近的空场里，搭了一个台子，台口两边悬挂着巨幅红布标语，插着两排彩旗，气氛很隆重。参加大会的有一万多人，有矿山的职工，有矿区居民，有矿山附近的农民，还有全镇的孩子，连小商贩和赶集的农民也都来了。

矿山的领导干部都到了，唐矿长、邵仁展、焦昆和俞立平都登上了主席台。苏福顺、苏万春爷儿俩的胸前各戴着一朵大红花，跟领导干部们坐一起。大会由俞立平主持，他简短地致了开幕辞，就请唐黎岷讲话。

唐黎岷走上台口，等一阵暴风雨般的掌声静下来，他先讲了一下全国的军事斗争形势，然后说："……现在东北已经全部解放，成了大后方，因此东北人民的任务有了改变。党中央发出指示，要求我们东北解放区人民，要把经济恢复摆在首位，努力发展经济，巩固东北解放区，为支援全国的解放战争做出贡献。根据上级的指示，矿山很快就要动工修复。"

这一句话轰动了全场，台下活跃起来，盼望已久的事终于盼到了，矿工们高兴，家属们也高兴，连那些小商贩和附近的农民都高兴。

唐黎岘挥挥手，让人们静下来，接着说："人民政府决心很大，要调拨大批资材和干部给矿山，我们一定要用最快的速度把矿山恢复起来……但是矿山破坏得很严重，要恢复起来还有许多困难，需要全体职工和全矿区的人民团结一致，齐心努力。苏福顺、苏万春他们献交马达的行动，就是对修复工作的很大支持，这说明他们真正以主人翁的态度对待矿山，很值得我们大家学习！……同志们，我代表矿山和区委会向矿工们、矿区居民们提出希望，希望大家都向他们学习，把保存在手里的器材献给矿山！……"

唐黎岘讲完，轮到苏福顺讲话。他满面红光，胸前大红花光彩夺目，显得年轻了很多。他从来没有在大会上讲过话，到台口往下一望，见人山人海，大家都望着他，向他热情地鼓掌，他感到眼花，把准备要说的话忘了。忽然，他看见福昌在台下望着他，又看见了老伴也在望他，心里要说的话又涌上来，高声说："咱们穷工人在旧社会里，受苦受气，当牛做马，罪受够了。现在解放了，咱们翻了身，当了矿山的主人。党的领导处处关心咱们，咱们也要拿出主人的样子，一心为矿，不能光为自己打算，应该把所有的劲都使出来！"他讲着讲着，心情激动起来，滔滔不绝地讲了二十来分钟。他讲完，唐矿长亲手向他发了奖，接着是工人和居民代表讲话。

古尚清第一个登上台，用洪钟般的声音说："工友们，刚才矿长说了，矿山很快就要动工修复，这真是个大好消息！我听了比娶媳妇都高兴。别笑，真的，这叫人多么高兴！苏福顺这老家伙真不赖，这一次又叫他占了先。我老古也是老矿工，绝不能落后，我家里有些电磁瓶，有些电线，那年还在乱铁堆里捡了个破汽笛，还有……我一时想不全，反正我回家要翻腾一下，有啥献啥，一件不留！嘿，眼见就要开工修复了，痛痛快快地干起来吧！"

古尚清说完，工人一个接一个地上台讲话。居民代表也上台表示决心，互相展开挑战应战。大会开得很有声势，最后在响彻云霄的口号声中结束。

会后，文艺宣传队走上街头，耍狮子的，跑旱船的，踩高跷的，随着震天价的锣鼓，扭得很欢，最受人欢迎的是秧歌队。秧歌队里的男领队是薛辉，他穿着青色工人服，脖子上系着一条白毛巾，手里拿着一把铁锤，扭得很带劲。女领队的是古月娟，她脸抹得粉红，穿着绿色花袄，腰上扎着红色绸带，头上包着花毛巾，手里拿一把用纸糊的大镰刀，扭得更欢。他们扭的是新式秧歌，打个圆场后，就表演几个小节目。薛辉还在节目中穿插讲演，他讲得流利动听，听到他讲演的人都称赞他讲得好，说他像唐矿长。

林秋妹今天担任大会服务员。散会后，她很快收拾好东西，想找爸爸商量献交器材，找了一阵没找到，赶紧往家走。来到街上，迎面过来秧歌队，古月娟见了她冲她笑笑，扭得更起劲了。她佩服小古敢于打破封建，心想要是叫她去扭，她一定会害羞的。

另一边有一群人围拢一堆，她上前望望，见是郎金魁正站在中间把竹板敲得呱呱响，唱道：

矿山就是咱的家，建设国家要靠它。只因连年遭破坏，机械损坏矿井塌。矿工兄弟失了业，家庭生活也抓瞎。自从来了共产党，工人翻身乐开花。党的恩情人人夸，运来粮食送到家。人民政府决心大，修复工程要上马。矿区人民齐努力，天大困难也不怕。为把矿井早修好，千方百计想办法。献交器材是妙计，人人争先多献纳！

郎金魁左手一扬，右手的竹板有节奏地响起来，咚吧，咚吧，咚咚吧！

林秋妹正看着，忽听身后有人说："这不是林家的大姑娘吗？"她转回身，见是苏大嫂和娟子妈，便含笑地说："大娘，大婶，你们也来开会啦！"

"是呀！"娟子妈打量着林秋妹，向苏大嫂赞美地说："你看林姑娘多稳重，人家才真正像个大姑娘样。我们的月娟像个野小子，脸皮比大象皮还厚，在大街上扭哇扭的，哪像个姑娘家。"

林秋妹笑着说："大婶，月娟做得对，这是做宣传工作嘛，你可不能老封建哪！"

"噌，你也说我老封建。"娟子妈向林秋妹努努嘴，又故意问她说，"你怎么不去扭哇？"

"我还有事。叫我去扭我就去，我不怕啥！"秋妹笑着说道。

娟子妈微微一笑，说："她愿意扭就扭吧，如今世道变了，不能老守旧规矩，别看你大婶是个破车嘴，好叨咕，大婶的脑筋可不糊涂。"

苏大嫂说："说的是呀，你现在当了居民组长，常去开会，脑筋可开通了，事事走在前头。"

"你得啦，大嫂！"娟子妈对苏大嫂说，"你今天多美呀，老头子胸前戴着大红花，在台上一站，像个新郎官似的，多体面！"说罢又冲秋妹说："苏大叔真行，事办得好，话也讲得好，够样的。我们家那个喝起酒来一个顶俩，办正经事就熊了。"

林秋妹说："古大叔也不错呀，他第一个登台讲话，当场表示决心献器材，也很够样。"

林秋妹和娟子妈边走边说，苏大嫂听着心里很惭愧：前天夜晚，她听老二说马达能卖那么多钱，认为卖了好；苏福昌气走之后，她半宿也没有睡着觉，想来想去觉得还是卖了合算。第二天早晨老头儿和万春把马达推走，她还直心疼，只因为她向来都服从男人，就没有再说什么。现在才明白老头儿为啥要那样做。她想，就冲唐矿长也应该献，矿长那么看重工人，工人怎么能不顾矿山呢！她悔恨自己太糊涂了。

耍狮子的过来了，看热闹的挤得人山人海。林秋妹跟两位老太太分手，就直奔通山岭的小道。她急于回家去动员爸爸妈妈献交器材，就是现在献也嫌晚了，觉得自己落后了。她想到爸爸是老矿工，自己在六年前就受过焦昆的教导，眼下自己也当了矿工，无论从哪方面说都该事事走在前面，可是这次献交器材却让苏福顺大伯占了先。她走得很快，不久就爬上了岭顶，镇子里欢乐的锣鼓声还听得十分真切；她擦擦额上的汗珠，把垂在胸前的辫子甩到背后，再往山下走去。

一进家门，见爸爸正在擦洗凿岩机。她没料到在家里又让爸爸占了先。

林大柱看见女儿回来，高兴地说："你回来得正好，我正愁没法搬运呢。"

林秋妹奇怪地问:"爸爸,你这么快就回来啦?"

"刚散会我就赶紧跑回来了。"林大柱一边擦洗凿岩机,一边说,"秋妹呀,咱们可不能落在人家的后头,解放军若是晚到二年,不用说爸爸会病死,就是愁也愁死了。矿山眼下就要动工修复,这是咱们矿工的大喜事,有器材可不能不献,有劲可不能不使呀!"

"爸爸,我全明白!"林秋妹尊敬地望着爸爸。爸爸平常说话不多,一说起来就有分量。她帮着林大柱把凿岩机擦洗好,就和几个零件一起装入筐里,两人抬着,爬过山岭,直奔器材接收处。

焦昆正在接收处,见林大柱父女俩抬着重担子,赶紧过去从林大柱的手里接过扁担,同秋妹抬了一段路。来到接收处后,秋妹说:"焦大哥,我们落后了,我们本来应该事事走在前边,现在落到了苏大伯的后边。"

焦昆鼓励她说:"你们没有落后,运动刚刚开始,现在送来还是头一份。你们积极响应党的号召,对运动起到很大的推动作用,值得表扬!"

秋妹听焦昆夸他们,心里很高兴,得意地瞅了爸爸一眼,抿嘴笑着,用围巾擦脸上的汗。

林大柱还正想跟焦昆说什么,这时,古月娟和她妈抱着一抱电器磁瓶,古尚清抱一架破汽笛走来了。古尚清看见焦昆,老远就嚷:"焦同志,你看我给你送来个什么。这是一架汽笛,好的被国民党拉走了,这是个破的。别看它破,收拾一下还能用。矿山的人好久没听到它叫唤啦,太闷得慌!"

"好哇!"焦昆看看汽笛,汽笛的确已破烂不堪,便向古尚清说："这任务就交给你，你把它修理好，安装上。"

"行，你瞧着吧！"古尚清把汽笛往地上一放，他知道古月娟还得去扭秧歌，搞宣传，便对林秋妹说："秋妹，帮帮大叔的忙，咱们把它弄好！"

秋妹应了一声，把围巾往脖子上一系，上前看看破汽笛，对这样破的汽笛，能不能把它弄响，心里有些怀疑。

"秋妹，走，你也好跟大叔学一手！"古尚清重新抱起破汽笛说，秋妹冲焦昆笑笑，就跟着古尚清走了。

动员献交器材的宣传活动在居民区广泛展开，正像唐黎岘预料的那样，并不是一帆风顺，敌人又造谣说："共产党开始共产了，谁要不献就要搜，要抢！""马上要共商贩的产，要查封一切货物。"也有少数工人家属一时还思想不通。为了使运动深入发展，献交器材运动办公室组织干部和积极分子深入到居民组，进行个别串联，召开炕头座谈会，进行细致的思想工作。

苏福顺继续同张学政进坑道调查研究，修订计划。晚上下班他到接收处去看看，献交的器材很多了，还有人不断地送来。

唐矿长见了他，亲切地说："老苏，这次你献交马达起了不可估量的作用，不单带动群众献交了这些器材，重要的是提高了群众当家做主的觉悟，鼓起了群众的劳动热情，现在大家都在向你学习呢！"

苏福顺怀着激动的心情离开了接收处，回到家里，大人小孩都已睡了。苏福顺躺下后还是很激动、很兴奋，他没料到领导上对这件事这样重视，没料到会这样大张旗鼓地宣传，起这么大的作用。这太好了，多一件器材，修复工程就减少一分困难。他回想起自己在会上的讲话，觉得讲得很不够劲，在训练班学的革命道理没用上几句，心里话没全讲出来。想起了训练班，他心里就充满甜蜜的回忆，总共才半个月，这半个月对他是多么重要哇！这，他一生一世也忘不了。自己半辈子都是糊里糊涂过日子，在训练班里唐黎岷和焦昆两人亲切的话语，使自己眼睛亮了，心胸开阔了。他记得那一天在大松树下，焦昆跟自己促膝谈心，谈到革命，谈到共产党，这才使他明白，原来参加革命并不等于参加共产党。当时他曾问焦昆是不是共产党员，见焦昆点点头以后，他对焦昆更加肃然起敬了。当时他马上又问："工人也能当党员吗？"焦昆和他谈了一个共产党员必须具备的条件，鼓励他只要努力争取，完全能参加党。从那以后，他常常问自己："要当党员够格吗？"甚至想向焦昆提出请求，可是暗自拿自己跟焦昆一比，就觉得自己差得远，也就没有勇气了。……他一面想着，一面打定主意要跟焦昆学，一定要争取入党！

突然，窗外叭叭响了两枪，子弹打在窗台上，冒着火星。他吃了一惊，听听，再也没有动静了。

苏万春被惊醒，在里屋嚷："爸爸，有人打枪！"

苏福顺告诉他说："枪是往咱家打的！"

"妈的，这又是狗特务！"苏万春猛地爬起来，顺手抓起一根铁棒就往外冲。

苏福顺拦住他说："等等，你毛愣张慌地乱跑个啥！"他爬起来抄起一根木棒，同万春一起走出屋。

三个解放军游动哨跑来，问明情况，跟老苏走进屋，在窗台的土墙里挖出一颗手枪子弹，断定这不是流弹，是敌人在三十米以内打的。

左邻右舍被惊动了，少时，在苏家门前集聚了许多人，大家议论纷纷。古尚清披着棉袄，提着那根碗口粗的大木棒，粗声大嗓地骂道："这些混账王八蛋，简直活得不耐烦，出来寻事找死！"万春接过说："他们是秋后的蚊子，没几天嗡嗡头了！"苏大嫂心里还怦怦跳个不停，苏福顺见她吓得脸色苍白，安慰她说："稳住架，敌人这是敲山镇虎，吓唬人，有解放军在这里，怕啥？"

焦昆拎着盒子枪赶来，苏福顺跟他谈完当时的情况后，他又随老苏进屋察看了一下弹着点，断定敌人是想打击积极分子，以此阻碍献交器材运动。

苏大嫂看看那被枪弹打的小洞，低声念叨："老天有眼，枪打到窗台上，若是往下低一低，那……"她不愿意说下去。

焦昆分析说："看来敌人是慌慌忙忙打的，街上有游动哨，他不敢停留，打两枪是为了吓唬人，搅乱人心。"

苏大嫂喃喃地说："都睡得好好的，叭叭枪响了，真吓人哪！"

焦昆说："苏大婶，不要怕，从今天晚上起，增加一组游动哨，专门到你们这一带巡逻，敌人再也不敢来了。"

"这可太好啦！"苏大嫂深受感动地说。

焦昆要走，苏福顺要跟他一起走走，谈谈。于是，两个人向前走去。

山野黑茫茫的，小镇里也黑压压的，但是不久东方开始发白了。这次枪声并没有引起居民多大惊动，因为从解放以来，镇里经常响枪，见惯了，何况现在又有解放军在这里。

焦昆不仅担任修建办公室主任，还负着保卫矿山的责任，实在够忙的，平时很难抽出时间跟这些积极分子交谈，因此老苏要跟他谈谈，他就欣然同意了；可是走了半天，老苏也没出声。

苏福顺在焦昆身边走着，盘算着自己要说的话，好几次话到嘴边又犹豫起来，觉得自己提出参加党太冒失。憋了半天，他才冲口而出："焦主任，那天你说，工人努力争取也能入党，你看我该怎样争取呢？"

焦昆了解老苏此刻的心情。当年自己要求入党的时候，心情不也是又紧张又激动吗？他克制着激动，说："苏师傅，敌人不只是扬言要整靠近共产党的人，而且已经向你开枪了！"

苏福顺果决地说："坏蛋越不要我靠近共产党，我非靠近共产党不可，不是特务冲我打枪，今天我还不急着问你。我要像你一样，当个共产党员！焦主任，你看我该怎样做呀？"

焦昆亲热地抓住老苏的手，想说些什么，觉得在这地方不适宜，拉他一把说："走，到我宿舍去谈谈吧。"

清晨起，谣言就传开了。那些顺风耳、万事通、胆小怕事的、好说乱道的，叽叽喳喳，到处传播，说什么："苏福顺被打死了！""金大马棒的人进了孤鹰岭镇，专杀那些靠近共产党的人！""谁献器材都有人记着，等国民党打回来那天，要加倍偿还！"闹得满城风雨。

焦昆跟苏福顺谈完，来到办公室，保卫干事就向他汇报了这些情况。很明显，金大马棒匪帮还在附近山区活动，孤鹰岭镇还有敌人的潜伏组织。他恨不得一下子消灭掉金大马棒匪帮，立刻破获孤鹰岭镇的特务组织。可是现在这里刚刚解放，解放军忙于向关内进军，人民政府忙于在广阔的地区建立政权，一时还腾不出手来，而且由于群众的觉悟还不高，一般商人和手工业者对党的政策还不够了解，这就使敌人还有藏身之所和活动市场。他思索了一阵，决定再抽出一些人大张旗鼓地展开宣传活动，提高群众的觉悟，追查谣言，打击坏人。

焦昆把自己的想法向唐黎岘请示后，得到了唐黎岘的批准，于是立刻派人去召集进过训练班的老工人。

苏福顺听说要下街道去宣传，跑来向焦昆说："焦主任，我得去！坏蛋们造谣说我死了，我要给全镇的人看看，我活着，我还要跟特务们斗争到底！"

焦昆非常赞同苏福顺的想法，高兴地说："你亲自出马，那就太好啦！"

不大的工夫，就召集起了五十来名老工人，焦昆带领他们奔向区政府，区里的干部和宣传积极分子都聚集在院子里，他们看见焦昆，都纷纷围拢来向他询问夜里发生的事。焦昆指着苏福顺说："敌人造谣说，老苏被打死了，你们看，老苏不是好好的在这里嘛！"

焦昆接着说："夜里，敌人是向老苏家开了两枪，企图吓唬他，也是为了吓唬在场的同志和广大群众。老苏是好样的，不仅没吓倒，反而更坚强，更有勇气跟敌人斗争！今天他也自愿来参加宣传了！"

人群中响起了热烈的掌声，俞立平领头喊："向苏福顺同志学习！"众人都跟着喊，在场的人精神大振。

等大家平静下来后，焦昆继续说："同志们，这次宣传活动，不光是为了动员群众献交器材，主要的是提高群众的觉悟，揭露敌人，追查谣言。这是打的一场思想仗，大家要用战斗姿态去进行工作！"

经过动员，宣传队的情绪非常高涨，个个英气勃勃，斗志昂扬，立刻分成几个支队，唱着歌，浩浩荡荡地走向大街小巷，一个富有战斗性的宣传教育运动，更深入、更广泛地在整个矿区展开了。

十四

清晨，汽笛响了。那洪亮的吼声在群山里激荡，传遍了矿山附近的居民区，大人和孩子都被那振奋人心的吼声惊醒了。几年来每天早晨冷冷清清，矿山荒凉了，集市萧条了，孤鹰岭镇不像个矿区了，许多人因为生活没有着落而流浪他乡；留在此地的矿工，每日期待着矿山重新响起汽笛声，不想此刻，真的听到了，个个都很激动。矿工家属和镇上的居民也都很高兴，汽笛长鸣为他们带来了新的希望。

摇汽笛的是古尚清。老古一听，本来坏得不像样子的这个手摇汽笛被他一修，居然又响了，更是兴奋，猛劲摇个不停，让汽笛声长久地吼着。

邵仁展研究修复计划搞到半夜，接着又失了眠，刚打个盹儿就被汽笛声吵醒了；他同样很喜欢这汽笛声，几天来，他觉得山沟里太寂寞，汽笛声给山沟小镇增加了生气。他爬起来，把窗户打开，清凉的空气迎面扑来，他深深呼吸着，感到十分清爽。

初升的太阳照耀着峻峭的矿山，山谷中飘着淡雾，清晨的气候还比较凉，邵仁展关上窗户来到桌边，眼光又落在那一大沓修复计划稿上。这几天，他从头至尾把这份计划稿和附件看了一遍；看得出来，这是出自一个有学问的工程师之手，计划搞得很详细，说得头头是道，装订得规规整整，让人看着舒服。可是，他觉得计划有些保守，提出需要十年时间才能恢复到日伪时期最高水平，第一期工程就需三年。他边看边研究，按他的计算和设想，可以大大提前。

他来到这里的第二天，曾听过焦昆和张学政向他汇报编制计划的情况，当时他就觉得由他们来担任这一任务是困难的。因为一个是不懂工业建设的军人，一个是经验不足的工程师；于是就埋头研究严浩的计划，经过几天的思考，在严浩的计划基础上搞出了一个修建方案。昨夜他又慎重地复查了一遍，觉得意见成熟了，于是抱着那堆文稿和资料去找唐黎岘。

唐黎岘正伏在桌上看文件，见邵仁展抱着一堆文稿进来，笑着说："嗬，这真是大部头著作！"

邵仁展说："这是国民党盘踞矿山时期的唯一成绩，用严浩的话说，这叫纸上谈兵！"

"这么一大堆，你都看过了吗？"唐黎岘信手翻着问道。

"都看过了！"

"你对它有什么看法？"

邵仁展略一皱眉说："单从技术上看，是有一定水平，但有些提法的观点不对头，而且有些保守。"

唐黎岘说："听严浩说，要恢复到日伪时期最高水平，需要十年时间，他的上司还说他雄心勃勃，富于幻想，脱离实际，闹得他下不了台阶。"

邵仁展笑笑说："严浩是个颓废派，他哪来的雄心。不过，国民党实在是腐败透顶，让他们修复，十年也肯定完不成。"他点了一支烟接着说，"这份计划虽然有许多严重缺点，可是它把一切都考虑到了，用新的观点加以修改，去其糟粕，取其精华，可以成个完备的计划，我看可以不必让焦昆和张学政他们再费力气了!"

唐黎岘没有看过严浩的计划,不知内容如何,但对于在这份计划的基础上改有些怀疑,他见附着的资料不少,他很重视这些资料,特别是那些设计图和统计资料,因为现在正缺乏资料。他翻开文字稿看看,序言里真是雄心勃勃:要在工业建设上创造出业绩,为发展钢铁工业尽快提供资源。他笑着说:"雄心勃勃才提出需要十年修复到日伪时期最高水平,没有雄心还不知会到哪年哪月呢。"

邵仁展说:"有人说,要把辽南钢铁公司所属厂矿恢复起来,起码得二十年!"他磕了一下烟灰,"我们要突破它,也肯定会突破它。我考虑了一个修复方案,提了几点意见,你看看是不是妥当。"他把自己搞的方案交给唐黎岘。

唐黎岘接过来说:"我真佩服你们这些知识分子的本事,一写起来就是长。"

邵仁展微微一笑,说:"这是我对修建矿山的初步设想,起草个提纲,如果你同意这些论点,以后再补充细节。孤鹰岭是个大矿,又破坏得这样惨,修复工程庞大,需要搞得详细些,不然就会乱套。"

"对,"唐黎岘说,"我们要把计划搞得切合实际,务必周到些,也要搞出一套管理办法,不过我们没有经验,得摸索摸索。"

邵仁展点点头说:"搞工业建设是摆在我党面前的一项新任务,咱们还在开头。什么事都是开头难,可是开头又非常重要,没有个良好的开端,工作就要被动。因此我一听说要调我到孤鹰岭矿,我就开始考虑这些问题,希望创造个良好的局面。"

唐黎岘说:"那好哇!我要仔细看看,看完咱们再研究。"他略顿了一下，又说，"老邵哇，我考虑起修复工程的问题，就更感到外行的难处，更迫切需要掌握工业建设知识，你得给我当先生哩。"

邵仁展笑说道："开头难，开头难，你这也是开头难。工业建设知识可不大好掌握，技术复杂，工种繁多，像汪洋大海那样没有止境，要慢慢来，着急可不行！"他对唐黎岘很同情，觉得一个外行担这么重的担子，实在困难。

邵仁展走后，唐黎岘先打开严浩的计划稿看，他看了半天，看出它套用了美国和日本的一些管理方法，是资产阶级观点的产物，跟焦昆和张学政编制的计划有本质的不同。他又把邵仁展的方案拿起来，想了解一下邵仁展究竟提出了什么意见。

唐黎岘看完邵仁展的方案，又花费了半天时间，把它和严浩的计划对照研究了一下，看出邵仁展的方案虽然跟严浩的计划不同，但思想本质有相似之处。邵仁展设想整个修复工程用五年至六年时间，达到日伪时期最高水平。第一期工程明年六月开工修复，后年十月达到生产矿石；在管理和施工方法上基本上是照搬资本主义企业那一套，见物不见人，忽视群众的作用，只谈管理监督，没考虑政治思想工作；特别引起唐黎岘注意的是，邵仁展根据严浩提出的资金预算，加以修订，开了一个很长的设备材料单，认为上级不给解决足够的资金和设备就不能开工。这使他感到意外，老邵的主张同自己和焦昆所设想的相差太远了。

晚上，唐黎岘把邵仁展交给他的所有材料都抱回宿舍，坐在煤油灯下继续研究。他认为在新形势和矿山的具体条件下，用老一套肯定行不通，想做改良派也办不到，要想达到新的计划目标，就得进行革命，自力更生，艰苦奋斗，以战斗姿态去修复，不然就赶不上革命形势的要求。

煤油味熏得慌。他站起来，点起一支烟踱着步子沉思，他越思考越觉得不能赞成邵仁展的意见，越觉得应该支持焦昆和张学政。他们的观点对头，计划是在做了充分调查研究的基础上搞的，因此比较切合实际。但他觉得还需要慎重，需要做进一步研究，他一直思索到深夜。

第二天一早，他就把焦昆和张学政找来，指着桌上的一堆文稿对他们说："这是严浩在国民党时期编制的修复计划，还有邵副矿长一份方案，请你们看看。"

焦昆惊叹地望着那堆文稿说："好家伙，这么一大堆！"

张学政过去翻了翻，看见那些附图和资料，高兴地向焦昆说："焦主任，我们正缺少这些资料，这回可好啦！"

唐黎岘说："你们暂时把工作停下，认真地把这些材料看一遍，仔细研究一下。"

焦昆问："你看过了吗？"

唐黎岘说："除了那些图纸和计算公式以外，我都看过了。"

"你有什么看法？"焦昆想摸一下底。

唐黎岘怕他们受自己观点的束缚，不愿把自己的看法告诉他们，说："你们都看一遍以后，咱们再共同研究。张工程师，有些技术问题我看不明白，你还得给我和焦昆讲解清楚。"随后又叮咛他们说，"你们看的时候，不要有偏见，不要带框框，要认真吸取有用的东西；同时也不要盲目崇拜，要实事求是地研究。"

焦昆和张学政抱起文稿往外走，唐黎岘送他们到门口，又说："有了这份计划，对你们有很大好处，可是也有不利之处。你们提的论点必须切实可靠，禁得住检查，不然就过不了关！"

焦昆和张学政会意地交换了一下眼光，走了出去。走不远发现街上的人忽然增多了，孩子们还在一窝蜂似的往街头跑。他们往街里望望，见解放军的骑兵正在开进来，于是两人一起向街上走去。

这是一连骑兵。战士们一律穿着皮大衣，戴着狗皮帽子，背着冲锋枪、卡宾枪和马枪，一班有一挺轻机枪和一门小炮。头里是三十来匹枣红马，紧跟着是一队白马，后边的才是杂色马，整整齐齐，非常威武。在骑兵后边的是步兵，长长的行列排到镇郊。焦昆凭着丰富的军事经验，看出这是一个营。

焦昆正赞赏地看那连骑兵，忽听有人喊："焦副营长！"

喊他的是一连的副连长，焦昆忙迎上前去说："是你们哪！岳营长呢？"

副连长向后边一指说："那不是，他来了。"

岳营长看见焦昆，高兴地嚷道："老焦，咱们又碰到了！"

焦昆抓住岳营长的手，又抡起拳头捶了他一拳说："我以为你进关打大仗去了，不料想你还留在东北。"

"你净想打大仗，小仗留给谁打呢？"岳营长抓住焦昆的拳头说，"我们留下肃清残敌，保卫经济建设。现在东北成了大后方，你们这些搞建设的是主角了，我们为你们服务。"

"不要讲怪话，咱们都是为人民服务！"焦昆微笑着说，"金大马棒匪徒在附近山区活动很猖狂，威胁矿山修建，你们这一来就好了，希望你们赶快剿灭他们。"

岳营长放低声音说："军区根据你们的请求，派一个营的兵力进山清剿。你们放心吧，我们一定能消灭那些匪徒。"

焦昆羡慕地望了一眼骑兵，说："你的骑兵连太好啦！马匹齐整，武器又好，真是兵强马壮。"

"那是军区新给配备的。"岳营长说，"你对这一带地形熟，人也熟，希望你多帮助，我们要很好配合。"

"瞧你，学会客气了。当然要配合，我听你的指挥就是了。"

岳营长微笑着说："我指挥不了你了。听说你现在是堂堂大主任，怎么样，安心了吧？"

"现在我的任务很重，压得我没有时间再想别的了。"焦昆转身向张学政说："张工程师，你先回去吧，我要跟岳营长研究一些事情。"

张学政应了一声，抱着材料往回走。这些日子，金大马棒匪帮和国民党残兵时刻威胁着矿山，闹得人心不宁，影响工作；来了这么多解放军进山清剿，张学政打心眼里感到高兴，觉得这说明政府对矿山的重视。来到办公室前，他遇见了严浩。

严浩看张学政抱着自己编的计划稿，站下来问："那是谁交给你的？"

"唐矿长。"张学政说，"这份计划稿真有分量，一定很丰富。"

严浩闷闷不乐地说："那是个废品，没有什么用处了！"

张学政说："不，有用处！唐矿长看了，又把它交给我和焦主任，让我们仔细研究，从中学习。"

严浩瞥了一眼计划稿，心里感到酸溜溜的。为了编制这份计划，自己忙了好几个月，费尽了心血，结果那时上司没批准，现在也只能供人参考，有些早知如此何必当初的感慨。

张学政说："我先看看，回头还要请教你。"

"你看吧！"严浩淡淡地又像自语地说，"但愿你们不要纸上谈兵。矿山已经被破坏，难以复活了。"

张学政说："困难很多，不过还是可以恢复，唐矿长他们有决心，工人的劲头又这么大。"

严浩低沉地说："你还年轻，对工业建设的困难没有体验，光有劲不行，设备解决不了，资金缺乏呀！"

张学政见严浩愁眉不展的样子，感到不便跟他争论，没有再说下去。平时他不大愿意跟严浩在一起，觉得他太孤僻，总是心事重重的，好像每时每刻都在思索问题，他自己是个爽快人，跟这样沉默寡言的人一起他很不习惯。现在，由于严浩情绪低沉，矿长把许多重要工作放在他的身上，虽然压力很重，但他并不推脱，积极努力地去干，他希望严浩也能积极地发挥力量。

两人沉默了一会儿，张学政忍不住地说："严工程师，你在孤鹰岭矿待了很长时间，又做过勘察研究，你对这座矿山的评价如何？"

严浩说："这是一座非常好的矿山，资源丰富，矿石的质量又好，矿床规整，便于开采，交通又较方便，工业价值很高，当一个采矿工程师，不能不爱上它。可是……"他没有说下去，叹了一口气。

张学政说："真的，这座矿山太理想了。能来这里工作，我感到很幸福。在这里，可以锻炼自己的技术水平，可以充分发挥作用，能干出名堂。"

"对！"严浩点点头说，"像你这样年轻的工程师，在这样的矿山里工作，确实不错。"

"可惜我的技术水平太低，胜任不了工作。严工程师，希望你振奋起来，积极投入工作吧！我们要让矿山复活，要在这里搞些成就，为祖国的工业建设贡献一份力量！"张学政诚恳地望着严浩说。

严浩看张学政的神色有些激动，忽然想起了自己年轻的时候。自己刚由学校毕业时，也像小张一样，进取心很强，锐气十足，谁要说靠中国人自己的力量开发不了矿山，他就不信。他雄心勃勃，一心一意要搞出些名堂来。那时候，他看不起干其他行业的人，特别是商人和政客，认为这些人不学无术，只会投机取巧，钩心斗角，耍手腕，弄权术，肮脏得很。在这些人面前，他感到自己高尚，称自己是"盘尼西林"，意思是能抵抗周围的细菌。由于他自命清高，看不起其他人，不肯拍马逢迎，在旧社会里自然不能得志，十五年来一直是怀才不遇，没有搞出任何名堂。现在他刚满四十岁，就意志消沉，感到自己老了。他细审张学政那开朗的脸膛，心想，张学政又会怎么样呢？终有一天他会失去朝气，会慢慢地对一切都冷淡下来的。他说："我已老了，没有雄心了，看你们的吧。"便迈步走了。

张学政瞅着慢吞吞走着的严浩，暗想这真是一面敲不响的橡皮鼓。

严浩走进办公室，屋里一个人也没有，桌椅上布满灰尘。他讨厌地皱起眉头，拿起一张报纸，掸净椅上的灰尘，不摘帽子也不脱大衣就坐下来。

桌子上空空的，只有一个墨水瓶，两块铁矿石。他坐了一会儿，记起昨天放在抽屉里的一本采矿学，拿出来翻了翻又放下，点起一支烟，对窗沉思。这几天，他的心情很不好，白天坐在这个冷冷清清的办公室里，晚上独自睡在宿舍里，虽然矿里对他特别照顾，给他吃小灶，专人给他打扫屋子，生炉子，打水，但是老婆孩子留在沈阳，他很惦念，感到很孤独。

严浩是副总工程师，任务很明确，让他负责整个矿山的技术工作，但是他觉得这工作没法做。他对张学政和焦昆他们编制的计划连问也不爱问，心想："我的计划都不行，他们还能搞出什么名堂来？"他对一切事都抱旁观态度，同时又对这儿的一切都看不顺眼。有些干部是转业军人，干什么都用军队那一套；矿长总是赶人们上山；技术人员的办公室里每天都是冷冷清清，矿长的办公室倒很热闹，工人川流不息，有时候还有亲属，不像个办公室的样子，倒像个茶馆；经常没早没晚地开会，也使他看不惯。

他吸完一支烟，站起来拿报看看，见报纸上又登着胜利消息，解放军在徐州附近歼灭蒋军十八个师，共十七万八千人，已逼近徐州。这些消息他并不感到震惊。在辽沈战役中，蒋军丧失了四十七万具有头等装备的军队，他就看出国民党军快要全面崩溃，现在越来越清楚了。他对国民党土崩瓦解并不惋惜，因为他深知国民党政府腐败透顶，但对这些胜利消息也不感到高兴，他认为无论是国民党执政还是共产党执政，自己都没有前途。

古月娟推开门，朝屋里望望，看见了严浩，问："你看见薛辉了吗？"

严浩不知道谁叫薛辉，轻轻摆一下头说："我不认识他。"

古月娟说："薛辉就是唐矿长的秘书。"

严浩想起来，原来那个年轻的警卫员叫薛辉，便问："你找他干什么？"

古月娟以为他知道薛辉的下落，拿着一卷红纸走进来说："我们那个居民组献了很多东西，要写一张报捷书，没有人会编词儿，也写不好，求他给编个词儿，给写一张。"

严浩表示理解地点点头，说："今天他没有到办公室来，我不知道他在哪里。"

古月娟听说就急了。方才邻居们把器材凑到一起，为了显得有些声势，大家准备车推人扛，排队去献交。有人提议用红纸写张报捷书，但没人能写。这两天她同薛辉在一起扭秧歌混得很熟，知道他有文化，会编词儿，也能写。她相信薛辉一定能写好这张报捷书，便自告奋勇地说由她去找人写，现在找不到薛辉，邻居们还正等着，怎么办，她急得直眨眼睛，忽然她灵机一动，向严浩说："薛辉不在，请你给写一张吧！"

严浩没料到古月娟会求到他头上来，打量了她一眼，抱歉地说："我不会写。"

"你得了吧，严工程师！"古月娟说，"人家告诉我说你是大工程师，全矿的人数你念书多，还到外国留过洋，最有学问，请你给写写吧。"她边说边上前把红纸放在桌上。

严浩推辞了几遍，古月娟仍跟他纠缠不清，他只好拿出毛笔，展开红纸，问："写些什么呢？"

古月娟想了一下，说："你就写我们第三组老百姓，听说矿山要修复，都高兴极了！……啊，嗯，这回开矿是给自己开，开了矿我们就有好日子过，也能支援解放军打败国民党，我们要尽一切力量，凡是对矿山有用的机械物件都献出来，希望快一点修好矿山！……还有，解放军来了，我们得到解放，上了工，领到粮食，共产党对我们的恩情太大了。嗯，嗯……"她尽量想新词儿，但是想不出来，最后笑嘻嘻地说，"我说不好，反正大家都想为矿山出力，你酌量着写吧。"

严浩用笔蘸了蓝墨水，根据古月娟的意思，思虑了一下开始写，写完就交给古月娟。古月娟念过三年书，大半都认识，她从头至尾看了一遍，觉得写得不够好。但她看严浩的神色很冷淡，没有说啥，卷起红纸，说声"谢谢"就走了。

办公室重新静下来，外边传来欢乐的锣鼓声。严浩昨天没有参加群众大会，对一切都不知道，也不打算知道，听古月娟一说，才知道是矿里动员人们献器材，怪不得这两天晚上锣鼓喧天，响到深夜，今天早晨又鸣起汽笛。他坐了一阵，抽足了烟便走出了屋，沿着荒僻小径向山上走着。天气晴朗，阳光很强，他边走边观察矿区。对矿山他比较熟悉，在过去一年里曾经详细勘察过，现在除了有些设备进一步被破坏之外，其他的情况没变，孤鹰峰仍然巍峨地耸立着，荒废了的矿区乱石成堆，坑口被荒草遮掩。他对群山是亲切的，因为在这起伏的峰峦中，埋藏着丰富的矿产资源。

严浩往山上爬着，听见山下很热闹，他站下朝镇里望望，立时就被那热烈的场面吸引住了。在通往矿山办公室的路上，以秧歌队为向导，随着十几辆满载器材的手推车，后边有的一个人抱着，有的两个人抬着，接着又是秧歌队，又是人群，络绎不绝，队伍很长，红旗招展，锣鼓喧天，一片欢腾景象。他被群众的这种热情感动了，他更知道群众这样做，将对矿山修复工作产生巨大的作用；但他又感到有些茫然，在国民党统治矿山时期，采取许多严厉处罚措施，仍然阻止不住有人往家里拿东西，今天群众却这么热情自动地往回送，这是为什么呢？

魏富海跟一群工人上了山，他看见严浩一个人站在山坡上，便问："严工程师，你望什么呢？"

严浩往山下一指说：“你看，那么多人献器材！”

魏富海心里很不好受。散布谣言、开枪打苏福顺，不仅没阻拦住，反而激起了矿工和居民的热情。他克制着内心恼恨的感情说：“咱们管矿山的时候，工人净捣乱，现在他们这样起劲，你看，共产党多伟大！”

严浩说：“这叫作人心所向，共产党深得人心哪！”

魏富海瞟了严浩一眼，筹思了一阵说：“严副矿长，这些日子你很忙吧？”

严浩不高兴地说：“不要叫我副矿长，忘了这个称呼吧。”

“唔，对！这称呼叫惯了，不大好改。”魏富海狡猾地微微一笑，又说，“严工程师，你打算在孤鹰岭长期待下去吗？”

严浩叹了一口气说：“不在这里往哪儿去？”

魏富海试探地说：“到大城市去不好吗？”

严浩说：“大城市？上海也难保，重庆乌七八糟，我宁愿待在这里，哪儿也不想去。现在局势很明显了，国民党的大势已去，共产党非常有可能在全国获胜。”

魏富海听罢感到有些泄气，觉得把严浩拉下水恐怕不容易。他转了转黑眼珠子，说：“现在还看不出谁赢谁输，共产党是很了不起，把国民党打得节节败退，可就怕美国人不甘心，若是美国直接参战，局势可就难测了。你对美国比我了解得多，美国的实力在全世界是最强的，它有原子弹。”

严浩说：“我向往到美国去搞科学，可反对美国人到中国来，殖民地就只会受人掠夺，中华民族应该自己……”他挥挥手，“谈这个没有好处，不要谈了。”说着便迈步往山上走去。

魏富海赶紧表示赞成说：“对，咱们是搞工程的，不要过问这些。"他随严浩一起往山上走。

进山剿匪的解放军开出孤鹰岭镇，分了两路向深山进军。魏富海虽然已经让牛乐天把情报送走，仍继续留心观察解放军的人数、装备和去向，准备再送出一个比较准确的情报。他觉得自己单独看太显眼，便向走在前边的严浩说："严工程师，你看，解放军的骑兵多么威武！"

严浩望了骑兵一眼，继续往山上走去。魏富海暗自骂了严浩两句，不得不自个儿走了。

傍晚，严浩回到宿舍，见房里增添了桌椅，还有一个书架，炉子燃得很旺，屋子里暖暖的。他脱下大衣走到桌前，发现妻子又来了信，打开一看，见写着："……我收到哥哥来信，他答应给你在澳门找工作，如果你不满意，还可以去马来亚。阿庆儿的姥姥非常渴望我们到那里去。假若你不愿意，就让哥哥想办法送你到美国去！……无论如何，你该拿个准主意，不要犹豫了。实在走不了也要求到大城市去，就是沈阳也行，千万不要留在矿山，我可不愿再跟你到荒山僻岭去受罪，你果断一点吧！唉，这种动荡不安的生活快结束吧！……"他看完把信放下，对着灯皱眉头。

严浩目前是在十字路口，毫无主意地转悠，何去何从徘徊不定。现在国民党大势已去，他宁愿留下来。去澳门，找不到理想的工作，马来亚也没有意思，吸引他的地方是美国。他认为美国科学先进，学习条件好，实验条件好，容易在科学上搞出成就。可是他不乐意投亲靠友，更不愿寄人篱下。他认为如果留在解放区，就要留在矿山，在这里多充实一些实际资料，将来可写科学著作。他出神地思索着，权衡着利弊，觉得前途渺茫，找不到出路。

他站起来踱了一阵方步，最后坐下写回信："……你的心情我很理解，希你暂时不要着急，等我回沈再从长计议。走与不走，我们要权衡利弊，出国毫无把握，前途渺茫。……生在这个动荡时代，有时也要随波逐流，需要观察观察。……"写完后他重新看了一遍，顺手从一本书里取个信封，不想翻开书来，里边还有一封信，信封上没写地址，他疑惑地打开一看，上面写着：

严副矿长：

你来到矿山，我大为高兴！你是国家的专门人才，可是，当这局势垂危之际，应该投笔从戎，在反共救国中献出力量……望你能跟我们合作。回信请放在破碎机东南角下的岩缝里。

你的朋友　金

严浩看到"金"字，就知道这是金海川给他来的信。他向来对金海川印象恶劣，没料到这个土匪头子会来纠缠他，他烦恼极了，坐在那里直喘粗气。

他再把信看了一遍，想了想，决定把信烧掉不理他，便把信投进炉子，然后背靠在椅子上思索。这信是谁给放到书本里的呢？这屋里只来过有数的几个人，唐黎岘、邵仁展、焦昆、张学政和魏富海，再就是那个烧炉子老头儿，他觉得这些人都不可能，这简直是莫名其妙。现在他那想走的念头强烈起来了，觉得到国外去埋头研究点学问，就会摆脱一切烦恼，国内他算待够了。他烦躁地想着，直到皎洁的月影移到窗前。

十五

修复计划终于搞成了，唐黎岷决定开个干部会，进行集体审查。焦昆和张学政拿着计划稿由宿舍里走出来。焦昆知道这是一个不平常的会，因为他们大胆地推翻了邵副矿长的意见和严浩的大部头计划，重新搞了一套，预料在会上要有一番争论；他暗自提醒自己要冷静，要耐心听取意见。张学政有些紧张，认为这次会是对他们修复计划的一次考验，不知道是否能过关。

两人沉默地走了一会儿，张学政忍不住地说："焦主任，哪些人参加这个会？"

焦昆说："全矿的副科级以上干部全参加，严工程师也到会。"

张学政瞥了怀里的计划稿一眼，这份计划稿页数只有严浩计划稿的五分之一，觉得不大够分量。

焦昆看张学政有些紧张，便对他说："我们的材料都是可靠的，要有信心。但也要虚心听取各方面意见，该改的改，该坚持的要坚持，大胆地说出咱们的主张。"

张学政点点头。

会议室很小，地当央放着两张长条桌，紧挨着摆些椅子，开这么多人的会实在拥挤。焦昆和张学政见椅子几乎已经坐满，当中给他们留下两个空位子，便挨在一起坐下。焦昆留心看看到会的人，邵仁展坐在顶头翻阅文件，严浩坐在一边吸烟，供应科长冯文化的面前摆着一沓材料，薛辉正准备记录，只是唐矿长还没有到。

不久唐黎岘走进来，向大家说："公司刘经理打来电话，说给我们调拨一批粮食，又要我谈谈修复打算。我告诉他说我们正要开会审查，他要我们开完会立刻把讨论情况向他电话汇报。"

唐矿长的话使会议增加了严肃气氛。干部们互相交换着眼光，又都瞅瞅焦昆和张学政。邵仁展放下手中的文件，看了一眼唐黎岘，然后把眼光落在焦昆身上。焦昆没理会大家的眼光，询问地瞅瞅唐黎岘。唐黎岘毫无表示，只掏出本子和笔准备记录。

沉默了一会儿，唐黎岘向焦昆说："老焦，你们谁谈？"

焦昆向张学政说："你先把计划念一下给大家听听。"

张学政环顾一下在座的人便开始念。他念得很流利，念完后又根据图表念那一连串的数目字，念了一个半小时，搞得满头大汗。

焦昆感激地望了张学政一眼，站起来说："张学政同志念了这么长时间，大家很难记住那些数目字。简单地说，就是修复工程要分几期进行，首先是修复电路、运输线、排水工程、破碎场、一些卷扬机和修配厂。采矿区想一下都修好是不可能的，第一期里要恢复起五号大井、二号大井和破碎工程。我们计划明年一月份开工修复，九月份开工生产矿石。第二期工程和第三期工程我们没有详细安排，因为现在既没有可靠的根据，也没有经验，只能初步提出个设想。我们想用三年到四年的时间，恢复到日伪时期的最高水平。"

焦昆见严浩的嘴角上露着冷笑，另有几个人睁大眼睛瞅着他，心里不高兴，提高声音说："我知道奔到这个目标是不容易的，可是得鼓起勇气，拿出冲锋的劲头，奋勇抢上这个山头！因为形势强迫我们这样做，解放战争正在突飞猛进地向前发展，解放区不断扩大，全国解放已为时不远了。前方、后方、部队、人民，工厂、农村都迫切需要钢铁，公司的炼铁厂正在赶着修复，炼铁炉点着了火，我们供应不上矿石，可说不过去！"

唐黎岘看焦昆激动起来，暗自感到高兴，心想，他的劲头全部转到矿山工作上啦！

焦昆讲完，会场出现了沉默。邵仁展把计划稿拿过来，一张接一张地翻着看。严浩欣赏地注视着身材魁梧的焦昆，他觉得焦昆这人很有军人风度，应该把他放到战场上，在这儿他这个英雄可施展不开。张学政瞧着唐黎岘，只等他说话。唐黎岘跟别人不同，他事先跟焦昆研究了几次，不仅知道制订这份计划的精神，对计划的主要细节都很了解。他非常赞同焦昆方才说的话，是的，在当前的形势下，就是要以战斗的精神去搞建设，要勇于克服一切困难，奋勇前进。但他认为计划安排会有不周之处，需要很好讨论，集思广益，尽量把它搞得完善可靠一些。他依次看了看大家，希望有人发言。

沉默了一会儿，唐黎岘向严浩征求意见。严浩头几天就知道自己编制的计划被推翻了，这使他很恼火。怎么办呢？要么就得跟矿长和焦昆他们争论，让他们同意自己的见解；要么只有采取旁观态度。他前思后想，觉得在现在的形势下跟矿长他们争论是不适宜的，只好明哲保身，听之任之，在一边瞧着吧。他本来想不发言的，见唐矿长问他，沉思了片刻，冷静地、慢声慢语地回答道："我很钦佩计划起草人的热情和气魄，几位在这短短时间里做出如此规模的计划，实在难得，很难得！"

焦昆看了严浩一眼，正好跟严浩的眼光相遇。工程师保持着习惯的庄严姿态，只瞧了他一眼，仍把脸仰起。唐黎岘等待严浩的下文，等了半天他没有说下去，便忍不住地说："严总工程师，你谈谈关于计划的意见，好吗？"

严浩说："关于计划，我没有什么话可说。我的一切见解都写在我那份计划上，那是过时之作，用不着再提了。"他停顿了一下，慢吞吞地继续说，"根据各项条件，在这么短的时间，要完成这样大的工作量是难以想象的。我不清楚，资金从哪里来？设备从哪里来？技术人员又从哪里来？有国外投资或者援助吗？"

唐黎岘说："解放区是不允许国外投资的，有国外援助当然好，但是现在战争正在进行，国外援助也靠不住，只能依靠全矿职工的艰苦努力，依靠解放区广大人民的支援。"

严浩耸耸眉毛没有吱声。根据他在国民党统治区十几年的经验，建设这样大的矿山，没有国外投资和援助是没法成功的。他过去没有接触过共产党干部，听说共产党人都是那么雄心勃勃，但没有想到唐黎岘和焦昆的雄心这么大。他筹思了一下，说："这样的计划，如果将来能实现，那可算是奇迹，惊人的奇迹！"

唐黎岘和焦昆交换了一下眼光，不再请严浩谈了。

在座的另外几个干部刚来不久，对矿山的情况了解不多，只能一般地谈谈。供应科长冯文化没有吱声，他对如何修建矿山，心里没有数，只是感到物资供应压力很大，他打算听听两位矿长的意见，然后再发表自己的主张，因此一个劲地吸烟，不时看看邵仁展和唐黎岘。

邵仁展继续翻着计划稿，看着，思索着。这份计划跟自己所想的差距太大了，不仅仅表现在时间要求上，在修建步骤上、技术方案上、施工方法上和组织管理上都不一样。前两天，唐黎岘曾找他交换过意见，对他提出的意见没有采纳，并要他事先审查一下焦昆和张学政编制的计划。他觉得不必要，等焦昆和张学政把计划全部搞好，一起审查一下就行了。没料到焦昆他们却搞的另一套，不仅推翻了严浩的计划，对自己的意见也没有吸收多少。他放下计划稿，沉思良久，缓慢地、很有分量地说："在这么短的时间里就把它搞出来，说明这几位同志的工作是非常努力的。我们搞工业建设才刚刚开始，都缺乏经验，需要有这种革命锐气，需要树立雄心壮志，不然就会被困难吓倒，同志们的热情可嘉！"

邵仁展觉得在这个场合上，谈别的不适宜，一时也谈不清楚，只能强调准备工作，推迟计划，推迟施工，然后再慢慢说服唐黎峋和焦昆他们。他把图纸还给了张学政，同时说："搞工业有它的特点，在制订计划时要考虑到各方面的情况，只能根据客观条件，一步一步地走，一点一点地去解决。现在矿里干部没配齐，技术人员少得可怜，还没有建立起一个管理机构，矿山破坏得这样严重，物资又如此缺乏，办公室很窄小，宿舍也不够用，工人招多了连住处都没有，国民党残匪还没有肃清，矿山受到威胁……我不主张目前就开始进行修复工作。由现在起，到明年六月，再用八个月的时间做准备，在这期间里要少招工人，多要干部，要把管理机构建立起来，积极筹划设备材料，抽一部分人先做一些清理工作，大部分去修宿舍，一旦条件成熟，再展开修复施工不迟。"

邵仁展这一番话，引起了到会的人不同反应。严浩微微点头表示赞许。有的干部模棱两可，觉得焦昆他们订的计划很吸引人，又觉得邵矿长的话有道理。张学政心里很着急，费了九牛二虎之力搞出个计划，现在给邵矿长推翻了。他瞅瞅焦昆，焦昆在沉思；瞧瞧唐黎峋，唐黎峋也在沉思。外屋的电话铃声响了，薛辉跑出去低声接电话，屋里鸦雀无声。

焦昆忍耐不住地问："那样一来，明年内就难以生产了。如果炼铁厂很快把高炉修复起来，向我们要矿石怎么办？"

邵仁展说："我从公司往这里来的时候，到一些厂子去看过，那里也很困难，高炉破坏得都很严重，不能设想很快就能修复。"邵仁展从容不迫地吸着烟，"再说光着急有啥用，没有充分准备就匆忙上阵，仗也打不好。"

冯文化扔下烟头，补充说："那边虽然解放早些，因为国民党由沈阳往营口逃跑时，又进了那里，打乱了原先的一切计划，不可能很快修复。金大马棒匪帮活动猖獗，最近又发现从沈阳蹿进山里一股国民党残匪，两股匪帮有一千来人，杀人放火，破坏交通，说不定哪天来袭击矿山。我非常同意邵矿长的意见，一定要用一段较长的时间进行准备，不能盲目施工，盲目施工就会欲速则不达。"

焦昆听了冯文化的话心里很不满，他直爽地反驳说："我们并没有主张盲目施工，施工要按计划进行，稳重是应该的，但我不同意等待。现在我们已经有些干部，有一批工人，一支建设队伍已经初步形成，这就是条件。军区已经派了不少部队进山剿匪，矿山又驻有部队防守，是可以边跟匪特斗争边修建的。当然，其他困难还多得很，那么怎么办呢？等待吗？不能。我党我军的光荣传统，是在战斗里克服困难，不是等克服了困难再去战斗。现在已经有了些条件，再花上两个月的时间进行积极准备，明年一月开始施工是可以的。"

冯文化摇摇头说："太匆忙，办不到。设备缺乏得很，鼓风机、油压机、水泵、电机车头和车厢、风镐、凿岩机、破碎机……想加工没有车床，想搞电缺乏电气器材，罐笼缺乏钢丝绳，矿车缺乏挂链子……还有开工的一些材料都没有着落，例如木材、钢筋、电线、洋灰……"他的记忆力不坏，举出一串串的例子，边说边摇头。

焦昆听冯文化滔滔不绝地报账，情不自禁地笑了，说："老冯，你不用报账了。修复矿山需用的设备和材料有成千上万种，要都报出来得好几天。这些是要考虑；但我认为，在考虑计划的时候，首先要考虑急需的，其他条件要积极争取，边修边解决。老实说，你所说的东西再等二年也不可能全部解决。另外，在考虑计划时不能只考虑设备材料，最主要的是要把人的因素考虑进去。那天苏福顺对我说：'大家盼望修复矿山盼了好几年，劲憋了好几年啦，现在矿里对工人这样好，若是动工，一个人就能顶俩。'他的话说得很对，群众一旦发动起来，真的就会一个顶俩，这次献交器材运动就可以看得很清楚。"他瞅了邵仁展一眼，这话是说给邵仁展听的。

张学政被焦昆的话鼓舞起来，说："焦主任说得不差，现在的工人不能跟日本鬼子时代比，也不能跟国民党时代比，大家的劲头很高。"

对于焦昆的发言，邵仁展并没有在意。他微笑地看着焦昆想，军事干部的劲头就是足，干什么都想打冲锋，可是单凭这股冲劲搞工业可不行。

冯文化早先跟父亲在哈尔滨做店员。一九四二年秋一个傍晚，有位地下党员被日本特务追捕，不得已跑进他家，出于民族感情他把那位地下党员藏起来，从此就跟那位同志不断来往。"八一五"光复，他被介绍到哈尔滨铁路机修厂工作，前年入了党，又被提拔当供应股长。半月前，他同邵仁展一起调到孤鹰岭矿。今天开会前他跟邵仁展交谈过，觉得心里有底，毫不退让地说："做计划是要估计到人，但不能估计得太高，不能一时感情冲动，把幻想说成现实。"

焦昆有些火了，盯着冯文化直问："老冯，你对矿山的情况了解了多少？对矿工们又了解了多少？你所说的现实指的什么呢？"

冯文化被问得张口结舌，求助地瞅瞅邵仁展。

邵仁展息事宁人地对焦昆笑着说："你这个大兵，火药味还那么足！"他环顾了人们一眼，接着说，"矿山的情况是明摆着的，在当前的形势下，上级不可能给我们解决足够的资金和设备材料，也不能调来足够的技术人员和技术工人，搞工业确实不能只凭热情，两手攥空拳是不行的，所以我主张再准备八个月，就是根据这个现实提出来的。老焦，你说上级能给解决吗？"

焦昆说："当然不可能完全解决。"

邵仁展微微一笑，转身向唐黎岘说："老唐，我看可以适可而止了，不必再争论，把计划再重新考虑一下吧。"

听邵仁展这样说，焦昆忍不住地想站起来说话，但觉得邵仁展是征求唐黎岘的意见，自己不便插言，克制住了。

会场上沉默了。唐黎岘看人们都望着他，便站起来说："方才争论得很好。现在党的工业建设事业刚开头，没有经验，条件又不好，确实有困难。就拿在座的同志来说吧，大部分人对如何建设这样的矿山都没有经验，需要摸索。我认为我们不忙争论工期快慢，应该先讨论究竟该在什么思想指导下去编制计划，用什么办法管理和施工，是套用资本主义的办法呢，还是进行革命，创造自己的一套办法。再一个重要问题，我们应该用什么精神，什么姿态搞修建？究竟是非等上级把一切条件都给我们准备好了再施工呢，还是靠挖掘内部潜力，边施工边创造条件？咱们先务务虚，希望大家敞开谈出自己的见解。"

邵仁展瞧了唐黎岘一眼，很有涵养地点点头，仰靠椅背，准备听大家发言。

焦昆和冯文化不再说话，别人都不肯发言。大家仍然望着唐黎岘，想听听矿长的。

唐黎岘见大家都不说话，便说："好吧，暂时先谈到这里。今天大家知道了计划内容，也提出了问题，请各位都认真想想，过些天再开一次会。为了使计划订得可靠，我们还要组织一些老工人讨论一下。不过，要加紧进行准备，一切工作都要争取时间。现在散会！"

邵仁展听说要让工人讨论计划，觉得这是多此一举，工人对这样重大问题能提出什么好意见，何必浪费时间呢？

见唐黎岘宣布散会，大家都愣住了，唐矿长没有对计划表示任何态度，谁也摸不透他的意思是什么，互相交换了一下眼光，陆续走出了会场。

唐黎岘把邵仁展留下来，因为他觉得把分歧公开暴露在群众面前对工作没有好处，所以要和他个别谈谈。邵仁展开始时也纳闷，当唐黎岘把他留下来，就明白了唐黎岘的意思，暗自佩服他的老练，也后悔自己在会上冒了炮。

两位矿长面对面地坐着，都沉默不语地在吸烟，团团青烟徐徐飘散。唐黎岘想，现在形势变了，工作岗位变了，在新的任务面前，难免有不同的意见，特别是跟邵仁展这样的同志在一起，有些分歧也不意外。现在矿里还没有成立党委，只得用开支委扩大会议的办法，把主要干部都吸收进来，实行集体领导。要使大家的意见一致，最主要的是两位矿长要意见一致，特别是新到一起工作的，要把关系搞好，建立起相互信赖的友谊，才能把工作搞好。他吸了半根烟，直爽地说："老邵，看来我们的见解很不一致，咱们交谈交谈，尽量能得到统一才好。你是不是再谈谈你的想法？"

邵仁展磕了磕烟灰，冷淡地说："我的意见在交给你的材料上全谈了，方才在会上我又说过了，没啥可补充的。"

唐黎岘看邵仁展的神态，觉得两人中间隔着一层东西，心里很不愉快。沉默了一阵，他起来从柜里抱出严浩搞的计划稿，把它放在焦昆他们搞的计划稿旁边，指着它们问："老邵，你说这两份计划，究竟哪份科学，哪份实用？"

邵仁展瞅了它们一眼，明白唐黎岘的用意，觉得自己先说不妙，想先听听唐黎岘的，便反问道："你说呢？"

唐黎岘看邵仁展反问自己，筹思了一下说："我不懂技术，对严浩的计划不能做出确切的评价。这里边有许多有用的资料，有些技术设计方案很好，可是从整个计划看，还不见得就那么科学，对我们来说也不实用。"

听唐黎岘这样说，邵仁展将他一军："老唐，谈谈你的见解！"

唐黎岘说："科学是最讲实际的，而这份计划是脱离实际，搬用资本主义国家的那一套。计划中似乎考虑得很周密，但实际上对矿山的具体情况并不清楚，有许多材料跟张学政他们实际调查的就不符合；看得出来，严浩是凭读外国资料，凭主观想象搞的，而且他又从国民党那种情况出发。国民党那时的情况跟我们的现实相差十万八千里，用当前的实际情况和我们的观点来衡量，这份计划并不那么科学。"

邵仁展皱紧眉头，不同意唐黎岘的评价。

唐黎岘又说："当然，这里边有许多材料是有用的，焦昆和张学政他们已经采用了不少。"他把那份新计划拿起来，掂了掂说，"这份计划从文字、编排结构和一些技术上看，都不如那份计划，可是，他们做了详细的调查研究，征求了许多工人的意见，是用新观点搞出来的，适合我们当前的具体情况。"

邵仁展不服气地问："这么说，你认为这份计划是切实可行的了？"

唐黎岘坦率地说："我是赞同这份计划的，但并不是说它就没有问题，缺点漏洞是存在的，也有些考虑不周到的地方，因此才需要大家讨论研究。"他瞅了邵仁展一眼，继续说，"我认为修复开工的日期定在明年一月是适当的，根据目前情况来看，再准备两个月，可以进行局部施工。我也赞成计划中提出的指标。这个指标确实很高，压力实在大，可是形势要求我们要尽快开采出矿石，我们只能排除万难去完成这个指标。"

邵仁展说："我也非常希望达到这个指标，可是实际情况办不到。"他想，怪不得焦昆的劲头那样大，原来老唐在支持他。

唐黎岘说："如果用老一套办法，必然办不到，必须采用革命的办法。这就是我们争论的实质。我所以赞成焦昆他们的计划，就是觉得他们的指导思想对头。他们敢于革命，敢于创造，在计划里注意发扬我党我军的艰苦奋斗精神，贯彻了我党我军的战斗作风。老邵，我们现在没有经验，条件不好，我们必须发挥革命精神和创造力量，要有革命锐气，不怕困难，不怕失败，努力踏出一条路……"

邵仁展静静地听着，心想政治干部就是能讲，辩论起来休想讲过他。

唐黎岘继续说："若想等上级把一切都给我们准备好再施工，那绝对不行。焦昆说得对，再等两年也不会把一切解决，我们能长期等待吗？国民党盘踞孤鹰岭矿那么长的时间，所以一事无成，原因当然很多，但其中有一条，就是那些大员非等上司给准备足够的资金和设备，不然就按兵不动。他们上司哪里来资金和设备呢？只有落个纸上谈兵。"

邵仁展打断他的话说："我是主张积极准备，并不是按兵不动。"

唐黎岘说："准备时间不宜过长。我们应该一面请上级给我们创造必要的条件；另一面自力更生，艰苦奋斗，因陋就简，千方百计地想办法解决，自己给自己创造条件。当年在军队里搞修械厂，还不是借老乡的一所空房子，或者利用深山里的破庙，用简陋的工具就搞起来。现在比那时的条件要好得多，只要把群众充分发动起来，困难会被克服的。"

邵仁展笑着说："老唐，修械厂怎能跟这样的大矿山比呢？"

"情况是不一样，但那种勇于克服困难的革命精神是一样可以用的。"唐黎岘跟谁争论起来，就想把问题谈透彻。他耐心地说："老邵，对于工业建设，我还没有经验，但有一点可以肯定，要发扬我党我军的光荣传统，发扬艰苦奋斗的精神，认真贯彻群众路线。毛主席教导我们说，人是决定战争胜负的最主要的因素。我们要相信解放了的工人阶级有无穷的潜力，过去我们依靠群众，战胜了前进道路上的一切困难，现在我们依靠群众，也照样会战胜前进道路上的一切障碍……"

唐黎岘讲了很多。邵仁展无言答对，觉得对方有些空讲大道理，他压抑住内心的激动，站起来说："好吧！我需要想一想。"

　　"好！"唐黎岘又跟他商量说，"明天组织一些老工人讨论一下，听听他们的意见。你是不是准备一下，在会上给工人提出一些要求。"

　　邵仁展刚走出去，焦昆就推门进来了，一进来就说："唐矿长，我们一定不能退缩，坚决为实现计划的目标而斗争。"

　　唐黎岘拉他坐下，笑着说："看你那天接到调令的劲头，我担心你会闹一阵情绪，看来你已经爱上现在的工作了。"

　　焦昆说："干革命不能凭自己的爱好，要论爱好，我还是爱上战场去打仗。"

　　唐黎岘亲切地说："你这个大兵，总是忘不了火药味。"

　　焦昆说："多嗅嗅火药味是好事，战争是残酷的，但它是锻炼人的好学校。在战场上总是紧迫的，经常出现险恶情况，逼迫你变得坚强，逼迫你雷厉风行，逼迫你奋勇战斗；不允许你畏缩脆弱，不允许你拖拖拉拉。"他往椅上一靠，沉重的身子压得椅子吱吱响。

　　唐黎岘认真地说："你经受过战火锻炼，这是你的光荣，但要注意不能有优越感。我们得承认缺乏建设知识，这是我们的最大弱点，要虚心哪！我们要很好地向工程技术人员学习，向有经验的同志学习！"

　　焦昆经唐黎岘这一说，察觉到自己过于急躁，说："我的情绪是有些太偏激，可是怎么办呢？那位严大工程师，简直是在消极怠工，总是用他的眼光来看一切问题，对一切都怀疑。我们在编制计划时他袖手旁观；我们把计划提出来，他只是一味批评，不提建设性意见。邵矿长对计划也持否定态度，竟把准备阶段放得那样长！想慢慢吞吞地搞，这怎么能行呢？"

唐黎岘说："我理解你的心情，如果人人都像你那样冲锋，就没啥可说的，可是实际上是不可能的。人是复杂的，性格不同，脾气不同，作风不同，生活爱好也不同，特别是现在正处于革命高潮，处于整个社会大转变时期，人们的思想情况更是复杂的。就拿严浩来说，他刚刚被解放，究竟何去何从还没有解决，他还在观望徘徊，说他怀疑一切也是可以理解的。你能要求他跟你一样吗？老焦，我们要善于团结群众，特别是要善于团结知识分子，处理问题要注意方式。"

焦昆点了点头，长长吁了一口气。

唐黎岘觉得焦昆的勇于负责的革命热情很可贵，一心要培养他，所以对他抓得很紧。焦昆自留下来后也就紧张地投入工作，多重的担子压在他的身上从不叫苦。

谈了一会儿，焦昆说："今天给新入党的矿工们举行入党宣誓，你是不是去一下？"见唐黎岘同意了，便说："我得先去看看准备情况，准备好了就给你打电话。"说完就走了。

唐黎岘走进会场，见会场已布置停当。墙当中悬挂着毛主席画像，两边挂着党旗，虽然简单朴素，但很庄严。苏福顺、林大柱、苏万春等十五名新入党的老工人坐在粗木头长凳上，一个个都很严肃，静默无声，会场上一派庄严气氛。他不愿意破坏这种气氛，就悄悄地坐在苏福顺的身边。

焦昆走到毛主席像前站下，向人们招招手，十五名新党员都到那里，五个人一排，整整齐齐地站了三排。

唐黎岘也随着站起来，兴奋地注视着新党员们。这大部分都是三十开外的人，年纪最小的苏万春，也是二十六岁的人了。他们个个都饱经苦难的磨炼，都有十年以上的工龄，一个个黑里透红的脸都激动地仰望着毛主席画像。唐黎岘很理解这些新党员此时的心情，他也同样很激动。

　　焦昆高高举起手臂，新党员们都随着高高举起手臂。

　　唐黎岘站在一边看着，禁不住回想起自己参加入党宣誓的日子。那天是在松树林子里，天气阴沉，风卷着松林，空中飘着雪花。在一棵大松树干上悬挂着党旗，由连指导员领导在党旗下宣誓，十几年过去了，但那天会场的情景还深深留在脑子里。从那天起，他把终生献给了共产主义事业，而且从这个伟大的集体中获得了无限的力量。无论在艰难困苦的环境或激烈的战斗中，都能自觉、主动地去担重担子，事事走在前边，原因是时刻记住自己是个共产党员。他相信这十五名新党员也会像自己那样，从今天起不仅仅是个工人，而且会时刻记住自己是共产党员。

　　焦昆庄重地领头朗诵："我自愿加入中国共产党！"众人同声洪亮地复诵："我自愿加入中国共产党！"

　　焦昆朗诵："我承认党纲党章！"众人复诵："我承认党纲党章！"

　　焦昆和众人一领一合："我要为解放全中国、解放全人类奋斗终生！"

　　"头可断、血可流，马克思列宁主义、毛泽东思想不能丢！"

　　"头可断、血可流，坚决跟阶级敌人斗！"

　　"头可断、血可流，千难万险闯前头！"

　　"头可断、血可流，为实现共产主义革命到底不停留！"

…………

宣誓完毕，唐黎岘上前跟新党员一一握手，衷心地祝贺他们。每握一次手，他就增加一分喜悦，感到无比安慰：矿工里有了党员，党在矿山扎下根了！

十六

清晨，汽笛声还没有响，林家父女就爬着山路向矿里走去。林大柱在昨天光荣地参加了共产党，兴奋极了，夜里合计了半宿矿里的事，一早就把秋妹叫起来。他现在感到前途充满了希望和幸福，觉得自己越活越年轻，因此把胡子刮得溜净，显得容光焕发。这时他浑身是劲地往山上爬着，边走边说："秋妹，今天唐矿长找我们老工人讨论修复计划，看这样子，快开工了！"

"你们老工人太神气了，矿里有大事小事都找你们商量。"秋妹羡慕地说。

"是呀，很神气！"林大柱说，"孩子，你年轻，还不懂得翻身的滋味。孤鹰岭矿第一声炮响就有我，在过去像牛马那样干活，日本鬼子和把头拿着马棒和皮鞭监视，你爸爸挨了多少打骂呀！现在可倒好，矿里有什么事都找我们商量，工人真成了矿山主人，怎么不叫我高兴呢！"

秋妹微笑地看着爸爸说："我没亲身尝过那些苦，可看见你受的苦，那时候我想，我长大了可不去当工人。"

"现在你当了工人啦！"林大柱喜爱地望着女儿说。

秋妹说："现在我要当一辈子工人。你看着吧，我还要进坑道呢!"

"好，要有志气!"林大柱鼓励说，"开工的时候，你可要好好干，别给爸爸丢脸!"

秋妹说:"爸爸，凭什么说要给你丢脸，到时候说不定我赶在你前头去呢!"她调皮地冲爸爸笑笑，提着扎枪跑了。

林大柱望着奔跑的女儿，幸福地想，林家后继有人了。

汽笛响起来。林大柱望了矿山一眼，急向会场走去。

林大柱走进训练班的那所大房子里，见地当央生个大炉子，炉火很旺，屋里暖暖和和的。人已经来了不少。工友们看见他，都热情地向他打招呼，他一边跟人们打招呼，一边走到苏福顺身边坐下。

苏福顺看他把胡子刮得溜净，笑着说:"两个月前我看你那个熊样，以为你要去给阎王爷做工去了，没想你时来运转，越活越年轻，把胡子都刮了。"

林大柱摸摸嘴巴，也快活地笑了。

古尚清打量他一眼，取下烟斗，故作惊讶地说:"嘿，瞧哇，林老蔫把胡子都剃光了!这一剃起码能年轻十年，咱们林大嫂准能更爱你了。"

大家都被老古逗得哄堂大笑。

"你呀，狗嘴里吐不出象牙来……"林大柱摇了摇头没说下去，他对古尚清无可奈何。古大炮开起玩笑来没人是他的对手，知道自己斗不过他，只好甘拜下风。林大柱扫视了屋子里的人一眼，他们都是矿山的老工人，几年来，老友们难得聚在一起，现在大家见了面都感到分外亲热。这时焦昆进来了，亲热地跟大家打了招呼。

工人们陆续到来，凑到一起叽里呱啦地唠扯，苏福顺又讲起他骗日本鬼子的故事。

"……新来的日本鬼子片冈，那天喝得醉醺醺的，头顶着矿灯，手拎着哭丧棒，摇摇摆摆地下洞子里。正赶上放风的老刘睡着了，片冈看老刘睡着，知道里边有事，没惊动老刘，就悄悄地直向掌子面跑来。我们打眼的，放炮的，运矿石的，十来个人聚在一起，睡完了觉，正在绑支架，准备把炸药放在支架上放空炮，糊弄鬼子。我一看见矿灯闪亮，来人走得那么急，就感到不对头，仔细一看，认出是日本鬼子片冈。想装着干活已经来不及了，片冈已经看见了我们。他一边气势汹汹地往这边走一边骂：'你们的良心大大的坏了，磨洋工，死了死了的有！'大家吃了一惊，片冈那小子最狠，不用说别的，这一顿打就挨不起。我想，好汉不吃眼前亏，三十六计走为上策，急忙对大家说：'快跟我跑！'说完我领头就往里边跑。那条大巷道的情况很复杂，分了好几条分巷道，有的地方很宽敞，有的地方得爬，有险区，有死巷，真是九曲十八弯，到处有坎坎。片冈是新来的，对坑道不摸底细，反正我的情况熟，在那里像走平道似的，我们就跟片冈捉开迷藏，把这家伙气得哇哇怪叫，跌跌撞撞地追着，看他那样子，若是被他抓住，非打死我们一两个不可。我想一不做二不休，反正是这么一回事，叫你尝尝咱们矿工的厉害，我们跟他绕了一阵弯子，把他绕糊涂了，蒙头转向地到处乱扑。他奔跑了一阵，矿灯搞灭了，又跑了一阵，眼镜也打碎了，变成了个瞎眼野鸡，在黑乎乎的洞子里一点招也没有，可把他吓坏了。这时，他不骂了，开始向我们服软，喊：'苏桑，把我领出去吧，我的谢谢你！'我想：'苏桑呢，我要把你领出去，你那根哭丧棒就会够我受的了，你自己转去吧！'我让同伙的几个回去，自己尾随着他，看他怎么样。他喊了一阵，听没人吱声，吓哭了，嘟噜一些日本话我也不懂。后来我一想，这事闹大了，若是叫这小子出去，我们还有个好？干脆送他回老家去吧！就把他往死巷里引，那小子看见灯光就随我奔，我一闪躲开，他懵里懵懂地走进了死巷，那儿不通风，刚放过炮，炮烟很浓，这小子到那里不久就一声不响地完了蛋。"

真是大快人心，大家都乐了。

苏福顺叹了一口气说："整死一个鬼子可不是简单事，日本宪兵队好一阵调查，后来他们在死巷里找到了这小子的尸体，看他的身上没有伤，又知道他那天喝醉了酒，怀疑他是误走进死巷里，这件事才算完了。"

矿工们跟着谈论起来，都讲述起自己骗鬼子的故事。在那时候大家受尽了日本鬼子的残酷压迫和剥削，作业条件恶劣，生命没有保障，谁都把小鬼子恨得咬牙切齿，采取各种各样的方式进行斗争。主要的是磨洋工，糊弄鬼子，特别是在坑道里，这是矿工们的天下，日本鬼子和把头轻易不下去；那时打眼工、放炮工、支架工、运矿工联合起来对付鬼子。打眼工把凿岩机嗒嗒嗒地开动着，一天打不上一个眼；放炮的把雷管绑在支架上放空炮；运矿的在一边睡觉，有时把绿泥石装在下边，上面盖上一层矿，运到外边，因此生产率非常低。除此以外，罢工、破坏机器、破坏作业场地、暴打鬼子的事件层出不穷。大家你一言我一语地唠着，唠到有趣处就哈哈大笑一阵。

唐黎岷、邵仁展、严浩等人一起走进屋子，坐在前边的人纷纷起来让座。唐黎岷请严浩坐下，自己紧挨着工人坐下后，向焦昆说："开始吧！"

焦昆说："同志们，咱们唱个歌吧，会唱的就放开嗓子唱，不会的就跟着学！"

在座的工人中，许多人都参加过训练班学习，学会一些革命歌曲，听焦昆一说，掖起烟袋，咳咳嗽嗽打扫一阵嗓子。焦昆站在前面领头，会唱的人都随着唱起来：

咱们工人有力量！

咳！咱们工人有力量！

每天每日工作忙，

咳！每天每日工作忙。

盖起了高楼大厦，

修起了铁路煤矿，

改造得世界变呀变了样……

焦昆起音很高，工人们都放开嗓子唱，唐黎岘、邵仁展都同大家一起唱，虽然音调不统一，也不合拍，但唱得满有力量，那些不会唱的也兴奋地跟着哼哼。唱完后，焦昆宣布开会。

唐黎岘站起来说："同志们，今天请大家来商量一下修复计划，矿里已经起草一个计划，但是否能行得通，我们没有把握。同志们都是老工人，对矿山的情况非常熟，都有丰富的生产经验，因此请同志们来共同商量一下。俗话说得好，三个臭皮匠，顶一个诸葛亮，你们都是老工人，个个都是诸葛亮，希望大家多出些主意，多想些办法！"他简短地讲了这么几句，就请邵仁展报告计划。

邵仁展毫无感情地照本念了一遍，合上本子说："同志们，计划就是这样的。矿里准备明年一月开工修复，到明年九月生产矿石，要完成这一任务还有许多困难。主要困难是什么呢？第一，虽然大家献了一些机械零件和器材，但远远满足不了需要。不用说别的，水泵就极端缺乏，坑道里灌满了水，不把水排出来，人就下不去。生产所必需的凿岩机，没有一台是完整的，不是德国货就是日本货，想修理也搞不到配件。第二，供电系统、运输系统都遭到严重的破坏，如何尽快地把它修起来，希望大家提供意见。第三，日本人实行掠夺性的生产方式，满山乱采乱掘，我们要恢复就要很好利用矿产资源，究竟怎么样搞也请大家提建议。第四，缺乏图纸资料……"他一项接一项地摆下去，一共摆了十来条，最后说："这些就是摆在我们面前的问题，现在向大家提出来，请大家想想办法，咱们共同商量商量。"

会场上一阵沉默，工人们互相瞧瞧，好像都不知怎样谈才好。唐黎岘觉得老邵把问题摆多了，有些问题不关工人的事，的确使工人没法谈。见工人们都沉默不语，他便站起来说："矿里的困难很多，想一把都解决是办不到的。大家的工种不同，对情况也不一定了解得全面，很难提出全面意见，你们可以根据自己了解的情况，根据自己的技术专长，提些建设性的意见。"

"我说！"古尚清第一个站起来，因为他离火炉近，烤热了，敞开了胸怀说，"矿里不用为电路的事发愁。前天焦主任跟我们架线班一起开过会，大家的劲头很足，一致要突击……瞧着吧，我们这些电工不是光会吃干饭的，电路修复一定按期完成，还可以提前一些。"他转身向本班的两个同伴问："伙计们，敢不敢打这个包票？"

那两个人勇气十足，毫不含糊地说："敢，瞧着吧！"

古尚清还想说些什么，但没有想出有劲的话，只说了声："瞧着吧！"猛地把拳头一抡，坐了下来。他瞅见唐黎岘赞许地向他点点头，工人们的眼光也都落在他的身上。

苏万春站起来，郑重地说："我们锻工班一定设法修好那些凿岩机，绝不会因为凿岩机影响开工生产！"

有这两个人开了头，就把大家带动了起来，会场活跃了，人们纷纷举手要求发言，有的等不到别人说完就激动地起来表示态度。

唐黎岘望着面前的工人感到很兴奋，通过两个多月的工作，党已在工人群众中扎了根。这些老工人的觉悟有了很大的提高，一支工人队伍已初步组织起来，看来这一阶段的工作是有成效的。他转脸瞅瞅焦昆，焦昆也是满面春风。

工人们的激昂情绪，使邵仁展受到了很大鼓舞。大家对计划提的建议很少，多数人是表示态度。他觉得这种热烈态度很可贵，有些问题已顺利地解决了，许多任务可以提前完成，可是他们的话有把握吗？会不会出于一时冲动，说些大话呢？他一边用心地听着工人的发言，一边思索着。

严浩双手插在大衣口袋里，端端正正地坐着，注视着每个发言人。他明白矿长为什么让他参加这次会，对此他并不反感，听听工人们的话也很不坏，不管怎么样，他觉得工人的热情可嘉。

林大柱好几次想发言，都被别人抢了先，这时好不容易他才抢了个发言机会说："矿里不是愁没有水泵吗？那东西有哇！在五号大井里就有三台，大井底有一台，三道盘山那里有一台，老龙泉那里还有一台。一百米坑道里有两台，东尖山下的坑道里有一台……"他昨天晚上想了半宿，想得很清楚，不慌不忙地数出了八九台。

苏福顺插言说:"老林,那些水泵都被淹掉,拿不出来了!"

"我知道。"林大柱不紧不慢地说,"如果有两台水泵抽水,那些水泵都可以捞出来。日本鬼子倒台不久,矿里很乱,有一天我跟几个山东老哥,把在老龙泉和斜岔子的水泵拖到三道盘山的一条废坑道里,还放了几台凿岩机,那地方很危险,不容易进去;山东老哥他们后来都走了,我对谁都没有说过这件事,估计那东西还在那里。"

谁也没料到老实巴交的林大柱还有这一手,而且几年来一直守口如瓶,工友们都赞许地纷纷低声议论着,坐在林大柱身后的古尚清,照他的肩头拍了两掌,打得老林直咧嘴。在场的干部都很高兴,唐黎岘感激地注视着他;焦昆更加兴奋,若不是开着会,他会去紧握他的手。

邵仁展问:"林大柱同志,那些东西能拿出来吗?"

林大柱说:"难是难哪!那天我进去看过,还没有走到放东西那里,就见水很深。"他转脸向苏福顺说:"你忘了吗?那天你领唐矿长下坑道,看见我还喊了一嗓子。"

苏福顺想起来了,原来那天老林下坑道是为了这个呀。他拍了老林一掌说:"你当时怎么不说呢?"

林大柱说:"没通电,里边进不去,我看不大保险,就没说;等通了电,再进去拿!"

苏福顺点点头,转脸向唐黎岘说:"那是一条废坑道,有些危险,不管怎么样,也得把它捞出来。排水是个大事,水把坑道都泡塌啦!"

唐黎岘很高兴,在焦昆他们编制计划过程中,苏福顺、林大柱、古尚清等人就谈了好多情况和建议，但是还没有把全矿的老工人召集起来集中谈谈；现在听大家发表的意见，感到有了底，为了教育严浩和邵仁展，便说："大家对计划安排也提提意见、想想主意，看怎么样安排合适。"

苏福顺说："依我看，先要抢修电路，没有电什么都干不成，等电一通，就去捞水泵排水，水一排出来，就可以修整坑道了。数九寒天怕什么，坑道里反正是冬夏差不多，要赶前不赶后，开干吧！我们真着急，急得手都发痒，哪一天能听见开山炮响，哪一天眼看着火车运出矿石就好啦！"

"对呀！"林大柱站起来说，"开干吧！这些日子我就着急，巴不得马上就干！"

"干吧！干起来才带劲！"

"是呀！我们早就等这一天啦！"

…………

工人们都争先恐后地表明态度，个个都浑身是劲，提意见，发议论，满屋子热气腾腾。会议开了五个多小时，直到午后一点才散会。

散会后，邵仁展才明白唐黎岘为了说服他，有意识地召开这个会。他想，工人的热情可贵，希望早日动工是可以理解的，可是动工需要条件，现在这样就上阵很不适当。他感到为难，唐黎岘是个老干部，公司领导上信任他，在干部和工人中也有威信；工人们的劲头又是这样大，再坚持就不妥当了。

邵仁展刚回到家，严浩就来了。这位工程师很少登门，今天忽然来了，邵仁展猜到了他的来意，招呼他坐下后，便问："严工程师，你觉得这会开得怎么样？"

"开得不错！"严浩称赞地说，"工人会这样热情，实在难得！我佩服唐矿长他们的本事，善于激励，把工人们的热情都鼓动起来了，这情形出人意料！"

邵仁展听严浩说话的语气和神情，心想要是把他的热情也激励起来，那可是个意外的收获，也可以增强自己的工作信心，便跟严浩谈起修复工程的事，但严浩马上沉默了，若有所思地望着墙上的画，他这表情使邵仁展感到别扭，不想再谈下去了。

严浩望了一阵画，忽然转过脸来，诚心诚意地说："邵矿长，因为你是技术人员，搞科学的，我才向你说这话。我佩服唐矿长他们的雄心，可不赞成他们的办法。办工业就得用办工业的办法，它是科学，它有它的规律，不能想怎样办就怎样办！世界上工业最发达的国家，要数美、英、德、日，翻开他们的工业发展史，没有这样办的。办工业首先要有资金，没有钱就办不了事，在国统区有多少工业都是垮在资金上，没有国外投资，没有国外贷款，……噢，我说多了！"

严浩的这番话使邵仁展感到惊奇，自从在沈阳跟他接触以来，他这是头一次摆出自己的观点，便鼓励他说："你说下去！"

这时，魏富海和冯文化一起来了。魏富海见严浩在这里，暗自高兴，满脸堆笑地说："严工程师早来啦。"

严浩向他们点点头，算是打招呼。

邵仁展还想听严浩的意见，招呼他们坐下后，向严浩说："严工程师，你继续说。"

严浩瞅瞅刚进来的两个人，筹思了一下说："我只想提醒你注意，在毫无准备的情况下开工，将来材料和设备必然供应不上，工程将被迫陷于停顿，这不仅造成骑虎之势，而且难免造成不小的浪费，出现一个很被动的局面。"

冯文化赞成地说："严工程师考虑的是个问题。老实说，就是按你说的再准备几个月也不见得有把握。现在全国还没有解放，东北各地的政权刚刚建立，国民党残匪和土匪的活动还很猖獗，材料、设备到哪儿去弄，将来必然会出现严工程师所说的那种被动局面。因此我认为无论如何你要坚持你的意见。"

严浩又说："当年我和一个国民党大员在大冶，准备不足，匆忙上马；后来因为资金不足，缺乏材料和设备，工程被迫停了下来，无钱开工资，只得解雇工人，于是工人闹起工潮，那位大员挨了打，我也被撤职了。前车之鉴，应该引以为戒。"见邵仁展皱着眉头，他后悔自己说多了，便住了口。

邵仁展还想让严浩说下去，严浩摆摆头说："我再没啥可说的了。要是办糟了，人们不会怪唐矿长他们，因为他们是外行，可你是专家！"

魏富海忍不住地插言说："外行领导内行，就是别扭。"

邵仁展觉得他这话说得很不中听，皱着眉头，两眼盯着魏富海说："你不该说这话，唐矿长是个有水平的老干部，我们都要尊重他。"

魏富海见邵仁展不高兴，感到自己的话说得不当，马上迎合地说："是，唐矿长是个非常有才干的人，我非常佩服。在科学技术上邵矿长是高明的，我听冯科长说，邵矿长的主张既科学，又有气派，按理唐矿长应该赞成。"

冯文化摇摇头说："唐矿长有他自己的主张，焦昆更是固执己见。"

魏富海狡猾地眨了眨眼睛，阴险地说："焦昆是在邵矿长的领导下，我想他会尊重邵矿长的意见。"

这些话引起了邵仁展的思索，但他没露声色。他联想到刚才严浩的议论，更相信自己的主张是对的，觉得自己应该对党负责，应该对修复工程负责，一定要说服唐黎岘改变主张。他正在思索，听见了门外的脚步声，一看是薛辉来了。

薛辉见严浩、冯文化和魏富海都在这里，敏捷地扫视了几个人一眼，便直感到这些人都是来向邵矿长吹冷风的，觉得这场斗争不简单。他把一份材料交给邵仁展说："这是修建计划的附件。唐矿长让你再审查一下，过两天再开干部会讨论一下好上报。"

邵仁展接过材料放在桌子上，让薛辉坐。薛辉扫视了严浩、冯文化和魏富海一眼，什么也没说就走了。

严浩、冯文化、魏富海等人互相交换一下眼光，都沉默地坐在那里。邵仁展翻了翻那份修复计划附件，向几个人说："焦昆和张学政做的计划值得研究，他们的积极工作精神值得我们学习，大家都要像他们那样努力工作。"

严浩觉得邵仁展这话是针对他说的，感到不自在，便起来告辞。魏富海也托词走了。

夜里，魏富海从角门溜进牛家酒馆的院里，对屋门轻轻拍了三下，门吱一声开了，他闪身钻进屋。翠花一看是他，便留在外边望风，他和牛乐天走进后屋。

牛乐天打量着他说："你好久没来啦，有什么情报吗？"

魏富海说："你进山跑一趟，报告金司令说，矿里正在制订修复计划，现在他们的主张有分歧，请金司令联络陈团长趁他们在为修复计划争论不休的时候来矿山干一下，胜则血洗矿山，这不仅破坏了他们的建设，还可以弄到一部分粮食和物资，不能全胜也可以打乱他们的修复计划。孙子兵法说：攻与守兼用之则可守，守而不攻则守不住。来矿山干一下，然后往东山里一拉，好和'共军'周旋。矿里的武装力量没变，部署也没变。金司令和陈团长他们手下有上千人，只要他们动手，那就准保大有可为。"

牛乐天赞成地点点头。天刚蒙蒙亮，他就背着口袋，装着下乡买货，向深山走去。

十七

黎明，军号声冲破山野的寂静，驻守在矿山的部队集合出操。唐黎岘应焦昆的邀请，翻身起来去看部队。

北风凛冽，天空飘着清雪，寒气逼人。练兵场上，部队正在跑步，齐刷刷的步伐声响成一片，口号声震荡着山野。焦昆军容整齐，迈着矫健的步伐跑在队伍的前边。

唐黎岘兴奋地望着雄赳赳的队伍。正因为矿里有这一支英武的队伍，匪徒们才不敢来骚扰，敌特才不敢猖狂活动，工人们才能安心搞建设。他对这个连队很重视，无论矿里如何缺乏干部，连里的干部都暂时不动。两个月来还扩大了一个排，现在的连队已是有一百八十多人的加强连，经过政治和军事训练，战斗力有了很大提高。他走了过去，值星排长喊了一声"立正"，战士们立刻都原地肃立不动了。

唐黎岘向战士们说："同志们，辛苦了！"

"为人民服务！"战士们齐声喊道。

唐黎岘热情洋溢地说："同志们，自从部队解放了矿山，你们为保卫矿山，建立政权，防范土匪袭击，肃清敌特活动，做出了很大贡献。我代表全矿职工向你们表示感谢！"

值星排长激动地领战士们喊："感谢首长的关怀和鼓励！"

唐黎岘继续说："现在金大马棒匪徒活动还很猖獗，暗藏的敌特也在伺机破坏，希望同志们提高警惕，一时一刻也不能松懈斗志，要加强政治学习，苦练杀敌本领，坚决镇压一切阶级敌人，更好地保卫无产阶级政权，保卫矿山建设。"

唐黎岘讲完话，焦昆让夏连长下达练兵科目。各排立刻分别把战士们带开，练起刺杀本领。战士们受到矿首长的鼓励，个个精神抖擞，英姿勃勃，练得分外有劲，但见刀光闪闪，动作勇猛整齐。

焦昆和唐黎岘看了一阵，满意地离开了队伍。这些日子尽管很忙，焦昆对连队还是抓得很紧，每天早晨都要和连队一起出操，经常向连排布置工作。他跟唐黎岘边走边说："据岳营长派人来说，金大马棒匪徒非常狡猾，剿匪部队进山后，还一直没有追踪上他们。"

唐黎岘说："金大马棒匪徒许多人是矿山的把头和附近农村的地主，地形熟，耳目又多，会周旋一阵。我们要提高警惕，还要经常跟岳营长他们取得密切联系。"

焦昆点点头，抬头望望东北方的群山。

唐黎岘说："修复计划还要在干部会上讨论一次。你和张学政再找苏福顺、林大柱等人研究一下，该修改的修改，该补充的补充，尽量想得周到一些。"

早饭后，唐黎岘来到办公室，通信员送来了昨天的报纸。他一看，报纸头条显著地登着新华社评论《中国军事形势的重大变化》。评论根据辽沈战役以后敌我力量变化的新形势，对人民解放战争胜利的时间重新作了估计。评论说："这样，就使我们原来预计的战争进程大为缩短。原来预计，从一九四六年七月起，大约需要五年时间，便可能从根本上打倒国民党反动政府；现在看来，只需从现时起，再有一年左右的时间，就可能将国民党反动政府从根本上打倒了。"他看出这篇评论是党中央说的话，心里感到无比兴奋。这时邵仁展进来了，他忙把报纸递给他说："老邵，你看看这篇评论。"

　　邵仁展看了一遍，高兴地说："想不到这样快呀！"

　　邵仁展昨天自严浩等人走后，晚上考虑了半宿，决定找唐黎岘谈一次，要说服唐黎岘改变提前开工修复的主张。这时他开言了："老唐，我再三考虑，还得找你谈谈。"

　　"好哇！"唐黎岘瞅着他说。昨天晚上他已听薛辉说过送材料时看见严浩、冯文化和魏富海都在邵仁展家里，这引起了他的注意。他想，邵仁展这样坚持自己的意见不是孤立的，有那么一伙人在给他吹冷风，他正准备找邵仁展谈谈，这一来正好。他看邵仁展在思索，便说："老邵，咱们是需要好好谈谈，你说吧。"

　　邵仁展说："我的意见在那天讨论修复计划会上已经谈过，我认为那些意见是对的，希望你认真考虑。"他又摆了一些材料和设备的问题，"老实说，再准备几个月时间也不会嫌多。工程一上马，立刻会有许多火烧眉毛的事需要解决，一个环节解决不了就要窝工。没有充分准备，一旦材料和设备解决不了，使工程停顿，那就被动啦！"

唐黎岘听他没谈出什么新东西，就说："为啥只想到被动的一面，不往主动上想呢？"

邵仁展说："在被动情况下让工程上马，主动不了。"

"我看最主要的还是思想问题吧？"唐黎岘单刀直入地说。

"我们谈建设的实际问题，不要往思想上硬拉！"邵仁展显得有些不耐烦。

唐黎岘严肃地说："要谈思想。离开思想观点就谈不清，严浩也天天讲建设实际问题，在他看来没有外国投资，矿山就修复不了，难道这不是思想问题吗？"

邵仁展语塞了。

唐黎岘继续说："严浩是个资产阶级知识分子，用腐朽的资产阶级观点看待一切，到处吹冷风，这不利于矿山的修复，是有害的。"

邵仁展听出了唐黎岘的弦外之音，有些恼火地提高声音说："严浩的腐朽思想要不得，但急躁冒进情绪对修复工程同样有害。为了对党负责，对矿山修复工程负责，我坚决反对盲目冒进。"

"这个计划，"唐黎岘还是耐心地说，"是焦昆和张学政进行了细致勘察，进行了调查研究，和工人们一起搞的，不能说是盲目，它考虑了革命的需要，也考虑到实际可能，也谈不上冒进。"

"我们是唯物主义者，建设矿山不顾材料和设备的情况，那就是空谈。"邵仁展还是不服气，摆出了针锋相对的架势。

唐黎岘神情严峻地说："同志，你要知道，只看到物资，不考虑革命的需要，看不到人的积极性，是机械唯物论！"

两人各不相让，争论得很激烈。薛辉探头往里边瞅瞅，见两个人的神色都很严肃，赶紧缩回去。

沉默了一阵，唐黎岘说："老邵，昨天苏福顺、林大柱和古尚清等老工人说的话，你为啥不认真考虑考虑？"

　　邵仁展说："老工人希望早日开工是可以理解的，我也希望早日听到开矿的炮声，可是没有条件只是妄想。"

　　唐黎岘说："我们开矿山究竟依靠谁，是依靠广大工人阶级呢，还是只依靠几个专家？看来在这个根本问题上你还有些糊涂。"

　　"你认为工程技术人员不重要？"邵仁展扬起眉毛问。

　　"工程技术人员很重要，我非常希望有更多的技术人员。"唐黎岘说，"不过，技术人员只有像张学政那样和工人群众相结合，才能发挥作用。像严浩那样脱离群众、脱离实际，抱着资产阶级观点不放，只会起到阻挠作用。我们就要跟这种资产阶级思想做斗争，要改造他的思想，绝不能受他们的思想影响。"

　　邵仁展感到好像在胸口上挨了一拳，心里很不痛快。

　　唐黎岘继续说："苏福顺、林大柱和古尚清等老工人，从孤鹰岭矿开工那天就在这里，最了解矿山的实际情况，他们热爱党，革命精神很强，可是你对他们的意见听不进去。我看，你需要从思想深处检查一下，这是为什么。"

　　邵仁展皱紧眉头，没有吱声。

　　唐黎岘指指报纸说："这篇评论你也看过了，老邵，革命形势发展很快，我们要考虑革命形势，要考虑革命的需要。炼铁厂的高炉一旦修复，我们拿不出矿石，那才是真的被动呢。矿山解放后我们已准备了两个来月，现在已经有了一支建设队伍，材料和器材也筹备了一些，再积极准备几十天，是可以开工的，以后我们可以边施工边备料。困难肯定会有，而且还不会少，这就需要以我们的革命精神，以我们坚强的革命意志去一个一个地战胜它们。我们党为中国人民的解放事业，为夺取政权艰苦奋斗了几十年，取得了今天这样伟大的胜利，在工业建设的战线上，也同样需要我们艰苦奋斗。我们共产党人就是有百折不挠的革命意志，要顶着困难上，绝不能在困难面前畏缩不前！"

对唐黎岘这一席话，邵仁展虽然觉得无法反驳，但仍不愿放弃自己的意见，他觉得现在还无法说服唐黎岘，便站起来说："我相信我的主张是对的，我还要坚持下去。到底谁对谁错，将来事实会说话的。"说完就迈步走了。

唐黎岘望着邵仁展的背影，意识到这场斗争不简单。薛辉由门口探进头来，见只有唐黎岘一人在里面，便说："好消息！俞区长方才打电话说，剿匪部队今天拂晓在泉眼沟消灭了一股匪徒，毙伤五十余名，俘虏三百多名，缴获了不少武器。"

唐黎岘听了很高兴，因为消灭了这股残匪，减少了对矿山的威胁。他问："小薛，消灭的是金大马棒匪徒吗？"

"不是，这一股是解放沈阳时逃出来的国民党残匪。俞区长说，剿匪部队进山这些日子，还没见到金大马棒匪徒的踪影。"

唐黎岘觉得威胁矿山的主要是金大马棒匪徒，这股匪徒真狡猾，剿匪部队进山以前，他们本来在附近山区里活动，现在却无影无踪了，跑到哪儿去了呢？他走到窗前望望起伏的山岭，远处一座青虚虚的山峰挡住了视线，只见几朵白云在山巅飘浮。

夜里，唐黎岘因为考虑修复问题睡得很晚。他刚躺下，就有人轻轻敲门。开门一看，是焦昆、俞立平和薛辉。三个人全副武装，神色严肃，他明白是有了情况，赶紧让他们进屋。他们坐下后，俞立平就说："从酸枣岭村来个贫农老头儿，报告说金大马棒匪徒昨天晚上到了他们村，匪徒封锁了全村的人不让外出，今晚他趁匪徒吃饭的时候，才从后山沟偷跑出来。他说匪徒有三百多人，把他们的小村庄都住满了。"

焦昆马上接过说："酸枣岭离孤鹰岭二十五里地，剿匪部队在泉眼沟，离这里有四十多里地。我打算派两个人赶到泉眼沟去跟岳营长联系，请他派骑兵连赶到酸枣岭，我带矿山警卫连和一部分区中队去酸枣岭，跟岳营长他们联合作战，消灭匪徒。"

"好，就按你的计划办！事不宜迟，马上行动吧！"唐黎岘觉得焦昆的意见很好。

"唐矿长，"薛辉要求说，"让我去跟岳营长联系吧！"

唐黎岘看看已经全副武装的薛辉，知道他已有准备，觉得让他去有把握，便同意了。区里有两匹马，薛辉提出再派一个熟悉道路的人跟他去，唐黎岘也同意了。

俞立平提醒薛辉说："那两匹马是拉车的，不大好骑。"

"没关系。"薛辉满怀信心地说，"我从十一岁起就给地主放马，练出来了，什么样的马到我手里也得驯服。"

焦昆非常赞成派薛辉去，向他说："这回要看你的骑马本领了。一定要快，分秒必争，务必在两个小时以内赶到。"

"是！"薛辉精神抖擞地应着，把盒子枪往腰里掖掖，转身就要往外走。

"你先等等！"焦昆说，"要记住，全体指战员要在左胳膊上系条白毛巾做标记。"他又以护矿总指挥的身份向俞立平说："区中队留下两个小队在家，派一个小队跟我去，要选那些有作战经验的人。你留下来，警卫连再留一个班，矿区的全部武装归你指挥，不能麻痹，防止敌人趁机捣乱。"

"是!"俞立平回答得十分干脆。

焦昆和唐黎岘送他们到门口,又叮咛说:"要注意保密,行动要保持肃静!"

夜更静更深了,小镇里的居民都在沉睡。俞立平领薛辉顺着小胡同,快步如飞地奔到区政府;他叫醒了区中队所有的战士,挑选一名又熟悉道又能骑马的战士交给薛辉,薛辉随那战士到马厩里牵出一匹大青马,马很高大,膘满肉肥,但性子暴烈,见着生人打着响鼻,鬃毛倒竖,动不动抻脖子要咬。薛辉抓住缰绳,猛力一抖,照马的面部打了两下,青马一愣神他就翻身上了马。青马刨蹶子,竖前蹄,想甩掉他,没鞍没镫,马背发滑,他一手拉住缰绳,一手揪住马的鬃毛,夹紧马肚,在院里转了一圈,等那位战士上了马,便一起向外奔去。

两骑来到镇郊,薛辉让那位战士在头前带路,打马奔向夜色苍茫的山野……

焦昆也把队伍集合好了。他简短地交代一下任务,立刻出发了。

上弦月牙已经落了,星光不时又被浮云遮住,山野里暗幽幽的。部队跟随着老贫农,抄近道,顺着崎岖的山路急行军。

焦昆走在队伍的前头,他腿长步子大,走得非常快;战士们一个接一个地跟着他,疾步前进。队伍里没人说话,没人咳嗽,只有唰唰的脚步声。

焦昆知道匪徒的兵力比自己的兵力大一倍多,这一仗不好打,但他充满信心。他回头望望疾步行军的队伍,队伍整整齐齐地排成一列,雄赳赳、气昂昂的,这使他感到十分高兴,多么好的战士呀！他相信战士们，战士们也信任他。为了鼓舞战士行军，他向身边的一排长说："往下传，紧紧跟上！"

"往下传，紧紧跟上！"一排长回头向身边的战士说。

于是，战士们一个传一个："紧紧跟上！""紧紧跟上！"很快就传到了队尾。

穿过树林，爬上山岭，又翻下山沟，队伍一刻不停地前进。

前边是一座土岭，过岭就是酸枣岭村了。焦昆估计到狡猾的匪徒一定会在岭上设哨，为了不惊动匪哨，他决定绕道从左侧的树丛里上岭。他领着队伍爬上岭，马上下达命令："往下传，原地待命！"

"原地待命！"战士们一个接一个传下去，都隐蔽在树丛里坐下。

焦昆领着连排干部随老贫农爬到最高处。老贫农指点着告诉他们说："对面那座大岭就是酸枣岭，山脚那片树林就是我们村。土匪住在村子里，金大马棒住在地主汪红眼的院里。这群东西可蝎虎了，抢光了粮，杀绝了鸡，连种地的黄牛都拉去宰了。"

焦昆随老头儿指的方向望去，酸枣岭黑巍巍的比脚下的山岭高出一头，山上布满树木。村子在山脚下，几乎全被树木遮住，只隐约看出几户人家。周围的山岭静悄悄的，村子里鸡不叫，狗不咬，静得出奇。匪徒会不会走了呢？焦昆担心地想。

他们正在观察，忽听在右方的岗梁上有人问口令，焦昆暗自欢喜，匪徒还在这里，自己估计那地方会有匪哨也估计对了。他同几个连排干部们观察着，估计岳营长的部队只能来一连骑兵，因此匪徒在人数上必然超过自己所带的兵力，而这里地形复杂，便于敌人逃窜，自己的兵力太少，全面包围就要分散兵力；要以少数兵力制服众多的敌人，只有集中兵力，乘其不备，以迅雷不及掩耳之势猛扑下去，这才能打它个措手不及……

焦昆在观察中很快就把作战方案想好了，他向干部们说："我的打算是这样的，张副连长带矿山警卫连的一个班和区中队的两个班，从那片林子绕道摸上酸枣岭，估计在酸枣岭上一定有匪徒占据制高点，你们负责拿下那个制高点，挡住敌人的东窜去路。一排长带你排一个班和区中队一个班，负责干掉右方岗梁上的匪徒，占据山梁，虚张声势，阻住敌人西窜。其余全部兵力由夏连长带领，从东南山谷，分两路扑向村子，要猛，要狠，跟他们拼手榴弹、拼刺刀。北边地形较开阔，我们三股兵力要逼使残敌向我们预定的那个方向逃窜，给骑兵创造歼敌条件。你们看这样行吗？"

连排干部们一致赞成。

"那就这样办！"焦昆果断地下了决定，又重申上次指示说，"全体指战员的左胳膊上一律系白毛巾做标记。各支队伍都要想办法尽量摸近敌人，看红色信号弹一起，就立刻展开攻击。去两边岭上的同志，当占领敌人控制点时，也打红色信号弹向我报告。记住了吗？"

众人压低声音回答："记住了！"

焦昆按以往的习惯，扫视了干部们一眼，虽然看不清他们脸上的表情，但见大家肃静地站在那里，明白自己不需要再说什么，便正式下达命令："按计划马上行动！这一仗一定要打好，力争彻底歼灭匪徒！"

干部们一齐向他行了礼，分头执行任务去了。

焦昆看了看手上的表，现在已经是深夜两点钟了。他只留下五个人在身边，在山岭乱石崖中的临时指挥所里，居高临下地观察着部队的情况，注视着敌人的动静。

云彩飘动，星光时隐时现，山野里升起了薄薄淡雾。这帮了部队的忙，使各支队伍更有掩护，悄悄敏捷地向敌人移动。

战斗前夕，正是紧张的时刻。焦昆左脚蹬着岩石，右手叉着腰，注意着各方面情况。他看不见战士们的行动，也听不到敌人的声音，他的神色很安详，内心却在紧张地活动，他盼望着那一连骑兵，计算着战士们接近敌人的速度，考虑着万一情况起了变化时应采取的措施。……

突然，村子里有人高声喊叫，接着是一阵骚乱。焦昆惊异地往山下望去，可是什么也望不见。他脑子里产生一系列问号：是敌人发觉了正在移动的战士？是敌人想溜？……少时，又平静了。这到底是怎么一回事呢？

这一阵乱，不仅惊动了焦昆，也惊动了匪首金海川。

金海川接到牛乐天的情报后，觉得魏富海说的有道理，决定袭击一下矿山，然后拉进东山。可是他晚上把匪徒拉到靠近矿山的酸枣岭后，得知在拂晓时"陈团长"的残匪被歼，怕腹背受敌，没敢贸然行动。他准备再探听一下情报再决定去向。此刻，他正躺在炕上思索，听见声音，吃惊地翻身坐起来，向匪徒们问："怎么回事？"

矮个子副官跑出去，不大的工夫回来报告说："陈团长的队伍被'共军'打垮了，他领十五个人逃出来，投奔咱们来了。"

金海川听了幸灾乐祸地一笑说："我早就预料他会有这一天，可没料到这样快；他来得好，你去把他带来！"

副官应声出去了。

事情是这样的："陈团长"原是国民党正规军的上校团长，沈阳解放后，带着残兵四百多人跑进深山。半个月前，金大马棒跟他见过面，看他手下有四百来人，武器又好，十分眼红，提议跟他合在一处；"陈团长"也想把金海川的势力抓到手，同意合并。可是金大马棒提出要当正司令，这个姓陈的自大骄横，根本没把金大马棒看在眼里，一听就火了，当着众人的面把金海川羞辱了一场。两下闹崩了，差一点打起来，最后还是金大马棒拉起队伍走开了事。因此，金大马棒对他怀恨在心，在这些日子里，姓陈的受到了解放军的追击，曾几次派人来求他援助，他一概置之不理；现在他听说这个姓陈的兵败来投，认为报复的机会到了，感到很得意。

金海川让人点起三支蜡，命令一群匪徒，全副武装地站在他的身边。他一身小打扮，口袋里揣着手枪，桌子上横着一把战刀，耀武扬威地坐在桌边等待那个姓陈的进来。

副官在门外报告一声，掀开门帘，"陈团长"出现了。这个瘦高个，昔日的威风全没有了，大盖帽子丢了，衣服上撕了好几个口子，蓬头垢面，垂手站立在门口，狼狈不堪。

金海川用鼻子哼了一声，副官上前缴了他的枪。

"陈团长"看众匪徒神色不善，更加惊慌，但故作镇静地说："金兄，不必动怒。现在我愿意跟你合并，接受你的指挥。"

金海川紧皱着双眉，瞪着两眼逼视着他问："你手下还有多少人，多少枪？"

"这……"姓陈的沉吟一下说，"我暂时带来十五个人，十五条枪。"

金海川明知故问："你不是有四百多人，一色美式装备，有轻机关枪，重机关枪，还有两门六○炮，都哪去了？"

"那……不幸战败。"姓陈的在嗓子眼里说了这半句。

金海川对他怒目而视，沉默不语，这使姓陈的更感到窘迫。半晌，他又嗫嚅地说："金司令，不止这十五个人，可能还有打散的弟兄，将来还可以收拢来。那一次是小弟的过错，念在共同为党国效忠，请多加原谅！"

"住口！"金大马棒怒喝了一声，盯了他有两分钟，然后咬着牙说，"我以反共救国军司令的名义，处决你！拉出去砍了！"

众匪徒呼啦啦拥上前，七手八脚地抓住那个"团长"，吓得他直哀号。

金海川惦念着收他手下的人和枪，不想杀他，来这个下马威是为了制服他，现在见他哀求喊叫，就让匪徒把他拉回来，向他说："我金海川一向以仁义为怀，以党国利益为重，念你是个反共战士，我改变决定。从现在起，你当我的顾问。"

"谢谢司令！"姓陈的捡到了狗命，松了一口气，软瘫瘫地坐下来。

酸枣岭上枪响了，后岗上也响起了枪声。

匪徒们大惊失色，张皇失措，金大马棒也大吃一惊，但他故作镇静地喊："慌什么！准备打！"说着奔出了房门。

山上升起了红色信号弹，前岭、后岗都响起激烈的枪声，紧接着村头又响起冲锋号，枪声大作。匪徒们摸不清来了多少解放军，慌作一团，但因刚才受了那伙国民党残兵的惊动，都还没睡，有些战斗准备，很快就开始了顽抗。

战斗是提前打响的。因为酸枣岭上的匪徒受了村子里那阵惊动，都打起精神，还没等我军摸到近前就发现了一些动静。匪徒先开枪，我军只得猛扑上去；焦昆见那里已经打响，就打起红色信号弹，命令展开全面攻击。

焦昆注视着村子，那里响起一排手榴弹和一片喊杀声，知道部队已经冲进村子；右方岗梁上也升起了红色信号弹，报告已解决了岭上的敌人；酸枣岭上经过一阵激烈战斗，也升起了红色信号弹，报告已经占领了敌人的阵地，控制了山岭。他见战斗正按着自己的计划发展，就向身边的两名干部命令道："你到酸枣岭，你到右方岗梁，告诉他们要虚张声势，给敌人造成有重兵把守的错觉，等敌人出村往北逃走的时候，再往一起靠拢，收缩包围圈，力争把他们彻底歼灭。"

两个人把命令复诵一遍，等焦昆点头，分头跑去。

焦昆向另外三个人挥手说："同志们，到村子里去！"他拎着盒子枪，撒腿往山下跑去，三个人紧紧跟着他。

战斗激烈地进行着。黑夜里看不见人，只见弹光闪闪，纵横交错地在空中组成火网；手榴弹爆炸的火花，在硝烟里纷飞。

焦昆跑到村子边，见部队已冲进村子，立刻领三个人向村里奔去。他来到村子中间，见战士们正在猛攻地主大院，匪徒们顶住大门，在墙边、土炮台里、房子上进行顽抗；深宅大院，墙高砖厚，不易突破，已有几个战士倒在墙下。他观察了一下，判断敌人不是企图固守，院里的匪徒是为了掩护大股匪徒逃走的。他命令夏连长带一部分战士去拦截敌人，留下一部分由他亲自指挥攻大院。

他命令停止攻击，一边让战士围着大院喊话，展开政治攻势；一边重新组织力量，派一个班在院后边佯攻，集中主要力量在前边，组织一支突击队，准备破门进院。因为没有大炮，也没带炸药，不容易打开缺口，他让战士把十个手榴弹绑成一捆，准备用它炸大门。

院里的土匪头目很顽固，不但不让匪徒们听喊话，反而命令不停向外打枪。焦昆看一切都准备妥当，又看匪徒顽抗，立刻下令进攻。枪声猛烈地响起来，压住了敌人的火力。抱着那捆手榴弹，弯腰向大门冲去的战士刚冲到半路，被从里边射出的一排子弹打倒了，霎时又跑上去一个战士接过那捆手榴弹，匍匐向大门前进。

焦昆命令加强火力，准备进院的突击队员也开了火，火力更加猛烈。匪徒们似乎察觉了解放军的战略，用密集的火力封锁住大门……

夏连长带的部队正在北边跟匪徒展开激烈的战斗，两边山岭上的部队都在往村子靠拢，枪声连成一片。焦昆想，如果不尽快解决院里的敌人就可能使大股匪徒逃跑，他心里有些着急，正在这时，忽听得山崩地裂的一声响，大门炸开了，突击队员们呐喊着端枪冲进了大院。

匪徒慌乱了，纷纷往房子里跑。土匪头目看大势已去，命令匪徒跳墙逃跑；他领几个匪徒刚爬上墙头，外边一排子弹把他们都打了下来；紧接着围在后墙外的战士，搬来梯子和长杆子爬上墙，在一阵震天喊声中纷纷跳下墙，把匪徒压缩在五间房子里。匪徒们成了瓮中之鳖，纷纷把枪扔出来，投降了；地主领着老婆孩子也跟着走出来，跪在地上直求饶命。

战士们把全院搜索一遍，发现没有金大马棒。焦昆知道金大马棒领着大股匪徒企图逃走，立刻命令留下半个班看守俘虏，带领其余战士出了大院，向北追击。

金大马棒果然已带领匪徒跑出了村子。匪徒们听大院枪声停了，知道大院已经完蛋，慌慌忙忙好像一群丧家之犬，没命地奔跑。夏连长带领部队追得很紧，战士们用机枪、步枪追赶敌人，匪徒的伤亡很大。这时焦昆带领部队也赶到了。

匪徒现在的人数仍然超过解放军，火力相当强，一排子弹过来，一个机枪射手受了伤，焦昆一个箭步上前，抓过机枪就向敌人猛射，匪徒还击的子弹在他身边嗖嗖响。夏连长发现了忙跑过来说："焦副营长，你不能在这里，太危险啦！"

焦昆明白，因为部队打得勇猛，加上两边山上虚张声势，才使敌人蒙头转向，慌了手脚，如果行动缓慢，让敌人识破了自己的部署，仗就不好打了。因此他没理会夏连长，高声命令道："马上冲锋！"边说边继续用机枪猛射。

两边山上的部队更靠近了，从两侧向敌人开了火，战士们有了较强的火力掩护，便端着刺刀向敌人发起冲锋，匪徒们顶不住了，爬起来又跑，焦昆端着机枪朝黑压压的匪群猛扫，匪徒们一片片地倒下来，但他们还保持着组织，利用天黑和复杂地形，且战且逃；眼见要拐过山脚，突然在他们前边响起了枪声。

那是岳营长率领的骑兵连赶到了。薛辉伏在马背上，左手揪住马的鬃毛，右手端着盒子枪，跑在队伍的最前头。他一边高喊："冲啊！"一边用盒子枪连发射击，一百多匹战骑，以排山倒海之势向匪徒压过去……

焦昆听见在匪徒前边响起了枪，明白是骑兵到了，兴奋地高声喊："同志们，咱们的骑兵来了，不让匪徒跑掉，冲啊！"

战士们听说骑兵到了，劲头更大了，个个奋勇争先，端着刺刀呐喊着冲上去。两面夹攻，使匪徒进退不得。

焦昆把机枪交给身边的战士，拎着盒子枪向前奔去，正跑着，突然看见匪徒中间升起两颗绿色信号弹。他知道这是匪徒惯用的把戏，忙喊："匪徒要四散逃跑，盯住他，不让一个跑掉！"

匪群中果然一声呼啸，顿时四散奔逃。

战士们各自盯住目标追去；骑兵抽出马刀，呐喊着追赶散逃的匪徒。

岳营长骑马跑到焦昆跟前，翻身下马，一把拉住焦昆的手说："老焦，这一仗打得很漂亮！"

焦昆说："多亏你的英勇骑兵，不然他们就全跑了。"仗的确打得很顺利，他心里很高兴。

岳营长说："金大马棒非常狡猾，耳目又多，我们进山来总是抓不住他们的影子。前些天这股匪徒做出要拉进东山的姿态，可是趁我们追击另一股国民党残匪的时候，他们又隐藏到这里，多亏这次对他们来了个突然奔袭，若不然知道我军行动的风声，他们又会溜掉！"

焦昆说："这全靠群众的帮助。一个贫农老头儿潜出村子，到孤鹰岭区政府去报告，我怕匪徒溜掉，请示了唐矿长，决定来打这一仗。"

枪声稀落了。岳营长望望周围的地形，向焦昆说："周围地形复杂，匪徒四散逃走，不好追击；那些匪徒又有单独作战经验，我们的战士容易吃亏，算了吧？"

"对！"焦昆让跟在他身边的司号员吹集合号，战士们听到集合号立刻停止追击，跑回来集合，不久，都到齐了。焦昆找薛辉，喊了几声不见动静，心里有些着急，他刚想派人去找，发现从沟谷里跑来一骑，马上还驮着一个俘虏；天黑看不清，他冒叫一声，那人正是薛辉。

薛辉来到焦昆面前，先把俘虏推下马，然后翻身跳下向焦昆敬个礼说："报告副营长，任务完成了！"

"你跑得很快呀！"焦昆亲切地说。

薛辉说："我是根据你的命令办事的，不快赶不上嘛！这匹青马的脚力很快，能禁得住阵势。"他喜爱地抚摸着马的嘴巴，青马驯服地吐打了两声响鼻。

焦昆摸摸马背，青马像刚被大雨浇了一样，汗水淋淋的。

岳营长在一旁说："薛辉跑到泉眼沟没站脚就往回奔，马又没鞍没镫的，能跑这么远的路，真不简单。"

薛辉笑着说："现在我觉出屁股疼了！"他又指着地上的俘虏，"你们看看这个宝贝，顽固透了，让我费了很大的劲。"

焦昆打开手电看看，俘虏穿着黄呢军装，知道他是国民党正规军的军官，便问："你是干什么的？"

俘虏没有回答。

岳营长看了他一眼，低声向焦昆说："我们在泉眼沟消灭了一股国民党残匪，匪首听说是叫作什么陈团长的跑掉了，这人莫不是他？"

薛辉忙问："你姓陈吗？"

俘虏惊恐地看了三人一眼，想抵赖，可是他看见不远处有一群俘虏，知道隐瞒不住了，只好承认自己是国民党七十三军的上校团长陈宏。

战场打扫完了。击毙九十四人，俘虏七十八人，缴获大小枪支二百多件，还有两袋银圆。焦昆知道有一百来名匪徒漏了网，金大马棒也溜掉了，遗憾地说："擒贼先擒王，让金大马棒逃掉，他手下还有一群匪徒，还是个祸害。"

岳营长也觉得遗憾，他安慰焦昆说："我们还要继续清剿，经过土地改革斗争，农民的阶级觉悟不断提高，匪徒在山区会越来越站不住脚，早晚也逃不出人民的法网。"

红日在东山后射出霞光。刚结束战斗的早晨，深山里显得分外寂静。一只山鹰从山岭后飞过来，高高地在天空中盘旋。两个号兵迎着红日吹起号，庆贺战斗的胜利。

村里的老百姓都迎出来。岳营长让焦昆领队伍跟他进村，焦昆摇摇头说："善后处理只好由你办了，我们得走啦。我正在编制修建计划，那个要比打仗困难得多。我这块料耍枪杆还对付，干那个简直是没有门，可是任务压在身上，只好硬着头皮去干，老兄，咱们再见吧！"

见岳营长同意后，焦昆便转身喊："夏连长，集合队伍回矿！"

队伍很快就集合好了。焦昆在头前率领着，踏着崎岖的山路，胜利地奔向矿山。

十八

修建计划又经过一次讨论，唐黎岘和焦昆的论点占了上风，尽管邵仁展和冯文化等人保留自己的意见，到底是在焦昆和张学政所拟的计划基础上加以修改补充上报了。公司很快就批回来，同意这个计划，同时还给矿里调来一批干部和一些粮食，这使全矿的人都受到很大的鼓舞，大家都投入了紧张的准备工作，不知不觉新年来到了。

新年前夕，矿里给工人分发了粮食，元旦放了一天假，一月三日就正式开工修复。全体人马分了三队：一队去修复供电线路，一队修复修配厂，一队上山去清理垃圾、整修运输线路。唐黎岘亲自带领全体干部参加第三队。

在东北，一月正是严寒季节。几天来天气总是阴沉沉的，空中飘着雪花，刺骨的寒风昼夜不停，谚语说："三九四九，在家死守。五九六九，棍打不走。"在这样的日子里最好是不出屋。地冻得坚硬，镐头刨下去直冒火星，在山地劳动十分困难。工人们看干部都出动了，受到了很大的感动和鼓舞，心情舒畅，劳动热情极为高涨，一个赛一个地干得热火朝天，尽管天寒地冻，劳动效率却很高。

唐黎岘在山麓的铁道上，同工人一起清理垃圾、垫路基、整铁轨。他一边挥动着镐头干着，一边观察着沸腾的人群，心里充满了快乐。瞧哇，战斗开始了，全矿的人都投入了战斗。虽然规模不大，但到处洋溢着喜悦，新的劳动态度揭开了矿山建设史上新的一页。他想起三个月以前他和薛辉来到矿山的时候，只是孤单单两个人，没有干部，没有工人，没有物资，几乎连饭都吃不上；护矿队被坏人把持着，匪徒活动猖獗，时刻担着风险，那时面对着荒凉的矿山，真感到有些束手无策。如今已经在矿山建立起党组织，发展了一批党员，调来了一批干部，有了一支工人队伍，情况大不相同了。他相信这支建设队伍会不断扩大，人们会不断成长，力量会一天比一天加强，尽管在前进的道路上困难还会不少，但他充满了乐观和信心。

薛辉在唐黎岘身边挥动着铁镐。他见首长兴致勃勃地望着人群，似乎猜到了首长的心思，说："人不算少了，组织起来能编四个整连。"

唐黎岘说："四个连太少了，将来我们不仅要发展到四个营，而且要发展到四个团，当矿山全面进行生产时，没有万把人是不够的。"

薛辉还想象不出将来矿山究竟会发展到什么样的规模，但听说需要这么多人，知道规模不小，因为当年在敌后坚持斗争时，要发展到三四个团的兵力，局面是相当可观的。

唐黎岘说："小薛，你记得咱们来到矿山那天吗？"

"记得，那时候你是光杆司令，手下只有我一个兵。"薛辉说罢，唐黎岘开心地笑了。

工人们听唐黎岘和薛辉的对话，也都很感兴趣，唐黎岘一边跟他们劳动一边唠，工人问他矿里的建设打算，他就向他们讲起矿山的发展远景说，公司现在把矿山作为重点工程，将来也把孤鹰岭矿作为重点矿山，要求矿山提供大量铁矿资源，因此矿里要把整个建设工程分成三步走，争取用最快的时间把矿山恢复到日伪时期最高生产水平。根据矿山的埋藏量情况，大有发展的余地，将来要进行大规模扩建。要建设几座现代化的大矿井，打通孤鹰峰下的通洞，在适于露天开采的矿区要扒开山皮，搞露天开采，到那时候，从地表到地下，分上几个矿区，联合进行开采。工人听唐矿长描绘了矿山的前途，心里都很高兴。

薛辉听着也很兴奋，他抬头望望眼前的矿山怀疑地说："若是那样大规模开采，不是很快就采完了吗？"

曹顺林说："用不着担心，这是好几座大山，地底下很深很深的地方也有矿，你这辈子可采不完呢！"

唐黎岘也向薛辉说："现在还没有完全探测清这一带山岭的铁

矿埋藏量，不过已经知道好几个山头都有矿，几百米深的地下也是矿，很有采头。"

薛辉重又望望山岭，感到浑身是力量。他觉得矿山在他们掌握之下定能达到唐矿长说的目标，将来矿山的面貌要大改变，矿区小镇也要改观。他为自己是这个战斗集体中的一员感到骄傲。

郎金魁也插进来向薛辉说："孤鹰岭有的是矿，有干头。这地方不算坏，头几年我在这里混不下去了，几次想走却没走成，现在矿山又干起来，打我走我也不走了。"

"对！"唐黎岘向郎金魁说，"你决心在这里干吧，并且要扎下根，将来你结了婚，生了儿子也可以接你的班呢。"

郎金魁摇了摇头说："我的老丈母娘还没有给我生下媳妇，等我娶上媳妇得到驴长角的年头，我有儿子那天，公鸡也下蛋了。"

唐黎岘笑着说："你干吗这样悲观，你好好干，将来成为一个出色的矿工，你不去找大姑娘，大姑娘也会来找你的。"

太阳由云彩里钻出来，阳光在工地上一闪，又被阴云遮住了。风刮得很紧，不断卷起地上的积雪往人身上扑打。工地上一片热气腾腾。有一个小破机车翻倒在铁道上，一群人在那里抬的抬，撬的撬，喊着号子往外推。离唐黎岘不远，两队人搞起竞赛，干得更猛了。唐黎岘和薛辉分别参加到两个队里，也同工人们一起比赛着干。

傍午，唐黎岘到各处去巡视一遍，发现施工组织得不够好，打的是人海战术，缺乏计划性，劳动力有些浪费。他想，在目前恐只有这样开始，随着工程的进展可以改进，重要的是如何把群众的劳动热情巩固下来。

林秋妹和古月娟每人拿着一把铁锹，跟小伙子们比赛，这时正累得满头大汗。"你们也来啦！"唐黎岘看见了她们说。

"我们为什么不来呢？我们不一样是工人吗？"古月娟说完就同林秋妹一起嘻嘻笑起来，接着又补充说，"你问得就怪，好像我们不该来似的。"

唐黎岘笑着说："那是你们多心，就怕不把你们同男工一样看待！"但这也使他感到整个工地只有两名女工是太少了，他打算将来扩大施工时，再吸收一部分女工。

架线工程在远处进行。唐黎岘隐约望见焦昆带领的那一队架线工人，正沿着山麓的铁道线边立电线杆、架电线，在跟大风搏斗着。

唐黎岘沿山麓来到修配厂，见厂房周围搭起了连排的脚手架，高架子上悬挂着红色标语板，屋顶上还插着几面小红旗，呼啦啦地在风里起劲地摆动。成百的工人在这里干活，有的捣鼓洋灰，有的运砖搬瓦，有的在房顶上挂瓦；铁滑车川流不息地吊上吊下，传送着混凝土和瓦片；另一端，两个电焊工跨在钢梁上焊接，火花在咻咻乱迸；架工们吹着口哨，用小吊车把钢材吊上去。唐黎岘想找这里的负责人，找了一阵没找到，却看见施工员魏富海站在脚手架上。

对于魏富海的使用，曾有过一番争论。邵仁展主张让他担任施工员，全面负责这儿的施工；焦昆坚决反对，主张暂时让他做一般工人，等把他的情况调查清了再作安排，如今因为确实缺少施工员，才让他在这儿担任施工员，暂时只管施工技术。

唐黎岘扬手喊他，魏富海一看是矿长来了，立刻就要往下爬，唐黎岘向他摆摆手，他就站在上边大声嚷着说："唐矿长，你瞧，大家干的劲头很足哇！"

魏富海一嚷，引得厂房上下的人都朝唐黎岘望，唐黎岘向大家扬扬手说："同志们，加劲干吧！我们要抢时间往前赶！修配厂早一点修成，能修配一些机件，会对整个修复工程起很大的作用！"说完，他就拎着铁锹参加劳动。在厂房一角临时搭起了席棚，那里的锻造大炉已点着了火，几名打铁工人抢着大锤叮当叮当地锤击着红通通的铁件；一辆汽车满载瓦片奔来，土道上扬起了雪尘。

晚上，唐黎岘吃完饭，叫薛辉通知干部们马上来开碰头会。焦昆第一个来到，他满身风尘，像刚打了一场激烈的战斗似的；接着邵仁展、冯文化等也都陆续来到。房间窄小，只有十来个人到会就显得很拥挤。今天由于工地上的气氛热烈，会场上的气氛也显得跟往日不同。唐黎岘见人们都来齐了，摘下手表往桌子上一放说："咱们开个碰头会，发言要简短，速战速决，不要超过一小时，大家劳动了一天，都累了。现在请大家简短地汇报一下情况。"

各工地负责人一个接一个地开始汇报。焦昆亲自领导突击架设电线工程。他说架线的工人都干得很冲，特别是老电工古尚清，力气大，技术也高，干起活来又快又好，一个人能顶两三个人，他们克服了严寒带来的各种困难，超额百分之五十完成第一天的计划指标。修配厂那里工程进度也很快，提前做好拆卸工作，搭起脚手架子，这一天超额了百分之四十。山麓上的清理工作唐黎岘是参加了的，工人们都是以战斗的姿态进行工作，劳动效率比原先预想的高得多。

"大家谈得很好，"唐黎岘在大家谈完后说，"这就是说，开工第一天干得很好，这是个良好的开端。不过，我要提醒大家注意，在施工中还存在不少问题，比如说，组织不够合理，调配不灵活，浪费了一些劳动力。希望大家能注意发现问题，并且要认真及时地加以改进，这样才能使工作越做越好，才能不断前进，才能使我们立于不败之地。”

大家听了唐黎岘的话，又摆出了一些问题。唐黎岘说："施工以前，我们想象不到会出现这些问题，干起来就出现了，随着工程不断扩大，还会暴露出更多的问题。发现了问题，找出了解决办法，这就是经验。我们要力争不乱套，但也不怕乱，要以革命精神大胆往前闯！现在咱们安排一下工作吧，大家谈谈打算，要简短明了，抓紧时间。"唐黎岘怕耽误时间，指名向焦昆说："老焦，你先谈谈，架电线是第一号关键工程，大家都盼望早通电。瞧，这屋里点了两支蜡也不亮，电灯亮起来就好了。"

焦昆向全场瞥了一眼，满有把握地说："按今天的进度，一定会提前完成任务。我和古尚清等人研究，准备再成立一个组，共计四个组分段进行，架线速度还可以加快。问题在于材料是否能供应得上，主要是高压铜线，如果高压铜线能得到保证，起码可以提前五天通电。"

"好哇！"唐黎舰又问修配厂的负责人，"你们那儿怎么样？"

那位负责人说："修配厂那里人多一些，摆不下，有些人伸不上手，再减去十个人也能按期完成任务，问题也是在材料上。"他由怀里掏出一张材料单，递给唐黎岘，"如果这些材料能保证供应，一切都好办。"

接着人们相继发言，每个人都提出个材料单子，大家都担心材料供不应求；邵仁展和冯文化都认真地把大家的要求记录下来，这情况原在他们的意料之中，他们觉得大家有种恐慌心理，其实有些材料本来不成问题。大家都谈完后，唐黎岘请邵仁展谈谈。

邵仁展合上本子，扫视了人们一眼，很干脆地说："今天各处干得都很好，群众的劳动热情很高，这确实是个很好的开始，重要的是巩固这种热情。关于材料问题，我们回头再分别研究，设法解决！"

唐黎岘站起来说："同志们，战斗已经打响了，士气很高。"他的声调里充满了热情，"邵矿长说得很对，我们要巩固群众的劳动热情，不断鼓舞群众的斗志。现在，我们的条件不好，管理、物资供应的情况都不佳，但是我们有党组织，有工人群众，这是我们最有利的条件，因此，要认真贯彻群众路线，要相信群众、依靠群众、充分发动群众。我们领导干部要带头，以战斗姿态，用革命的方法去完成任务！"他环视了大家一眼，接着说，"同志们，我们在前进中的困难还很多，我们一定要重视它，一不要互相埋怨，二不要泄气，三要团结一致，用最大的勇气和决心，战胜困难，继续前进！……我再说一遍，战斗已经打响了，就要一步紧一步地打下去，直到胜利！"

会议开得很简短，但很热烈。唐黎岘说话不多，但使大家得到了鼓舞，到会的人都满怀兴奋地踏着月光离开了会场。

冯文化追上了邵仁展，闷闷不乐地说："邵矿长，材料供应的大话可说不得，毫无把握，不谈别的，铜线就不好解决。"

邵仁展皱着眉头说："今天是开工的日子，大家的劲头都很足，你在人们面前叫苦，那不是给人家泼冷水吗？同志，别奔拉头，得加劲干，设法满足施工的需要。"

冯文化为难地说："话倒好说，实际问题可不好解决。这些日子很紧张，人手少，任务要求得急，一天到晚得紧忙活。唉！我原以为来大后方可松口气，不料更加紧张，这一辈子是不能轻松了。"

邵仁展对冯文化是同情的。自从公司批准焦、张的修复计划以来，供应科长实在是够累的。但他仍还淡淡地说："想轻松是不可能的，当然不能总是这样子，将来要正规，要按秩序进行！"

冯文化摇摇头说："现在已经这样干起来了，将来更不好纠正。我们应该稳扎稳打，应该像你主张的那样，有秩序地科学地进行，像现在这样干，我就不赞成！"

邵仁展提醒他说："计划已经被公司批准，不必再提啦。这样干起来也好，大量问题暴露出来就把问题说清楚了。现在既然上了马，就要努力去搞，慢慢地往正轨上引吧。"

邵仁展心里很烦躁，几天来常彻夜失眠。这一个多月来，他一直就感到压力很大，完全是在紧张的气氛中度过的。尽管忙得要命，可是许多问题都没得到很好解决，干部迟迟配不齐，来了一些干部，还不能得心应手；有些人虽然经过革命斗争锻炼，但文化程度太低，不能适应管理工业的要求；有些人是新参加工作的青年，多是新由学校毕业不久的学生，难以承担工作重担，像焦昆和冯文化这样能独当一面的干部太少了。技术干部又少得可怜，总共只有两个人，都是采矿的，一个懂机电的也没有。物资供应问题也很严重，高压铜线搞不到手，电就通不了，通不了电，许多工程难以进行；还缺鼓风机、空气压缩机、车床、刨床、钢丝绳、木材、洋灰……汽车更不够用，这么大的修复工程，只有两辆汽车运输怎么能行？现在已经上了马，一上阵就把问题暴露出来了，工作陷于被动，而将来会更被动。

冯文化默默地跟邵仁展走了一会儿，叹了一口气说："压力实在太重，忙得不亦乐乎，还是供不应求。"

邵仁展鼓励他说："供应科的工作是有成绩的，大家都很努力，物资搞得不少。设备材料的供应工作，在矿山修复工作中占头等重要地位，你们的任务很光荣，希望你更加努力！"他觉得很疲乏，伸着双臂打个哈欠，跟冯文化分手后就回宿舍去了。

冯文化也向宿舍走去，边走边回味着邵矿长的话，心里很满意。这一时期，他摸透了邵仁展的脾气，只要你向他叫苦，他就会同情你，替你辩护，也肯帮助你。上次邵矿长就曾亲自去公司找经理要设备材料；还有一点他最满意，就是邵矿长不死抠原则，办事灵活，必要的时候，你向上级要要花枪，扯扯皮都没啥，只要把材料弄到手就行。他认为材料供应工作，就跟商人做生意差不多，如果不灵活点，没点外交手腕，就是难办得通。

十九

寒潮袭来，天空阴阴沉沉的。寒风猛烈地刮着，枝叶飞扬，不时一股旋风卷向山谷，冻僵了的树木、新架起的电线颤抖着，嘶叫着。古尚清穿着老羊皮裤子，戴着毛茸茸的狗皮帽，风这么大，天这样冷，他也不把帽耳子放下来，冻得耳朵通红。他是矿里的第一流电工，别看他身材高大，可是爬起电线杆子来像猴子一样灵敏，挺高的电线杆子，他转眼工夫就能爬到顶；接电线、安绝缘器又快又好，找毛病、查断线也很有本事，所有的电工都佩服他的技术，因此他在电工里威信很高。在他的带动下，大家起早贪晚地进行突击，此刻他正爬在电线杆上招呼助手郎金魁拉电线。

郎金魁拉着一大盘电线，气喘吁吁地走来，愁眉苦脸地说："古师傅，这样的熊天还能干呢！"

"干，不干还行？"古尚清跳下来，帮着郎金魁拉电线，迎风大踏步地走着，毛茸茸的帽耳子一扇一扇的。他在心里暗骂了一阵老天爷，向郎金魁说："小郎，你把电线给我，快去告诉那两组人，让他们两组合并在一起，不要松劲，要坚持干下去，架一空少一空，不管刮风下雪，今天晚上一定要搞完！"

郎金魁刚走，薛辉由山麓跑来，看见了他老远就喊："古师傅，唐矿长让我来问问你，架线有什么困难？"

古尚清迎前几步说："别的没啥，就是风太大，电线拉起来又蹦又跳，架一空好不容易。"

薛辉穿着黄色大衣，腰间系着皮带，头戴棉军帽，脚穿大头鞋，打扮得整齐利落。由于走急了，再加上冻的，脸色红通通的。他望了望嘶叫着的电线，皱起眉头说："那么说，今天晚上不能通电啦！"

古尚清也望了望嘶叫着的电线，用镇定的声调说："别看风刮得凶，没关系，哪怕干到半夜也要叫它通电！"

薛辉高兴地说："好哇！古师傅，需不需要支援？"听古尚清说如果有人，来几个也好时，他就立刻往山下跑去了。

古尚清他们刚架上一空线，薛辉领二十多个人来了。古尚清立刻把人分给各组；现在人多了，隔不远就站着两人，用长杆子把电线挑起，电工们爬上电线杆子去架设。风在呼啸，电线在空中摔打，虽然人多，架一空还是要费很大的劲。

到了下午，风小了些，但下起了雪，鹅毛似的雪片往下直堆，风卷雪花打得人睁不开眼睛。这时焦昆又领一些人来支援了。他和古尚清分了工，让古尚清领一部分人从东向西突击，他带领一部分人由西向东突击。

古尚清在电线杆上爬上爬下，一边架设一边指挥大家干。薛辉成了他的得力助手，一边帮着他，一边跑前跑后替他传达命令；每架设一空他就喊："同志们，再加一把劲，争取晚上送电哪！"

大家跟着呼应，互相鼓励着，冒着风雪挑电线，不时一阵狂风吹来，电线嘶叫着，猛烈地在空中摔打。人们高喊："撑住！撑住！"撑着撑着，有一个人跌倒，拉着好几个人也都跟着跌倒。他们骂了几声老天爷就爬起来再干。大家的情绪高涨，劲头很足，克服重重困难，把电线一空一空地架起。

阴天里天黑得快，下午五点来钟已看不清周围的群山，这时才把线路架完。收工后，古尚清同薛辉一齐往回走。路上薛辉称赞地说："古师傅，你的本领真高，若不是有你这样一个有本领的老电工，今天的电线架不成。"

古尚清最喜欢人夸奖他的本领，听薛辉夸他，咧嘴笑笑说："不是你大叔吹牛，要讲外线的活，我老古可算是个高明的老把式，找上千儿八百的电工，都敢跟他比比，要文的咱可以跟他讲道理，来武的电线杆子上见。外行看热闹，行家看门道，有没有真本事，一眼就可以看出来。"

薛辉看古尚清那种自豪的样子，觉得很有趣，说："你的本领确实不坏，天气好还看不出来；可今天，你大显身手了！"

古尚清哈哈笑起来，震得眉毛和胡子上的白霜纷纷落地。通过在一起干活，他觉得薛辉跟自己很投缘，越发喜欢跟薛辉唠扯："小薛，你大叔的本事也不是轻易练的。我刚跟班的时候，比你小多了，任嘛不懂，爬起电线杆子笨得像个狗熊，摔了好几次，摔得鼻青脸肿，师傅骂我是个笨蛋。人有脸，树有皮，为啥叫他们说我笨呢！我要练出本事让你们看看。离我家不远有个小学校，操场上有杆很高的旗杆，我就天天晚上偷着去爬，一爬就是半夜。练了三个月的时候，那么高的旗杆，我一口气就能爬到顶尖。这一手在平常时候没露，有一天架高压电线，电线杆子很高，老师傅们爬起来很吃力，我说：'让我来吧！'师傅们都用白眼珠瞧我，我不管他，往手心里吐了两口唾沫，故意不绑脚镫子，一口气就爬了上去。我在顶上往下望望，师傅们都望着我发愣。从那以后，他们就不再小瞧我，都爱教给我技术。我干这一行有十七八年了，真是白毛狐狸戴礼帽，有了道行。

薛辉注意听他讲着，想象着当年古尚清爬到电线杆子上那个自鸣得意的劲头，情不自禁地笑了。

雪继续下着，风仍然刮得很紧。古尚清同薛辉边说边走，不大的工夫来到镇子里。路过牛家酒馆门前的时候，古尚清见酒馆里灯光明亮，送出阵阵酒香，他拉了薛辉一把说："走，进去喝两杯暖暖身子。"

薛辉说不会喝，推辞了，但古尚清不让，"走吧，陪大叔喝几杯，咱爷儿俩好好唠扯一下。"说着把薛辉强拉进了酒馆。

屋里有几个酒客，有好几个是独身工人，郎金魁、苏福昌都坐在这里。他们走进去，酒客都站起来跟他们打招呼，薛辉感到很不好意思，脸红了。古尚清拍打掉身上的雪，领薛辉在一张空桌子边坐下。翠花走过来，嬉皮笑脸地说："喏，老主顾，你可有好多日子不来啦，是不是叫老婆给治住啦！"说着在两个人面前摆上杯筷。

214

"瞎说，老子没空！"古尚清转脸问薛辉："你看来点什么？"

薛辉看翠花正在好奇地打量他，脸更红了，忙摇摇头说："我不会喝酒，你随便来吧。"

古尚清没理会薛辉的神态，向翠花说："切半斤猪头肉，来四两花生米，再来两壶酒。"

"好的。"翠花响亮地应了一声，又瞟了薛辉一眼，干部来喝酒他是第一份。她迈着轻快的步子，边走边娇声娇气地喊："猪头肉半斤，花生米四两，好酒两壶！"

少时，翠花端上酒菜。古尚清摘掉皮帽子，敞开老羊皮褂子，先给自己倒上一杯，然后给薛辉倒上一杯，说："这酒不坏，喝两盅！"

薛辉为难地摆摆手说："我确实不会喝，你喝你的吧。"他心里有些烦躁。

古尚清把酒杯往薛辉跟前一放，说："哪能不喝呢！男子汉大丈夫，不能不喝酒。"他端起酒杯一口喝干，又满满地斟上一杯，"古时候的英雄好汉都是有酒量的，景阳冈上打虎的武二郎，喝了十八大碗还过冈，遇见猛虎，全仗借酒力打死猛虎；他醉打蒋门神的时候，一路上喝了好几坛酒，那真够样！"

薛辉听古尚清胡扯，禁不住想起那天讨论吸收老工人入党的事。大家认为古尚清家庭出身很苦，本人是个老工人，技术较高，有一定阶级觉悟，是个建设骨干；主要的缺点就是过于贪酒，再就是爱冒炮吹牛，因此要进一步培养。想到这里，就向他指出说："喝酒可不是英雄行为，你喝得太凶，影响生活，闹得家庭不和，还会耽误正事，今后你要少喝才好。"

古尚清嘿嘿笑着说："酒是好东西，喝上一壶非常提神，这是人人所好，越是体面人越要能喝。"

　　翠花凑过来，笑嘻嘻地向薛辉说："对呀，酒是好东西，喝上几壶酒，活血脉，暖身子，又提神。若是你高兴了喝起酒，会使你满身舒畅，喜上加喜，头脑清爽，使你更加高兴。若是你有愁事，喝上酒，会使你什么都忘了，醉乎乎的，躺下便睡，那真是一醉解千愁。酒还能使人聪明，给人壮胆，英雄爱美酒，自古以来，哪个英雄都有海量，喝下几斤酒，人借酒气，就会干出惊天动地的大事。喝吧，一个走南闯北的人，哪能不喝酒呢？"

　　薛辉从小就在军队里，很少接触过这些不三不四的人，听翠花快嘴尖舌地说了这些，感到惊异，又感到厌烦，便把脸转到一边，根本不理她。翠花可不管那个，直往薛辉的身边凑，斜眼溜着他，巧嘴花舌地说："薛同志，你是第一次到我们这里来，还没有尝过我们的酒味和我们的菜味，今天你是贵客，特意给你们拿的好酒，六十度的高粱烧，味美劲大，这猪头肉选的是猪腮上的，又烂又香，你尝尝，保险让你满意。"

　　薛辉听翠花知道自己的姓，感到意外地看了她一眼。

　　翠花见薛辉看她，更放肆了，滔滔不绝地讲起酒馆的好处来。薛辉被纠缠得很恼火，暗暗埋怨古尚清领他到这里来，很想马上抬腿走开。古尚清见薛辉不高兴，也烦了，向翠花摆摆手说："翠花，你别卖你那张贫嘴了，去吧！"

　　翠花也看出薛辉不高兴，一面暗自在心里骂他，一面仍然嬉皮笑脸地说："薛同志真腼腆，像个大姑娘似的，真是个好人！"

　　古尚清这时也觉得不该拉薛辉到这里，方才跟他吹喝酒也不适当，改口说："我爱喝酒，这是多少年的事了。当然啦，喝多了不好，特别是年轻人，还是不喝的好。"

薛辉说：“我们年轻人不该喝，你也不该多喝，这个毛病该改了。”

古尚清说：“你大叔不好别的，就是好点酒，这有什么不好；自那次唐矿长说了，我就喝得很少，今天线路完了工，是个大喜日子，应该喝几壶庆贺一下嘛！”说着嘿嘿笑了两声，举杯一口喝干，又倒满一杯向薛辉说，“来，陪大叔喝两杯！”

薛辉勉强地喝了两口，古尚清见薛辉陪自己喝了，心里很高兴，大喝特喝起来，不大的工夫，两壶酒都喝干了，又续了一壶。几壶酒下肚，话匣子就打开了，亲切地说：“你大叔是走南闯北的人，出名的古大炮，嘴快心直，不会耍心眼。你大婶也是个实心眼的人，谁给她一分热，她会给你百分暖。俺们月娟像她妈一样，也是心直口快，干起活来爽快利落，孩子的心很灵，可惜只念三年书，文化少，现在她有空就学文化，说是要追上你……”

薛辉听他提起古月娟觉得不自在，又注意到翠花站在旁边转动着眼珠意味深长地瞧着他，他脸上烧得通红，坐在那里如坐针毡。他发愁地瞅着那壶酒，盼望古尚清快喝完它，好离开这里。

这时，古月娟满身雪花地闯了进来，见她爸爸和薛辉在这里喝酒，心里很不高兴。她瞅了薛辉一眼，向古尚清说：“到处找你，你跑到这里喝酒来啦！”

古尚清看女儿沉着脸子，察觉到今天喝多了，回家免不了要挨她们娘儿俩训斥。他怕月娟在这里唠叨，就故意板起面孔说：“找我干什么？薛辉要跟我在一起喝杯酒，在一起唠唠，你快回去吧，一会儿我就回去！”

古月娟听说是薛辉拉爸爸来喝酒，感到意外，她打量了薛辉一眼，噘着嘴巴说：“焦主任到咱家去找你，电还没有到，怕是线路上有毛病，找你想想办法。我就估计你会在这里，果然没错。哼，人家急得团团转，你们在这里又是喝又是唠的。"

薛辉听月娟把自己也给捎带上了，心里更加惭愧。他面对着脸色很不高兴的古月娟，有口难辩，就呆呆地坐着，一句话也说不出。

古尚清听月娟一说，知道线路上有毛病，着起急来，赶紧站起一边拿帽子，一边系羊皮褂子上的扣。翠花过来向他要酒钱，他两手空空，说："记在账上吧！"

薛辉掏出钱交给翠花，招呼一声古月娟，一同走出了酒馆，古尚清随后跟了出来。他已喝过了量，加上心里一急，酒往上涌，有些醉了，脑子有些发晕，腿脚有些不听使唤。两个青年人走得很快，他有些跟不上。

古月娟看她爸爸落下了，便挨近薛辉埋怨地说："瞧你干的好事，在这个时候请他喝酒，让他喝得醉醺醺的，还怎么干活！"

薛辉连忙解释说："哪里是我请他，是他硬把我领进去的，我还不会喝酒呢。"他说着回头望望，觉得对这位大叔真是无可奈何。

古月娟相信薛辉的话，一定是爸爸拉他去的。她看薛辉跟爸爸亲近，心里暗暗欢喜，她说："你可不要再跟他去了，照这样，你很快就要跟他学会了，你呀！"

薛辉听月娟说得这样亲热，感到很温暖。他想说些什么，看古尚清已经赶上来，没有再说，领着两个人奔向变电所。

焦昆正在门前等着，见古尚清他们来了，说："古师傅，电路不通啊！"

古尚清说："怕是线路上有毛病！"他走进屋，连身上的雪都没顾得拍打。焦昆看他脸色通红，酒气喷人，知道他又去喝酒了，心里暗暗着急。他想，外面风雪很大，线路那么长，古尚清喝得醉醺醺的，今晚难以通电了。

古尚清虽然发晕，脑子可很清醒，见焦昆沉思，说："你不用发愁，我去检查！"

焦昆为难地说："外边风雪那么大，天又黑路又滑，你又喝得晕乎乎的，怎么能去检查呢？"

古尚清急了，脸色更加红，拍着胸膛说："我老古喝这点酒不算啥，别说喝这些，就是再喝三五壶也没啥。喝点酒倒提精神，干起活来更有劲，我去检查，你放心好了。"他又转向薛辉和女儿说："现在找别人不好找，你们俩跟我走一趟吧，把电线和工具拿着。"

焦昆不放心地说："你晕得腿脚都不大好使，别去啦！"

"我去！"古尚清摸摸腰里的工具，看工具都在，抬腿就往外走。

焦昆拦住古尚清说："古师傅，先等等。你们去检查线路，用什么联络呢？搞好搞不好这边也不知道，你们来回跑太费时间了。"

古尚清站下来，对这个问题他没想。

焦昆思索了一下说："我看这样吧，让薛辉背一杆大枪。你们发现了毛病，需要停电就向这个方向对空打两枪，我们就打电话通知供电单位停电；你们接好后再打三枪，我们好通知供电单位供电；若是太远，你们估计听不到枪声，再往回跑。"

古尚清见焦昆把这个都想到了，心里有些惭愧，便应了一声，领薛辉和古月娟走出去。

山野里一片漆黑，寒风猛烈呼啸，大雪往下直堆。古尚清拎着一盏气死风的马灯，古月娟和薛辉拿着手电，沿着线路检查。走不远，古尚清的胡须上结满冰溜子，眉毛上也凝满了白霜，老羊皮褂子上披满雪花，全身白花花的。由于野外呼吸着新鲜空气，风卷着凉冰冰的雪花直往脸上扑打，他的醉意逐渐消散，来了精神。他不用看，听听电线的响声，就可以知道电线的情况。薛辉和古月娟用手电照，他就挥手说："不用照，毛病不在这里，往前查！"

古尚清领他们沿着线路检查了四里地，来到了一个大沟边，发现了毛病。因为当中是条大沟，沟两边立着电线杆子，间距较长，这地方又招风，电线头没接牢靠，被吹断了。

古尚清爬进大沟，找到沟那边的电线头，用电笔一试，哧哧冒火星，知道前边的线路完好无损，这使他喜出望外，确信今晚通电有了把握，忙向上边嚷："小薛，到高岗上去放枪！"

薛辉跑到高岗，冲着矿山的方向，对空砰砰放了两枪。

古尚清在沟里等了一阵，试了试，见停了电，忙接上线头，拉着爬上沟边。可是风很大，电线不肯驯服，薛辉和月娟也帮不上忙，他站在电线杆子下，用马灯照着电线杆沉思了一阵，摇摇电线杆，见它埋得很牢靠，就把线头绑在腰间，自己爬上了电线杆子。

他吃力地一把把一步步往上爬着。风刮着，电线啸啸响着，跳动着，摔打着，时刻想把他摔掉。他攀紧电线杆子，拉扯着电线，坚持着往上爬，越往上风越大，雪花迎面扑来，打得他睁不开眼睛。突然，头上的帽子呼的一声飞了很远，惊得古月娟在下边喊："加小心！"他一声不响，继续跟狂风搏斗着，爬着，边爬边鼓励自己："不能含糊，一定要在今晚供上电！"

薛辉随后爬上去，但他帮不了别的忙，只能为他照个亮。防风灯灭了，他又打起手电筒。电线杆增加了重量，开始摇晃起来。古尚清在上边喊："下去！快下去！"薛辉只得滑下来，同古月娟一起扶着电杆，好像这样就能扶住它，减少老古的危险似的。两人屏着呼吸仰脸望着，黑暗中只见高个子老古，始而被电线拉得倾斜身子，继而紧抱电线杆，不断向上移动。

爬到顶端，关键时刻到了。古尚清感到累了，抱着电线杆子缓口气。这时，他情不自禁地眯缝着眼睛往矿山望望，黑茫茫的，什么也看不见。他想象到此刻焦主任正在盼他修复好，唐矿长在盼望通电，全体矿工和小镇居民都盼望通电，觉得不通电是他做电工的耻辱，决心非在今晚通电不可。他低头往下边望望，两个年轻人手扶着电杆，正仰脸往上望着，暗想，一定要给他们做个榜样。他把脚镫卡住，又挂上一条安全带，用双腿夹紧电线杆子，腾出双手，解下腰里的电线。电线猛劲摇摆跳动，拉得他整个身子都倾斜着，伸着两臂跟暴跳的电线搏斗，身上的老羊皮袄被风刮得呼捐呼捐地飞上飞下。古月娟和薛辉在下边同声喊："加小心！加小心！"

古尚清无暇顾及他们，运了一口气，使出浑身的力气，猛地把电线拉直，绕住电杆，不大的工夫把它接上了。他松一口气，低头向薛辉说："你快去放枪！"

薛辉拿起枪向山冈跑去。古尚清从电线杆子上滑下来，筋疲力尽地倒在地上，用双手抹一把脸上的汗，无力地向女儿说："月娟，快捧点干净雪给我吃，我的嗓子干得冒烟！"

薛辉跑到高岗上，对着矿山的方向放了三枪，然后走回来。

古尚清吃了几把雪，精神好一些，靠着电线杆子歇了一会儿，立起来说："走，我们到那个山头去望望，看看电通了没有，如果不通，咱们好再去检查。"

他们爬到山头上往矿里望望，雪雾茫茫，黑沉沉的什么也看不见。他们肩并肩地站着，焦急地盯着矿山的方向。山头上风大，吹得他们站立不住，薛辉让古尚清和古月娟到山坡的松树下去避避风雪，自己留在这里望着，古尚清没有同意，让薛辉和月娟蹲下帮他挡住风，费了很大劲点起烟，吸着烟同两个年轻人一起遥望着矿山。

望着，望着，突然亮光一闪，出现一片灯光。光亮虽然很弱，但很显眼，闪烁着像夜空中的星星。薛辉和古月娟同时高兴地喊："电通啦！"

古尚清没有声响，只抹了一下胡子上的冰霜，向两个年轻人说："这就好了，咱们回去吧！"说着揣起烟斗，踏着深雪，大步地向山下走去。薛辉和古月娟随着他走下山，越近，灯光越明显，明晃晃，亮闪闪，这使两个年轻人格外高兴。

电通了，矿山的独身宿舍、工人住宅区的电灯都亮了。长久没有电，突然一亮，显得特别亮堂。人们高兴极了，到处都在欢呼。

唐黎岘正在煤油灯下看文件，忽听有人喊："通电了！"他赶紧站起来拧开电钮，强烈的电灯光芒刺得他眯缝起眼睛，油灯变得像个萤火虫。他把油灯吹灭，走到窗前往外望望，远远近近的灯都亮了。变电所那里的灯光像一群星星，镇里的路灯，稀稀拉拉地排成行，附近宿舍的窗户都射出亮光。雪继续下着，雪花在亮光处飞舞。

电灯光使矿山的夜显得有生气，使小镇增加了色彩。唐黎岘兴致勃勃地望着，觉得眼前的景色异常美丽，心里非常愉快。他是个喜欢思考的人，望着那美丽的夜景，暗想电灯亮了，说明矿山的恢复工作又前进了一步，有了电就有了动力，为展开恢复工作创造了有利条件，而这种物质将会变成精神力量，使全体职工受到鼓舞，这是矿山工人阶级在建设上获得的第一个成就，矿工们会永远记住这一天，大家更会积极努力去改变矿山的面貌。

接着他又想到实际工作，电路提前修复了，其他工作也要紧紧地跟上去，原先的计划安排已不适应目前情况，工作部署要进行调整，下一步的工作重点要放到修复坑道上，要尽快排除坑道里的水，改善安全状况……他思索了一会儿，很快就把工作的部署意见形成了，单等天亮再同有关干部商量。

薛辉由山上回来，路过唐矿长宿舍，见唐黎岘站在窗边，他上前调皮地敲了敲玻璃，脸贴着玻璃冲里边笑笑。唐黎岘让他进去，他全身是雪，一进门就摘下帽子拍打，唐黎岘拿起枕巾帮他拍打，并让他在火炉边坐下。

"你们走了多远发现问题的？"等他坐下了，唐黎岘问。

薛辉说："不太远。古尚清喝得醉眼惺忪的，一到线路上却就来了精神，黑洞洞的，他的眼睛好使，耳朵也好使，真是个老把式，有两手。"

唐黎岘说："老古的本领达到这种程度，那是冰冻三尺，非一日之寒，是经过长期练成的。"

"唐矿长，你让我去学一门技术去吧，搞工业不懂技术哪成？"薛辉趁机要求说。

唐黎岘听他要学技术，感兴趣地问："你打算跟谁学呢？"

薛辉想了一下说:"就跟古尚清学电工吧,不然跟苏福顺学打眼放炮也行。"

唐黎岘微笑着说:"你选的人不错,我也想拜他们为师呢。"

薛辉挑挑炉火,又添进两铲煤,炉火呼呼地燃起来。他非常愿意跟首长坐在一起谈天,可是尽管长期在一起,因为首长的时间总是安排得很紧,像今天这样的机会是不多的,因此他很高兴。

唐黎岘向来重视培养干部,凡是在他跟前工作的干部,他都有长期安排,从各方面去培养他们。他认为薛辉是个苗子,如果培养得当,将来是一把手,眼前因为工作需要暂时把他留在矿长办公室,等干部多了,就把他放到基层去锻炼。他思索了一下说:"你的想法很好,我们缺乏工业生产建设知识,都应该下去当学徒,可是暂时工作还离不开。就是在机关,我们仍然要拜师学艺,要向一切有知识的学,随时随地学,利用一切时间学,我们干工作实际上也是在学,小薛,时间非常宝贵,我们要抢着学呀!"

薛辉知道唐黎岘白天整天工作,晚上坐在煤油灯下,既读马克思、列宁的书和毛主席著作,又钻研生产建设知识,啃采矿学。他担心首长累坏身子,有时不得不敲窗子催首长睡觉,禁不住地提醒唐黎岘说:"学是该学,可是要注意身子,像你那样每天搞得很晚可不成。"

唐黎岘说:"你不要乱干涉,我会很好安排时间的。小薛,我们在战斗的年月里,战斗紧张起来,就连宿赶夜地跟敌人战斗,现在离开战场到了工业战线,也应该和在战争的时候一样,抢到时间就是胜利,分秒必争。"

薛辉看时间太晚了,不愿意再打搅首长,嘟囔说:"分秒必争也不能不睡觉,抢时间工作也要抢时间休息,列宁说过不会休息就不会工作。"他把炉火搞好就出去了。

薛辉出门来，正赶上焦昆由变电所回来。焦昆披着军大衣，头戴棉军帽，在飘着雪花的灯光下显得威风凛凛。薛辉跑上前，向这位打了胜仗的指挥员祝贺。

二十

风雪继续了一昼夜，到第二天早晨才停息。山野的面貌焕然一新，起伏的山峰，荒芜的原野，银光耀眼，白茫茫一片；沟满壕平，平地上的雪有三尺多深，寒气逼人，滴水成冰。

苏福顺出得门来，抬头望望铺满白雪的原野，皱起了眉头。他没有"瑞雪兆丰年"的感情，因为深雪对矿山工作没有丝毫好处，只会带来阻碍。他刚走不远，看见古尚清由家里走出来，便向他说："喂，电通了，什么时候能通到坑道里呀？"

"你不要着急。"古尚清说，"今天就往五号大井送电。架线还要请你这个老耗子帮帮忙，坑道里是你的天下，在这方面我老古佩服你。"

"你别服我，是我服了你。你说要在昨天通电，风雪那么大，果然通啦！"苏福顺真的打心眼里称赞老古这一手，电一通可解决了大问题。

古尚清听老苏服了自己，高兴得眉飞色舞，得意地瞅了苏福顺一眼，笑着说："我老古向来不吹牛，说到哪就办到哪！说要在昨天通电，别说是风雪大，就是下刀子也得通电。"

苏福顺知道这位老兄架不住赞扬，谁若是赞扬他，他就飘飘然了，便说："你不要骄傲，山上的电线还够你架一阵的，可别睡大觉哇！"

"我不会睡大觉，你放心吧！"古尚清挨近些老苏，坦率地说，"不过要是喝起酒来可说不上，昨天晚上架完线，我一高兴就同薛辉到牛家酒馆去喝酒。干了一天，又饥又渴，天又那么冷，喝上几壶酒可真带劲。我正喝得高兴，焦主任让月娟来找我，妈的，我心里明白，腿打奔，若是再晚一会儿来，再喝上一两壶，那可就熊啦！"说完哈哈大笑起来。

苏福顺拍了他一掌说："你这个酒鬼，一喝起来就连你的姥姥姓啥都忘了。怎么样，老婆子没训你吗？"

古尚清说："我立下那么大的功劳，她哪能训我，光顾高兴去了！"

苏福顺和古尚清并肩走着，路上的雪很深，而且冻上了，因此他们走得很慢，每走一步都扑哧一声响。不多时两个人的眉毛上，贴脸的皮帽耳子上，都结满了白花花的冰霜。

在矿山办公室门前，聚集了许多人，住在独身宿舍的干部们都出来打扫雪，唐黎岘和邵仁展也都拿着铁锹来参加了。他们把雪堆起，在通向各宿舍的路上，扫出一条条雪沟，像是纵横交错的交通壕。

焦昆正在扫雪，见苏福顺和古尚清来了，提着铁锹迎过去说："你们来得好早哇！快到办公室去暖和暖和，等人都到齐了，咱们一块走。"

他们走进办公室，见林大柱已经来了。老林抓紧这个时间修理矿灯，这些矿灯都是工人献交的，多年不用，大部分都坏了。林大柱向两人打个招呼，继续修理。

苏福顺也上前帮助修理，古尚清在一边用纸卷起烟猛吸着，他准备过足了瘾，进坑道干起活来就不再吸烟。苏万春和其他要进坑道的工人陆续来到，不大的工夫全部到齐了。

焦昆抱着一抱柳条帽进来说：“每人一顶，上山进坑道。”

大家戴上柳条帽，拿起工具上了山。雪很深，足有三尺多，蒿草被埋住，山谷里矮树丛被雪埋上半截。虽然风不大，天气却很冷，已经零下四十度。鸟儿不见了，经常在空中盘旋的山鹰也都隐没在林中。

焦昆带领人们到山上，由于昨天夜里通电的鼓舞，大家信心更强了，风阻不住，雪更阻不住。他分派工人们坑内坑外两头同时进行架线，集中人力，齐头并进。山坡上的雪很深，行动不方便，爬上电线杆子干活，很快就把手指头冻僵了，架线工程很艰难。因为风小，坑外的活还好干一些，坑道里就更难了，黑咕隆咚，只用矿灯照明，干活不得手，同时到处湿淋淋的，地上满是水，有时不得不涉水作业。焦昆亲自带领工人进行突击，不到十一点就搞起一段线路，再想往里边架是不可能了，里边的水很深。焦昆决定先试行供电，让古尚清通知变电所。

电灯突然亮了，坑道里立刻成了光明世界。这一亮，坑道显得高了，主巷显得很宽阔，像是一座拱门，又像一条长廊，望不到尽头。人们顿时感到心情开朗，个个笑容满面。

古尚清望望巷道，高兴地咧嘴笑着，抹了一把脸上的水点子说：“苏老大，咱把电送到了，现在要看你们的啦！”

电是送到了，要恢复起坑道可不易。这一亮，把一切都看清了。棚木腐烂不少，有些地方岩石片了帮，铁道被淹没了，往里边望是一片污水。

林大柱向焦昆说："往里边拉一段电线，安上电灯，咱们去捞水泵吧！"

焦昆立刻采纳了林大柱的意见，马上分派人安电灯。他又同林大柱、苏福顺、苏万春、曹顺林等人往里边走，一边观察情况，一边商量。林大柱指着里边说："那两台水泵藏在三分巷的斜坑里，这里的水都这么深，那里边也一定有很深的水，要拿可要费劲。"

焦昆当时没有回答，领他们往前观察，走不远，前边水深了，站下来问苏福顺说："你看怎么个拿法？"

苏福顺察看了一下顶棚支架和污水情况，斩钉截铁地说："要把它捞上来！"

林大柱说："水泵在里边，就得下水啦！"

焦昆没有说话，望着半巷污水盘算。现在正是数九隆冬，外边是深雪铺地，滴水成冰，这么凉的水怎么能下得呢？可是，不赶快把水泵取出排水，坑道就要继续受损坏，也影响修复工作的进展。

苏福顺看出焦昆的心思，向他说："焦主任，坑道里不分冬夏，就是夏天这里也很冷，让我们下去吧！"

焦昆知道气候虽对坑道有影响，但冬夏的确差不了许多，就是盛夏进坑道里也很凉，等是不行了，只好让苏福顺他们下去。他转过脸问："这么凉的水下得？"

苏福顺说："下得，不下水就拿不出水泵！"

苏万春说："干吧，我跟你们一起下。"说罢就动手脱衣服。

焦昆伸手拦住他说："先等等！"他掏出钱向身边一个小伙子说："快去买两瓶白酒来！"小伙子接过钱，赶紧向外跑去。

抽两锅烟的工夫，小伙子就气喘吁吁地拎着两瓶白酒回来了。苏福顺接过酒来，一仰脖呷了几大口，抹一把嘴巴，开始脱衣服。苏万春也喝了两口酒，准备下去。

焦昆看林大柱也在脱衣服，忙拦住他说："你可不能下水，你的身板不好，下水会冰坏的！"

"我的病好啦！没有啥，东西是我放的，里边漆黑漆黑的，我要跟苏老大一起去摸！"林大柱坚持说。

焦昆坚决地拦住他说："不行，无论如何，你不能下！"

苏福顺说："那里边我很熟，用不着你下去，你那身子架不住凉水冰！"林大柱没有吱声，急忙脱下衣服就跳进水里。苏福顺喊了他一声，也跟着跳进水里，苏万春拿起工具，随着爸爸跳进去。平静的污水荡起浪花，彻骨的寒冷使他们的腿痛得像刀扎似的，连打了几个寒战。

曹顺林看林大柱和苏家父子下了水，忙拿起一瓶酒嚷道："老苏，老林，再喝两口顶顶寒气！"

林大柱接过酒瓶，猛喝了几口交给苏福顺。苏福顺平常是滴酒不沾，由于太冷，顾不得烈酒辣嗓子，咕嘟咕嘟又喝了几口，白酒果然顶事，觉得浑身发热了，不再打冷战，他抹了一把脸，三人继续向里边走去。

焦昆望着林大柱、苏福顺和万春，心里很激动。他记得在日伪时期有一年冬天，坑道里有一处喷出水，把水泵和电线都淹了，日本人打着骂着要工人下水抢救，可谁也不肯下去，日本人不得已悬赏一个月的工钱，才有几个人下水。现在林大柱和苏家父子自告奋勇跳进冰冷的污水里，不为任何好处，一心为了修复矿山，全凭满腔热情顶住彻骨的寒冷。他想到要把水泵拆卸开，抬出来，光是他们三个人不行，他一声不响地脱下外衣，跳进了水里，凉水一冰，浑身起了鸡皮疙瘩，他晃了晃膀子顶住寒气，随后追了上去。走不远，听见后边水声响，回头一看，人们都跟随而来，他兴奋地喊："同志们，凉不凉啊？"

"不凉，还挺热乎呢！"

"热乎倒热乎，就是有点冰骨头！"

…………

工人们说笑着，哗啦哗啦地往前奔。

里边通不了电，一转向斜坑就黑洞洞的，越往里边走水越深，已经越过了大腿根，走起来水花四溅，不大的工夫全身都湿透了。苏福顺和林大柱打开手电走在前边，一边走一边观察坑道支架情况，怕出危险。

焦昆个子高，腿长，走得较快，很快就追上了苏福顺和林大柱，举着矿灯照着前边问："水泵在哪儿？"

林大柱说："不远啦，就在前边！"

走了不远，林大柱用手电一照，果然看见有些东西，水泵快被污水淹没了，只露着一个头。

焦昆一见水泵，心里非常高兴，向人们挥一下手臂喊："同志们，咱们要坚持一阵，把水泵弄出来就是胜利。"

林大柱打着手电给大家照亮，焦昆同苏家父子一起扑向水泵。存水泵的地方地势低洼，污水齐了腰，一弯腰全身都浸在水里。苏福顺干脆卧在水里摸了摸，知道水泵都是单摆着的，让万春卸下两个部件，好用人抬，苏万春就钻进水里去拧螺丝。

两盏矿灯在一边照着，光线很暗。焦昆见人都到齐了，就指挥大家操作。苏万春卸下两个部件后，人们都上前伏在水里托住水泵。焦昆扫视了大家一眼，见他们多半个身子都泡在污水里，头上的污水顺脸淌，但还都是生气勃勃，浑身是劲。他扬起手喊："准备好！"又一挥手："抬！"

工人们一喊号，猛地一使劲，立刻把水泵从淤泥里拔出来，噗噗啦啦抬着水泵往外走，不久，两台水泵都捞出来了。

焦昆让人们把水泵抬走。林大柱说："水里边还有四台凿岩机，都把它捞出来吧！"

焦昆果断地说："捞！"

林大柱忙把手电交给一个工人，屏住呼吸，一头扎进水里，激荡着污水翻起浪花。

焦昆激动地喊了一声林大柱，只见浪花一翻，林大柱抱着一台凿岩机钻出来，兴奋地说："凿岩机全在，这是完整的凿岩机呀！"

焦昆没有说什么，一头扎进水里去摸。苏福顺和苏万春一齐钻进水里。少时，一人抱着一台凿岩机从水里钻出来。

林大柱向焦昆说："我们就放了四台，没有啦！"

焦昆立刻命令三个人马上撤出去。曹顺林在坑口生起炭火，把酒烫得滚热，见人们把水泵都抬出来，就招呼大家烤火，把热酒倒在碗里让大家喝。

焦昆先喝了几口，向大家说："快擦擦身子穿上衣服，别冻坏啦！"自己脱下湿淋淋的衬衣。

焦昆一脱衣，工人们发现了他身上的伤。他的左胸、左胳膊、小腹、两条腿，到处青一块，紫一块，疙疙瘩瘩，结满了伤疤。他这些伤有三处是枪伤，其余地方都是那次中燃烧弹烧伤的。他注意到人们都在看他，赶紧把湿衬衣扔下，胡乱擦了几下就去穿衣服。

林大柱深情地说:"你不让我下去,可是你浑身是伤,怎么能受得了哇!"他被冰得牙齿咯咯直响。

焦昆说:"我的伤全好了,只是结下疤。我跟你不同,我年轻力壮,你的身板弱呀!"他一边说一边赶紧穿上衣服。

林大柱的眼睛湿润了。苏福顺深受感动,他想,焦昆在前线赴汤蹈火,为革命身上落下那么多的伤疤,凭那一身伤疤,让他少干点工作也不过分,然而他到矿山后起早贪晚地干,处处走在前边……

焦昆穿起上衣,挽起袖子向工人们说:"咱们把水泵安装上再走,好不好?"

"好!"工人们异口同声地说。大家又挽起裤脚,撸起袖子干起来。到午饭时间了,焦昆让大家回去吃饭,暖和一下回来再干,工人们都不肯,直到把水泵安装好,已经是下午四点了。回到矿里,全体人员在矿里干部伙房吃了一顿比较丰盛的饭,提前放工回家。

焦昆也提前回到宿舍。他的伤疤被冷水一冰,有了反应,觉得浑身酸痛,有些发烧。他吃了两片镇痛片,躺在床上准备休息一下,但刚躺下又爬起来从挂包里取出一本通俗采矿学开始学习;因为缺乏采矿知识,他看起来很费劲,但为了搞好工作,费劲也得啃。他刚看了几页,俞立平推门走进来,同来的还有一位工人打扮的人。焦昆赶紧翻身下地,经俞区长介绍,他知道这是县公安局的侦察员王勇志,便跟他握握手说:"孤鹰岭镇的敌情很复杂,我们早就盼你们派人来了!"

王勇志说:"局里暂时还抽不出更多的人,派我来在矿山负责同志和区政府的领导下进行工作，焦主任就是我的直接领导了。"
他说着把介绍信交给焦昆。

县公安局事先已经跟焦昆打过招呼，焦昆看了看介绍信，加上俞立平说他早就认识王勇志，大家便谈起敌情。

镇里的情况是这样的：在献交器材运动中，经过一周广泛深入的宣传运动，谣言已被粉碎，党的政策深入人心，群众提高了觉悟，加上金大马棒的匪徒遭到痛歼，敌人吓得缩回了头，现在镇里很平静；但谣言的出处还没有追查出来，只在牛家酒馆的翠花身上发现点线索，这些日子区里还在继续追查，最近情况焦昆不够清楚。

焦昆向王勇志介绍完，转脸向俞立平："老俞，追查谣言有进展吗？"

俞立平说："现在敌人已销声匿迹，镇里爱说乱道的人太多了，线头太多，一时还没有进展。"

焦昆问："翠花呢？"

"翠花还没有触动。"俞立平说，"这个娘们在孤鹰岭镇是有名的花舌子，能说会道，爱道听途说，爱散布流言蜚语。她在酒馆里常接触些不三不四的人，是不是她造的谣言还很难说；再说，没有什么证据，她会一推六二五，跟你胡搅蛮缠，跟她难以扯得清。"

焦昆沉思了一下说："不触动也好，对她不能放松，还有牛乐天。听苏福顺说，他告诉苏福昌说他可以给卖马达。"

俞立平说："这件事牛乐天在居民会上主动讲了，说沈阳有一家作坊老板托他买马达，他就给打听打听……他坦白了，承认了错误，表示今后一定不干，当场献出了几件器材。"

焦昆还不知道这个情况，听俞立平一说，暗想牛乐天好敏感哪！为什么他这样敏感呢？他思索了一阵说："牛家酒馆是个非常可疑的地点，有人反映，金大马棒在孤鹰岭的时候翠花曾跟他鬼混过，牛乐天是借金大马棒的势力开的酒店……"

俞立平插言说："国民党临撤退的时候，金大马棒的匪徒抢了几家店铺，也抢了牛家酒馆，那几天牛乐天和翠花见人就骂金大马棒，说金大马棒把他们害苦了。"

"这会不会是故意耍的花招，掩人耳目呢？"焦昆对俞立平说，又瞅瞅王勇志。

"有可能，敌人的花招多得很。"王勇志微微点头说。

焦昆进一步说："鱼目混珠，迷惑人是敌人惯用的伎俩。金大马棒抢了牛家酒馆，让人觉得匪徒见财眼黑，翻脸不认人，牛家酒馆跟他们毫无联系，可是联系到近来一系列问题看，他们还照样开业，谣言跟翠花有联系，对卖马达的事，谁也没追问他，牛胡子却主动坦白，这都很有些可疑。"

俞立平听焦昆这样一分析，觉得有理，说："牛家酒馆确实可疑，对它要严密注意。"

"对！"焦昆说，"现在我们手里还没有掌握别的线索，牛家酒馆的线索非常重要，侦察工作要从这里下手。"

"对！"俞立平赞成地点点头。

王勇志站起来对焦昆说："我完全赞成你的分析和判断，牛家酒馆这个线索很有价值，要在这里突破。焦主任，这任务交给我，好吗？"

焦昆知道王勇志是个有经验的侦察员，高兴地说："这任务非你去执行不可。孤鹰岭镇的匪特不认识你，现在矿山刚开工，不断有人从各地来这里，你有许多方便条件。"

俞立于也同意地点点头，于是，三个人坐在一起，认真地研究起侦察方案来……

俞立平和王勇志走了以后，焦昆心情还平静不下来，他不想再看书，便从枕底下拿出那把盒子枪，拆卸开，坐在窗边擦起来，一边擦一边情不自禁地哼起来：

> 硝烟弥漫，炮声隆隆，
> 英勇的骑兵往前冲。
> 刀闪寒光，马似蛟龙，
> 猛冲猛打立战功！

擦着、哼着，他不禁回想起许多激烈的战斗场面。六年里，究竟经过多少大小战斗，他无法记清，但有些激烈的战斗还历历在目：有时是敌强我弱，以少数兵力，对付人数众多、火力凶猛的敌人；有时要打突击战、攻坚战，抓紧战机，歼灭敌人。在那样紧急关头，作为一个基层指挥员，十万火急的任务压下来，就要勇于挑重担，绝不可彷徨动摇，绝不可有一点私念，只有赴汤蹈火，奋勇向前，坚决消灭敌人，才能获胜……他回想着，浑身都来了劲，那时真干得痛快。

屋里暗了，焦昆挪坐到窗边，他由战场又想到当前，现在修复工程上马了，真不亚于打仗，突破了一个困难，前边又摆着新的困难，还得像从前那样，打完这个战斗就得接着打新的战斗……

他擦完枪走出宿舍，想到变电所去看看；走到街上，遇见了林秋妹。

林秋妹穿着一件新做的黄花小袄，外边罩着一件蓝衣服，利利落落，显得很秀气。焦昆问："秋妹，你怎么还没回家？"

"我到苏大伯家去了。"林秋妹说，"听说你也下水了，那么凉的水，没把伤口冰坏呀？"

"不会。"焦昆有意岔开话题说，"通电了，坑道里也开始抽水了，修复工程规模越来越大，将来还要开工生产，你打算做什么工种？"

林秋妹想了一下说："我还没想好，工种那么多，不知道哪个工种适合。我看妇女可以去开罐笼机，将来我去开罐笼机吧。"她趁机提出要求。

焦昆认为她可以胜任这工作，便毫不迟疑地说："对，你可以做一个罐笼司机。那个工作很重要，矿工们要坐罐笼上下坑，材料要用罐笼往里送，矿石要用罐笼往外运，干那个活，责任心要强，要稳重细心。"

经焦昆这样一说，那个岗位更使她向往，她鼓起勇气说："派我去吧，我一定努力干好！"她相信自己能把这工作干好。

焦昆笑着说："好，有志气！怪不得你妈拿你当儿子看啦。"

林秋妹也笑着说："我妈可不这样看，她说丫头终究还是丫头，顶不上儿子。"

"现在不是她那个时候，已经解放了，男女平等，一样劳动，一样待遇，还分什么姑娘儿子，一样嘛。"焦昆说。他对秋妹还像六年前一样，在他眼里，她仍然是个天真的小姑娘，他又说："你忘了没有？我在你家养伤的时候，跟你讲起解放区的生活，你非常向往，恨不得一下就跑到解放区。现在你的愿望实现了。"

林秋妹微笑着说："当时还体会不深，你走以后，俺家的日子越来越苦，我更想去解放区了。"

焦昆是秋妹生活道路上的第一个老师。六年前在她家养伤时她虽然才十五岁，可是穷人的孩子早当家，已经跟爸爸尝尽了生活困苦的滋味，她受了妈妈的影响，认为穷人命苦，生在穷人家就得受苦。当时她向焦昆讲过这个意思。焦昆告诉她，穷人受苦不是命苦，是日本鬼子和中国地主、资本家的压迫造成的，又多次向她讲了些解放区的生活。她当时认为有道理，可是还不够清楚；这几年随着年龄的增长，逐渐看清了，确像焦昆所说的那样，穷人的苦都是那些有钱有势的人给造成的。她越来越恨那些有钱有势人和黑暗的旧社会，越来越向往解放区的生活。现在解放了，翻了身，心里充满喜悦。她爱跟焦昆在一起谈谈，觉得每谈一次都受到一些教育和鼓舞。

焦昆看秋妹积极要求进步很高兴，也喜欢跟她谈谈。他说："我听你苏大伯说，你曾经想出去闹革命，现在你当了工人，这就是参加了革命。"

"当工人能算参加革命吗？"秋妹有些不解，询问地望着焦昆。

"当然算！"焦昆肯定地说，"在旧社会当工人是为了挣钱糊口，现在可不能这样看了，应该看作是革命的分工，工人搞建设就是为了革命事业，跟其他革命工作一样重要，一样光荣。你应该以革命者的标准要求自己，一切都要从革命利益出发。"

林秋妹认真地点点头，暗自在心里记住了焦昆的话。自从上工以后，她就暗暗以焦昆为榜样，可是不知从哪儿学起，现在听了他的话，觉得有些豁然开朗，决心学习他那种大公无私全心全意为革命的崇高精神。

来到岔路口，她跟焦昆分手往家走去。上岭后她回头望望，见小镇里一片灯光，心里感到无比爽快，此刻，她见什么都喜欢，觉得生活太有意义了。

二十一

通了电，给修复工程创造了条件，施工力量加以调整，恢复工作以新的步伐向前迈进，施工现场更紧张了。

矿山办公室里跟施工现场一样，也忙得不可开交。干部增多了，各科室都搭起了架子，但没有人到现场去，都在办公室里，有些人在伏案抄写、计算，有些人在开会，打字机噼啪噼啪不停地响。电话铃叮叮当当不断。最热闹的地方要算供应科，现场的领料员，施工的班组长和戴着柳条帽的工人，川流不息地来要材料。领到材料的人高高兴兴地走了，领不到的人，有的求爷爷告奶奶般地央求，有的暴跳如雷地吵嚷，那位供应员却稳坐钓鱼台，不论你央求或吵嚷，他都声色不动，不慌不忙，让人哭笑不得。

供应科长冯文化独自坐在里屋，他今天把脸刮得净光，披着那件灰大衣坐在靠椅上，吸着烟卷，静静地审查材料计划。为了怕人进来打搅他，把门关得严严实实，门口还贴着"未经许可，不得入内"的条子，因为外边还有供应员挡驾，因而谁也见不到他。他已经听惯了吵闹，不管外边闹得多激烈，仍然安之若素。

冯文化正在思索，忽听有人推门而入，他很不满意地回头一看，见是焦昆，便微笑地说："嗬，是你老兄啊。"

焦昆说："到你这屋里来可真不容易，门关得那样严实，门口还贴上布告，不简单！"

"我这里像个闹市，"冯文化笑着申辩道，"每天吵吵闹闹的，若不关严，你什么事也办不了。"

焦昆坐下说："你们若是继续这样搞法，这儿不仅是闹市，还会成为练武场呢。"他半开玩笑地说。

冯文化笑笑说："那你让我怎么搞法呢？希望你给提提意见！"

焦昆说："我看最好的办法是你们下工地，那样一来，施工的领料员就不会到这里来吵了。"

"这样搞人还不足呢，哪有人下工地呀！"冯文化像以攻为守似的说，"供应工作就是这么个倒霉的差事，为人家服务，一不周到人家就吵闹，特别是在当前，解放战争正在进行，从国外进不了口，国内也收不到货，跟上级要上级不给……哎，老兄啊！我这个供应科长实在难当，难哪！难哪！"

又是这么一套，这话焦昆已听他说过多少遍了。焦昆瞧着矮胖的老冯想，毫无疑问，供应科长很聪明，熟悉供应业务，对于怎么样应付工作，比他有办法，可是他的聪明用得不是地方。便说："老冯，你把门关得严严实实不跟人见面，那几个部下善于要手腕，扯皮，像老爷似的对付人，一般人可真对付不了你们。"

冯文化被刺痛了，锁紧眉头背靠在椅子上，露出一些不以为然的神情。

冯文化的神情使焦昆感到烦闷，觉得再不能跟他开玩笑了，便认真地说："老冯啊，施工人员对供应科有不少意见。当然，这些意见中有的带有片面性，有的不够准确，他们只顾施工的需要，对供应科的客观困难考虑不够。在当前的形势下，要想完全满足工程的需要，确实存在很多困难，不能对供应科有过高的要求。可是，你们也不能拿这个做挡箭牌，总是强调困难，过于强调困难就会影响工作的积极性。"

冯文化说："供应科的工作是存在问题，材料满足不了需要，但是我和科里的同志，工作积极性还是很高的，大家都忙得很哪！"

"这一点我不否认，供应科的同志们像其他职工一样，工作热情都很高。"焦昆直爽地说，"供应科的工作是有成绩的，但是在看到成绩的同时，也要看到问题。依我看，供应科最主要的问题是缺乏为施工服务的思想，高高在上，不了解实际情况，不主动去帮助施工现场解决问题，而是在那里应付，耍手腕，搪塞扯皮，这不是共产党人的作风。"

冯文化听焦昆把问题提得这么高，有些受不了，但仍然不动声色地说："你说得过于严重了吧。"

"不，我说得一点也不过火！"焦昆是个爽快人，有话就照直说，"老冯，我问你，你们对施工现场情况了解多少？对材料运用情况又了解多少？因为你们不了解情况，有限的材料不能按轻重缓急去分配，而是感情用事，看人下菜。有的单位善于办外交，领的材料用不了放在那里；有的单位急用而领不到，只得停工待料。材料困难是事实，可是有些东西并不是解决不了的，比如说矿工戴的柳条帽，工人都给提供了线索，你们并没有及时去联系购买，还是强调困难。"

冯文化确实不了解情况，对焦昆说的情况没法回答，只好拿出本子把柳条帽的问题记下来。

焦昆说："老冯，你们应该转变作风，多深入现场，要教育你的部下树立为生产服务的思想，为生产服务，可不能把它看成是为哪个人服务……"

外边又有人跟供应员争论起来，声音很高，屋里听得清清楚楚。只听那人说："……我们等着急用啊！不然就要停工待料了！"供应员说："你们上月没有计划，停工待料由你们负责，怪不着我们！"那人说："一个月的工程计划，我们用二十天就完成啦，没来得及！"供应员说："你们没来得及做计划，我们也来不及供应，别吵吧。"那人说："我看仓库里有线材，有三寸钉，也有洋灰，就发给我们吧！"供应员说："那要留给修配厂，人家有计划！""修配厂还有很多存货，用不着！"供应员说："如果人家用着了怎么办？"对方忍不住地高声说："如果，如果，你们不好去了解一下呀？……"

焦昆忍不住地说："老冯，你听听！人家要停工待料了，你们却无动于衷！"

冯文化微微一笑说："领材料的人都会夸张，都会把问题说得严重些。我们强调计划目的就是为了制止乱，乱是当前最突出的问题。邵副矿长几次强调，机关管理部门目前的首要任务，就是要跟混乱、跟游击作风作斗争！"

焦昆听了很生气，暗想，矿山当前的根本任务就是修复工程，一切工作都应该推动建设，怎么能离开建设工程去搞别的呢！他不想争论这问题了，想跟他谈谈木材的事，刚提个头，冯文化就接上说："木材问题，我们早已向公司供应处报去计划，并且打了一次专题报告，我又亲自去了一趟……"

焦昆说："我不是问你这些手续，我问你到底什么时候可以解决。"

"我们尽快解决！"冯文化又摊开两只手说，"可这是上级的事，我也没法下保证，我们紧催点就是了。"

焦昆十分认真地说："老冯啊，木材可是个大问题。现在修复工程开始转入地下，不久就要展开更多的工程，矿井里的木棚、支架大部分都烂了，不重新搭好人就不能下去，巷道里的运输线也需要很多道木。木材不能保证解决，将来会使修复工程停顿，那就不堪设想了！"

"我知道这问题很大。"冯文化也很认真地说，"我也非常着急。老焦啊！工程这一早上马，可真够我们供应科受的。"

焦昆说："除了请求上级以外，是不是再想点别的办法？"

冯文化摇摇头说："木材的需要量那么大，上级不给解决，哪里有别的办法可想？"

外边电话铃响了，一个职员探进头来告诉冯文化有电话。冯文化站起来准备去接电话，焦昆知道再谈也是白搭，只好告辞走了。

焦昆刚出门，牛乐天手里拿一个挑筐，正跟焦昆相碰。其实两个人互相都认识，由于过去没直接接触和出于戒备，双方都装作不认识。经旁边的一个职员给他们介绍了后，牛乐天眯缝着眼睛，故意奉承地说："焦主任！咱们虽说没见面，你的大名我早久仰了。到我们那去喝酒的工人，没少夸赞过你。焦主任真是个人才，叫人敬佩！"

焦昆对牛乐天的话十分厌恶，但有意微笑着说："我哪里是什么人才。你拿挑筐做什么？帮我们买货吗？"

牛乐天举起挑筐给焦昆看，说："矿里开工了，正用这个，你看这筐编得多么结实，这也算我为修复矿山出一分力吧！"

焦昆看看那个筐，称赞地说："筐编得不坏，牛掌柜对修复矿山这样关心，太好啦，这给矿山帮了很大忙。"

"哪里，哪里！"牛乐天晃着肉头脑袋，笑眯眯地说，"俗语说：'守山吃山，靠海吃海。'矿山兴旺了，镇里就会繁荣，我这小本生意就能借光。矿里要用着我牛乐天，我愿尽力而为。"

焦昆意味深长地说："牛掌柜做生意手段高强，联络很广，今后还得多帮忙。"

牛乐天得意地说："我牛乐天干别的不行，跑个腿，拉拉经济还行，有个小来小去的东西，矿里买不到，尽管告诉我好了。"

焦昆暗想牛乐天真会钻营，这么快就给供应科打上了交道，这要提醒冯文化提高警惕。见牛乐天跟供应员谈买筐的事去了，焦昆也走了。他走到行政科，人都不在，屋里只有个梳着两条辫子的姑娘守在那里清闲地看报，看见了焦昆，有礼貌地站起来，告诉他说科里的人都开会去了。他来到秘书科，见打字员正在忙着打字，有两个小伙子正在校对文稿。焦昆往对面的办公室里望望，那屋子坐满了人，计划科长、严浩、张学政等人都在座。他想，干部全蹲在上面，工作怎能进行得好？他皱了皱眉，径直走向矿长办公室。

唐黎岘和邵仁展正在研究事情，见焦昆进来，都跟他招呼。焦昆坐下后说："现在干部不算少了，应该让他们充分发挥作用啦！"

唐黎岘看焦昆的神色，预感到他可能要开炮了。

邵仁展瞧着焦昆问："这话从何说起呀？"

焦昆说："我是从施工现场的角度来看机关的。机关的科室越来越多，干部也越来越多了，可在现场很少看到他们。干部每天都蹲在办公室里，跟纸张和笔墨打交道，高谈阔论，纸上谈兵，唯一跟外界联系的是电话。施工人员找上门来，不是打官腔，就是支吾搪塞，互相推脱，处理问题拖拖拉拉，这怎么能行呢！"

邵仁展微笑地说："机关里是存在一些问题，不过你的话太偏激了，这恐怕是你只考虑施工方面，没考虑到机关的性质。管理工作就是这个样子，现在管理机构还不健全，干部还没有配齐，工作没走上正轨，对它要求过高是不实际的。"

"今天我不是来全面评价机关工作，而是提意见！"焦昆有些激动地说，"管理机构是为建设服务的，一开始就应该树立这种思想；现在可倒好，不管施工人员怎么样着急，有些管理人员却无动于衷！"

唐黎岘在这期间把精力主要放在建立党组织、教育职工和组织施工上，机关行政工作主要是靠老邵去抓。组织机构逐步建立起来，问题也随着出现了：大家都蹲在办公室里搞规章制度，这些规章制度不是从实践中总结出来的，而是照搬人家的，订立一些规章不是面向施工，而是约束施工。出现这种情况，主要还在于老邵的主导思想不对头，因此他欢迎焦昆尖锐地提出这一问题。他向邵仁展说："基层来推动机关了，我们的机关确实存在不少问题，推动一下好哇！"

邵仁展一心想把工作纳入自己所设想的轨道。工程已经上马了，虽然进展很快，有些成绩也使他高兴，可是他不赞成焦昆那种干法，觉得乱，觉得这不像个搞工业的样子。现在他由机关管理抓起，准备首先在科室搞出一套办法，然后再贯彻到下边去。焦昆有意见并不使他感到意外，他接过唐黎岘的话不紧不慢地说："欢迎基层来推动，机关也非常需要推动。不过，机构不完善，还没有武装好，在上边有许多工作要做，比如说，管理制度啦，业务细则啦，都需要拿出时间去搞。我们现在是管理现代化工业，要有一套管理办法。"

焦昆跟唐黎岘交换了一下眼光，并不让步地说："要搞出一套管理办法是对的，但我认为只能通过实际工作逐渐去形成，不能闭门造车。许多管理人员连坑道是个什么样都不知道，对修复施工情况一点不了解，还谈得到什么管理。现在应该把有限的力量用在刀刃上，一切为了修复施工，特别是严浩、张学政那几个技术人员，不让他们集中力量解决重点施工的技术问题，而让他们蹲在办公室里，搞什么科学管理，总是在那里纸上谈兵，这不妥当！"

邵仁展觉得焦昆这意见存在片面性，认为焦昆只看到施工，没看到别的。他对焦昆直爽地跟自己争论感到不快，但也没往心里放，认为焦昆缺乏工业管理知识，有些偏激不足为奇。他耐心地说："老焦哇，你光从你的岗位来望全景，那个高度是不够的，应当高瞻远瞩，全面去看问题，不能仅仅考虑眼前的问题，要看到发展远景。我们是在办现代化工业，要讲究科学，不能用领导游击队的办法，也不能用领导手工业的办法来领导大工业。"

邵仁展这番话，唐黎岘听了觉得很不妥当，忍不住插言说："领导游击队的办法有许多好东西，在工业上也应该运用，比如说像依靠群众，充分贯彻群众路线啦，掌握革命主动性啦，通过实际斗争锻炼干部，一切为前线服务啦……这都是非常好的传统，在工业建设中我们不仅不能忘掉，还要很好发扬才对！"

邵仁展见唐黎岘支持焦昆，心想焦昆本来就偏激，你再支持他，他就更偏激了。

焦昆看唐矿长支持自己，心里很高兴，继续跟邵矿长争论说："科学是要讲究的，我以为一切应从实际出发，实事求是才是科学态度。我们要修复坑道，首先要派技术人员下井去调查，去勘测，那里边的情况很复杂，如何尽快排出水，如何修整巷道，如何充填危险的掌子，怎么样通风……还有许多名堂我说不清楚，这一切都需要技术人员去解决，不去研究具体作战方案，肯定打不了胜仗。"

这时，薛辉进来告诉焦昆说有施工人员来找他，他点了点头站起来说："我希望领导上考虑我的意见，机关要面向工地，要充实施工力量！"说完扣上大衣纽子向外走去。

邵仁展目送着焦昆，心里很不愉快，待他走后转脸向唐黎岘说："我们要注意帮助焦昆，有人说他傲慢，我看他是有些骄傲，任其发展对他没有好处。"

唐黎岘没料到他这样看焦昆，便说："我不那样看，焦昆爱直爽提意见，有时也不大注意方式，这是事实；但是我愿意每个干部都像他这样直爽，像他这样负责。我不担心焦昆这个，我倒怕他将来经过长期的和平生活，不知不觉地会磨掉棱角，失去革命朝气，失掉对生活的敏感，学会了世故圆滑，对革命工作也就不再那么负责了。"

邵仁展对唐黎岘的话不以为然，默默吸了几口烟说："一个人变油滑了是不好的，但是太自负了，也会把干部毁了的。焦昆责任心强，工作有魄力，有办法，但也因此而自负，看问题主观、片面。老唐啊，可不能助长他的自负情绪。"

唐黎岘说："暂时还不能说他自负，他看问题是否完全准确自然难说，因为对谁都不能这样要求，但今天他提的意见值得我们很好考虑。他是负责施工的，整天在下边转，在基层和施工现场，更容易看清机关的问题，旁观者清啊！"

沉默了一会儿，邵仁展说："这些日子，管理干部到工地少是事实，因为管理要整顿，不能总是忙乱地搞。我认为某些科室还搞得不错，就说供应科吧，搞的一些制度是有效果的，已经开始纠正了无计划的状态。"他熄灭了烟说，"前些日子我到公司去的时候，听说许多单位都在争论工期呀，如何管理呀，问题的焦点都在'乱'字上，乱的根子就是游击作风。这说明了有些同志刚转业，他那套工作方法跟管理大工业还不相适应。"

唐黎岘听邵仁展又提出游击作风问题，这话邵仁展已说了好几次，也听别人说过，有些人对凡是不合乎他们口味、不按他们主张办事的，就都说成那是游击作风，加以反对。他想，游击作风是不好的，党已经提出要纠正游击作风，可是究竟什么是游击作风呢？难道那种革命精神、战斗作风、搞群众运动、讲究工作实效也算是游击作风吗？而那种脱离实际，硬搬资本主义管理工业的办法，又是什么作风呢？他准备要跟邵仁展好好谈谈，这时，薛辉推门说公司刘经理来电话找他。

耳机里嗡嗡直响，对方的声音很小，但很严肃："这里有人告你们一状，说你们通过非法手段搞了两辆汽车去，你知道吗？"唐黎岘愣住了，根本不知道有这事。对方要他查清情况后马上给回电话，他放下耳机向薛辉说："去把冯文化找来！"

冯文化来了，看见唐黎岘的脸色很严肃，丈二和尚摸不着头脑，站在那里直打量着矿长。

唐黎岘问："我们扣下了公司的汽车吗？"

冯文化一听问这个，吃了一惊，只好如实地把情况说了。原来他们在五天前通过熟人由公司供应处借了两辆汽车，当时说只送一趟货，到这里后就没让它回去，一直用到现在，并且打算把这两辆车长久留下来。

唐黎岘听罢非常恼火，严峻地盯着冯文化说："乱弹琴！我们需要汽车，可是我们也要考虑上级的困难，现在战争正在进行，追击敌人、运送弹药都需要汽车，公司有几辆车，到处都需用它解决迫切问题，我们不能只考虑我们的局部利益；就是要车，我们也要正大光明，不能耍手腕，绝不应该采用这样先斩后奏，造成既成事实、要挟领导的办法。这种做法很不好，太不好啦！"

冯文化不服地说："我们只有一辆汽车，要运材料，又要运粮食，还要运生活供应品，实在运不过来；几次跟公司要，公司也不给，不得已才采取了这个办法。公司应该体谅我们的困难，我们是重点工程嘛！"

"重点工程就可以胡来吗？奇怪的论调！"唐黎岘站起来转向邵仁展说："老邵，我看应该立刻把汽车送回去！"

"嗯。"邵仁展对冯文化这种做法也不满意，刚表扬了他，他就出了问题，这使他感到难堪。但他觉得对冯文化也应该同情，因为的确缺少汽车嘛。

唐黎岘要通了电话，向公司做了检讨，并表示马上把汽车送回去。刘经理考虑到矿山的运输困难，决定留给矿山一辆，另一辆马上送回。他放下耳机，向冯文化说："公司为了照顾我们的困难，答应给我们一辆，另一辆你马上送回去！"

冯文化仿佛早就料到了似的，嘴角上挂着微笑，瞧了邵仁展一眼就出去了。

唐黎岘见冯文化对公司调给矿山一辆汽车很得意，老邵对冯文化的作风也未加可否，心想他嘴里喊反对游击作风，对游击作风却视而不见；这种不顾整体，只顾本位，办事不正大光明，跟上级要手腕，自作主张，搞分散主义才是真正的游击作风哩！这时电话铃声又响了，不一会薛辉进来说："焦主任在五号大井来电话，说他们正搞矿车链子试验，问你们去不去？"于是两人一同去了五号大井。

二十二

坑道里电灯明亮，轻便铁道上停着一排矿车，矿车里装满了污泥，矿车与矿车之间用挂链连起来，准备往井外拖。矿车边上站了一群人，焦昆也站在里边，他浑身上下溅满了泥，正认真地在察看准备情况。

唐黎岘和邵仁展来了，跟他们一起来的还有薛辉。焦昆见两位矿长都来了，向工人们挥挥手说："大家都往后撤，马上开始！"

工人听焦昆下了命令，马上打开电门，一排矿车被拖起来，呼呼隆隆往上升，越升越高，刹那间就到了矿井的半腰。

焦昆、唐黎岘、邵仁展和所有在场的工人都出神地望着，矿车升得越高，他们越高兴。这个挂链虽小，却是当前修建的关键，因为坑里的污泥、烂木头都要往外运，将来生产矿石时井内运输量非常大，非用这种挂链子不可。过去用的是日本货，现在国内还没造过，使用代用品负荷量低，又爱出事故，严重影响工程的进行；如果自制成功，可就解决一个大问题，因此大家都盼望搞成功。

众人望着望着，忽听咔嚓一声，挂链子断了。"呀，坏了！"人们刚喊出声，只听山崩地裂的轰隆一声，几个矿车被摔得粉碎。

邵仁展怒冲冲地向焦昆说："你看，摔坏了矿车，险些砸伤了人，这……这简直是胡闹！"

焦昆没有吱声，工人们站在一边，默默不语地瞧着那摔碎了的矿车。邵仁展扫视了大家一眼，想了想又说："算了吧！矿里已经向公司提出请求，上级答应设法给我们解决，等着吧！"

焦昆坚定地说："不要等，应该继续搞！"

邵仁展没有理睬焦昆，转脸瞅瞅唐黎岘，唐黎岘又瞅着苏万春。

苏万春穿着一身挂满铁锈的青衣服，黑里透红的脸上抹着一条条黑道道，站在小铁道上，两眼凝视着摔坏的矿车沉思。自上班以来，他克服了许多困难，制作了一些工具，又经过刻苦钻研修好了十几台凿岩机。一星期前焦昆向他讲起矿车挂链子解决不了，已经使施工受到威胁，他一听就自告奋勇地进行制造；这几天日夜苦思，在炉前进行反复锤炼，花费了多少心血，流了多少汗，今天抱着很大希望来试验，结果链子不成功，反而摔坏了矿车，他心里难过极了。

沉默了一阵，唐黎岘问："苏万春同志，你打算怎么办？"

苏万春转脸瞅瞅两位矿长，又瞧瞧焦昆和工人们说："我还想要搞！不搞怎么能行，坑道里的工程越来越大，都得用矿车往外拖，挂链子搞不好，就要受严重影响，我看着心急呀！"

唐黎岘感动地拉住苏万春的手说："你想得好！你这种勇于承担责任的精神很好。世界上的东西都是人做的，人家能做，我们为啥不能做？要有雄心，有志气，希望你把它搞成功！"

焦昆也鼓励他说："为这事我急得上火，你干吧！有什么要求你就吱声，我设法帮你解决，你若是把挂链子搞成，那可太好了！"

唐黎岘又跟焦昆和苏万春交谈了一会儿，领薛辉同苏万春坐罐笼出了大井，奔向修配厂。

三个人过了陡坡沟，一下沟就看见了老君庙。庙修得富丽堂皇，用黑褐色的岩石砌座，上面全是白色大石条，顶上是黄色的琉璃瓦。庙后有两棵大松树，枝丫茂密，绿生生的针叶，风吹过来，就发出低沉的呜呜声。庙前有个戴着狗皮帽子的女人，正跪在那里焚化黄表纸。

苏万春眼尖，离老远就认出是他娘，立刻感到不好意思。是呀，他已经入了党，娘还来烧香磕头，多么不光彩。他放开嗓子喊："娘，你又来烧香磕头来啦！"

苏大嫂正在求太上老君保佑她的男人、儿子、老二福昌的安全，保佑所有的矿工不遭惨祸，忽听万春喊叫，抬头一看，见来了三个人，又见其中还有唐矿长，暗吃一惊。她怕万春那个犟小子唠叨起来，使她在唐矿长面前丢脸；可是想躲已经来不及了，只好硬着头皮站起来，红着脸向唐黎岘打招呼。

唐黎岘笑着说："你刚才是在做什么呀？"

苏大嫂窘迫着，脸更红了。

苏万春埋怨地说："俺爹吵你多少次，你就是不记着。现在解放了，更不讲究这个，你还来烧香磕头，老落后！"

苏大嫂迷信太上老君有年头了。在旧社会里，她看到多少矿工死在洞子里，扔下多少寡妇孤儿，她怕极了，所以男人一下矿井，她总是挂在心上。一个妇道能有啥办法，觉得只有求太上老君保佑自己的男人和儿子。每逢初一、十五，她都悄悄地拿着香蜡钱纸去拜老君，为这个，她没少挨男人吵，可是她还是继续去烧香磕头。今天又是十五，早晨男人上了班她就想来，但她知道如今不兴这个，又有些犹豫，最后还是偷偷来了，偏给唐矿长和万春他们遇上了。

她怕万春再唠叨，使劲瞪了万春两眼，想制止他再说话。

苏万春哪里怕她瞪，越瞪他越不高兴，噘着嘴说："还瞪人家呢，大冷的天，你在家里干点什么不好，跑到这里来丢人现眼！"

苏大嫂没想到万春这样不给她留面子，很不高兴地说："我给你们爷儿们丢了什么人？你怎么这样说话？"

苏万春看娘恼了，有些不知所措。薛辉上前替他帮腔说："大娘，这是迷信，净瞎扯，哪里有什么太上老君，都是骗人的。"

苏大嫂看薛辉也帮儿子说自己，心里更加不快。

唐黎岘看他们闹僵了，赶紧向苏万春说："你们这些年轻人就是不体谅人，你娘不怕挨冷受冻跑了这么远，还不是为了你们爷儿们。道理不是一下子就可以讲通的，慢慢来嘛，你娘是个明白人，以后就不会信了！"

苏大嫂听了这话心里感到痛快，她又瞪了万春一眼，那意思是说：瞧，人家唐矿长说的话多么着人听！为了摆脱窘境，赶紧圆场说："我也知道烧香磕头没有用，可是，唉，唐矿长啊，你可没看见过，在小鬼子时代，三天两头出事，一出事就不是一个人遭难，可吓人了！来烧个香讨个吉利，解个宽心。解放后我可一次没来，今天是第一次，我寻思，嗯……"

苏万春接过来说："又是来讨个吉利，解个宽心。现在也不像过去那样了，你怕啥。"

苏大嫂看万春又顶撞她，斥责他说："你少说几句，谁还会说你是个哑巴吗？讨厌！"

唐黎岷安慰她说："过去你是给吓坏了，没有办法才来求神保佑；现在解放了，矿里不会再要工人冒险作业了，我们第一条就是保障矿工安全，今后你就放心吧！"

苏大嫂说："是呀，咱一个妇道人家就是心路窄，有啥法，就得……嗯，这个也没用。现在我知道不像过去了，有你唐矿长在这里，工人可好了，我已经放了心。"

唐黎岷笑着说："我倒不顶啥，现在有了共产党领导，工人当了矿山主人，再也没人逼他们去拼命了。搞好建设和生产安全还要靠大家，你们家属也有一份。比如说，照顾好工人的生活，让他们吃得饱睡得足，不用他们为家务操心，让他们一心一意搞建设，他们心情舒畅，精神集中，就会减少事故。"

苏大嫂听唐黎岷谈起这个，就不再发窘了，微笑着说："俺家的工人什么心也不用操，回家来把一切都弄得好好的。"她喜笑颜开地跟唐黎岷又唠了一会儿，临走时还热情地请唐黎岷到她家串门。

唐黎岷到神龛前看了看，见台上刻着"康德七年①修"，庙很坚固，他看到里边的塑像已经被孩子们给搞得缺胳膊少腿的，便幽默地说："太上老君连自己都保不住，还顾得上保佑人家？"

苏万春说："这玩意儿根本就是骗人的把戏，那时候日本鬼子用杀鸡取蛋的办法采矿，到处乱采乱掘，搞得掌子面凸凹不平，也不好好搭支架，人在下边采矿，不知什么时候顶上就掉下石头

---

① 康德七年：康德，伪满洲国所用年号。"康德七年"指一九四〇年。

砸在你头上，三天两头砸死人。有时候大冒顶，山崩地裂地一声响，一下子就砸死几十个人，扒出来后尸体都认不出来。当时有人编了这样一支歌：'矿工家穷人又瘦，地狱里边度春秋。三面石头夹块肉，不知何日砸里头。每当提起黑石沟，工人两眼泪交流。谁知工人死多少，万人大坑还不够。'日本鬼子和把头，不想办法防止事故，反而骗人说，坑道里砸死人，是山神蛇精作怪，要修庙进香，供奉太上老君镇山除邪，才能保佑安全。有些人就信了他们的，有的人明知这是骗人，但被不断的惨祸吓坏了，也愿意讨个吉利。也有人反对这一套，可是小胳膊扭不过大腿，日本鬼子和把头强迫出钱，修了好几座庙，鬼子和把头每月还要工人拿一笔祀神钱。"

唐黎岘问："每月要拿多少？"

"一个人要扣一元左右。"苏万春继续说，"一个把头管三四百人，每月就是三四百元，谁若是不拿，把头就找岔子整你。修庙的时候，俺爹反对，挨鬼子好顿打。古尚清大叔是电工，不经常下洞子，让他拿钱他不肯，说了几句气话就被警察抓去蹲了三天拘留。他出来后气没消，夜晚偷着推倒了庙，砸碎了神像。"

"干得好！"薛辉在一旁高兴地说。

苏万春摇摇头说："不顶事呀！过了不多日子，黑石沟的坑道里发生了个大冒顶，砸死三十多人，鬼子和把头说是因为有人推庙砸神，把太上老君惹火了，报砸庙的仇。那些混蛋一边散布谣言，一边追查砸庙的人，又从工人身上要去更多的钱，修起了这座大庙。大庙修起来了，惨祸还是不断。腊月间，鬼子搞大祀典，买了很多鞭炮，四五百人每人拿一根蜡烛，由大把头金大马棒领着，排队到巷道里。古大叔一看机会到了，就跟俺爹商量整他一

254

下，古大叔挑了两根粗蜡走进去，趁大把头放鞭炮的机会，把点着的蜡塞进井口的木棚里。祀完神都回了家，当天下午鬼子发现竖井着火，可抓瞎了，找工人也找不到，气得鬼子暴跳如雷，等救火车嗷嗷叫着开来，四十多米深的大井棚全烧毁了。鬼子把金大把头好顿熊，说是放鞭炮引起的火。"

薛辉称赞说："这一招高，烧了他的井棚，还让他们狗咬狗。"

"这一招确实不坏。"唐黎岘也很称赞。

薛辉建议道："唐矿长，留着破庙干吗，干脆把它推倒吧！"

唐黎岘思索了一下说："暂时让它立在这里吧，过去有些人长期面临死亡的威胁，造成了心理上的恐惧，现在还信这个，推倒庙并不能解决问题，等他们提高觉悟，自己来推倒它吧。"

听了唐矿长的话，薛辉暗暗责备自己的想法太简单，觉得这是自己缺少群众路线作风的表现。

黄昏，唐黎岘从修配厂回来，听说邵仁展的全家已经来到，回宿舍吃了点饭就去邵家。

这是一所日本式的房子，洋灰屋顶，墙壁是黄色的，窗户很大，阳光充足，虽然也遭了破坏，但经过修理后还很美观。这时小窗户敞开着，从里边冒出热气，传出小孩子的笑声。

唐黎岘轻轻敲几下门，门吱一声开了，开门的是一位女同志。看来她很朴实，身材不高，身着蓝色棉制服，除了头上的发夹子外，没戴一件装饰品。白净的脸膛，衬着一双黑黑的眼睛，她笑吟吟地欢迎客人。

"若是我没有猜错的话，你是黄玉芳同志吧？"唐黎岘望着她说。

对方微笑着说："我是黄玉芳，您贵姓？"

唐黎岘作了自我介绍后，黄玉芳往旁一闪，亲切地说："唐矿长，请进屋！"

唐黎岘跨进门，知道邵仁展还没回来。他环视了一下屋子。房间是新粉刷的，墙壁很白，还散发着石灰的气味。顺北墙边放着两只旧皮包，皮包上放着一堆书，靠窗边放着两张床，一个小姑娘，一个小男孩，肩挨肩地坐在床上，都瞪着黑溜溜的眼睛瞧着他。唐黎岘向两个孩子努努嘴，女孩笑了，男孩仍然好奇地望着他。屋里的摆设虽然很简单，但使人感到舒适温暖。他从黄玉芳手里接过烟，点着了问："邵大嫂，你们几时从哈尔滨动身的？"

黄玉芳还不到三十岁，比唐黎岘小得多，听他叫自己大嫂，有些不自然，腼腆地笑笑说："动身很早，因为铁路还没恢复正常，路上走了十多天。"

唐黎岘看黄玉芳腼腆的样子，也微微一笑地问："你从前干什么工作？"

听黄玉芳说她是小学教员后，唐黎岘高兴地说道："教员，好哇！这是个非常光荣的工作，咱们矿区就很需要教员，你的人事关系转来了吗？"

"转来了。"黄玉芳说，"但老邵的意思不叫我再当教员，让我先在家里照料一下家务，等安定了后再说。"

唐黎岘感兴趣地问："你的意思呢？"

"我吗？"黄玉芳微微一笑说，"我还没有想好。"

唐黎岘觉得这两口子很有趣，邵仁展是个刚愎自用的丈夫，黄玉芳是个温柔文静的女性，不用说，老邵当然是一家之主，黄玉芳一定是听丈夫摆布的。他想，目前正是革命大发展时期，到处需要干部，要求每个干部都保持革命热情；在家待长了，革命热情就会减退。他吸了几口烟，稍一考虑后说："教师是个很光荣的工作，尤其是在当前社会大改变时期，更显得重要。旧社会是用封建主义和资本主义思想去教育人，日寇侵占时期又进行奴化教育，现在我们要用新的思想去教育下一代，解放区非常需要革命教师，你最好是继续从事教育工作。"

黄玉芳表示同意地点点头，她的脸红了。为了摆脱窘境，她问："唐矿长，你的爱人在哪儿工作，也在矿山吗？"

唐黎岘说："我爱人是个军医，她像其他军人一样，固执地要留在军队里；全国不解放，她不想离开军队。"

黄玉芳说："可以调来嘛！矿山也很需要医生，现在的条件比过去好了，和前几年不一样啦！"她说完文静地笑了。

唐黎岘说："革命同志，首先要服从组织分配，另外，各人的事应该由自己做主，她有留在军队里的愿望，我就应该尊重，你说呢？"

黄玉芳赞同地说："应该这样，不过，还是把她调来的好。"

唐黎岘笑笑说："我倒不这样想，只要她愿意在前线锻炼，我是非常赞同的，一个人要有事业心，要有自己的主见。"

黄玉芳听了唐黎岘这话很有些感触。邵仁展对她的愿望可不大尊重，她当了六年多小学教员，对孩子们充满感情，热爱自己的岗位，老邵却看不起她的职业，没跟她商量就给她辞退了哈尔滨的工作，让她匆匆忙忙地搬来了这里。

唐黎岘看黄玉芳不吱声，也就不说了，吸起烟来。因为黄玉芳提起他的爱人，现在他就想起了她。

唐黎岘的爱人名叫沈立敏，原是北京医科大学二年级的学生。她父亲是个进步教授，她本人是地下党培养的积极分子，在一次学潮中被捕入狱，后来敌人为抓捕党员，把她假放出狱。地下党为了使她不再受迫害，又因为前线需要医生，就把她送到军队。她到职后接触的第一个病人就是唐黎岘，那时的唐教导员病得很厉害，她感到棘手，心里很恐慌，但是病人热情地帮助她，相信她，鼓励她，在治疗期中使她受到了很好的锻炼，也就在那时两人建立了友情。在唐黎岘刚可以走道的时候，日本鬼子发动了大规模"扫荡"，医院被迫撤退，行军路上跟数倍于他们的伪军发生遭遇，沈立敏几乎被俘，多亏唐黎岘带领几名轻病号机智地打退了伪军，使她脱出了险境。这样，友情发展了，当唐黎岘出院前夕，姑娘大胆地向他表示了爱情，一年后两人结了婚，现在已经有六个年头了。他觉得爱人很年轻，是个知识分子，虽然已经入党多年，但总觉得她缺乏锻炼，因此他认为她想留在军队里的愿望很好，不仅不拉她转业，还热情地鼓励她坚持到底。

两个孩子看妈妈不再跟客人说话，一起扑过来，男孩坐进妈妈的怀里，小姑娘挨着妈妈站着，都悄悄瞅着唐黎岘。

唐黎岘看两个孩子规规矩矩的，很喜爱他们，称赞地说："这两个小家伙真逗人爱，都那么老实。"

黄玉芳爱抚地拍了男孩一下，微笑着说："老实啥，今天是因为来到新地方，又看到了生人，两天以后你再来看，他们会吵得人心烦。"

邵仁展回来了，一进门看见了唐黎岘，高兴地说："老唐，你来啦！"

唐黎岘站起来，笑着说："我来祝贺你的乔迁之喜，同时来拜访你的夫人。"

邵仁展瞧了黄玉芳一眼，说："看样子用不着我再介绍了。"

他在床边坐下，向黄玉芳吩咐道："马上收拾饭菜，把那瓶茅台酒打开，我跟老唐喝几杯。"

唐黎岘摆摆手说："我已经在宿舍里吃过饭了。"

邵仁展说："不吃饭，可以喝杯酒，你来祝贺我的乔迁之喜，怎么能不喝一杯呢！"

"是呀！"黄玉芳插言说，"过个门槛，可吃一碗，反正没啥好吃的，喝杯酒吧。"

说话的工夫，酒和菜都端上来，唐黎岘也想跟老邵谈谈，便一起喝起来，他们一边喝一边唠，唠来唠去唠到了机关管理问题。

唐黎岘说："我们需要认真研究一下机关管理问题，焦昆提出的批评是对的，机关管理存在的问题确实不少。管理脱离实际，不为施工着想，互相敷衍塞责，办事藏个心眼，拖拖拉拉，施工人员有很多意见。"

"问题确实不少哇！"邵仁展筹思了一下说，"依我看，产生这些问题的根本原因，就是管理能力跟修建工程不相适应，物资力量没法满足施工的需要。老唐，现在看来，缺乏必要的准备，只是一味强调快上马是不行的。"

听了邵仁展的话，唐黎岘的心情有些沉重，原来老邵是这样看待施工问题。他说："老邵，你把问题都归于上马急了，我不同意，再等也不会等出科学管理，物资供应也不会充分，工作开初乱点是规律，物资一时满足不了供应是不能责备的，问题在于干部的思想不对头，作风不对头。"

邵仁展喝干了一杯酒，又给唐黎岘斟满酒，直爽地说："老唐啊，你的革命经验丰富，工作有魄力，处理事情老练，值得我学习；可是你不顾工业建设特点，总催着人一个劲地往前扑的做法，我可不赞成。实际情况摆在这里，施工一上马就处于被动状态，这样干下去只会永远被动，压力重啊！"

唐黎岘看邵仁展能直爽地跟自己交谈，心里很高兴，也直爽地说："看来我们的看法不同，感受也不同。我并没有感到压力很重，而是感到形势很好。经过这段斗争，已经通了电，照亮了矿区和小镇，水泵开动了，已经抽出了大量的水，修配厂也修起来，车床开动了，整天都可以听见铁锤响，修复工程开始转到坑道里，这就为修复施工争取了主动。随着施工的进展，也摸索到点管理办法。现在乱是乱点，但并不是很乱，而且这也并不奇怪，工程刚开始嘛！我相信经过实际锻炼，在实践中不断摸索，我们会逐步搞出一套管理办法来的。"

邵仁展摆摆手说："算了吧！我跟客人吵嘴很不礼貌，谈点别的吧。"他拿起酒瓶给唐黎岘斟满酒，唐黎岘喝完这杯酒，把杯子往桌子上一扣，说："这酒真有劲，几杯酒下肚，我的头就晕了，再喝可就醉啦！"

邵仁展也不喝了，吃了点饭就下了桌子。他们沉默了一会儿，唐黎岘说："我早就想跟你交谈交谈，今天我们能这样谈谈，我觉得很好。你是个内行，技术上有一定水平，有许多工业建设知识，又肯积极钻研，值得我好好向你学习。你强调要建立正规秩序也是对的，可是要建立个什么样的秩序，需要研究。究竟建立个以资本主义的管理办法为蓝本的秩序呢，还是建立起无产阶级办企业的秩序呢？"

邵仁展听唐黎岘把问题提得这么高，受不住了。他本来想说唐黎岘脱离实际空谈原则，一划算，觉得自己是个新干部，应该讲究方式，应该满怀热情地帮助对方。但他说话的声音仍还相当高："现在我们没有经验，不吸收人家的一些现成经验怎么能行呢？现在形势变了，任务变了，对新事物要敏感，不善于接受新事物可不行，管理现代大工业就得用管理大工业的办法，用打游击的老办法行不通。"

"你说得很好！"唐黎听邵仁展谈起思想方法，心里很高兴，说，"你这可接触到问题的实质了。一个人不善于接受新事物，就会失去革命朝气。经验多，但不正确对待，也就要走向反面，让它束缚我们的头脑，思想就会僵化，因而故步自封。我需要警惕，可是对你来说，是不是也需要警惕呢？"

邵仁展酒喝多些，头有些发晕，脸色也红了。他背靠着椅子，瞧着唐黎岘。

唐黎岘接着说："我想，你也是需要警惕的。你对我党和我军的艰苦奋斗的好传统和战斗作风，体验得可能还不深，希望你能加强学习。"他停了一下，看邵仁展没吱声，又说，"毛主席教导我们认识来自实践，不认真调查研究，不亲身去实践，凭想象提出的意见必然脱离实际。老邵哇，坦率地说，你对群众不够了解，对矿山情况也了解得不够多，你需要深入下去呀！"

唐黎岘满腔热情，又是一针见血，邵仁展觉得无法应对，酒往上涌，头更发晕，他往椅子上一靠，用手捏着太阳穴。

黄玉芳端着一盘苹果走进来，看邵仁展那样，吃惊地问："怎么了，你不舒服？"

邵仁展摆一下手说："没啥，酒喝多了。"

唐黎岘只吃了一个苹果，便告辞走了。

走不多远，见严浩手里拎了一包点心，扬着头，慢慢地走着。唐黎岘喊了他一声，他才看见唐黎岘，彬彬有礼地说："噢，唐矿长，散步哇!"

"我到邵矿长家去坐了一会儿，你去买点心啦?"唐黎岘说。

"噢，是呀!"严浩瞧了一眼点心包说，"早晨厨房里的饭食我吃不惯，买包点心做早点。"

唐黎岘知道严浩不仅是吃不惯，而且每天早晨他都起得很晚，有时不得不把点心带到办公室里去吃。他劝他说："你把家属接来吧，矿里可以给你拨一套房间。"

"谢谢。"严浩向唐黎岘点点头，又扬起头来说："还不忙，让她们在沈阳待着吧。"

唐黎岘明白，严浩还没有在这里安定下来。他看看表，已经八点半了，想起今天是张学政给他们上技术课的日子，但已晚了半小时，来不及回去取笔记本，便赶紧向教室走去。

教室是在焦昆的宿舍里。唐黎岘进去一看，焦昆和薛辉都在座，张学政正站在小黑板前讲课，他抱歉地向张学政点点头，挨薛辉身边坐下。薛辉已经把他的笔记本带来了，悄悄地递给他。

张学政给他们讲课已经继续一个来月了，开始时是焦昆一人，后来唐黎岘和薛辉都参加进来。他们规定每周星期二和星期五晚间上课，由八点到十点，每次两小时。

张学政看唐黎岘来晚了，向他说："今天是结合孤鹰岭的矿床情况，讲矿床成因。"随后继续讲，"孤鹰岭矿的岩层属于沉积岩区，因此它的矿体规整，埋藏量又多……一座大山的形成都有它的规律，矿床形成也有它的规律，在有关的围岩中形成一条条矿脉，它有一定走向。我们开采就要抓住这些规律……"

三个学生都聚精会神地听着。焦昆和唐黎岘对教员很满意，因为他能针对他们的特点，讲得通俗易懂。

张学政很愿意给焦昆和唐黎岘上课，这两个人在过去为了人民解放，冒着枪林弹雨进行英勇斗争，现在为了建设祖国，如饥似渴地学习技术知识，这使他感动，能对他们有所帮助觉得自己非常光荣。而且这两个学生又非常好教，一讲就通，特别是焦昆，因为他过去当过矿工，讲一点他会联想到好多东西。当然，他们也有困难，一是记不住英文字母，二是记不住那些计算公式，因此每当上课以前都需认真备课，尽量讲得通俗些。

"今天就讲到这里，你们懂了吗？"课讲完了，张学政掸掸身上的粉笔灰说。

"懂了！"焦昆和薛辉同时回答说。

"你今天讲得很好，讲课质量又有了提高！"焦昆满意地补充了一句。

"哪里。讲得不好，希望你们提意见。"张学政虚心地说，接着向唐黎岘说："唐矿长，开头你没听着，我给你补课。"

唐黎岘看看表，已经十点多了，就说："今天太晚了，改日再补吧。"

张学政和薛辉走了。唐黎岘和焦昆两人又谈起了矿山的问题，一直谈到深夜。

二十三

昨天晚上焦昆跟唐黎岘谈得太晚了，只睡了三个来小时。天蒙蒙亮他就爬起来，照例用冷水洗了脸，军衣穿得整整齐齐，束紧皮带，连忙参加连队出操。这是他的习惯，尽管每天山上山下跑得很累，早晨起来他也要同战士们一起去跑步出操。出完操，等他爬上了山，开工的汽笛才响起来。

工人开始上班了。一群群、一队队，不是拎着矿灯，扛着铁锹、撬棍向山上走来，就是抬着大筐、挑着土篮向山麓工地走去。焦昆望着这些工人感到很振奋，情不自禁地想起跟邵副矿长和冯文化等人的争论。他们总是埋怨上马早了，嘀嘀咕咕，可就是看不到主要的一面。矿山在这一段时间做了多少事情？几十里的电线修复了，有了动力；五号大井里的水已排出一部分，并且展开了修整工作；二号大井里也安起了水泵，正在往外排水；修配厂那里已经开始生产；还修复了许多宿舍、运输线路……他觉得检验谁的主张正确，要看实效，要看成果。

焦昆想到这些，眼见工人们的干劲，自己就越有信心。他把山上各处的工作安排好后，就去修配厂。

修配厂还没有完全修好，窗户的玻璃也还没有完全镶上，屋里冷飕飕的，尽管这样，但已经有部分工种开工生产。不远就听见里边传出呜呜的马达声、哧哧的车床响和叮当叮当的打铁声。他听着心里很高兴，在荒凉的矿山里，这是唯一开工生产的地方。

走进厂房，认识他的工人都热情地招呼他。几个新来的工人听说是焦主任，都好奇地瞧着他；他们听过不少关于他的故事，原以为他一定威风凛凛，现在看他也跟平常人一样，只是个头高些。徒工古月娟用细麻绳扎紧袖子，辫子盘在头顶上，正在紧张地操作，她只向焦昆打一声招呼，继续埋头干活。焦昆看她干得很起劲，心想她今后会成为一把好手。他问她苏万春在哪里，知道万春在锻造间后，他就去了锻造间，一到那里，立刻感到火燎燎的热浪迎面扑来，吭吭的锤声震动人心。

屋里灯光明亮，两座炉子靠墙边并排立着，炉火正红，火舌喷出很高。苏万春头戴帆布帽，脖子上系着白毛巾，手里拿一把长钳子，两眼注视着炉里的锻件，脸上闪着红光，显得雄赳赳的。助手小李站在他的身边，一手提着锤，一手叉着腰，睁大两眼瞧着火炉，那架势是单等师傅夹出锻件就开锤。另一盘炉正在打造铁镐，大锤小锤有节奏地锤击，砸得火星飞溅。

　　苏万春的全部精力都集中在造链子上，焦昆走进来他都没注意。焦昆上前刚想跟他说话，这时他用洪钟般的声音喊："注意，开锤！"

　　话音刚落，小李就嗵嗵地砸下去，钢料落进模子里，几锤就成了链子。苏万春喊了声"停锤"，夹起链子哧的一声扔进油桶里，噗的一声油花喷起很高，一阵热浪腾起。两人的动作敏捷利落，互相配合得好，这一套工序很快就完成了。

　　油桶里不响了，气浪散开，苏万春把成环的链子捞出来，又放在冷水里，这时他才发现焦昆，欢喜地招呼了他。

　　焦昆说："我来看你造挂链子来了，看样子，好像有门。"

　　苏万春解下毛巾擦擦脸上的汗说："链子是成环了，可是不知能不能成。"他把毛巾往肩上一搭，用钳子到冷水里去捞链子。

　　焦昆见夹出的链子果然环环相结，心里很高兴，可是见到苏万春的脸色忽然一沉，知道情况不妙，忙问："怎么样？"

　　苏万春摇摇头说："不成，个个都有伤痕！"他说着把链子交给焦昆。

　　焦昆接过来看看，果然是个个都有伤痕。

　　炉火熊熊，打镐的锤声吭吭响。他们几个人互相望着，都默默不语。苏万春锁着双眉，把链子敲打几下，翻过来覆过去地观察研究。

　　小李眼钉钉地望着万春，叹了一口气说："唉，又白费劲了。日本鬼子时候，矿里用的链子都是由日本进口，凭咱们几个大老粗，就凭这打铁炉就想造链子，看来是没有指望了。"

　　苏万春瞅了小李一眼，没有吱声。小李看万春的脸色很不高兴，往凳子上一坐说："你还不服劲呢，这不是秃头上的虱子，明摆着吗？苏师傅，我看算了吧！"

　　焦昆说："搞个新东西本来就是个费劲的事，不论搞个什么，不可能设想轻易地搞成功，俗语说：失败是成功之母。不要灰心泄气！"

　　小李看焦昆说话了，后悔不该说泄气话，不吱声了。

　　焦昆在木板上坐下，向几个工人招招手说："同志们，歇一歇，坐下，咱们共同研究研究。"工人们看主任这样亲切，都围在他身边坐下。苏万春看焦昆坐下来跟自己一起研究，感动地想，焦昆的事多得很，作为一个主任，什么事他都要考虑，对这件事还这样重视，若是搞不成，真是太不应该了。

　　焦昆问："万春，你打算怎么办，看来是有些困难呢。"

　　苏万春说："没说的，还得继续搞！若是不搞成，坑道里的修复工程就要受影响。"

　　"对，你这想法对头。"焦昆鼓励地说，"大家都不要灰心，这次造的链子有点伤痕，但比上次有了改进，再想办法把伤痕消灭就能成功。这说明你们有办法，只要坚持搞下去，就一定能搞成功！"

　　师傅们交换了一下眼光，又瞅瞅苏万春，万春正认真地在听焦昆讲话。

焦昆说："咱们不要小看自己，工人阶级最有本事，最有办法。世界文明是劳动人民创造的，高楼大厦是工人盖的，煤是咱工人挖的，钢是咱工人炼的，天上的飞机、地上跑的火车、用的工具、穿的衣服以及各式各样的机器，都是咱工人制造的。我们自己可别瞧不起自己！"

这时有个师傅给焦昆倒了一碗水，他一口气把它喝干后接着说："我当矿工的时候，自己也是看不起自己，觉得工人没啥能耐，可我参军以后才知道工人阶级是最先进的阶级，在革命中起领导作用。"他接着向大家讲起安源煤矿和京汉铁路工人大罢工的几个故事，大家听着非常感兴趣。他讲完说："在旧社会里，工人阶级走在革命斗争的前面，现在呢？解放区的工人阶级就是要搞好建设。当然，眼前的困难很多，咱们能被困难吓倒吗？自然不能！挂链子成了咱矿修复工程的关键，咱们能眼看着让修建工作受影响吗？你们说呢？"

焦昆瞅瞅小李。小李脸红了，吞吞吐吐地说："我怕一时半节做不成，耽误别的活，眼下的活挺紧，听邵矿长说上级答应给弄那种无缝链子，就觉得我们何必还这样费劲呢！"

焦昆说："帝国主义对我们封锁，不可能弄到那种什么无缝链子，国内还找不到哪里能造，能等吗？别说等长了，就是等一个月就受不了！"他看了大家一眼又接着说，"帝国主义对我们极端仇视，他们千方百计破坏我们的革命，但他们失败了，蒋介石政权也眼看就要完蛋了，他们不甘心于他们的失败，又来破坏我们的建设，我们就要用实际行动回击他们！同志们，链子问题已经成为眼前我们建设的关键，大家要长工人阶级的志气，要大胆去干，不怕困难，不怕失败，要拿出不搞成决不罢休的气魄来。"

苏万春往焦昆面前跨近两步，果断地说："焦主任，你放心吧，无论有多大困难，我们也要坚决把它搞成，我已铁了心了！"他情绪激动，声音洪亮，那样子就像要去冲锋陷阵。

焦昆站起来说："对，我们就是要有这股劲。我跟你们一块干，不搞成功不罢休！"

工人们听焦昆说要跟他们一起干，劲头更大了。小李也跳起来嚷："不能泄气，一定要把它搞成！"

有几个铁匠师傅向苏万春说："苏师傅，你一心一意去搞吧，眼下的铁工活我们全包下了！"

"好哇！"苏万春激动地拿起那个挂链子，焦昆过去抄起十八磅大锤，喊："伙计们，来，咱们再干一阵。"

苏万春用铁钳夹起烧红了的锻件，放在铁砧上。焦昆抢着大锤，嗵嗵嗵准确地砸下去，锤击声震动人心，锤得锻件火星四溅。

焦昆见到工人们都在惊奇地望着他，便告诉他们说："从前我在农村铁匠铺学过打铁，手艺不高，抢个大锤还行，这回我要跟你们几位老师傅学几手！"

铁匠们听了这话，立刻感到跟焦昆更亲了，纷纷评论起他打锤的技术，边说边动手，跟焦昆一起热火朝天地干起来。焦昆热了，脱下棉衣，脖子上系起一条毛巾，炉火燃得更旺，锤击声更响，锻造间不停地飞起火花……

晚上，苏福顺在矿里开完会，回到家已经很晚了。他吃完饭，见万春和素梅蹲在里屋地上和泥，知道万春还在研究制链子，对矿里搞不到链子他也很关心，希望万春快点把它搞成。

万春告诉他说："今天又失败了！"

苏福顺说："我听焦主任说了，这一次搞不成，就再搞。你是共产党员，又是个有手艺的工匠，无论如何也得把它搞成。"

万春抬头说："我已经向焦主任下了保，一定要把它搞成！"

"好哇！"苏福顺坐下来，拿起一个旧链子和一个坏链子看了看，又敲了敲，把它放在地上，打量一眼万春。他对万春的脾性很清楚，他脑子聪明，从小就肯钻研，很能干，也有志气，十三岁就在矿里当童工，因为老伴不愿意让孩子进坑道，等他长到十六岁那年，又让他去学铁工。铁工工头有意拿他一把，要考试，让他抡十八磅大锤。万春虽不示弱，可是用尽全身力量把大锤抡起来，嗵的一声刚打下去，他也扑通一声摔倒了。考试没考上，万春一声没响，回来继续当童工，别人以为他放弃了，谁知他天天早晨起来练锤，一个木墩子打碎了，再换一个木墩子，累得胳膊肿得老粗的，他也不泄气。半年以后，他又要求去考试，工头给他一把十八磅重的大锤他没要，过去抄起二十磅大锤，左右开弓地抡起来，大家看着都惊呆了，这样，他才考上了铁工。经过六七年的锻炼，成了个手艺高强的工匠。

苏福顺打量了儿子一阵，向他说："万春哪，咱们在孤鹰岭矿干了不少年头，受那些苦，遭那些罪就不用说了。现在解放了，咱们翻了身，入了党，咱们一定得做出个样子来……"他知道万春也跟自己一样着急，便没有多说下去，转而问了这次失败的原因。

万春搓了搓手上的泥，站起来说："今天试验失败的原因，主要是链环连接不好，锻件又受热不均，温度差别大，淬火也不得法。现在我打算全换，用模型胎，制出挂链子，然后去锻造，再套丝扣，这样虽然费一道手续，但可以制出无接缝的链子。"

苏福顺是个采矿工，对铁工活不内行，说："你这种办法行不行我不知道；最好你多想几种办法，好从中挑选。你和泥做啥？"

苏万春说："我不会计算和画图，就得用笨法，想做个链子模型。"

苏福顺点头称赞地说："这办法很好，做模型很适用，立体的，谁都能看懂。"他看黄泥很黏，建议说，"黄泥黏糊糊的，捏也不好捏，做也不好做，干了就会裂，听人家说，做泥人得掺豆油和泥，不黏手，也不裂，你试试看。"

万春正愁黏手不好做，听爸爸这样一说，马上让素梅去拿油。掺些豆油一和，果然不黏手了。苏福顺看看在炕上甜睡的孩子，小声说："天不早啦，你也该睡了，明天再干吧！"说着站起来走出去。

苏万春继续蹲在地上捏模型，他一边捏一边思考。捏成改，改了捏。素梅也不睡，坐在炕边缝着衣服陪他，直到深夜……

苏万春晚上在家想了些点子，白天到班上就找同伴们商量，然后就进行试验。经过五天的反复研究试验，逐渐改进成型，到第六天上午，进行了第十次试验。焦昆对这次试验很重视，又亲自来参加。

炉火熊熊，整个锻造间很热火。苏万春脱掉棉衣，系上帆布围裙，站在炉前操作。小李站在他的身边，看万春指挥。两个铁匠师傅也来参加试验，他们把炉火烧得很旺，帮万春看火候。因为连续搞了几天，大家都很着急，因此现场很紧张；当锻件到了火候，苏万春一声喊，几个人同时操作，很快完成了几道工序。

油烟散开，苏万春用长钳把链子从油桶里夹出来，大家拥上前一看，一副光滑的链子，一点伤痕都没有。小李高兴地举着链子嚷："链子做成了，胜利了！"

苏万春不以为意地说："你不要吵吵，质量究竟怎么样还很难说，你快送去检验。"

小李应了一声拿着链子跑出去。苏万春用双手抹抹脸上的汗，拿起大碗倒了满满一碗水，咕嘟咕嘟喝起来，喝完一抹嘴巴，舒畅地嘘了一口气。

屋里的空气仍还有些紧张，大家都在等待检验结果。焦昆打量了万春一眼，看万春经过这几天日夜苦干，瘦了，眼睛布着血丝，很受感动。他认为把链子搞成功，不仅解决了一项修建工程关键，而且对全矿工人也是个很大的鼓舞；在紧张的施工中，很需要这样的闯将。

不大的工夫，小李跑回来，一进门就欢喜地嚷："成功，成功了！比现在使用的代用链子要强好几倍，完全可使了！"

焦昆听了很振奋，情不自禁地抓住万春的手向他祝贺。万春也很高兴，马上又回头问小李："他们是不是跟原有的日本货比较过，咱搞的链子赶没赶上它？"

小李说："比较过，咱做的链子还比不上人家，拉力不过也只相差三吨。"

苏万春听罢脸上立刻失去了笑容，神情又严肃起来。他从小李手里接过链子，叮叮当当敲了几下，向焦昆说："不行，我们要重搞！"

"重搞？"小李惊异地望着他，觉得达到现在这样的程度已经不坏了。

两个铁匠师傅也睁大眼睛望着他。

苏万春往焦昆跟前跨了一步，激动地说："焦主任，我知道再进一步提高质量是很不容易，可是我们不能甘拜下风，要争一口气！"

焦昆瞧着这位黑敦敦的铁匠，心里热乎乎的，暗自赞许他的雄心壮志和勇于进取的精神，也想到了苏福顺说过的话："万春是个犟牛脾气，劲头上来，十个老牛也拉不动。"焦昆喜欢这种顽强精神，于是郑重地说："我赞成你重搞。我们要自强，要争这口气！不过可以让那两位老师傅先照这样子造一些，解决眼前的问题，你再继续试验，再搞它几个回合！"

炉火燃得更旺，在火光前，铁匠们个个满面红光……

第三天上午，唐黎岘、邵仁展、严浩正在矿长办公室里研究施工问题，忽听有人敲锣打鼓地向办公室走来。他们刚想问，薛辉就推开门说："焦主任领锻工班来报捷了！"

唐黎岘赶紧站起来迎出去，邵仁展和严浩也跟在后边。他们出门一看，见焦昆领头，苏万春用红布捧着挂链子，几个铁匠师傅敲锣打鼓，兴高采烈地走来。

焦昆上前报告说："无缝链子造出来了，质量很好，拉力强度超过了日本货！"

苏万春捧着挂链子递过去，唐黎岘郑重地用双手接过来，仔细地看看，又掂量掂量，然后递给邵仁展；邵仁展接过去看看，默默地递给严浩；严浩低头看了看链子，又抬头看看站在面前的锻工们。

焦昆今天大张旗鼓地领人来报捷，是想用工人的成就促进一下那些不相信群众力量的人，也是想用工人的生产热情冲击一下管理机关。从邵仁展和严浩的脸上他看出他们感到了意外，这使他暗暗高兴。

这时，冯文化由办公室里跑出来，上前接过挂链子看看，高兴得一把抓住苏万春的手，满腔热情地连抖几下，说："今天我又打电话问公司，公司也解决不了，我正在挠头，你们给解决了，太好啦，我代表供应科向你们致敬！"

锻工们看矿里领导干部对他们的工作这样重视，都受到了很大的鼓舞，个个容光焕发。

唐黎岘向工人们说："你们做出了挂链子，不仅解决了一个建设关键，更主要的是长了工人阶级的志气。你们的革命精神对全矿职工是个很大的鼓舞，会产生很大的影响！"

送走了工人，唐黎岘同邵仁展、焦昆等人进行了研究，决定将这次试验的成功在全矿山进行大张旗鼓的宣传，号召全体职工向苏万春学习，学习苏万春那种敢想敢干的革命精神，开动脑子找窍门，献计献策，千方百计地战胜各种困难。

一马领先，万马奔腾。一个学万春、赶万春、超万春的竞赛运动开展起来了，整个矿山更加热腾起来了。

二十四

严浩下班回到宿舍。屋里的炉子燃得很旺，进屋就有一股暖洋洋的空气迎面扑来。他满意地看了看炉火，就在炉边坐下，喝起茶来。

严浩喜欢这屋里又暖和，又安静。下班后他就坐在屋里，星期天一整天也不出去。他在屋里看看书，喝喝茶，思考些问题，有时上床打个盹儿，他喜欢独自一个人待在屋里，不高兴有人来打搅他。

喝了一杯茶,又倒第二杯。现在他仍有那种被困在孤鹰岭镇的感觉,仍然惶惑不安,经常打个人的算盘,考虑自己的出路;但近来稍有变化,有时也爱想想矿山的事。在这一段时间里,他看到了工人对矿山的热爱,工人的劳动热情,更主要的是看到了那些成就。许多事都出乎他的预料,一个奇迹接着一个奇迹不断涌现,那些他认为难以克服的困难都正在被克服。国民党正式接管矿山一年多,却一无成就,对比起来真有天壤之别。当然,他还有许多看不惯的地方,对矿里的一套管理办法有意见,认为这不像个搞工业的样子,特别是觉得唐黎岘和焦昆太固执,把自己的计划束之高阁,又拒绝按照邵仁展的办法做。他认为像现在这样干,只能是临时性的,将来会出现问题,会有停滞不前的那一天……对目前矿山修建工作中出现的成就和问题,仍然抱着冷眼旁观的态度。

炉上的水壶咕咕冒着热气。窗子关得严严实实的,热气在屋子里回荡,玻璃窗上结满了水珠,屋里显得昏暗。

严浩背靠在椅子上,眯着眼睛打盹儿。这时,他又想起了在沈阳的妻子;妻子最近几次来信诉说她的苦恼,问他到底怎么办。直到现在他还没有拿定主意,到美国去的念头也一直没打消,眼下又去不了,怎么办?只好静观局势,等待机会。他理解妻子的心情,觉得两下分居又的确很不方便。他想不如就把她接到这里来吧,在一起会好过些。

电灯亮了,烧炉子的老头儿进来添炉子,给他带来一封信。

严浩以为是妻子的来信,但信封上的发信地址只写沈阳两字,也不是妻子的笔迹,他有些疑惑地打开一看,又是那个"金"字,一见这个"金"字，惊惧地皱了一下眉；这时见烧炉子老头儿看了他一眼，他又是一惊，马上把信揣进了口袋。

他等老头儿走出屋子，把门关好，才把信展开，见写着："……你收到我的信，既不给我回信，也没有什么表示，太不够朋友了！严副矿长，你要把自己卖给共产党吗？卖也卖不了几个钱，顶多不过混个工程师名义，混几斤高粱米！……上司对你极为器重，对你抱有莫大的希望，望你能跟我们合作，投身于反共救国的事业中来。不然，我们就要对你采取行动，那时候共产党就不会收买你了，要让你吃吃他们的苦头！"信的末尾告诉他，"回信请埋在黑石沟老君庙内的香炉沙子中。"他看完信，又害怕，又气恼，一屁股坐在椅子上。

严浩以为上次把信烧掉不理就算完了，不料金大马棒又来纠缠，而且声言要对他采取行动。他认为这是恫吓，是强盗行为，气愤地骂道："无耻的匪徒，卑鄙！可恶！"骂了一通又问自己："怎么办呢？"他不安地站起来，在地上来回踱着。他向来认为科学技术人员最高尚，以专家清高自得，过去都不参与任何政治性的活动，如今国民党大势已去，金大马棒想让他跟他们同流合污，搞那些行凶破坏的事，他坚决不干。他思考如何处理这件事情，不理吧，怕金大马棒继续纠缠；回信拒绝吧，又觉得跟这些匪徒书信来往不妥当。他烦恼极了，觉得最好是干脆离开这里，好摆脱一切。

他踱了一阵，疲倦了，又坐下。他想把信烧掉，可是把信看了一遍，又觉得这事不可等闲视之，金大马棒明明声言要对他采取行动，究竟要采取什么行动呢？他分析了一阵，看出匪徒无非是想通过造谣生事，让共产党来整自己。他想不如把信交出去，好表明自己的心迹，但马上又否定了这个想法，觉得这样办反而会招来麻烦，不如烧掉了事。这样想着，忽然又想起烧炉子老头儿的目光，哎呀！那老头儿已经看出自己神色不安，如果他去报告，自己跳进黄河也洗不清……到底怎么办呢？他想啊想的，一直想到深夜。

这一夜，严浩整夜失眠，到天蒙蒙亮时才睡了一会儿，还做了一个可怕的噩梦。汽笛声叫醒了他，他揉揉苦涩的眼睛，今天又起晚了，吃了几块点心就去办公室。

像是约好的一样，他刚出门口就遇见了魏富海。魏富海热情地迎上前招呼说："严工程师，早晨好！"

严浩深深吸一口气说："没啥好的，又是个大冷天！"

魏富海说："现在正是冷的时候，怎么能不冷呢！"他一边说一边观察着他。

严浩往山野里望望，拉拉皮帽子，没有吱声。魏富海看严浩两眼发红，精神不振，猜到了几分，有意问："看你这样子，晚上又熬夜啦？"

严浩说："有点失眠。"说着又打个哈欠。

魏富海故意说："施工上马了，矿里所有的人都忙得不可开交，那些技术问题不是一下子能解决的，你不要着急，要注意身子。"

严浩苦笑一声，摇了摇头。魏富海看他这样子，挨近了些他，以关切的口吻问："严副矿长，啊！严工程师，你有什么不顺心的事吗？"

严浩心情烦躁，踢起脚前的石头粗鲁地说："烂眼睛招苍蝇，倒霉透啦！哪里会有顺心事，让人不得安生，真见鬼啦！"

魏富海想再跟严浩谈些什么，但严浩匆匆走了；他站在那里，直望着严浩走进办公楼。

严浩走进了办公楼，知道所有的人都上班了，他赶紧走进自己的办公室。

张学政已经上山了，把一份技术设计放在他的桌子上，给他留个纸条，请他审查。他看了看那张字条，点起一支烟，坐下来看设计图。隔壁又在开会，几个人大声争论着什么，对面屋子响起电话铃，吵得他心烦。由于脑子乱，设计图也看不下去，他拿起一张报纸看看，也同样看不进，于是索性夹上矿山给他特备的雨衣，拿起柳条帽走出办公室。

北风呼呼地吹着，天降着雪。他一上山就受不住，寒风吹在他的脸上，觉得就像皮鞭在抽似的，痛彻入骨，便赶紧走。他一口气来到五号大井，坐着罐笼下了大井，才松了一口气。

坑道里，一群工人在里边清理污泥，搭支架，一排矿车用挂链子连着，轰轰隆隆把污泥运出去。

焦昆正在和张学政研究问题，见他来了热情地招呼说：“严工程师，你来得正好，我们正在研究整个矿井的送风问题，你给指点指点吧。”

严浩应了一声，走了过去。张学政把一张图纸交给他，指着向他讲井内的情况，征求他的意见；他没有立刻回答，看了一遍图纸，又同他们一起观察了一阵，提出了几点意见。意见虽然没有什么深奥，却对张学政有很大启示，使他感到严浩到底有些真才实学，不禁称赞他说：“严工程师，你真行，我正在摸索，你一眼就看出来啦！”

严浩微微摇一下头，没有说话。焦昆领严浩到坑道各处看了一遍，向他介绍了一下工程进展情况后，就领他到井下休息室。

休息室是沿石壁搭起的一间狭长的矮房子，容纳不了多少人。在休息室的一角，隔开一个房间，这就是井下办公室，里边放着一张桌子、两个长条凳；桌上有一台电话机、一把水壶。

焦昆满意地说："这儿不错吧，冬天不冷，夏天不热，就是气闷点，那也不怕，多送点风就行啦！"

"在井下有这么个地方就算不坏啦！"严浩应付地说。

焦昆说："太窄了，容纳不了多少人。将来要在井下盖个大休息室，搞个游艺室，让矿工们在生产的空隙里好好休息。"

严浩对焦昆的设想并不感兴趣，出于礼貌地应付着说："好哇，不过那是将来的事情！"

焦昆给严浩倒了一碗水，坐下兴冲冲地说："是将来的事情，但是也不要等多久。这个大井很有发展前途，要开采好多年，一定要好好建设，要改变日伪时期原有的落后面貌，让它成为一个最先进的矿井。"

"这是很好的设想！"严浩应付着，心里却觉得这种设想未免近于天真，恢复到原有的水平也就不容易了。

焦昆看严浩对一切都漠然，想起张学政对他的评论：一面敲不响的老橡皮鼓。觉得这评论果然不假，真不容易敲响它；他想办法引导严浩说话，可是几次都失败了。

严浩今天怀有心事，哪里有心思扯别的。他跟焦昆来到这里，是想谈谈昨天晚上的事，但此刻又犹豫起来，讲还是不讲，拿不定主意，因此只是哼哈地应付着焦昆。

严浩喝着水，焦昆抽着烟，两个人就静默地坐着。

矿车在巷道里轰隆隆响着，搭支架钉木头敲得砰砰响。现场里忙，焦昆也坐不住；想跟严浩说话，严浩却不吱声，他有些急了。苏福顺进来找焦昆谈事情，刚谈完，电话铃响了，薛辉在电话里兴高采烈地告诉他说，公司给送来一些大米和白面，照顾职工过春节；又通知要焦昆晚上到矿长办公室开会。焦昆放下耳机，看看严浩，严浩仍然默默地两眼望着巷道出神。焦昆感到奇怪，总工程师跟自己很少接触，到一起只是冷冰冰地谈些工程上的事情，今天他为什么坐下来就不想走呢？他注意观察了一会儿，看出严浩好像有什么话要说，便亲切地说："严工程师，你有事要跟我说吗？"

严浩正在思索，听焦昆问他，嘴动了一下，仍然没说出来。看他的表情，焦昆断定他有事，经再次动员，严浩终于放下水碗，从内衣口袋里掏出那封信，默默地交给了焦昆。

焦昆接过信，打开一看，原来是这样啊！他看完信，鼓励严浩说："你做得很对，组织上一定为你负责，一定保护你！"

严浩说："我不是害怕，为的是要明明心迹。我是个工程技术人员，除了科学技术，别的我一概不问！"

焦昆说："组织上对你的工作是放手的！"他把信收起来，又问，"这封信里说，过去他们曾经给你寄过一封信？"

"寄过一封。"严浩坦白地说，"那是在一个月前的事，当时我不愿意让人知道，就把它烧掉了。"

焦昆认为严浩说的是真实的，觉得他这次能把信交出来，就是个很大的进步。他见严浩不安地望着他，便说："我相信你的话，组织上对你也是信任的。"

严浩要求说："我希望组织上对这件事能给我保密，不让任何人知道。"他根据自己的想法，认为焦昆是驻孤鹰岭矿的最高长官，一定主管这方面的事，因此他不去找唐黎岘而来找焦昆。这时他听焦昆同意了他的要求，便放了心，心情轻松了，也肯说话了。

焦昆跟他谈了一阵金大马棒的事，向他问起国民党的护矿队组织情况。严浩告诉他护矿队是正矿长和金海川安排的，自己并不清楚。当焦昆问他选拔队长曾否跟他商量时，严浩想了想说："他们提出名单后，曾问过我，我曾建议要配备个有技术的人负责。"

"他们采纳了你的意见吗？"焦昆又问。

严浩说："他们研究了半天，副队长换上了魏富海，其实魏富海也不是什么技术人员，只是滥竽充数。"

焦昆听严浩这样说，正好跟魏富海的说法对上了茬。自他进矿以来就注意魏富海，觉得开始时魏富海表现得不很正常，这段时间里却表现得还好，献交器材的时候，曾献出过贵重的变压器油，当施工员也很卖力气，工人们对他的反映还不错。现在严浩又证明了他是这样当上护矿队副队长的，在日伪时期又有邵副矿长证明，看来问题不大了。他思索了一阵，向严浩说："你给金大马棒写一封信吧，照他的规定，把信放在老君庙的香炉里。"

天降雪了，集市萧条，牛家酒馆的生意也不兴旺。牛乐天早早地关上铺板，让翠花溜出去叫魏富海，自己回到后屋等着。翠花很快就回来了，于是两公媳烫起酒，头对头地坐在一起喝起来。

天黑了，翠花看魏富海来了，风骚地冲他笑笑，就到前边去放风。

牛乐天由帽子里拿出一张字条，递给魏富海说："这是午间收到的！"

魏富海接过字条看看，见是金大马棒写给他的，要他今晚到东山卧龙寺去碰头。他看完，划根火柴把字条烧掉，看看手表，已经是晚八点半钟，便要起身。

牛乐天留他说："不忙嘛，喝点酒再走也不晚！"

魏富海摇摇头说："街上人静了就不好走啦，我得马上走。"

雪下得很大，鹅毛一样往下直堆，趁着烟雪茫茫，魏富海溜出小镇，到镇郊，他往回望望，确信无人跟踪，才奔向东山。

山野里漆黑一片，魏富海摸着黑，跌跌撞撞地爬山越岭走了十五里地才来到卧龙寺。寺院周围是一片稠密的松林，高大的油松枝叶茂密，被猛烈的山风吹得狂声呼啸，让人听了心惊胆战。寺院早已没有僧道看守，房倒屋塌，只剩一层大殿，阴森森的，风吹瓦片乱响。

魏富海听那猛烈的风啸，眼前阴森森的，吓得头上冒着冷汗。他在林子里打了两声呼哨，没人应声，心里暗暗着急，为了躲避风雪，他壮着胆子走进大殿。

屋里四处漏风，他冻得无可奈何，便到林子里弄些柴火，点起一堆火，在火堆边等了一个多小时，忽听有人打呼哨，知道是金大马棒来了，赶紧应了一声。少时见有三个人影，便忙迎出去。

金海川回头一摆手，两个匪徒就在山门前站下，他独自一人走进大殿。他身穿皮袍，头戴长毛皮帽，蓬头垢面，在火光映照下，他那狰狞的面孔就像是凶神恶煞。他拍打几下身上的雪，在火堆旁坐下说："你早来啦！"

魏富海满腹牢骚地说："头一个多小时就来啦！鬼天气，简直要冻死人。这鬼地方，阴森森的，让人心里发毛。我连滚带爬地跑到这里，连个人影子都没有，这罪真够受!"

"老弟，现在不是咱们的天下，你想有舒服日子过呀?"金海川阴沉地说。

魏富海叹了一口气，转开话题问:"金司令，队伍怎么样?"

提起队伍，金海川的脸色更阴沉了:"情况很不好!"他顿了一下又说，"酸枣岭那一仗，打得我好惨，眼下只剩下一百来个弟兄，整天跟解放军兜圈子，到处站不住脚。看来，上司的谋划是英明的，现在是共产党的天下，大部队活动很不容易，要重视潜伏组织，你们的工作更显得重要啦!"

魏富海皱着眉头，叹了一口气说:"潜伏也不易呀!整天提心吊胆地过日子，好不容易我们才算站稳了脚跟。"

金海川说:"能站住脚就好。不过，你们的工作还不带劲，上司跟咱们要成绩，你们到如今也拿不出成绩。光站住脚不行，要有行动，搞出两手才行!"

魏富海觉得自己够能干的了，本来该受赞扬，听金海川这样说，立刻就火了。他把手里的木柴往火堆里一扔，粗脖红脸地说:"要成绩!要成绩!说话不知道腰疼!我没有睡大觉，闹粮食的事怨你们没本事，那么多的人，连个运粮大车都抢不到手，结果不仅让共产党得到宣传上的好处，还把周彪给搭上了，要不是仗着我趁机把他给救出来，还不知道会发生什么事;国军由沈阳出动奔营口那两天，也只是因为我们放了谣言，才把整个孤鹰岭镇闹得人心惶惶，那天晚上矿山正在争论修复计划，若是袭击一下，就是不能血洗矿山，也可以打乱他们的阵脚，结果你们不果断，丧失良机……"

金海川瞪着眼睛，严厉地打断他的话说:"不要吵!你只跟我接头，不能让那两个弟兄知道，懂吗？"

魏富海不吱声了，满腹怨气地直往火堆里添柴火，把火燃得旺旺的。

金海川说："埋怨没有用，就算在那几件事上我们没配合好，别的你们又做了些什么呢？你们活动是活动了，可是顶屁用？矿山照样开工修复了，而且人家顺顺当当，发展很快，难怪上司不满意！"

魏富海仍然气呼呼地说："那有什么办法，共产党就是厉害，他们把那些工人紧紧抓在手里，大家都替他卖命地干，连我都得随潮流，不然就站不住脚。献交器材的时候，我派人打苏福顺，想吓唬他们一下，谁知那老家伙一点都没怕，第二天还满街去宣传，矿里和区里也派了大批人马下街道，好险没把翠花和牛乐天给揪出去……国军几百万，使着美国的飞机大炮，都被人家打得大败而逃，自己被人家打得落花流水，只会张口熊人，哼！谁有能耐谁就去试试！"他说着把身子往后一仰，双手抱着头，冷笑几声。

金海川听魏富海揭他的短，气得脸色发紫，可是也奈何他不得，因为魏富海是经过特务机关专门训练出来的，根子硬，而且在孤鹰岭矿非得用他。金大马棒憋着一肚子气，压了压火，叹了一口气说："好啦，过去的事不提了，想想下一步怎么办吧！"

魏富海看金海川这么一说，也就罢了。他点起一支烟说："孤鹰岭矿人单势孤，矿里几乎是没有咱们的人。有几个小把头靠近咱们，可那些穷工人都知道他们，指望不上，有几个流氓也不可靠。要是有适当的人，在矿里大批招人的时候，混进去几个才好！"

金海川说："看机会吧。严浩怎么样？若是把他拉过来，可就好得多啦！"

魏富海摇摇头说："这是个危险的打算，严浩一向以技术人员自居，哪里会跟我们合作，你给他的第一封信不见回响，昨天给了他第二封信，今天早晨我仔细观察了他，看样子他很恼火。算了吧，这人没有指望！"

金海川说："你太胆小了吧？"

"不！"魏富海坚持说，"绝对不成，不要在他身上打算盘，弄不好会坏事的！"

金海川思虑了一下说："好吧。不过也不能完全放弃，但要小心，由你根据情况处理吧。老魏，你打算怎么办呢？"

魏富海猛吸了几口烟，扔掉烟头后说："目前要隐蔽，搞破坏只能见机而行。在孤鹰岭矿我们有两个对手，一个是唐黎岘，一个是焦昆，矿山修复的好坏，主要在这两人身上。特别是高个子焦昆，这人留在矿山，对我们是个严重威胁，将来非得瞅准机会，把这两人干掉！"

提起焦昆，金大马棒的脸色立刻变了，咬牙切齿地说："焦昆！焦昆！我跟他势不两立！酸枣岭那一仗打死打伤我那么多弟兄，我手下的那些好炮手没逃出几个，伤了我的部队元气，连我都差不多……"他觉得说这个难堪，便改口说，"一定要干掉焦昆！要他们血溅孤鹰岭！你不要等待将来，瞅准机会马上动手，我派人配合你！"说着他掏出一支手枪和三十发子弹，往魏富海面前一放说："全新的美国造，说干就干吧！"

魏富海拿起手枪，拉开梭子看了看掖进腰里说："金司令，不要贸然行动，一切行动都要谨慎，等机会成熟了我再跟你联络。"

两人密谋完毕，魏富海离开了卧龙寺。一出山门，烟雪迎面扑来，松涛咆哮，像是群山都在怒号。

二十五

春节到了。为了让工人欢度解放后的第一个春节，矿里提前发下工资粮，还增发了年终奖金，农历腊月三十就开始放假，因此这回节日过得比往年富裕、欢乐。

除夕傍晚，节日的气氛更浓了。小镇上的居民，家家户户都清扫了房屋和庭院，贴上了春联、年画，连独身宿舍里也是如此，到处焕然一新。好几伙秧歌队在大街小巷里活动，互相较劲比赛，一伙比一伙热闹。孩子们欢蹦乱跳地跑出来燃放爆竹，到处呼叭地响着。人们都欢天喜地地庆祝解放后的第一个春节。

苏家更是充满欢乐，屋里屋外都变了样，被烟熏黑了的墙用报纸裱糊起来，又配上红红绿绿的年画和鲜红的春联，彩色缤纷，让人心情畅快。苏大嫂和素梅在厨房里准备年饭，厨房里飘出香气，刚出锅的嫩黄、柔软的黏豆包，装了满满一竹篮，正在冒着热气；苏万春用彩纸给孩子们扎灯笼，小虎子领着妹妹坐在爸爸身边，瞪着黑溜溜的小眼睛，急不可待地瞅着爸爸；苏大嫂由厨房里走出来，瞅了儿子、孙子和孙女一眼，心里充满喜悦，她活了这么大年纪，头一回过这样欢乐的春节。

苏福顺容光焕发地回来了，他手里捧着一卷纸，一进门就兴冲冲地嚷道："喂，你们看我拿来什么啦！"

小虎子闻听急忙蹦下地，攀着爷爷的胳膊嚷："爷爷！让我看看！"

"别毛手毛脚地乱动！"苏福顺一手举起那卷纸，一手按着小虎子的头说，"等爷爷打开给你看。"

苏万春放下灯笼凑过去，苏大嫂也好奇地在老头儿身边站下。

老苏精心地先揭去包着的彩纸，把里边的硬纸卷展开，原来是一张毛主席画像。小虎子一看，高兴地喊："毛主席！"

"对，正是他老人家！"苏福顺用双手举着毛主席画像，让全家的人都看见，说："这是新来的一批画像，要的人可多啦，我排了半天队才买到一张。你们看，多么好哇！"

苏万春往前凑了两步，端详了一阵兴奋地说："太好啦！来，挂起来！"

爷儿俩一起动手，把画像挂在北墙上。苏大嫂领着孙子和孙女站在旁边，素梅也从厨房里走出来。全家都站在毛主席像前，大人们都怀着无限激动的心情望着，个个都有千言万语要向伟大领袖毛主席倾诉。毛主席含着微笑，慈祥地望着这一家人。静默了一会儿，苏大嫂深情地说："毛主席呀，毛主席！你老人家的恩情比大海还深，没有你老人家，工人哪能过上好日子！"

苏福顺此刻的心情比老婆更激动，想得更多，但他没有多说，瞅瞅老婆，又瞧瞧儿子和儿媳，庄重地说："毛主席他老人家每天都瞅着咱们，咱们干什么事都要想一想，是不是对得起他老人家！"

外边锣鼓喧天，爆竹声更多了，除夕的气氛越来越浓。苏福顺看全家个个都欢天喜地，心里有种说不出的高兴，只可惜老二福昌没在家。

这时苏福昌正带着酒瓶和下酒菜回到了独身宿舍。屋子里只有曹顺林一人在喝闷酒，见他来了，便招呼他一起喝。

苏福昌把酒瓶子举起来说："我这里有。"他到炕边，铺上一张纸，放下切好的肉和花生米，掏出新买的酒盅，上炕盘膝而坐，也独个儿喝起来。

曹顺林告诉他说："你侄苏万春来找你两趟了。"

"找就找吧！"苏福昌淡漠地说。他就是为了躲开家里的人找他，看天色晚了才转回来的。

曹顺林看了他一眼，继续喝酒。他是农民出身，和其他的"跑腿子汉"不一样，每当过春节的时候，光棍汉都去赌钱或酗酒，他两样都不来，而要按照老家的习惯，去买两张年画贴在自己睡觉的墙上，两边贴上春联，自己穿上大衫，慢慢地喝着酒，除夕好守岁。今年也不例外，现在他已把年画和春联贴好，穿起保存已久的青大衫，坐在炕上慢条斯理地喝着酒，准备守岁到天亮。

两位光棍汉谁也不说话，各人喝各人的酒。他们都各有心事，吃菜觉得淡而无味，喝酒不感到酒香，外边爆竹噼里啪啦响，使他们感到很烦躁。

门吱一声开了，苏福顺走进来，忙对苏福昌说："老二，你跑到哪儿去啦，我和万春到处找你，快跟我回家去吧！"

苏福昌放下了酒盅，冷淡地说："我不回去！"

苏福顺来到他跟前，看老二脸上布满愁容，知道他心里不痛快，对他亲切地说："回去吧！今年翻身了，咱们快快乐乐地过个团圆年，你不回去，全家都过不好年！"

苏福昌倔里倔气地摇一下头说："你快回去吧，我不去！"说罢拿起酒瓶又倒了一盅酒，一口喝干。苏福顺看他这样别扭有些感到为难。过去在艰难的岁月里，也闹过矛盾，可是他从来没往心里去，过一两天就没事了；没料到这次竟闹到几个月的时间还没有消气。他还是以十分亲切的语气说："福昌，回去吧！我得罪了你，难道说你大嫂和你侄子、孙子也得罪了你吗？自从你走后，你大嫂很难过，在家里没少叨咕你；别犟了，大过年的，还生什么气呢，快跟我走吧！"

苏福昌对大嫂一向是尊敬的，这次离开家后，对大嫂的热心照顾体会更深，过去在家时每天都是饭来张口，衣服总是给洗得干干净净，就是在离开家的日子里，大嫂也几次要给他洗换衣服。哥哥提起大嫂，她那诚恳亲切的态度使他感到温暖，可是他不想跟哥哥和解，没有吱声。

苏福顺见他不理睬自己，有心说他几句，又怕惹他来火，他又觉得在献马达的事情上自己是对的，不能迁就老二的落后思想，思索了一阵说："过去在苦日子里都能一起熬，现在一天比一天好起来，为啥还要搬出去？马达的事已经过去不少日子了！……"

苏福昌听哥哥提起这事就大为恼火，忙拦住他的话说："你不要说了，我用不着你操心，我也不想沾你的光！"

两个人谈话格格不入，弹不到一根弦上。曹顺林看不过意了，从旁劝说一阵，苏福昌仍然固执地不回去。苏福顺看老二跟自己别扭，感到不是味道，拿出烟斗装上烟抽起来，他抽了一锅烟站起来激动地说："福昌，自从二老去世，我领着你混日子，受过多少苦哇！你还记得那年三十晚上吗？我病在炕上，家里连一粒米都没有了，你嫂子含着眼泪把她那床陪嫁的被子卖了，买了几斤苞米面，做了几个窝窝头，给你两个，你不舍得吃，一定要给我留着，你说：'我饿点不怕，哥哥是病人，要让他吃饱。'我听了又心酸又难过，多么好的兄弟呀！……可现在为什么拧不到一股绳上？"

苏福昌听哥哥提起这个，低下了头，酒也不喝了。

苏福顺继续说："你对我那样关心，我对你关心是关心了，可是没关心到地方。前些年你年轻，我对你太放任了，让你学上了一些邪门歪道，想起来我就后悔，哥哥对你没尽到心哪！……"停了一下又说，"过去，你稀里糊涂过日子，现在你是三十多岁的人了，还能那样吗？应该睁开眼睛看看，看看党对咱工人多么重视，看看那些领导人对咱工人多么关心，看看工友们是怎么样干的，人往高处走，水往低处流，你要长志气呀！"

曹顺林听了苏福顺这番话，感动地向苏福昌说："苏老二，你小子不能太那个，你和你哥哥都是一条藤上的瓜，要跟你哥哥学学，别那么一条道走到黑！"

苏福昌抬头看了哥哥一眼，见哥哥深情地瞧着他，他的眼睛湿润了。这时，焦昆推门进来，见苏福顺也在这里，就高兴地说："你来得正好，人多些更热闹。老曹，苏福昌同志，你们不要躲在这里喝闷酒，你们三位都跟我走，大家都在前边大房子里呢。"

"年三十晚上还要开会吗？"苏福昌皱着眉头问。

焦昆说："是开联欢会，你们蹲在这里喝酒怪闷得慌，跟大家聚到一起玩玩多么好。"

曹顺林听说是开会，就下了地。苏福昌看曹顺林要去，也只好随同一起走了出来。

宽敞的大房子里灯光明亮，打扫得很整洁，墙上贴着春联和红绿标语。对面的大炕上坐满了人，所有的独身工人都在这里。唐黎岘、薛辉和一些单身的干部都来了，他们把自己过年吃的东西都拿来，跟这些独身工人在一起过年。薛辉为了警戒，经唐黎岘同意，还佩了枪。唐黎岘和几个工人在包饺子，其他的人坐在炕上抽着烟，嗑着葵瓜子，嬉笑着听郎金魁说快板。

看见苏福顺他们进来，唐黎岘高兴地说："你们来啦！欢迎！欢迎！"

苏福顺环视了人们一眼，见多是些来自山东、河北等地的独身汉。他很赞佩唐矿长、焦昆同这些独身工人在一起过年，自己也决定不走了。郎金魁说完快板，薛辉站起来向大家鼓动说："焦主任很会唱歌，欢迎焦主任唱一个好不好？"

"好！"众人异口同声地说，接着响起了一阵热烈的掌声。

焦昆也不推辞，走到地当央咳嗽一声，就唱了《两只钢铁手》的歌。刚唱完，薛辉又扯着嗓子喊："好不好？"于是众人的叫嚷和鼓掌声又闹成了一片。

焦昆瞧了一眼薛辉，知道这小伙子要跟自己捣乱。他沉思了一下，灵机一动说："我准备准备再唱，现在欢迎唐矿长唱一个吧，唐矿长唱的江西小调可好听呢！"

"对，欢迎唐矿长唱一个！""欢迎唐矿长唱小调！"人们又闹腾起来。

唐黎岘还在包饺子，众人猛劲地鼓掌迫使他不得不把手中正包着的饺子放下，搓了搓手上的面，微笑着向大家说："我哪里会唱什么江西小调，不管是江西江东的，我唱个小调就是。"

唐黎岘唱了一个《颂红军》，刚一落音，就爆发一阵热烈的掌声，薛辉又带头嚷嚷欢迎他再唱一个，唐黎岘没有推辞，又唱了一个《红缨枪之歌》。

焦昆和唐黎岘这一唱，工人们的情绪更高了。苏福昌和曹顺林对这样的联欢会感到很新鲜，对唐矿长和焦主任来跟大家一起过年更感到满意，也都参加玩起来。说快板、讲笑话的，拉胡琴、唱京剧的，大屋子里喜气洋溢，热闹得不亦乐乎。

郎金魁是晚会的活跃分子，玩起来花样很多。这时他借了一件青大衫穿上，戴个有红溜溜的棉帽头，脸上用白粉打扮个小花脸，抱着几件变魔术的道具走到当央，向大家鞠了一躬说："咱家是魔术大王，自从上工后，这买卖就收了摊儿。今天高兴，再露两手给众位瞧瞧！行家看门道，外行看热闹。来来来，众位上眼哪！"

他果然会两手，用玻璃球玩"仙人摘豆"，用瓶子玩"金钩钓鱼"，又来个"巧取彩绸"，玩扇子，耍纸烟，最后还来个"空壶取水"。他玩得干净利落，让人看不出漏洞。

焦昆一边看一边向身边的苏福顺说："郎金魁玩得不坏，挺利落。"

苏福顺说："这几年不开工，他跟人学这几手，在街上混饭吃。"

人们正玩得高兴，有几个人把好几盆热气腾腾的饺子端了进来，边走边嚷："开饭啦，肉馅儿的饺子，热乎的！"晚会暂停了，人们分别围坐了几摊儿，一起吃饺子。

正吃着，外边突然喊了一声，紧接着叭叭叭打进一梭子，被打碎的窗玻璃的碎片飞到人的身上，撒了一炕。

焦昆喊了一声"下地"，工人们全由炕上跳下地，蹲在炕沿下边。薛辉手疾眼快，跳过去拉下电灯开关，屋里顿时一片漆黑；接着他又拔出匣枪，冲着窗口向外打一梭子。焦昆、唐黎岘也都拔出了手枪。

外边枪声大作，不仅在近前屋外，镇子边沿、山上山下好几处都响起枪声。焦昆听枪声激烈，便命令薛辉在这里保护矿长和工人，自己抢着匪枪向外冲去。他开门一看，矿山里所有的灯光全熄了，周围漆黑一片，只有流弹在空中闪耀。

焦昆听着枪声，望着流弹的火光，判断匪特并不多，而是故意分散，虚张声势。今天晚上怕敌人捣乱，早已做了戒备，在许多地方放了暗哨，重要的地方也布了防，其余战士都整装待命，随时可以调动，因此他很镇静。

夏连长跑来，问："焦主任，唐矿长伤没伤着？"

"没有！"焦昆说，"电路是被匪徒搞断了，这显然是为了掩护。你带一部分人在这里保护办公室和干部，我去迎击敌人！"

焦昆带领一排战士一口气跑到镇边，前边就是山，山麓山坡都是树林，黑压压的什么也看不见，林子里还响着稀落的枪声。伏在石墙后的三名战士告诉焦昆，部队游动小组游动到这里，忽听镇里枪响，一愣神的工夫，看见树林里蹿出十几名匪徒，他们赶紧卧倒阻击。枪声一响，匪徒们就退进树林。焦昆进一步认定，敌人不是想攻占矿山，不过是打打接应，掩护潜入矿山的匪特逃跑。他命令战士们瞄着树林的弹流子射击，战士们打了一阵排枪。

枪声停息了，镇里陷入一片沉静。焦昆留下一个班继续监视着山林，自己领着其余战士转回去。他们走到大房子前，见一群人打着手电在看一具尸体。上前一看，死者原来是周彪。

夏连长向他介绍说："为了保护干部和工人的安全，在这里放了两个暗哨。方才哨兵发现两个人大摇大摆地直奔大房子，以为是工人，没有惊动他们。当哨兵看两个人迅速向窗前奔去，发觉情况不对，便大喊一声，两个匪徒慌了，一个慌忙往屋里开枪，一个向哨兵开枪，哨兵这才开枪，打倒了一个，另一个逃跑了。"

焦昆看死者是周彪，知道是金大马棒这伙匪徒干的。看来敌人是有准备的，里应外合，企图暗杀首长。他想，匪徒竟知道唐矿长和自己在这里，定有匪特混在职工队伍里，这情况使他不安。

唐黎岘走过来说："老焦，电停了，坑道里的一切都停啦，要尽快恢复起线路，抢救因停电造成的事故！"

"是！"焦昆立刻下达命令："夏连长，你用两个排的兵力，在布防线上严密警戒，派一个班沿南山游动，抽一个班到变电所，准备配合工人上山去修复线路，还要通知俞区长，让区中队根据原分工守住要道！"

夏连长应了一声，跑步回去布置。

焦昆喊："全体工人集合！"

工人们听见喊声，马上都围了过来，黑夜里，焦昆也数不清有多少人，只见在自己的身边，站了密密的一群。他向工人们说："我们本来要在一起过个快乐年，可是敌人跟我们捣乱，打咱们的黑枪，破坏咱们修建。解放军战士挺英勇，把敌人打跑了，还打死个匪徒。咱们工人怎么办？"

人群里有五六个人喊："上山抢修！"

焦昆向大家问："大家同意吗？"

黑压压的人群一致喊："同意！"

"好！"焦昆吩咐道："曹顺林，你领你身边的五个人去找古尚清，再让他在附近找几个人，马上到变电所集合，那里有一班战士保护你们上山抢修线路！"

曹顺林应了一声，领着人走了。焦昆接着喊："苏福顺在吗？"

苏福顺走上前说："在这！"

焦昆说："你领在场的人下坑道去维护！"

苏福顺应了一声，转身向大家喊："大家带上矿灯，咱们一起去！"

工人同战士一样，很快就组织好了，冒着寒风，分头上了山。

夜色黑沉沉的。工人们拎着点燃的矿灯走在山上，在山下望不见人影，只见一群群的火光。那火光游动着，像在跟敌人示威。

匪特把电线截去二百多米，砍倒了八根电杆，高压铜线又缺，古尚清他们忙了半夜也没修起来。电不通，坑道里水泵停了，送风停了，罐笼也停了，一切都陷于停顿。苏福顺看不能干别的，便领人维护那些排水管，免得它们冻坏了。

天亮以后，工人从四面八方赶来，聚集在办公楼前，议论着夜里发生的情况。魏富海也来了，混在人群里不安地想探听一些情况，当他听说周彪当场被打死，才一块石头落了地。他正想打听唐黎岘和焦昆的情况，忽听有人嚷："唐矿长来了！"

魏富海转身一看，果然是唐矿长。

唐黎岘披着灰色大衣，迈着稳健的步伐走来，满面堆笑，老远就跟工人们拜年问好。工人们也热情地跟他打招呼。他向大家说："敌人连年都不让我们好好过，打枪、掐电线，扰乱大家连饺子都没吃好！"

有人骂道："那些王八蛋，太祸害人了，应该狠狠地揍！"

"瞧着吧，解放军会收拾那些鱼鳖虾蟹！"

"妈的，匪羔子好大胆，年三十晚上来找死！"

"那可不，打人没打着，周彪自己先躺下了，这真是熏鸡不是熏鸡，窝脖子一个！"

"周彪早就该挨枪子，那小子太坏！"

人们你一言我一语，七嘴八舌，又骂又嘲讽。魏富海在人群里听着，心里又恨又窝火，但是不敢流露出来。

唐黎岘向大家说："昨天的情况表明，有匪特混在我们职工队伍里，不然土匪怎么知道我和焦主任在大房子里？大家要提高警惕呀！"

工人们听了唐矿长的话，情不自禁地互相瞧瞧。魏富海吃了一惊，觉得这话是针对他说的，也觉得好像这时工人们的眼光都在盯他，似乎自己已陷于包围之中，他心慌地尽量避开人们的眼光，悄悄往后边躲。

人群中有人说："我们不能睡大觉，要把眼睛瞪亮点！"

"要想办法把这些坏蛋查出来，铲除那些祸害！"

"扭出他来，就剥他的皮！"

又是一阵激愤的吵嚷。魏富海在里边待不住也走不得，后悔自己不该来。当唐黎岘分派一些人上山去支援抢修电线的时候，他溜走了。刚走不远，焦昆迎面走来，他又是一惊，想躲也躲不开，只得硬着头皮迎上去。

焦昆穿着黄军装，皮带上掖着匪枪，英气勃勃的。他刚由山上下来，见了魏富海，脑子里就一转：他怎么这样早就来了？

两人走到对面，魏富海跟焦昆的眼光相遇，感到今天焦昆的眼光特别厉害，于是赶紧避开，口不应心地说："焦主任，忙啊！"

焦昆有意岔开说："春节好！"

魏富海这才想起忘了问好，连忙又说："焦主任好！"

焦昆问："大年初一，你怎不在家吃饺子，为啥这么早就跑到这里来啦？"

魏富海镇静了些，说："昨天夜里听到枪响，电灯又灭了，不知道出了什么事，来矿里看看。"

"晚上你听到枪声没害怕吗？"焦昆紧接着问。

魏富海说："焦主任，你是知道我的，没当过兵，没经过战斗，听见枪响哪能不害怕！"他越来越镇静了。

"周彪被打死了，你知道吗？"焦昆仍还不放松他。

"我是方才听说的。"他假惺惺地说，"周彪那小子最坏，打死了让人痛快！焦主任，你一夜没睡，太累了，快回去睡一觉吧！"说罢脱身走了，他灰溜溜地赶快往回走；夜里的紧张和早晨的刺激，弄得他头昏脑涨，他怕要病倒。

焦昆望着魏富海，看出这人神色不正，一见面连春节都忘了，觉得他心里有鬼；他又把魏富海在闹粮事件中的表现联系起来，觉得这人行动不正常，不能放松对他的警惕。他看魏富海走远了，才向办公室走去。

侦察员王勇志在办公室里等焦昆，看他进来就向他报告说："严浩给金大马棒的回信，昨天下午翠花趁傍晚家家户户都准备团圆的时候，溜到老君庙，把那封信拿走了。这证明牛家酒馆确实是金大马棒在孤鹰岭镇的联络点，翠花是敌人，牛乐天也是嫌疑分子。"

焦昆听了心里很高兴，到底是抓住敌人的尾巴了。他说："敌人好狡猾，那封信放在那里很长时间了，昨天才取去。好，这是个不小的收获！"他思索了一下说，"对牛家酒馆还需要进一步侦察，进一步扩大线索。牛乐天现在跟供应科打起交道，常常借口给矿山寻找货源出去活动，你要跟跟他，看他都到什么地方去，也许会多发现一些线索。"

王勇志同意地点点头。

焦昆说："匪徒好长一段时间销声匿迹，昨天晚上又搞了这一下，斗争很复杂呀！"他坐下来，跟王勇志进一步研究敌情。

新春的早晨，是不安的早晨，也是个战斗的早晨。

二十六

经过一天的抢修，电路修通了，一切又恢复了正常，节后继续施工。但修复工程并不顺利，又碰到木材的难题。邵仁展怀着不安的心情，坐罐笼下矿井去看看。

罐笼轰隆隆往下降，站在罐笼里的工人都静悄悄的。邵仁展多年没坐罐笼了，感到有些发晕，盼望快一点到地点。正运行着，突然灯灭了，罐笼顿了一下就停住，几个工人吃惊地嚷："停电了！"

邵仁展欠起身子，打开手电筒照照，见罐笼停在井半腰，上不着天，下不着地，只好等通电了。

几个新工人沉不住气了，张皇失措地问："这怎么办哪？"

这种事故在不正常生产中常发生，苏福昌不大在乎，粗声粗气地说："慌什么，停电了，你就等着吧！"

有个工人叹了一口气说："真糟，停在这个上下不着的地方，不知要蹲多长时间。"

人多，罐笼地方小，都蹲下就容不下，大家只有站着。周围漆黑，寒风从井口吹下来，冷飕飕的。停电是什么原因，要停多长时间，谁都没法估计，因为发电厂也是刚修复，常发生事故，输电线路也不完全保靠，出了事要费很多周折。

新工人沉默地站了一阵，不安地问："苏师傅，咱们在这儿得蹲多长时间？"

苏福昌不耐烦地说："你去问老天爷去吧！我猜不到。在日本鬼子快垮台那年，有一次发电厂发生事故，我在罐笼里蹲了两天零一夜，这次谁知道要待几天？"

新工人咂咂舌头，说："若是待那么长，那不饿坏了吗？"

"挺着点吧！"苏福昌因为在节日里把钱花光了，这两天连买饭的钱都没有了，心情烦躁，他怨声怨气地说："现在都讲克服困难，你怎么连这点困难都克服不了！"

邵仁展对罐笼里的工人一个也不认识，听苏福昌的话，知道他是个老工人，便问："你叫什么名字？"

"苏福昌。"苏福昌没料到邵矿长竟不认识他。

"苏福顺是你的什么人？"

"是我哥哥。"

邵仁展听说苏福昌是苏福顺的弟弟，有些感到奇怪，苏福顺在矿里是出名的积极分子，这个苏福昌却满腹牢骚，他觉得工人好像并不都是那么先进。他说："现在条件不好，常常发生意外事件，困难不少，需要大家努力克服，你是个老工人，有意见可以提嘛！"

苏福昌接口说："这活真叫人没法干，突击呀，抢工期呀，可是总出事，现在咱们在这儿歇着了！"

邵仁展暗想，照这样干法，工人会厌倦的。刚动手修复，工人一高兴，干得很猛，哪能总是那么狂热呢？他站在那里，烦躁地挨着时间。

挨着，挨着，不知挨了多长时间，有个人竟睡着了，蹲在一边打起呼噜。邵仁展腿酸了，靠在铁板上费力地支撑着身子。他越来越心焦，不知发生了什么事故，如果弄不好，在这里待上两天那就糟了。他想，难怪工人发牢骚，工作又紧张又乱，不断出问题，突破一个难关又出现一个新的难关，局面很不利，眼见工程陷于停顿，就像这罐笼一样，在这上不着天下不着地的地方停下来，叫人一筹莫展。若是按照自己的意见，再准备半年，就不至于会这样被动。

挨着，挨着，周围没有动静，跟谁也联系不上，别人也没法使他们摆脱困境。有个工人等得心急，低声哼起京剧来。

邵仁展实在疲乏了，蹲了下来，工人往一起挤挤，给他让出点地方。由于疲倦，加上那位工人的沉睡鼾声，使他不久也朦胧地睡着了……

一阵欢呼声把邵仁展惊醒，睁眼一看，灯亮了，罐笼又轰隆隆地开动起来。他松了一口气，看了看表，在罐笼里待了六个多小时。罐笼终于到了地点，邵仁展赶紧下去。他往坑道里走了不远，看见焦昆，便走上前去。

停电使坑道里的工作也停顿了，矿工们同样闷坐了六个多小时。电一通，焦昆就领工人赶紧恢复工作。水泵又开始抽水，电动机又开始开动，清理工作重新展开。焦昆看见邵仁展，热情地跟他打招呼说："邵矿长，你来啦！"

邵仁展说："我早就来啦！在罐笼里蹲了六个多小时，就像小鸟关在笼里，飞也飞不出去。"

焦昆打量了邵仁展一眼，看他紧锁着眉头，知道他是被方才的事故搞得心情不佳，便说："这一停电，坑道里的工作全停了，白白耽误了这么长时间，这是个意外的损失。"

"虽是意外，也并不奇怪。"邵仁展闷闷不乐地说，"你问了吗，停电是什么原因？"

听焦昆告诉他说是变电所出了事，邵仁展暗想，这么短的时间就抢修好，还算不错，不然再拖上两天，也得在罐笼里熬着。

焦昆领邵仁展向前走，指点着向他汇报。水已经快抽净了，电源有了，也可以送进风，已经给修复工程打下基础，工作进展的比预料的要好。但他谈到需要就有些着急，说："现在修复工程碰到一个严重问题，就是缺乏木材。你看，坑道里的棚架都烂了，支架坏了许多，不搭好不敢让人进去；运输要修轻便铁道，需要大量道木，可是现在连一根木头也没有。我在一个多月以前就向冯科长提出这个问题，可是到现在仍还遥遥无期，真让人着急！"

邵仁展看焦昆对冯文化不满，便替他辩护说："冯文化为这事也很着急，专程到公司跑了两三趟，公司就是解决不了。我们要体谅他的困难。"

焦昆停下来，瞧着邵仁展的脸，以充满感情的语调说："邵矿长，再有两周不解决木材，坑道里的修复工程就要停顿了！"

邵仁展也站下来，他从焦昆的严肃的神色、火热的眼光和他说话的语气里，看出焦昆对修复工程的焦急心情，他知道只有全心全意投入革命事业的人才会有这种感情。这使他受了感动，因而对这严重情况也深感不安。沉默了一阵，他语气缓慢地说："是有这种可能性，虽然我们很不愿意让它发生，可是在迫不得已的时候，坑道里的修复工程只好暂停一个时期。"

听了邵仁展的话，焦昆立刻把眼光移开，激动地说："停顿就意味着后退！我们要采取积极态度，努力争取解决，一定要避免停顿！"

邵仁展不慌不忙地说："老焦，我非常理解你的心情，我对这个问题也很焦虑。我们一定要积极设法争取，可是真的发生了，咱们只得面对现实，我希望不要互相埋怨！"

焦昆听邵仁展这样说，觉得不好再跟他谈下去，转开话题说："我打算今天晚上召集一些工人座谈，请他们想想办法，你是不是来跟大家谈谈，发动发动！"

邵仁展觉得开这个会没有必要，工人哪里会解决木材问题。他推托说："晚上我有事，如果你看有必要，还是你自己领他们开吧。"

焦昆听邵仁展这样说，心里很不高兴，没有再说什么，默默地陪着他走着，观察着。由于他们对坑道里的情况都很关切，加上感情激动，顾不得淤泥沾脚，也顾不得坑顶的泥水淋在他们身上，两人向巷道的深处走去……

邵仁展回到家里已经很晚了。黄玉芳看丈夫疲劳不堪，身上溅了些泥点子，关怀地说："你进坑道里去啦？"

"是呀！"邵仁展一下子坐在床边说，"碰到了停电事故，在罐笼里蹲了六个多小时；还算抢修得快，不然还不知道要蹲到哪年哪月呢。"

黄玉芳体贴地打量一下丈夫，去给他端水。邵仁展洗了脸，又向妻子嚷："玉芳，端饭来！可把我饿坏了。"

饭后，邵仁展点起一支烟，坐在椅子上欣赏起挂在墙上的两幅国画和一幅外国油画的复制品，出于一个采矿工程人员的爱好，那三幅画中，一幅画的是雄伟奇峰，一幅画的是山村小溪，另一幅是莽苍苍的森林。他很珍视它们，都镶在玻璃镜框里，有空就爱一幅一幅地端详，揣摩画家的艺术构思和技巧。

黄玉芳在外屋喊："仁展，来客人啦！"邵仁展转身向门口望去，见严浩和魏富海来了。

严浩回沈阳过春节刚回来，穿着一套新装，脸刮得干干净净，显得不那么老气横秋了。他坐下后，很感兴趣地看着墙上那几幅画说："邵矿长，你还爱画？"

邵仁展笑着说："我只爱这种山水画，画家画出了大自然的美，瞧那幅油画，山势多么险峻，多有气魄。看那些蓝图看厌了，换换口味。"

魏富海向严浩说："邵矿长年轻的时候就爱好画，当年他在孤鹰岭矿当工程师的时候，常画山水。"

邵仁展说："那是年轻时候的事，多年不拿画笔了。"

黄玉芳端过茶来，三个人喝着茶谈起来，他们谈了一阵绘画，话题就转到了矿里的工作。

邵仁展不像方才那样高兴了，心事重重地说："施工情况很乱，一切都是在毫无把握的情况下进行，停电、待料，眼前又要停顿，实在令人不安。"

魏富海唯恐天下不乱，但他装作关切和讨好地赶紧接过来说："这都是因为准备不够，如果按照你的主张，再准备一春，把一切都准备得足足的，到夏天施工，一定顺利多了。"

邵仁展摆手制止说："不必再说这个了。"

魏富海恭维地说："你还应该坚持你的主张，在矿里你是专家，有学识，有见解，有魄力，我们都拥护你，尊敬你。"

严浩只是喝茶，半天没有插话，听魏富海恭维邵仁展，情不自禁地瞟了邵仁展一眼。

邵仁展对魏富海的话有些反感，觉得庸俗，不高兴地说："你不要恭维我，论学识要数总工程师！"

"哪里，哪里！"严浩摇了摇头，呷了一口茶，向邵仁展说，"你提出的主张是对的，不过，我觉得还是急进了。工程期限缩短那么些也不现实；准备时间也太短，如果再准备一年开始施工就不算慢了。可是，嗳，农民有句俗话：老牛赶山，赶到哪天算哪天，赶着瞧吧！"

邵仁展说："不要评论计划了，研究一下如何扭转被动局面吧！"

严浩无动于衷地说："施工陷于停顿，并不使人感到意外，这是必然的发展趋势。目前停顿一下还不是什么大问题，因为木材是小事，可说只是个插曲；将来设备解决不了，还要长期陷于停顿。这有什么办法，客观情况如此嘛。"

邵仁展听严浩那灰溜溜的声调，不满意地皱起眉头。

魏富海忍不住他内心幸灾乐祸的感情，顺口说："停顿一下也好，它可以证明那种好大喜功、爱闯局面、盲目乱干的做法行不通，可以证明副矿长的主张是正确的，用这个事实就可以把唐矿长和焦主任驳倒了。"

邵仁展听了这话很反感。他之所以坚持自己的主张，是一心为革命事业负责，丝毫没有个人得失，绝不能拿工程失败换取自己的正确。他毫不客气地斥责魏富海说："你这是说的什么话，工程陷于停顿，会造成损失，难道你就无动于衷吗？"他说着瞥了严浩一眼，这话也是给他听的。

魏富海看邵仁展如此恼火，一层阴影在他的脸上掠过，腮上痉挛地跳动几下，狡猾地眨了眨眼睛，装作很有感情地说："邵矿长，你不要误会！眼看工程上出现问题，谁不焦虑？咱们过去同过事，我又非常赞成你的观点，所以跟你推心置腹，说话随便；再说，我非常同情你，你花费很多心血提出了那些好主张，结果不被采纳……我这个人爱动感情，感情一冲动，说话就不讲究分寸了。"

邵仁展冷淡而又表示宽容地摆摆手说："算啦！何必说这样一大堆呢！我的心情焦躁，随便说说，你不必往心里去。"

魏富海听了，微微一笑，端起了茶杯。他今天听说工程有停顿的危险，非常高兴，因此鼓动严浩来跟邵仁展煽风点火；看严浩只是喝茶，半天也不开腔，他又暗自着急。

严浩悠然自得地品茶，仰脸望着墙上的画。他的心情跟邵和魏全不同，既没有像邵仁展那种焦虑心情，也不像魏富海怀有恶意，觉得将要发生的事是很自然的，无须大惊小怪，因此，心情坦然，连邵仁展有意给他听的话也没在意。

邵仁展看不惯严浩清高傲慢的神态，对他的孤僻性格也有反感，瞧严浩那样子，猜不出他是在思索什么。他自己是爽快人，喜欢有话就说，因此这样沉默使他受不了。

沉默了一阵，魏富海又狡猾地向严浩说："严工程师，邵矿长不是让我们想些摆脱施工困境的办法吗？把你的意见贡献出来吧！"

严浩放下茶杯，微微欠起身子，郑重地说："作为一个工程师，对修复工程负有责任，为了尽到职责，我提一些看法，供你们参考。"

这两句开场白，引起邵仁展和魏富海的注意，两个人都静悄悄地望着他，听他发表意见。

严浩慢声慢语地说："我的话可能重复，但是在当前我不得不再说一遍。工程陷于困境，这是预料中的事。矿里编制的修复计划根本完不成，最好现在就承认这个事实，下决心改变计划，免得将来更加被动。"他停住观察一下两人的反应，看两人静默不语，继续说，"当然，领导上的雄心和工人的劳动热情，都给我留下很深刻的印象，确实很难得。可是修建这样大的矿山，光靠热情是不行的，一定要有充足的资金、设备和技术人员，根据我在国统区里的体验，如果只凭国内的力量，不仅现在解决不了，将来也难解决。出路只有一条：或者靠国外投资，或者靠国际贷款，别无他法。"他接着讲起在国统区里的目睹耳闻，说明矿里的现计划根本行不通，最后说，"现在改变计划还为时不晚，如果等工程进一步铺开，就不堪设想了。"

魏富海对严浩这番话感到满意，补充说："这就是说，现在应该撤退了。"

邵仁展仍然静坐着，没有任何表示。

严浩看邵仁展不讲话，不表示态度，感到有些泄气，便站起来说："我说了这些话，只是为的提醒你注意，我相信你会冷静地考虑的。明天见！"说罢便迈步向外走去。魏富海也跟着走了。

邵仁展送两个人到门口，关上门，回来又坐着沉思起来。他对这两人的印象并不好，认为一个是滑头，一个是颓废派，因此对他们的话有保留；但他也同意他们的某些看法，此刻他更感到问题严重，心情也更沉重了。

自从施工一上马，邵仁展就担心这个，现在果然要发生了。施工正在热火朝天地进行，基层干部们对修复工作充满信心，工人们也正在满怀热情地从事劳动，一旦陷于停顿，会严重地影响大家的情绪。怎么办呢？他思索了好长一阵，也想不出摆脱施工困境的办法。这时他想起自己跟唐黎岘和焦昆的一系列争论，觉得自己不够坚决，明知自己是对的，却不据理力争，反而迁就妥协……想着想着，他对自己不满起来，觉得造成现在这样的局面，不能完全怪唐黎岘和焦昆他们，自己也有责任。他懊恼了一阵，觉得自己还是应该采取积极态度，决定一方面努力争取解决木材，另一方面要说服唐矿长采取一些主动撤退措施，于是他打电话叫冯文化来一趟。

冯文化很快就来了，手里拿一沓材料，进来就往邵仁展面前一放说："供应科的分工细则和领发材料的规章搞好了。很难搞，整整花了两周时间，可能还达不到你的要求；你先看看，不行再修改。"

邵仁展冷淡地看了那些材料一眼说："我找你不是为这个，我想问你有关木材的事。"

提起木材，冯文化摇头叹气地说："前天我又派人到公司去催，公司答应给想办法，可是毫无把握。"

邵仁展说："你知道吗？木材若是不快解决，坑道里的工作要停顿了。"

冯文化觉得邵仁展是明知故问，感到不快地说："我早就知道问题严重，急得要命，简直要把腿跑断了。为这事，你不是还亲自到过公司一趟吗？"

邵仁展锁着眉头，思索了一下，突然向冯文化说："你连夜去公司一趟，向他们说明严重情况，要求马上解决；实在解决不了，让他们说个日期，我们好安排工作。"

"连夜去?"冯文化感到太突然,用探询的眼光看着邵仁展。

邵仁展肯定地说:"必须连夜去,明早一上班就跟他们谈,无论结果如何,都要立刻赶回来。事情已到了这种地步,不允许拖了!"

冯文化看邵仁展的神色很严肃,明白邵矿长真急了,二话没说,站起来向外走去。屋子里剩下邵仁展一个人,他疲乏地靠在被子上,吸着烟,眼望着天棚,继续沉思。门轻轻开了,黄玉芳走进来,搬把椅子在丈夫对面坐下说:"仁展,我要跟你谈谈!"

邵仁展看妻子一本正经地要跟自己谈,有些感到意外地说:"你要谈什么?谈吧。"

黄玉芳说:"我在家待不住了,我要去工作!"

"噢,这个呀!"邵仁展不在意地说,"我们来到这个荒僻小镇,孩子们没人照顾,生活还没安定,你还是在家里照看着吧。"

黄玉芳听了丈夫的话,闷住了,神情忧郁地瞧着丈夫半天也没说出话。她和邵仁展是姨表兄妹,由父母做主结了婚。过去,她觉得自己不如丈夫有知识、有能力,一切都听丈夫的摆布。自邵仁展在孤鹰岭矿被捕,她回到哈尔滨娘家,靠亲友的帮助当了小学教员。解放后,受到党的教育,觉悟有了提高,眼界放宽了,不愿再局限在家庭的生活圈子里,关心起革命形势和周围的革命斗争,做教师的事业心也增强了。她变了,可是邵仁展没注意她的变化,还和过去那样对待她,她对此逐渐产生不满,但是由于过去的习惯,仍然迁就他;这次邵仁展没征得她的同意就给她办了调动手续,匆忙赶到这里,又让她在家里料理家务,她感到丈夫对自己不够尊重,心里很不高兴。那天跟唐黎岘交谈后,越发感到丈夫对自己的态度不对头。这些日子她反复思索了很久,觉得需要跟丈夫好好谈谈。现在看他还是这样不当一回事，感到很不愉快。

邵仁展看妻子坐在那里不动，察觉了她的不满，便赔着笑脸说："你别生气！我也不愿意你在家待着，可是遇到特殊情况，有什么办法。将来妥善安排一下，你仍然可以去工作。"

黄玉芳认真地说："我不是光跟你谈这个，还想跟你谈谈别的。"

邵仁展看妻子一向恬静的脸上露出了严肃的神情，两眼闪着光，更感奇怪地坐起来说："你还想谈什么？谈吧！"

黄玉芳思索了一下，说："我要谈很长时间，看来，你今天没有空吧？"

邵仁展叹了一口气说："玉芳，你不知道，施工中不断发生问题，现在碰到个木材问题，坑道里的修复工程有被迫停顿的危险，真让人着急！好吧，你谈吧！"

"不！"黄玉芳改变了主意，轻轻摆一下头，"我要等你有空的时候，心情好的时候再谈。反正要谈谈，一定要好好谈谈！"她声音有些激动，说罢就站起来，把椅子一推，走出了房门。

邵仁展喊了她一声，她也没回头。看妻子的行动不寻常，他发愣了。她到底要谈什么？为什么这样郑重其事，而且冒火呢？他猜不出其中缘故，张口结舌地待在那里。

二十七

次日，邵仁展又花了半天时间把意见准备好，决心找唐黎岘好好谈一次。他走进唐黎岘的办公室，唐黎岘不在，薛辉告诉他，唐矿长清晨就下坑道去了。邵仁展想了想，还是坐下等一下；趁这个机会，他又把自己的意见检查一遍，确认自己是对的。他明白要说服唐黎岘非常不容易，预料这是一场尖锐的争论，但不管怎么样，他决心要据理力争。

唐黎岘回来了。他浑身溅满泥点子，左手拎着一盏矿灯，右手拿一把铁锤，那样子好像一个老矿工。他进门就说："听说你昨天碰见一桩不愉快的事，在罐笼里蹲了多半天。"

邵仁展摆一下头说："别提了，罐笼运行到中间电停了，蹲在里边束手无策，有翅难展，处境实在不妙！"

唐黎岘哈哈笑起来，放下矿灯和铁锤，在邵仁展对面坐下说："那种处境确实不妙。这也算是个新的体验，将来修复好以后，这件事可以当佳话讲呢。"

邵仁展看唐黎岘仍然那样开心，有意提醒他说："人碰到那个不妙处境倒没啥，工程碰到那种处境可就糟了，将来不应当佳话讲，而要看作是严重的教训啊！"

唐黎岘注意到他心事重重，明白他是为木材的事，便说："修复工程要陷于那种处境，确实很糟，我们要积极设法解决，绝不再出现那种不妙的处境。"

邵仁展心情沉重地说："这种处境是难以摆脱的。当前木材问题难以解决，坑道里的修复工程要被迫停顿了，以后还会碰上设备难题，停顿是不可避免的。"

唐黎岘说："还没有达到那种程度，何必这样悲观呢。"

"事情可以说已经发生了！两个小时以前，冯文化从公司打电话告诉我说，公司目前解决不了，运来木材起码要等两个月。"他有些激动了，双手扶着桌子，把脸微探向唐黎岘说，"老唐啊，我们要认真对待这个问题了！修复工程是在毫无把握的情况下进行的，资金不足，设备缺乏，材料供不应求，缺乏技术人员，一冬全凭工人的劳动热情支撑着。它像个先天不足的脆弱病人，禁不住风吹雨打，目前出现一个木材问题就要使工程陷于困境，将来设备解决不了，就更被动。我们要面对现实，主动采取措施。"

唐黎岘冷静地听着，看邵仁展停下了，便说："那么，你打算采取什么措施呢？"

邵仁展坦率地说："这很简单。为了摆脱施工的困境，只有放慢速度，主动停下坑道里的修复工程，只做些排水等准备工作，地表的修复工程也适当缩小，积极进行准备，努力为全面施工创造条件。"

唐黎岘提醒他说："这样一来，修复计划要被打乱了！"

邵仁展往椅上一靠说："原来的计划本来是不可靠的，根据目前情况，修改一下也是必要的。"

唐黎岘望着邵仁展，暗想，原来他仍然坚持老观点，这说明分歧不仅没消除，而且加深了。

两位矿长面对面坐着，谁也不说话，都吸起烟。唐黎岘沉思良久，耐心又严肃地说："要说修复计划把握不大，在开始的时候还可以这样说；经过这一段施工，我的信心更强了。"他注意到邵仁展的反对眼光，强调说，"信心确实更强了！因为我们已经突破了许多困难，证明我们原来的设想是对的，也证明了计划行得通！"

邵仁展忍不住地又欠起身子说："眼见要被迫停工了，怎么还说行得通？"

唐黎岘不慌不忙地说："困难是存在的，对困难一定要重视，但是要看到有利条件。毛主席在《为人民服务》那篇文章里教导我们说：'我们的同志在困难的时候，要看到成绩，要看到光明，要提高我们的勇气。'看到点问题就慌乱不安，可不对头……"

"哎，老唐，咱们讲实际问题吧！"邵仁展着急地想拦住唐黎岘的话头。

唐黎岘说："你不要着急，我们的分歧主要是思想上的分歧，要谈只能从思想谈起。你恰恰是犯了片面性，只看到困难，看不到有利条件。"

邵仁展有点冒火了，说："你只看到有利条件，看不到困难，不是同样片面吗？"

唐黎岘仍然并不着急地说："事物都是一分为二的，如果看不到困难，当然也是片面。老邵，我觉得在困难面前，要看到党的力量、群众的力量和整个解放区的社会力量，这样才会有战胜困难的勇气。如果孤立地去看问题，自然就会束手无策……"

正说着，冯文化回来了。由于夜里没睡觉，他两眼发红，浑身风尘，进屋就疲乏地坐下，长吁了一口气说："哎呀，这样奔跑，真够人受的。"

唐黎岘给他倒了一杯水，关怀地说："喝杯水，松口气！"

冯文化一口气喝干，把杯子往桌上一放说："木材问题实在不好解决，工厂修复、房屋修建，到处都需要木材。辽南没有林场，靠长白山和大小兴安岭的林场运木材。那里土匪没肃清，生产条件也不好，不能大批砍伐。再说，就是砍伐了一些，运输也存在困难。上级答应给公司调拨一批木材，可是要等两个月以后才能运来。公司答应等这批木材一到，就拨给我们一部分，我们只好等着。"

邵仁展立刻接上说:"看,情况就是这样嘛!坑道里的施工眼看要被迫停顿,怎么能不叫人焦虑呢?不主动采取措施,盲目往前赶,将来会不可收拾!"

冯文化马上接上说:"木材的事我们尽了最大的努力,实在无法解决,现在怎么办呢?我看只有按照邵矿长的意见办,免得以后被动。"

唐黎岘还没来得及说话,邵仁展又说:"我所担心的主要是设备问题,谁知简单的木材就使工程受到严重影响。那么设备呢?将来肯定会成为更加严重的问题。严浩说什么国外投资、国际贷款,那是错误的,他是用国民党的尺子来衡量我们今天的事。我相信在党的领导下,依靠解放区人民的力量,会战胜这些困难,但是需要时间,眼下办不到!"他站起来,滔滔不绝地说,"老唐,你不能再固执了,时间不容许我们再抽象地辩论了!也许咱们是思想方法上的分歧,但是不论怎么说,搞工业建设是科学性很强的工作,一定要有科学态度,而科学是最讲实际的……咱们不妨算算账!"

唐黎岘平静地,但很尖锐地说:"账是明摆着的,我很清楚,用不着再算它。你不赞成严浩的意见,可是实际上你又受他的影响。头回我在山坡上遇见他,同他谈起来,他又把他的老主张谈了一遍,可是你呢?也同样坚持原来的观点!"

邵仁展有些压不住火地说:"我认为我原来的观点没错,必须坚持,因为我不愿意看到工程陷于困境!"

谈话尖锐起来了。冯文化坐在那里不好插言,不安地瞧着两位矿长。这时,薛辉突然在外面嚷:"焦昆回来了!"

唐黎岘起身到窗边往外望望,见焦昆敞开黄大衣,双手拢着衣襟，生气勃勃地在大踏步地向办公楼走来。

邵仁展和冯文化原来不知焦昆到哪儿去了，听薛辉惊喜的喊声和唐黎岘的动作，知道唐黎岘盼着焦昆，感到有些莫名其妙地互相交换了一下眼光。

唐黎岘回到桌边，向邵仁展说："焦昆也是去联系木材的事，不知结果如何。"

说话间，焦昆推门走进来，但见他神情开朗，满面春风，就像刚打了胜仗一样。他看大家都瞧着他，欢快地说："问题解决了！"

这句话立刻引起三个人的不同反应。唐黎岘非常高兴，情不自禁地奔过去握住焦昆的手；邵仁展感到突然，惊异地望着高个子军人；冯文化有些迷惘和疑惑地欠起身子注视他，薛辉也跑进来听他的好消息。

焦昆脱下大衣，解下腰上的皮带，在桌边坐下，好奇地看看表情不同的人们。

唐黎岘向他说："你把情况全盘汇报一下吧！"

焦昆听唐黎岘让他全盘汇报，明白了矿长的用意。他像在军队里一样，简单明确，有条不紊地报告说："为了解决木材问题，昨天晚上唐矿长跟我一起请了一百多名职工座谈，会上有人提出了一个线索，说离矿山十五里地有个卧龙寺，附近有一片树林。今天早晨我邀俞区长一同去踏勘，果然不错。这片树林是金大马棒在十二年前用非法手段占为己有，他为了卖个好价钱，一直没动，周围农民惧怕金大马棒，谁也不敢去砍一棵，因此养育得很好，现在已由政府没收。我们跟县政府联系，他们为了支援矿山建设，允许我们上山去采伐。采伐三分之一就足够解决我们目前的问题了。"

唐黎岷兴奋地说："真妙，太好啦！"

邵仁展听了焦昆这番话，又高兴又尴尬，有些坐立不安；冯文化没料到这事，惊异得目瞪口呆；薛辉高兴极了，殷勤地给焦昆倒了一杯水，趁机会偷偷向焦昆使个眼色，让他注意邵矿长和冯文化的神色。

焦昆喝了一口水，继续说："我打算抽出五十名工人，再派一排解放军，组成一支采伐队，由苏福顺和老排长领队，上山去突击采伐。那山上有一座破庙，收拾一下可以住宿，离树林不远还有个小村子，也可以帮我们的忙。俞区长答应从郊区农村动员一些木匠和几辆大车，帮我们采伐和运输。"

焦昆想得很周到，可以说把一切都安排好了。唐黎岷非常满意，亲切地瞧着他想，身边有这样几个干部，工作就好做了。他完全赞同焦昆的安排，说："好吧，就这样办吧！"

焦昆向冯文化说："老冯，需要准备三十把锯、五十把斧子、一些绳子、搭棚的席子和几十人的餐具。时间要快，争取在两三天内上山。"

冯文化掏出本子，把焦昆提的要求全记下来，答应尽快办好。

唐黎岷看了看邵仁展和冯文化，严肃地说："一定要克服依赖思想，一切都向上级伸手的作风非常有害！我们是要依靠上级，事实上上级已经给我们调来不少干部，拨来一些资金和粮食，也给我们解决了部分设备和材料，形势越来越好，今后更会给我们提供财力物力。同时，解放区人民也在大力支援。可是我们绝不能当伸手派，尤其是在当前，各方面都存在困难，不发扬自力更生的精神，不发挥主动性，工作自然就没有办法。"

冯文化哑口无言，不安地瞅瞅邵仁展。邵仁展脸色红一阵白一阵，紧皱双眉，沉默了半天，站起来说："木材有了着落，可以解决目前之急，我很高兴。不过，还不能因此而盲目乐观，难题还有很多，最重要的是设备，将来设备解决不了，工程仍然会停顿！我保留我的意见，希望你认真对待！"

邵仁展说完转身走出去，冯文化犹豫了一下也跟着走了。焦昆目送着两人走出屋，问唐黎岘："你们争论过？"

唐黎岘说："争论好长时间。他主张修改计划，要主动撤退！"

焦昆的脸色顿时变了，气愤地说："邵矿长和冯文化太成问题，工程遇到困难不去积极解决，而是借这个机会翻腾起老主张，这算什么态度！"

唐黎岘说："你这种看法不大公平。邵矿长对木材解决不了，非常焦急，也在积极想办法，看他那忧虑的神色真让人感动；冯文化对修复工程同样抱着积极态度，昨天他连夜去公司请求，眼睛都熬红了。问题是他们的思想不对头，工作作风不对头，因此才被动，对他们要热情帮助才对！"

焦昆赞同唐黎岘的意见。

唐黎岘回想起方才跟邵仁展的争论，觉得克服工程上的困难需要花费力气；要克服人的思想问题，同样需要花费力气，而且必须连续反复地进行斗争。他沉思了一会儿，又向焦昆说："邵矿长的顾虑也不是没有根据的，困难实在不少，一个难题接一个难题，今后还会出现问题，我们一定要冷静。同时也要坚定，不能受失败论者的影响。"

焦昆认真地听着唐黎岘的话，觉得每次跟唐矿长一起交谈，都能得到一些启发，因此喜欢跟他一起唠唠；唐黎岘也爱跟焦昆在一起交谈。这时他们唠了一阵，又研究起采伐队的事，因为在那样的困难条件下砍伐，将是一场艰苦的战斗。

砍伐木材的事引起了敌人的注意。魏富海看用其他办法阻挠不了，当晚就派牛胡子去给金大马棒送信，要金大马棒带领匪徒袭击采伐队，破坏伐木工作。牛胡子在第二天早晨，夹着一条口袋，装着下乡买货，向镇外走去。走到镇郊，他照例地回头瞧瞧，看附近没有人，便奔向山麓小道。但他没料到，侦察员王勇志早已注意他了。

王勇志也化装成小商贩模样，远远地跟着牛胡子。他跟牛胡子走了两个多小时，爬过一座岭，来到一个村庄。

村子有五六十户人家，天气冷，街上没有人。牛胡子进村直奔村西头小铺。小铺掌柜是个瘸子，一瘸一颠地迎出来，跟牛胡子打个招呼，两人一同走进屋。王勇志为了隐蔽自己，绕开人众，到村西小山上监视他。

北风刮得很紧，灌木丛不停地摇摆着。王勇志在灌木丛里耐心地等了半天，牛胡子没出来；一直等到太阳靠近西山，才见牛胡子夹着口袋出来。

瘸掌柜送出门口，说：“天黑了，路上小心狼啊！”

牛胡子说：“不怕，我顺大道走，哪来的狼！”

王勇志以为牛胡子要回孤鹰岭镇了，决定不再跟他，准备下山去摸一下瘸掌柜的底。他刚想起身，发现牛胡子不是回孤鹰岭镇，而是向东走去。他马上改变了主张，决定再跟牛胡子一程。

牛胡子顺大车道走了一阵，拐向荒山。王勇志看这情况，猜测牛胡子可能进山去找金大马棒，心里很高兴：剿匪部队正找不到金大马棒匪徒的踪迹，这回可发现了线索。他凭借树丛的掩护，悄悄跟牛胡子走进山谷。

天渐渐黑了，暮色深沉。山谷两边峰岭对峙，投下暗影，山路更黑了。王勇志像猎人追踪野兽一样，很怕牛胡子溜掉，紧紧地盯着他。山谷很长，越走越窄，仰头望望，两边巉岩耸立，峭壁连片，只露出狭窄的一条天空，乌云滚滚飘动，更显得深谷险峻。

牛胡子忽然站下来，从腰里摸出个竹哨，学百灵鸟叫。叫了三声，停下来听听，没有动静，往前走了一段，又叫了三声。

王勇志明白已经来到匪巢附近，谨慎地隐在树后盯着他。当牛胡子叫了第三次，忽然一声呼哨，从灌木林里蹿出两个匪徒，把牛胡子接走。他看到这里，觉得不必再停留，决定赶快去找剿匪部队，转身轻步向山外走去。

牛胡子跟两个匪徒来到营地，见沿避风的石崖下，搭起一排窝铺，他为了避免跟其他匪徒见面，跟其中一个匪徒绕开那排窝铺，直接去见金大马棒。

金大马棒住在一个天然石洞里，石洞很宽敞，但很浅，洞口又接出一间窝铺。他正跟副官谈修巢穴的事，听匪徒报告说牛胡子来了，马上叫领进来。牛胡子见金大马棒板着面孔，两眼盯着他，胆怯地站在那里。金大马棒问："谁叫你到这里来的？有重要事吗？"

牛胡子说："是魏富海让我来的，事也很重要！"他接着把矿里的木材情况和要砍伐金大马棒的树林说了一遍，最后说："如果你能把采伐队干掉，让他们砍不成，矿里的施工就要停顿，这是个很好机会，魏富海希望你能办到！"

"见他娘的鬼吧！"金大马棒发火了，咆哮道，"魏富海只会借我的兵力，他什么也办不到。年三十那次，没把姓焦的和姓唐的干了，反而搭上个周彪。我这地方很秘密，没有重要事谁也不许来！"

牛胡子说："金司令，这事很重要，再说，他们要砍你的山林哪！"

金大马棒觉得训他也没有用，把眼光由牛胡子的脸上移开，不响了。牛胡子从怀里取出两瓶茅台酒，放在他面前。副官看有酒，忙到厨房端来菜，侍候金大马棒和牛胡子吃饭。

金大马棒喝足了酒，向牛胡子说："你马上离开这里，回去告诉魏富海，我一定要砍木材的人跟我的山林同归于尽！"

牛胡子走了。金大马棒也出了洞，往卧龙寺那边望望，夜色苍茫，什么也望不见。他心疼那片养育多年的山林，恨矿山要砍伐他的山林，更恨焦昆……酒往上涌，醉了，踉踉跄跄地回到洞里，倒在熊皮上睡了。

天还未亮，一阵枪声把金大马棒惊醒，他闪地跳起来。副官慌张地跑进来报告说："解放军摸上来啦！怎么办？让弟兄们守吗？"

"见鬼！怎么会出这种事！"金大马棒略思片刻，咬了咬牙说，"让一连掩护，其他人撤走！"

金大马棒出了洞口，见山坡上、沟谷里和对面山头上枪声大作。他还来不及招呼正聚集到他身边的匪徒，一颗炮弹飞来，七八个人立刻倒了，弹片削掉了他的帽子。他大吃一惊，顾不得一切，下令："撤！"匪徒们一窝蜂似的向山梁奔去。解放军发起冲锋，两个连猛扑上来，可是匪徒主力凭借有利地形很快就逃跑了。

二十八

隔了三天，采伐队出发了。头前是解放军，除了武器以外，还带着锯和斧头。工人们扛着斧头和锯，也像战士那样排成队，浩浩荡荡地进了山。他们当天在林中的破庙里安了家，第二天就动手砍起树来。

树林很大，碧绿的油松，笔直的落叶松，夹杂着菠萝柯子、白桦、山梨树、橡树、钻天杨等杂色树木，密密层层，苍郁幽深。山风时强时弱，树林也忽高忽低地呼啸着，好像它们为即将走出深山老林，投身于矿山建设而歌唱。矿工们和战士们沿着山坡砍伐，斧头咔咔响着，拉锯的哧哧声此起彼落，不时有人大喊一声，一棵大树倒下。但砍伐这一行对这些矿工来说是艰苦的，他们多数人是外行，斧头抡得很猛，砍下去却不深，拉起锯来，不是夹锯就是别锯，非常吃力，半天也拉不倒一棵。

苏福顺拿着一把长柄斧头，同工友们一起干着，他也不内行，砍倒一棵树，总要累得满头大汗。队里经常出事，不时有人拿着折断了的锯条来找他，他看锯条不多了，有时便无可奈何地对来人说："你是条笨牛，拉锯可不同抡斧头，使那么大劲干吗？去拿斧头砍吧！"他还不放心，不时到各处去察看。这时他来到一棵大松树下，见郎金魁和一个工友正在拉锯，两人一拉一送地很吃力。郎金魁见他来了，叹了一口气说："我看人家拉锯觉得好玩，没料到这么费劲，累得腰痛胳膊酸，也拉不倒一棵树。"

苏福顺说："内行使巧劲，外行使笨劲。你干着学，学着干吧，干上几天就能入门了。"

郎金魁摇摇头说："谁有心思学这个熊活，三百六十行，最数爆破工为强，只要有胆量，点起炮捻就万事大吉，还是让我放炮去吧！"

苏福顺说："你别放空炮吧！没有木头，搭不起支架，在坑道里什么也干不成，快拉吧！"

苏福顺正跟郎金魁谈着，忽听附近有树枝劈裂的声音，接着一声喊叫。转脸一看，见一个小伙子被砍倒的松树划伤了，他吃了一惊，忙跑过去，见伤得不重，部队的卫生员来了，给小伙子包扎好，立刻让两个工人背他下了山。

这次事故使苏福顺感到不安。他头一次领这么多人干活，又是独立作战，离矿山这么远，连个电话都不通，唐黎岘和焦昆没在跟前，心里感到没底；他觉得既然领导信任，就得努力领大家完成任务。他无心再砍伐了，拎着长柄斧头到处检查，反复叮咛那些毛手毛脚的小伙子们注意安全。正往前走，忽听有人喊："小心！"紧接着一棵松树倒下来，飞来一颗松球打在他的身上，他发现喊叫的是林大柱。

林大柱用绳子捆着腰，把皮帽耳子竖起来，额上冒着汗珠，神采奕奕，拎着一把快斧子站在树墩旁。在他面前已经倒下好几棵树。

苏福顺称赞说："干得好！你有什么窍门，砍得这么快？"

林大柱说："没有什么窍门，斧子磨得快快的，使出浑身劲就行了！"他说着抢起斧头，朝身边的一棵松树砍去，树干一颤抖，树梢的干枝和黄叶便唰唰地落下来。

苏福顺在一边细心看着。林大柱抢起斧子，围着树干接二连三地转圈砍着，切口渐渐深入树心，不久，树开始摇晃了。他站在上侧面，一面用斧头顶树，一面高喊："注意呀，顺山倒！"只听嘎嘣一声响，树干就呼啦啦地倒了下去。苏福顺赞叹地说："好！你的方法不错，你从哪儿学来这一手？"

林大柱笑着告诉他说："我邻居有个老张头儿，过去在林场干过活。我听说要上山砍树就去问他，这是他教给我的办法。"

苏福顺兴奋地说："你真是个有心人！我让大家都来学你。"

"别着急。"林大柱说，"等我再试验两天再传给大家，现在我还没琢磨透呢。"

"那么就明天吧，不能再等了！"苏福顺向他推心置腹地说，"唐矿长和焦主任不在跟前，我真怕搞不好，这副担子不轻啊！"

林大柱安慰他说："你不用发毛，不是还有我们吗？咱们党员带头，再把一些老工人鼓动起来带头，剩下的人，大家拉也把他们拉走了。"

苏福顺感激地瞧着他，别看人家叫他"林老蔫"，平常不声不响，心里可有数。老林的话使他受到启发，也受到鼓舞，心想，担这副担子不只是自己，党员和老工人一起担着呀！

苏福顺继续到各处察看。一片砍伐声，以不可阻挡的声势正向呜呜呼啸的树林进攻……

黄昏，敲起钟声，工友和战士们从林里返来，破庙里又黑又冷，地当央燃着火炉，大家挤满屋子，有的躺下歇着，有的在缝撕破了的衣服，有些人聚在一起唠嗑儿，林大柱在一边磨斧子。火炉在冒烟，工人们又抽烟，弄得屋子里烟气腾腾。

苏福顺走进屋子，看郎金魁正懒洋洋地倒在行李上，低声哼着小曲，一见苏福顺便诉苦说："苏师傅，你放我回去干别的吧，干这个咱不在行。"

苏福顺说:"大家都不在行,照你这样说,都该回去了?"

郎金魁说:"别人我管不着,我只管我自己。白天在树林里干了一天,晚上跟佛爷睡在一起,关上窗户受烟熏,开了窗户受冷风,这罪咱可受不了!"

苏福顺听郎金魁发牢骚,生气地盯着他的脸说:"临来的时候,焦主任不是向大家说,谁怕艰苦可以不去,你不是说什么也不怕嘛,怎么一天就熊啦!"

郎金魁原以为参加采伐队,到山里换换口味,凑个热闹,不料想是这个滋味,完全失去了兴趣。他看苏福顺两眼盯着他,不说了,倒下去继续哼小曲。

林大柱继续哧哧地给大家磨斧子,磨了一把又一把,在他跟前摆着一堆斧头。

苏福顺看到还有些工人情绪不高,往火炉里添几根柴火,说:"庙里冷点不假,可是它是屋子呀。你看人家解放军,住在席棚子里,比咱这要冷多了,人家就没有叫苦的,没有一个人怯阵!"

郎金魁毫不在乎地说:"解放军是解放军,我郎金魁是老百姓,有什么比头!"

"你是个工人!"林大柱停止磨斧子,转过脸来说,"解放军的身子也是肉长的,为啥他们不怕冷?他们也是外行,可人家干的比咱们多。人家住席棚子,让咱们住屋子,咱们比不上解放军,不能跟解放军学?"

苏福顺接过来说:"今天是头一天,不太顺手,把式好练,头三脚难踢,开头总会有难处,干几天就好了。矿里让咱们上山,指望咱们拿木头回去,咱们不能辜负领导的希望,有多大难处都要挺得住，非砍下足够用的木材不可！"

郎金魁不吱声，也不再哼小曲了，打开行李睡下。工友们议论了一阵，也纷纷躺下睡了。不久，屋里一片鼾声，林大柱仍然不睡。他把磨石和斧子搬到炉子边，借着炉火的光亮，轻轻地、耐心地磨着。苏福顺关好窗户，向林大柱说："别磨了，睡觉吧！"

林大柱说："你不是说明天让我传给大家那样砍法吗？斧子不快可不行，我把它都磨得快快的，大家干起来顺手，办法就容易传开。"

苏福顺看老林不睡，自己也不睡，坐在炉边守着火。林大柱不停地磨斧子，一把、两把……在他面前又摆了好多把。

风刮大了，从屋顶、窗户、门缝直往里边灌，虽然炉子烧得很旺，屋里却越来越冷。苏福顺扫视了一下屋子，工友们一个紧挨一个睡在草铺上，有几个人蹬了被子，他轻手轻脚地给他们盖好。当他走到郎金魁身边，见他盖的被子很单薄，身子蜷曲着像个大对虾。他想，怪不得他叫苦，于是忙去抱来自己的被子，轻轻地给他盖上。

苏福顺出得门来，望着黑沉沉的天空，听着风吹树林呼啸，心想如果再下一场雪，困难就更多了。他知道不安心的不只郎金魁一个人，大家对砍树都不在行，干起来很费力，头一天就尝到了苦头，如果不做好思想工作，不安心的会更多起来。现在他第一次体验到做领导的难处，领人干活，光自己干好是不行的，要善于把大家的积极性调动起来才行。

三个哨兵在破庙周围游动，看见了苏福顺，向他报告一下情况，继续巡逻。

苏福顺看着三个雄赳赳的战士觉得很感动。这些战士白天跟工人一样劳动，夜晚还得站岗放哨，保卫大家的安全。他走进解放军住的席棚子里，见战士们像排队似的，一个挨着一个躺着，怀里抱着枪。

老排长没有睡，坐在炉边给战士掌鞋，看见苏福顺，忙放下鞋起来迎他。苏福顺同老排长在炉边坐下，开门见山地说："你们战士都是好样的，头一天就给工人做出了样子，不过我还得求你帮一把，让战士们带带我们那些工友！"

老排长不大了解苏福顺的意图，谦逊地说："我们做得很不够，战士们正跟工人同志们学呢！"

苏福顺说："工人里有些人是好样的，个别人还很差劲，头一天就不安心了。"他把郎金魁等人的思想情况向老排长讲了，又说，"我是一个粗笨的工人，从来也没带过这么多人干活，办法少，想跟你商量商量！"于是，两个人低声细语地商量起来……

第二天早饭后，苏福顺拿起木棒，当当地敲起挂在老松树上的铁钟，工人们集合起来准备出发。这时候，战士们排着队，整整齐齐地来到工人面前，由一个年轻的战士代表全排战士讲话。他说："我代表全体战士，向工人老大哥致敬！"他向工人们敬个礼，全体战士一齐跟着敬礼。工人们见战士们向他们敬礼，发窘地互相交换着眼光。

青年战士说："我们保证虚心向工人老大哥们学习！同时，我们也提出一些条件向老大哥们挑战。第一，我们全排同志一定保持高度的革命热情，发扬我军艰苦奋斗的光荣传统，在任何困难面前不低头，坚决顶住困难，战胜困难。第二，我们要百倍提高警惕，紧握枪杆子，加强警戒，坚决保卫工人师傅们的安全。第三，在砍树工作中，猛干加巧干，保证超额完成任务……"他总共提出了八条，最后说："我们希望工人老大哥帮助，也希望老大哥们应战！"

青年战士嗓音洪亮，讲得干脆利索，将了工人们一军。工人们望着一排生龙活虎的战士，受到很大鼓舞。

苏福顺走到工人面前，高声问："大家敢不敢应战？"

工人们齐声嚷："敢！"

苏福顺说："别看咱们就是这五十来个人，实际上是代表矿山全体矿工，干好干坏，不光是我们自己的事，丢脸不光丢咱们的脸，那是丢整个矿工的脸！"

这时有的说："你放心吧，我们绝不丢脸！"有的说："对，你瞧着吧！"此起彼伏地响成了一片。

苏福顺看大家的劲头很足，就不再讲别的，向大家说："咱们一起跟解放军握手，就算是击掌应战！"

苏福顺领头跟老排长握手，工人们纷纷跟战士们握手。然后大家拿起斧头和锯子，工人和战士混合编队，向工作场走去。到了地方，苏福顺就让林大柱传授他的砍树方法。

林大柱站在一棵杨树旁边，向围在他身边的工人和战士们说："我还没有学好，先说个大概，大家自己去试。"他举起斧子给大家看："斧子一定要磨得快，使斧子要轻抡重落，砍得要准。"他抡起斧子，咔一声砍进树身，又抡起斧子照原切口再砍一下，已经砍进很深。"就这样围着树砍。"他围着树砍了十几斧子，快砍倒了，又接着说，"这时候，你站在上山坡，不管有没有人都要喊一声，这是规矩，免得打着人。用斧子顶它一下。"他把树顶倒后，说，"就是这样。另外，用斧子砍要选细的树，粗的用锯拉。"

林大柱边做边讲，大家都明白了，也都赞成用这种办法。他又把拉锯要领告诉了大家，大家都开了窍。

今天，全体采伐队员经过动员和挑战，又都试了行之有效的新方法，一个你追我赶、热火朝天的动人场面在林场出现了。

事情好像很顺利了，但是并不，就在当天晚上又发生了严重的事件。

后半夜，苏福顺突然被枪声惊醒，爬起来一看，树林中着火了，火舌蹿到树梢，他大吃一惊。

哨兵向林中打枪，林里边朝这边还了几枪，空气立时紧张起来。工人都拥出庙门，全体战士也立刻出动了，分几路向火场奔去。工人们拿起斧子，准备去跟匪徒们厮拼。

这是金大马棒匪徒放的火。金大马棒听牛胡子报信后，本来打算选择时机，带领全部匪徒袭击采伐队，因为解放军出其不意地攻他的巢穴，消灭匪徒十多人，又紧紧追踪，他只得带领残余匪徒往东部山区逃窜。可是他不甘心，派了十二名匪徒前来放火，企图烧光整个山林。匪徒三个人一伙，分散在山林里，虚张声势地向这边打枪。解放军老排长留下一个班保护工人，带领两个班分头向山林追去。

风助火势，火借风威，迅速地蔓延，火舌飞腾，气势汹汹地要把树林吞没。苏福顺望着飞腾的烈火，知道如果不救，到天亮整个树林就会烧光。他着急地向工人们喊："同志们，救火去！"

苏福顺跑在头前，全体工人跟着他向烈火飞腾的地方跑去。火焰在树梢奔腾着，烧得树木喳喳鸣叫，嘎巴嘎巴乱响，让人不敢上前。没有水，没有沙，这时就是有沙有水也不顶用，大家都手足无措，不知怎样才好。

苏福顺在人群中呼喊："林大柱！老林！你有没有办法？"

林大柱被提醒了，老张头儿曾向他讲过在森林救火的故事。啊，对了，应该这么办！他喊："老苏，在火的周围砍出一道空地，截住火道，让树林跟着火的树木隔开！"

　　苏福顺觉得这话有道理，立刻向工人们喊："砍截火道去！"

　　林大柱也喊："先砍迎风头的地方！"

　　工人们在苏福顺和林大柱的指挥下，立刻退了一段距离，选择树木较稀的地方砍起树来。战士们没追到敌人，派一个班警戒，其余的战士也来跟工人一起救火，迎着风形成一条弧形防线。

　　火焰越来越扩大，越来越猛烈，一棵树着了，两棵树着了，一片树木都着了。火龙飞腾，染红了黑暗的天空。一只大鸟身上带着火，惊叫着飞向空中，马上变成火球又坠落下来。

　　匪徒为了阻挠人们救火，不肯退走，借夜幕和山林的掩护继续向这边打枪。解放军向林中射击，激烈的枪声震荡着山野。

　　苏福顺脸色严肃，汗珠在鼻尖和额上闪亮。他跟焦昆学会了沉着；不顾林中的激烈枪声，观察着火势，在人们中间来回奔走，高声下达命令，大胆指挥着人们。人们毫不犹豫地执行他的命令，很快就形成一个有组织的队伍，一个战斗的集体。

　　林大柱抡着斧子，带头猛劲地砍着树，人群跟着他，勇猛地干着。虽然白天曾有人不安心，但在这样的紧张时刻里，没有一个人怯阵，全是生龙活虎的战斗员，就连牢骚满腹的郎金魁，也跟大家一样用尽了平生力气。

　　树，一棵棵、一排排地倒下。粗大的树不易砍伐，人们就爬上去砍掉枝丫。前边倒下一排树，后边扑上一群人把树拖走。

　　火焰不肯示弱，在林子里翻滚着，跳跃着，撒野地扑着，势不可挡。

苏福顺知道如果让火势越过防线，局面就不可收拾了，高声喊："快！"

"快！"工人和战士们呼应着。他们鼓励别人，也是鼓励自己。一个个奋勇向前，跟山风挑战，跟烈火挑战。这股猛劲实在了不得，平时，谁也想象不到会有这么大的力气，挺大的树，几个人奔上去，一喊号就把它拖走了。

忽然，山下村子里的农民来了。男的、女的跑来一大群，有些人拿着斧子和镰刀，有的扛着铁锹和叉子，到这里立刻加入战斗。

扫清一段空地，就截住一段火势。包围圈扩大了，逐渐围住了火，最后只剩八十来米的地段还没清除，烈火已扑到人们跟前。苏福顺高声向大家喊："顶住！顶住！"众人坚持着，砍的砍，拖的拖，战斗更加紧张。一棵桦树的枝头蹿上火舌，立刻燃烧起来，人们束手无策。林大柱提着斧子冲上前喊："闪开点！"抡起斧就砍，桦树一颤抖，树梢的火星纷纷落在他的头上、衣服上，他顾不得这些，抡起斧子猛劲砍。

苏福顺看老林的衣服着火了，冲上前喊："你下去！我来！"

"闪开！"林大柱高声喊，火光中他的脸色非常严峻，连砍十几斧子，把燃着烈火的桦树砍倒了。一群人奔上去，扑灭了他身上的火，把他拉到一边。

整个包围圈形成了，烈火不再扩大，但还继续燃烧。工人、农民、战士站在防线上，警惕地守卫着，监视着。

在英雄的人们面前，烈火终于低头了，火势渐渐减弱，到天明就全部熄灭了，但是场上还飘着黄烟，升到天空跟白云交融。

苏福顺领着工友们刚回到破庙，忽听外边有人喊："焦主任来了!"他到门口一看,焦昆和俞区长一起来的,在他们两人后边跟着二十来个人。焦昆见了苏福顺,就疾步上前握住他的手,说:"老苏,你们真辛苦了!"

苏福顺说:"原来干得还不坏,砍了不少树!不料想昨天晚上坏人放火,救了半宿才救灭。"

焦昆问明了情况,鼓励大家说:"你们这一仗打得太好了!"一面跟俞立平交换了一下眼光,意思是重复他在路上讲过的话:木材可以就地取材,干部也可以就地取材呢!

俞立平指着身边的人向苏福顺说:"老苏,这些同志都是木匠师傅,来支援你们的。"

苏福顺听说这些人是木匠,非常高兴,忙上前拉住一个老头儿的手,说:"你们来得太好了,我们都是些外行,有了你们这些老把式,活就好干了!"

焦昆他们随苏福顺走进屋,看看林大柱。老林的头发烧焦了好几块,脖子、胳膊和后背起了不少水泡。焦昆紧紧地握住他的手说:"你回去休养几天吧!"

林大柱说:"浮皮上的伤,不算啥,我还一样干!才砍了不多木头,我哪能离开这里!"焦昆看他态度很坚决,只得同意他留下,并把自己的黄大衣脱下来,硬塞到老林的怀里。

饭后,工人、战士和新来的木匠师傅们编成队,又到林场砍树去了。焦昆和俞立平把苏福顺和老排长留下,听他们详细汇报,帮他们研究了一下工作,解决了一些具体问题,最后向他们说:"你们搞得非常好,有了这个开头,以后会更顺利。这样一来,修井棚搭支架就不愁木材了。"

苏福顺说:"本来就不用愁,山上有树林,矿里有人手,木头还不有的是!"

"好!"焦昆跟俞立平交换了一下意见宣布道,"今天下午给你们赶来两头大肥猪,让大家改善一下生活,我想你们不会反对吧?"

苏福顺高兴地说:"这太好啦!我要把这个消息马上告诉大家!"

焦昆笑着说:"那么咱们走吧,你顺便领我们参观一下你们的工作现场。"

苏福顺和老排长立刻领他们走出庙门,眼见上百个人散布在山坡的树林里,响着一片斧锯和呼喊声。一群人用木棒撬着一棵砍光了枝丫的大树,有人领喊:"大家齐使劲哟!"众人呼应:"唉呵呀呵!"

领头的人喊:"心齐力量大呀!"众人呼应:"唉呵呀呵!"

"天大的困难吓不倒哟!——唉呵呀呵!"

"咱们工人有力量呀!——唉呵呀呵!"

一棵棵的大树随着号子声移动,到了陡坡,工人们齐声一推,像离了弦的箭一般飞滚下了山坡。

二十九

春天来了,冰雪全部化净,溪水畅流,但夜雾较大,每天早晨起来,树枝上都挂着白霜。雁群嘎嘎叫着掠过矿山向北飞去,过不了几天,山林里就出现了云雀、鹿眉鸟、尖嘴翠,灰色的长尾巴寒鸦已经不见了。光秃秃的树木、阳坡上的茅草都开始发芽,冬眠的万物苏醒了。

矿山也充满了生机，现在已把五号大井里的水抽干，二号大井也抽得差不多，开始抽另外的坑道，木材问题早已解决，砍木材的工人也调回来，修建工程已大部分转入坑道里。建筑物旁那些破砖烂瓦不见了，蒿草已被铲除，矿区面貌有了显著改变。小镇上又增加了商店，更显得热闹了。

在这欣欣向荣的春日里，辽南钢铁公司所属厂矿都着手修复，公司首先抓炼铁、炼钢和轧钢的修复工程，孤鹰岭矿被列为重点工程。任务加重了，时间更紧迫。由于修复施工全面展开，暴露出许多问题，特别是材料设备供不应求，解决一个问题，又有新的问题出现。木材问题解决了，又缺少鼓风机，运输没有磨电车，破碎场全垮了，要修复极端困难……在这种情况下，严浩到处吹冷风，冯文化天天叫喊困难，魏富海等阶级敌人乘机煽阴风，邵矿长主张修改计划，要放慢修复速度，使部分职工产生畏难情绪。

唐黎岘感到压力颇大，就在这时候，党的第七届中央委员会第二次全体会议的精神传到了矿山。

唐黎岘读到毛主席的报告，兴奋得一夜没睡。毛主席在报告里为中国革命的进一步发展制订了明确的方针，向全党提出了新的斗争任务，指出党要把工作重心由乡村转向城市。毛主席又指出，在中国革命胜利以后，应迅速恢复发展生产，对付国外的帝国主义，使中国稳步地由农业国变成工业国，把中国建设成一个伟大的社会主义国家。在经济上，我们应优先发展国营经济，首先发展国营工业的生产。……任务明确了，方针政策明确了。唐黎岘感到豁然开朗，现在充分认识到了自己的岗位的重要性，感到担子很重又非常光荣。

清晨，唐黎岘早早地起来，拿着文件到焦昆的宿舍里去，进门就举着文件说："老焦，看过了吗？现在你还有啥说的，一切都明确了吧！"

焦昆说："我早都明确了，若不然我能留在矿山吗？"他说完开朗地笑了。

"好哇，真有你说的！"唐黎岘走进去说，"现在明确了，在东北地区是动员一切力量恢复和发展生产事业的时候了，我们的担子好重啊！"

焦昆兴奋地说："重点好，这才有干头！毛主席说，'我们不但善于破坏一个旧世界，我们还将善于建设一个新世界。'我们中国人是勤劳勇敢的民族，在毛主席和党中央的英明领导下，全国人民一齐努力，一定会把我国建成一个富强的国家。"

唐黎岘在床边坐下，说："毛主席还教导我们，夺取全国胜利，这只是万里长征走完了第一步。革命以后的路程更长，工作更伟大，更艰苦。要我们继续保持谦虚、谨慎、不骄、不躁的作风和艰苦奋斗的作风。这教导真应引起我们深思。"

两个人太兴奋了，越唠越起劲，从毛主席的报告唠到矿山的工作。焦昆向唐黎岘袒露思想说："长时间我的心思都在战场上。现在我完全明确了，修复矿山是刻不容缓的革命任务，孤鹰岭矿是资源丰富的大矿山，尽快恢复生产对促进钢铁工业发展、对我们的社会主义建设有很大的作用。这里就是前线，我下决心在这里扎根。"

唐黎岘听了心里很高兴，在冬季施工中焦昆是一员猛将，这样一来焦昆会更加起劲地干了。他说："自从你留下那天，我就相信你早晚会搞通的，好哇，老焦，现在党把恢复发展工业生产摆到重要议程，我们要更加努力工作，要把修复工程推向新的高潮！"

"对！"焦昆赞同地说，"看来我们提前上马是对的，争取了主动，现在要更上一层楼，一定要争取早日生产。"

唐黎岘说："公司对炼铁、炼钢的修复工程抓得很紧，为了保证炼铁的需要，我想把修复工程调整一下，要集中兵力打歼灭战，先集中力量抢修五号大井和破碎场，你和张学政研究一下。"

焦昆欣然赞成说："我同意集中兵力打歼灭战。如果材料设备能跟上去，修复没有问题。"

唐黎岘说："设备旧的能修尽量修，能用人力解决的就用人力，因陋就简，不能等待，要主动创造条件上。"

薛辉走进来，怀里抱着两套蓝色衣服，往焦昆面前放了一套说："给你，这是发给你的衣服，当了主任，黄军装该换了！"

焦昆拿起那套蓝色衣服看看又放下，向唐黎岘说："你看，衣服的颜色都换了，不下决心在这里干还行啊？"

唐黎岘说："军装可以换掉，但是你的军队作风可不要丢掉，我很喜欢你那种凡事都像打冲锋的劲头！"

焦昆爽朗地哈哈笑起来，说："要让我斯斯文文的，恐怕要经过长时间磨炼才成。"

唐黎岘和焦昆随便谈了一阵，研究起工作。两人一致认为应当立刻向全体党员传达党的七届二中全会精神，提高党员的认识。

当天晚上，在办过训练班的大屋子里召开全矿党员大会。唐黎岘来到会场，看党员坐满了屋子，觉得党员的人数是相当可观了，在组织上已经打下了稳固的基础。他传达了毛主席的报告精神后，向大家说："毛主席讲得又全面又明确，我们一定要按毛主席的指示精神办事。将来还要向广大群众宣传，每个党员都要成为宣传员，因此都要很好学习。在学习中不要只背条文，重要的是领会精神，并要贯彻到实际行动中去！"

月明星稀，早春的夜还很凉，党员们的心可是火热的。散会后走在路上，三五成群兴奋地低声议论，苏福顺和苏万春议论不止，回到家里还在继续议论。

这爷儿俩晚上下班后常在一起唠扯，苏大嫂和儿媳已经习惯了，听他们唠，也不打搅他们。后来，苏福顺提议说："万春，咱们应当向党支部表示一下，写个决心书吧！"

苏万春对爸爸的提议非常赞同，可是又为难地说；"咱也写不好哇！"

苏福顺说："咱俩一起合计，把咱们的心思说出来就行了！"

苏万春的劲头可大了，立刻就去找纸笔。苏福顺下地搬小桌上炕，惊动了苏大嫂，她抬起头来问："这么晚了，你还干啥呀？"

苏福顺说："写封信，你往边上靠靠，睡你的大觉吧！"

苏大嫂无可奈何地说："你们哪，就像天狗吃了日头，有今个没明个似的！"她只得往边上靠靠，给他们让出地方。

苏福顺把电灯往近处拉一拉，同万春面对面坐下，思考起来。万春削好铅笔，铺上纸，写什么呢？爷儿俩肚子里话多得很，三天三夜也写不完，但不知从哪儿写起。要不要写自己的心情呢？若写起来可就更长啦。苏福顺自能记事的日子起，经过军阀、日伪、国民党和现在四个时代，从小就从关内跑到关外，为了生活到处奔波，所遭受的苦难说也说不完。年轻的时候，总是盼望有个出头之日，可是在黑暗的旧社会里，哪有出头之日呀！现在解放了，工人翻了身，而且自己成了共产党员，真正是出头了，摆在面前的再不是个人生活之路，而是宽广的革命大道。他从毛主席的讲话里更进一步看到了光明远景，更增加了力量，全国解放虽然是万里长征的第一步，但顺这条道走下去就会走十万八千里！

苏福顺想了半天，向苏万春说："你就写，听了毛主席的话，我们的心更亮堂了，明白了不少道理。不，把这句话改过来，说明确了方向……"

苏万春拿着铅笔像比拿大锤还重，郑重地一笔一画地往上写。

苏福顺看他写完了，又接着说："再写，我们一定听毛主席的话，响应他老人家的号召！"

苏万春接着说："我们要起模范带头作用，把大家都带动起来！"

"对！"苏福顺赞同地说，"你快写上吧！"

爷儿俩你一句我一句往上凑，尽量找那些能表达出心情的话，话很多，但编不好句子，憋得脑子发胀。苏福顺忍不住了，跳下地说："万春，我说个大概意思，你酌量着往上写吧。"于是他边想边说起来，"……矿山的修复刚开始就碰到不少难题，加上黑心肠坏蛋的捣乱破坏，若把它修复好，实在不易。我们是矿山第一批入党的工人，决不辜负党的希望，一定听毛主席的话，挺得住、站得稳，像老革命那样干，真正起到一个共产党员的作用，首先自己要干好，也把工友们带起来。你要把锻造班搞好，我在井下要带好头，尽最大努力，一定要把矿山早日修复好！"

苏万春哪里能全记下，只能写上三分之一。写完后念了一遍，感到不满意，觉得没有把要说的话都写出来。

苏福顺说："就这样吧，我们向党表示个意思，写得好坏没有关系，主要是看行动。"

夜静更深，爷儿俩才睡觉。第二天早晨，苏福顺亲自把决心书交给唐黎岘。唐黎岘看字写得并不多，但透过文字可以看出两个共产党员的火热心情。这给他一个启示：觉得党的七届二中全会是具有历史意义的政治事件，会议精神非常重要，需要搞个宣传运动，广泛地向群众宣传。借这个东风，再深入地发动群众，干好工作。他站起来去找邵仁展，准备跟他商量一下。他来到邵仁展的办公室，推开门，屋子里正开会，科室干部坐满了一屋子，邵仁展正在讲话。他觉得不宜打断会议，就向邵仁展说："老邵，开完会，请到我那儿去一下，我要跟你商量一件事！"

邵仁展点点头，看唐黎岘走了，继续讲："……现在管理科室的主要任务，仍然是建立正常管理秩序，绝对不允许科室本身处于混乱状态。直到现在，有的科室还没有把管理制度和业务细则搞好，为什么会这样？难道说打算就这样混乱下去吗？"

有一个科长忍不住说："唐矿长强调下工地，帮助基层解决实际问题，坐不下来呀！"

"不要借口，供应科比任何科室都忙，可是规章制度他们搞得最好！"邵仁展拿起供应科那一沓规章制度稿，给大家看看，"管理就要有一套科学的管理办法，光去乱跑有什么用，一定要下功夫搞好。从今天开始，集中力量搞两周，到时候，都要把材料交上来！"

散会后，邵仁展马上去找唐黎岘。唐黎岘跟他谈起开展宣传运动的事，他一听正好跟自己方才布置的工作抵触，表示怀疑地说："党的七届二中全会精神非常重要，深入宣传一下很有必要，不过，不必当个运动搞吧？"

"老邵，不能简单从事，非大张旗鼓地搞不可！"唐黎岷坚持说，"毛主席的报告非常重要，这个报告的精神一定要让矿里家喻户晓，以这个为动力，把修复工作推向高潮。因此，要临时抽派一些干部，分片包干深入基层小组和职工家属中去组织领导。从今天起，用两周时间，要既有声势，又踏踏实实地去搞！"

　　邵仁展皱起眉头，暗想：群众运动，总是群众运动，乱糟糟的，哪一天才能建立起正常秩序呀！他沉思良久，说："我刚才布置科室集中两周时间，进一步搞规章制度，这样一来，又打乱了，现在管理太不正常啊！"

　　唐黎岷听他这样说，不禁想起那次焦昆对机关提的意见。那一次自己也跟老邵谈了很多，但他固执己见，总是强调管理工作重要。唐黎岷很生气，但仍耐心地说："老邵，想加强管理，必须要有一套规章制度，早一点搞起来固然好，可是我不同意坐在办公室里搞，也不同意现在就集中力量搞。应该再摸索一个时期，在适当时机掀起个运动，让管理科室跟基层施工单位结合，跟广大工人群众结合，集中全力去搞，那样才能搞出一套切实可行的规章制度。"

　　又是群众运动！邵仁展差一点没嚷出来。他觉得唐黎岷不顾工业建设的特点，盲目搬用老一套：造声势，搞运动，这是造成混乱的一个重要原因。他冷冷地说："群众运动是好的，可是应该照顾到工作秩序，考虑到事情的特点，不能把它看成是唯一的方法！"

　　"群众运动不是唯一的方法，可是任何工作都要发动群众。"唐黎岷严肃地说，"通过这次宣传运动，使毛主席的报告精神深入人心，是有现实意义的，群众的思想觉悟提高了，就会产生强大的物质力量。"他把苏家父子的决心书交给邵仁展，"你看看，他们只听一次传达，反应就这样强烈！"

邵仁展拿起那份决心书看看，觉得并不出奇，默默地放在桌上。

唐黎岘继续说："规章制度也不能冷冷清清地搞，因为不仅有实际问题，还有不少思想问题。科与科之间，科室与基层之间，一直到贯彻到群众中去，各个环节都存在思想矛盾，不提高思想觉悟，不解决那些思想矛盾，不仅搞不好，就是搞出一些条文来也贯彻不下去。"

邵仁展对唐黎岘的话听不进去，觉得乱变动不妥当，自己刚刚布置下去，这一变，科室干部对自己会产生不好的看法。他注视着唐黎岘说："那么，非得搞运动不可啦？"

唐黎岘从邵仁展的语气里，看出他对自己的不满，冷静地说：咱们讨论一下嘛！"

邵仁展沉默地坐了一阵，忍不住地站起来在地上踱着方步。他发现满墙挂着地图，世界的，全国的，还有一张矿区地形图，便走上前去看看，借以使自己冷静下来。他看了一阵，回到桌前说："不必再讨论了，你决定好了！昨天我到供应科各个仓库去检查了一下，公司原来答应给的设备，有许多没到货，破碎机解决不了，磨电车在近期没有指望，鼓风机也来不了，材料情况越发不妙，特别是水泥很紧张，有停工待料的危险……"

唐黎岘看邵仁展又提起这个，暗想怪不得他蹲在机关抓管理，原来对工程一直没有信心。他思索了一下，不动声色地说："我也去看过，物资供应情况确实不好，因此一方面要积极解决，一方面更要充分发动群众，依靠群众的力量，战胜这些困难！"

听唐黎岘这样说，邵仁展感到可笑，他觉得群众运动搞得再好，矿里也造不出磨电车和破碎机。他竭力压住火气说："如果只顾盲目前进，船会触礁的。我再一次要求你认真考虑我关于修改计划的意见！"说完迈步走出去。

唐黎岘目送着邵仁展的背影，心情很沉重。事情很明显，老邵不仅顽固地坚持错误的主张，对自己还有成见。他独自在办公室里吸着烟，沉思默想起来。设备和材料确实存在问题，眼前的困难虽然可以突破，将来设备和材料一旦发生问题，严浩和邵仁展等人又会掀起风波，应该怎么对待呢？……他想了很多，吸完一支烟，拿起柳条帽走出办公室。

天气晴朗，钢架、铁轨和山沟的新盖起的房子，在强烈的阳光照耀下闪闪发亮；劳动的人群在山坡和山麓的工地上，热火朝天地忙碌着；修配厂传出隆隆的马达声，夹杂着响亮的锤击声，他听来感到特别雄壮悦耳。忽然，镇郊响起清脆的鞭声，他转身望去，有五辆大车，满载着木材向矿里奔来。他望着这一切，心情很愉快，情不自禁地想：工程正在前进，还将继续前进！前进才是正确的方针！

唐黎岘看破碎场那里有黑压压一群人，便向那里走去。走到近前，见焦昆、苏福顺领了五六十个人在这里，便问："老焦，你这是干什么？"

焦昆说："拆卸破碎机，运到修理班去修理。"

唐黎岘点了点头，登上石崖，望望破碎机的场地。

破碎机的场地修在巉岩下。高耸的栈桥的铁架都锈了。运输铁道全被拆除，翻矿窑边上堆着乱石，长满了蒿草，输送矿石的皮带滑动辊都锈在钢轨上。厂房盖被扒掉，岩壁倒塌，水泥基础下沉了，巨大的破碎机倾倒在一边，老虎牙铁锈斑斑。苏万春领着十来个工人正在拆卸，铁锤一敲，铁锈哗哗往下直落。

焦昆向唐黎岘说："前天你说要集中力量修五号大井和破碎机场地后，我找冯文化问了一下，向公司要新破碎机没有指望，只好修这个旧的。"

唐黎岘瞅瞅铁锈斑斑的破碎机，转脸问："能修好吗？"

焦昆说："苏万春自告奋勇承担这个艰巨任务，老苏也说了话。"

苏福顺豪迈地说："我们爷儿俩已经向党支部表了决心，一定响应毛主席他老人家的号召，要在工业建设上出一把力。昨天焦主任领我和万春来看过一趟，难是难哪，为了加快修复矿山，天大的困难也要修好它。"

"好！"唐黎岘兴奋地握住苏福顺的手说，"有骨气，不愧是共产党员！为了保证提前生产，要千方百计修好它。"他看见满脸灰尘、正在下面忙着的苏万春，又亲切地和他打了招呼。

焦昆向唐黎岘说："破碎机就修理旧的，水泥基础、栈桥的修复工程马上施工。"

"对，抓紧时间施工！"唐黎岘对焦昆这种雷厉风行的作风感到很满意。

那么大的破碎机，每个部件都有两三吨重，没有大型吊车，要吊运发生困难，只得用人力吊运。当焦昆向唐黎岘谈到这情况时说："没有吊车设备，就用笨法干，只要有人，什么也能干！你瞧，我们在用滑轮起吊。"

唐黎岘看石崖上边，用四根电杆交叉搭起架子，在交叉处和下端分别安上四个滑轮，两条钢丝绳搭在滑轮上。两个工人爬上去检查一遍，宣布准备好了。一辆汽车开过来停在架子下，几十名工人立刻拽住钢丝绳，听从焦昆指挥起吊。

焦昆手持一面小红旗，站在石崖上，指挥苏万春等人绑挂破碎机头。稍时，他看苏万春等人绑好，挥舞一下红旗，高声喊："起吊！"

众人哼哟嗨哟地呼喊着，一齐猛劲拽着钢绳，巨大的破碎机头吊起来了。钢绳串动轮子滑动，架子有些晃动，破碎机头摇摆着往上升。

唐黎岘跟工人一起拽吊绳，一边猛劲拽着，一边喊："猛劲拉呀！"

众人哼哟一声，猛劲拽一下……

在人们的哼哟嗨哟的呼喊声中，巨大的破碎机摇摆着升到上空，黑乎乎的庞然大物让人吃惊，但看到集体的力量这么大，人们都感到兴奋，越拽越有劲。

破碎机升到一定的高度，焦昆挥动红旗，指挥人们把它轻轻放在汽车上。稳固好后，司机鸣了一声喇叭，载着巨大的破碎机沿着山路向前奔去。

唐黎岘抹了一把汗，望着奔跑的汽车，内心充满了喜悦。是呀，现在缺乏设备，就得这样干哪。

汽车飞快地前进，运了一趟又一趟，吊运工作一直进行到深夜。

三十

党支部委员会讨论决定，组织矿里和区政府的力量，展开一个声势浩大的宣传运动。同时，为了适应新的形势，更好地发挥无产阶级先锋队的作用，经过上级批准，党员名单向群众公开。群众的思想觉悟有了很大提高，建设热情更加高涨。在这时候，唐黎岘到省委参加干部会去了，邵仁展亲自到公司去跑设备器材，因此焦昆更忙了，矿里有许多事都来找他，但他仍然活跃在施工现场。

这一天，焦昆坐罐笼出了大井，见罐笼是林秋妹开的，高兴地说："你开得不错呀！"

林秋妹今天是第一次试开，心情有些紧张，聚精会神，小心翼翼地开着。由于心情紧张，她脸色红红的，鼻尖上挂着粒粒汗珠。她听焦昆称赞，文静地微微一笑说："这些日子我就用空罐笼练，开空的心里有底，罐笼里坐进人我就紧张，慢慢地慢慢地开，上来了才松口气！"

焦昆鼓励她说："秋妹，要好好干哪！你是第一个到大井来工作的女工，那些老顽固、老迷信还在说长道短，你要顶得住，干出个样子给他们看看，要给你们妇女争口气！"

林秋妹满怀信心地说："我一定努力干好，你放心吧！"

焦昆赞许地向她点点头，迈步向山下走去。他一边走一边回忆起跟那些守旧者的争论。在旧社会里矿山有这样一条规矩，不准妇女下坑道，连大井边都不让她们挨近，说什么妇女进坑道要冲犯山神和老君，那就要倒霉了，坑道不是冒顶就是片帮，要砸死人。这次有些矿工听说让秋妹到大井上去开罐笼，就议论纷纷，有的人还当面向他提出来。他暗暗替妇女们抱不平，旧社会简直不拿妇女当人看，现在解放了，再不能让那些守旧者歧视妇女，他打算好好培养林秋妹和古月娟，让这两个姑娘很快成长起来，树立一杆旗子，将来好大量吸收妇女参加矿山工作。

古尚清夹着一卷电线由山下走来。焦昆看见了他就向他招呼："老古，你下坑道里去吗？"

"是呀！"古尚清说着就向这边走来，边走边说，"坑道里要照明，又要通风，到处都需要电，还得搞！"

两人谈了一阵工作，焦昆正准备走，古尚清拉了他一把说："焦主任，我有事跟你说！"

焦昆见他满脸不高兴，有些奇怪地站下来问："老古，你有什么事？"

古尚清没有吱声，他心里有很多话想对焦昆说，但不知从哪里说起好；焦昆见他皱着眉头半天也没吱声，奇怪他一向心直口快，为什么这时倒不开口了。

古尚清的心事是从召开党员公开大会时开始的。那天他参加了大会，看苏福顺、苏万春、林大柱等人都是党员，就是没有他，感到惭愧，也对自己有些窝火，脸红脖子粗的，坐也坐不住了。许多群众登台发言，他却一句话也没说，一听说宣布散会，便赶紧奔出去。娟子妈已经听说党员名单公布了，他一回到家便问他是不是党员，这一问使老古很不自在，停了半天才慢吞吞地说他还没有入党。娟子妈向他撇了撇嘴说："你呀，只会瞎咋呼，人家苏福顺和林大柱他们都成了党员，家里的人也跟着光彩！"古尚清听了更加窝火，从腰里掏出一瓶酒就独自喝起闷酒来……

沉默了许久，焦昆猜不着古尚清的心思，又问："老古，你到底有什么事？"

古尚清抬起头来，开门见山地说："我为啥不能入党？"

焦昆恍然大悟，怪不得他这几天不高兴。他看古尚清两眼着急地盯着他，觉得不大好回答；古尚清有很多优点，可也有不少缺点，几句话难以说清。

古尚清见焦昆不说话，又接着说："我古尚清哪一点赶不上那些入了党的人？共产党来了我就拥护共产党，事事走在前面，护矿啦，献交器材啦，哪一点也没落后。不是我老古自己爱表功，修变电所、架电线，我老古可出了不少力……苏福顺比我强多少？比林大柱又怎么样？林大柱是有名的林老蔫，他都能入党，我老古就赶不上他？……"他觉得自己受了很大委屈，声调也有些激动。

焦昆微笑地说："这些我们都看到了。你的出身成分好，是个真正的老工人，自矿山解放后，你确实表现得很进步，工作很积极，特别是在架线工程上，你很卖力气，做出了不小的贡献……"

古尚清摇摇头说："现在我可落后了，那么些工人都入了党，我老古得瞪眼瞅着！"

焦昆说："你可以争取嘛！党向所有的基本群众敞着大门，只要你努力争取，以后也可以参加党的。"想让古尚清冷静下来，他给古尚清一支烟，自己也点着了一支。

听焦昆这样说，古尚清消了一些气，吸了几口烟说："焦主任，我觉得跟你不见外才跟你说这些，对别人我不能说。我一看那么多的工人都入了党，就是没有我，真叫我眼红，在党不在党都一样干活，可是面子上不好看，人家会指着我的脊梁骨说，古大炮咋咋呼呼，干得很欢，可他是个老白丁！"

焦昆不禁笑起来，他很喜欢古尚清这种爽快的性格，跟他用不着绕弯子，因而直爽地说："你跟我不见外，我跟你也不见外，咱们有话就照直说。入党是个严肃的问题，入党是光荣的，但问题并不在光荣不光荣。首先要具有全心全意为人民服务的思想，要有为实现共产主义献出一切的决心，参加党，是要在党的教育和培养下，更好地改造自己，更好地干革命，把自己完全献给党的事业。可你呢？有虚荣心，怕人家指脊梁骨……"

古尚清脸红了，觉得自己的思想不对头。

焦昆继续说："再说，你没入党的原因应该从你本身去找，找出缺点就下决心克服，努力争取早日入党才对。如果一个人只看到自己的优点，看不到自己的缺点，就会影响他的进步！"

古尚清想了一下问："你看我有啥缺点？"

焦昆略想了想说："你的缺点主要是不够谦逊，爱吹嘘，有些爱虚荣，你的直爽性格是好的，可是你不善于团结群众，动不动就训人，有时甚至还骂人，有些人对你有意见。你还有个缺点，就是你喝酒喝得太凶。"

古尚清眨了眨眼睛，疑惑地问："当党员就不能喝酒了吗？"

"不！"焦昆吸了一口烟说，"你喝得太凶了，搞得生活很困难，还常为喝酒吵吵嚷嚷的，影响不好。做一个共产党员在各方面都应该是群众的表率，在私生活上也要严格要求自己。"

古尚清听着不禁想起那天唐矿长对自己说的话，自己也很想改正，可是一见到酒就把什么都忘在脑后，现在他有些后悔。

焦昆接着说："在旧社会里，有些人说，矿山能养活住工人，主要是靠两个东西，一个是妓院，一个是酒馆，这当然是歪曲了我们工人。可是也麻痹了一些人，毒害了一些人，养成了一些不良习惯。现在解放了，要移风易俗，改变社会风气，使我们工人更健康地成长。酗酒的风气也要逐渐纠正，我们老工人要起带头作用。老古，不能把这个看成是生活小事，这是向资产阶级思想作风作斗争的事呀！"

古尚清郑重地说："从今天起，我一定戒酒，我老古是个五尺多高的汉子，说到就能做到！"

焦昆从古尚清的脸色变化看出他的决心不小，便跟他讲了一些党的基本知识。古尚清越听越感到党的伟大，越发想要参加党，可是也越发感到自己不具备条件。他那饱经风霜的黑脸膛上非常严肃，两眼出神地凝视着焦昆，性急地想了解一切，想一下克服所有的缺点，很快成个真正的共产党员。

焦昆再鼓励了他一番，看时间不早了，就向他说："老古，有空咱们再多唠唠，你应当好好学习呀！"

古尚清没有说话，他激动地紧紧握住焦昆的双手，过好半天才放开，拿起电线，往山上走去。

目前，主要的工程在坑道里，在山上工作的人不多了，只有山麓下破碎机那里有一群人。他们正在浇灌混凝土墩，准备安装破碎机，将来大块的矿石会被力量巨大的破碎机咬碎，碎石直接流进火车车厢运出矿山。

焦昆向那里走去，穿过树丛，远远地望见一群人围在一起，好像正在争论什么，严浩也在那里。他望着暗暗高兴，工程师深入现场来了。

严浩高高的个子，穿着淡黄色的风衣，他左手插在风衣袋里，右手拿着一柄小锤，连连敲打那个新浇灌的混凝土墩，冷冷的面孔不看任何人，说："这算什么基础，比豆腐渣硬一些，有不少蜂窝，在它上边安装机器怎么能行！"

工人们围在他的身边，都不作声。施工员魏富海哭丧着脸辩解说："洋灰标号太低，不合乎规格，可是经过我们精心调配，质量还不算很坏，这是才打开壳子，让风吹吹，干了就会……"

"风吹也不会硬！"听魏富海讲得没道理，严浩更加生气，严肃地盯着魏富海说，"你自称是个有经验的施工员，说出这样不在行的话，不觉得难为情吗？"

魏富海无言答对，呆若木鸡地站在那里。工人们交头接耳，纷纷议论。

若是换了别人施工，严浩不会这样生气，就是生气也不会到这样程度。因为魏富海过去曾向他吹嘘自己技术高明，对施工有经验，看工程搞成这样，分明是在糊弄；他一向看重质量，认为在建筑工程上糊弄，还不如不干。他逼视着魏富海说："搞建设不能糊弄，质量低劣，将来后患无穷。一个施工员要有科学态度，科学是最实际的，一切要合乎规程，丝毫不能掺假，丝毫不能含糊。搞一个建筑，要像个样子，不能让别人骂我们无能！"

这时有人发现了焦昆，说："焦主任来了！"

严浩转身一看，焦昆果然站在人群里。他有礼貌地向焦昆点点头，不说了；他是偶然碰到这件事的，焦昆来了，他准备不管了。

焦昆说："严工程师，你继续说呀！"

"我已经说得不少了，焦主任处理吧。"严浩冷淡地说，他要看焦昆怎么处理。魏富海和所有在场的工人，把眼光都集中在焦昆的身上，等他说话。

焦昆冷静地扫视了人们一眼，没有吱声，从严浩手里借来小锤，前去检查浇灌的水泥墩，在边上检查一阵又爬上去看，到顶上看见有不少窟窿眼，用铁锤敲了敲，落下几块灰渣。

严浩双手插在风衣口袋里，站在一旁冷眼瞅着焦昆，他要看看这件事的结局。

焦昆检查完毕，向严浩征求意见说："严工程师，你看怎么办好？"

严浩说："质量是不合格的，糊弄倒可以，但将来也是一块病。"

焦昆转身向魏富海说："你看呢？"

魏富海在焦昆面前不敢巧辩，说："质量是差一些，为了将就材料，为了赶日期，我看可以将就使用！"

焦昆严肃地说："赶日期就不顾质量了吗？将就使用，将来发生问题怎么办？"

魏富海看焦昆脸色严肃，不敢胡乱回答，想了一下说："严工程师在这，我们再共同鉴定一下，研究一下，将来出事我可负不起责任。"

焦昆向严浩说："严工程师，请你把混凝土的质量情况记录下来，要画个详图，做个备查资料保存下来。"

严浩和魏富海都感到莫名其妙地望着焦昆。焦昆瞟了两人一眼，把眼光落在一群工人身上，问："你们看呢？"

工人们互相交换了一下眼光，一个老工人站出来说："浇灌这样的混凝土太不像话，给住家的砌锅台还行，当机器基础可不行。那不是一两天的事，要待上几十年，甚至上百年。我早就反对这样干，向魏施工员提，他不听，让我们对付干。对付，糊弄！这玩意儿能对付吗？"

焦昆冷冷地盯了魏富海一眼，又扫视了一眼混凝土基础，果断地命令道："把它炸掉，立刻返工！"

魏富海一听，觉得头胀得老大，一阵冷气凉丝丝地通过心脏，流遍全身；焦昆要炸掉返工，还要画个详图，真追查起责任来，自己可不好办。

在场的工人都受了震动，惊讶地望着严肃的焦昆。

严浩仰起脸来，赞同地向焦昆点点头，掏出本子和笔，跳上混凝土，开始画起图来。

焦昆知道炸掉返工，要浪费一些洋灰、砂石、钢筋和人工，还要拖延几天工期，可是为了保证工程质量，为了百年大计，为了纠正这种不负责任的糊弄风气，决定这么做。

现场上鸦雀无声，空气显得有些紧张，几十双亮晶晶的眼睛都注视着焦昆。大家的心情不同，有的表示敬佩，有的表示赞成，也有的人不以为然。魏富海沉不住气了，吞吞吐吐地说：“焦主任，非得炸掉返工不可吗？还……还可以将就呢！”

焦昆用手一指标语牌说：“百年大计，质量第一。不能将就！”他的神色和声调都十分坚决。

“这……”魏富海脸红脖子粗地说，“炸掉返工也好，不过责任要分清，质量不好，我有责任，可是我不能全负责！”

焦昆说：“谁负责任以后再说吧，不必说了！马上派人去领炸药！”

魏富海怕负责任，总想把话说清，他打发了一个工人去供应科领炸药，继续说：“我执行命令，不过我要把话说清，质量不好不是施工问题，那是洋灰不合规格。我几次向冯科长提过，冯科长总是强调困难，让我用这个。那天邵矿长来到这里，我也向他反映过，他也让我将就使用。”

焦昆听他提起邵矿长，感到有些惊异，没料到邵矿长也同意用这种洋灰；但又一转念，认为邵矿长那时让用这种洋灰可能是没估计到浇灌的基础会这样坏，这不能埋怨他。现在，焦昆觉得这件事不好决定了，原来邵矿长知道，要炸掉返工需邵矿长批准才好，可是唐矿长和邵矿长都还没有回来，要等他们，这里就要窝工……他思索了一阵说："现在只有赶快炸掉返工，不能再拖了。我们要把时间抢回来，把浪费了的工作日抢回来，不必忙于纠缠责任。论责任，你有，我也有，这是以后的事，现在主要是马上返工！"

工人们听了焦昆的话都很赞成。在众目睽睽下，魏富海感到心虚，脸色红一阵白一阵，不敢正视焦昆。

严浩站在一边注视着焦昆，似乎今天才认识焦昆。他非常赞成焦昆的决定，觉得像魏富海这样的人，就得有焦昆这样的人治他。

春风吹得很猛，柔软的树木枝条在起劲地摇晃，沿铁路边的电线啸啸作响；山坡上起了一阵旋风，卷着尘沙而来，掠过人群，打得人们睁不开眼睛。旋风过去，大家一边拍打身上的灰尘，一边咒骂这鬼旋风。在山区每年春天都是这个样子，经常刮着奇怪的旋风。

焦昆没有在意旋风，他站在那里凝视着洋灰基础思索。事情并不像自己想象的那样简单，带领一支建设队伍，比在部队里带一队战士要复杂得多。工人队伍里各式各样的人都有，新工人来自四面八方，有农民，有学生，还有小商贩，少数人政治面貌还不清。老工人的阶级觉悟也参差不齐，先进的人物很多，但不同程度觉悟不高的也还有一些，不遵守劳动纪律、磨洋工、旷工、弄虚作假、糊弄质量等等样样都有。现在他进一步理解唐矿长为什么把主要精力放在组织队伍和思想工作上。是的，要组织成一支好的生产建设队伍，要用马列主义、毛泽东思想把这支队伍武装起来，实在不是一件容易事呀！

远处走来两个人，走在头前的是方才去领炸药的工人，后边是供应科长冯文化。

焦昆看那个领料的工人空着手，心里明白了几分，把手锤还给了严浩，坐下来等着他们。

魏富海看冯文化来了，心里暗自高兴。他开始时还不敢糊弄，看工人领来的洋灰不合格，亲自去找过冯文化，冯文化说现在洋灰缺乏，让他将就使用，他一看这是个机会，就一方面向冯文化提出意见，一方面把洋灰领下来。他还狡猾地将这事问过邵副矿长，但他当时没有把洋灰质量说得那么坏，邵副矿长也没有很好检查，就同意他使用。他把冯文化和邵仁展的话都记在本子上，以防出问题。现在他看冯文化来了，可以当众把责任推到冯文化身上，自己就可以一身轻了。

冯文化走得很快，来到跟前，瞧瞧混凝土基础，又瞅瞅严浩和魏富海，"老焦，怎么一回事呀？"他向焦昆问。

焦昆明白他这是明知故问，站起来说："浇灌的混凝土基础有不少蜂窝洞，质量不合格，要炸掉返工。"

"那么严重吗？"冯文化问。

焦昆说："很严重，一定要返工！"

冯文化转向严浩："严工程师，非得返工不可吗？"

"质量很坏，炸掉返工是对的。"严浩回答说。

魏富海抢前一步，埋怨地说："冯科长，那天我说那些洋灰不合规格，你让我们将就使用，好说歹说硬塞给我们，现在要炸掉返工，白白浪费那么多材料，那么些人工，这事整得很不好！"

冯文化听魏富海埋怨自己，脸色沉了下来。那位领炸药的工人方才把一切都向他说了，他觉得洋灰确实不够标准，造成返工浪费，自己要负一定责任。但又想最好是不炸掉返工，因此没有发炸药，特亲自来跟焦昆商量。他爬上混凝土基础，用手锤在上面敲了敲，向魏富海说："这不是很硬吗，难道不能将就点用？"他跳下来说："能将就利用，就不该炸掉返工。现在的条件很困难，不能要求得太苛。当然啦，这个基础的质量不够好。今后要注意改进，但是能利用还是要尽量利用，免得造成浪费，浪费点人工倒没有啥，材料缺呀！"

焦昆知道冯文化能言善辩，不想跟他争论，只耐心解释说："这是基础，将来要往这上边安装机械，而且是巨大的破碎机，震动力很大，需要坚固耐久；如果糊弄上了，将来出了问题就更大了，那就不是浪费几十个工、几袋洋灰的事，而且会严重影响生产。老冯啊，将就不得，趁现在返工问题还不大，你发炸药吧，抓紧时间。"

冯文化又去敲打几下混凝土，坚持地说："糊弄是不对的，不过能将就利用还是应该利用。我看不要把它想得那么坏，这么大的混凝土座子，质量次点不会发生那么严重的问题。"

严浩听冯文化说得不在行，感到不满，但他不吱声，只在一边看着。焦昆看有许多人在场，不便跟冯文化争论，用手一指横在架子上的标语牌说："瞧哇，百年大计，质量第一。悬挂标语是为了好看吗？我们就是一定要强调质量，马虎不得。"

冯文化抬头望望红字标语牌，耸耸眉毛，从容不迫地说："我们是要强调质量，可是也要看现实条件。在当前的条件下，要求一切都达到百分之百，是不现实的。比如说洋灰吧，搞一吨洋灰多么困难哪！货很少，要从哈尔滨运，路程一千多里，要是不能将就使用，只好停工。现在就是客观条件与主观要求有矛盾，急迫的工期和实际可能存在着严重矛盾，事情很难办！"

焦昆听冯文化又提到工期问题，并且把困难推到客观条件上，心里很生气，但他冷静地说："老冯，我看等有空咱们再争论吧，现在要解决实际问题。无论条件怎么样，我们也要对建设工程负责，向党负责，绝不能糊弄！你把炸药发给我们吧，大家好工作，现在这些人已经窝工啦！"

冯文化看焦昆毫不妥协，生气地问："你一定要炸掉返工？"

"一定要炸掉！"焦昆坚决地说。

冯文化气得变了脸色，激动地说："你不能武断决定，这事要请示矿长！"

听冯文化这样说话，焦昆也很生气，他抑制了自己的感情，郑重地说："两位矿长都没有回来，不能让大家窝工等着。矿里委派我负责建设工程，我就要负起责任！我们不要在这里争论了，有时间咱们再谈吧！"随即转身向魏富海说："开领料单，你亲自去把炸药领来！同志们，马上行动，准备返工！"

焦昆向人们一挥手，抄起铁镐就跳上混凝土基础，工人们互相交换了一下眼光，个个拿起工具，动手收拾现场。冯文化愤愤地瞧了焦昆两眼，转身往回走了。

不久，工人把混凝土凿了几个眼，放进炸药，魏富海摇着小旗吹起警戒哨，待所有的人全躲开后，轰的一声巨响，水泥土基础爆得碎块横飞了。

三十一

邵仁展一回到矿里，冯文化就向他汇报焦昆炸掉混凝土基础的事。他一听就火了，立刻到现场去找焦昆。刚走到山麓，遇见了魏富海。魏富海正想去找他，半路遇上，非常高兴，就像久别的亲人又重逢了一样，热情地招呼："邵矿长，你回来啦！"

邵仁展走到魏富海跟前，开口就问："你浇灌的混凝土质量很坏吗？"

邵仁展见面就问，使魏富海暗自吃了一惊，但他马上明白这是冯文化向他说了，心情又轻松了，含糊地说："质量也不是很坏。"

邵仁展问："严工程师鉴定过了吗？"

魏富海想到严浩有鉴定记录和详图，不敢全盘抵赖，就说："严工程师在场，质量是不够好，那是因为洋灰不够标准。这情况我已经向你请示过，可是混凝土基础还算相当结实，可以将就使用，用不着炸掉返工。"

邵仁展说："当时你没坚持吗？"

魏富海故作为难地说："我提过我的看法，也坚持啦，可是焦主任……唉！"他长长叹了口气，又轻轻地摇了摇头。

邵仁展看魏富海欲言又止，就想听听他的意见，便要他在路旁大石块上坐下，让他详细谈谈；这正中魏富海的下怀，他就添油加醋地讲起来。他先讲当时的情况，然后又补充说："当时，我和冯科长都提到你了，焦主任理也不理。特别是冯科长说要等你回来，他不但毫不理会，反而决定炸掉……啊，这些不说了吧，说多了不好。"

邵仁展对焦昆早就有意见，觉得焦昆对他像对待同级干部那样，故意尖锐地提些不同意见，态度也不客气，特别是对他的主张也不够尊重……现在竟不顾他的指示就决定炸掉返工，实在令他难忍。他气得脸色苍白，胸闷得有些气喘。

魏富海看他这样，暗暗得意，思索了一阵，颇为同情地说：
"我知道你难哪！你设想的计划吹了，你的主张也行不通，指示又
不受尊重。这也难怪，论资格，焦主任参加革命比你还早……"

这真是火上加油。邵仁展听了感到每句话都像针一样刺痛了
他，他忍不住地挥一下手说："你不要说啦！"站起来就往破碎机
施工现场走去。

魏富海看邵仁展气成这样，料到有好戏看，幸灾乐祸地冲邵
仁展的背影微微一笑，站了起来。

天气阴沉，春风刮得很猛，有降雨的兆头，施工受到威胁。
水泥墩炸掉后，焦昆立刻重新组织了力量，亲自领着人们抢修，
鼓励人们加劲干，浇灌水泥工作要抢在降雨以前。他们把残渣清
理好了，混凝土基础上都是黑魆魆的窟窿，炸洋灰把部分钢筋炸
坏了，窟窿里露着一截截的钢筋。二十几个人忙碌不停，大家的
劲头都很足，力争要达到高标准。

邵仁展来到近前，望着那些黑魆魆的窟窿，火气更大。焦昆
看见邵仁展来了，忙从上边跳下来，指着混凝土基础说："混凝土
基础返工了。"

邵仁展说："我知道了！"他看了焦昆一眼，克制着怒火。焦
昆向他报告说："混凝土浇灌的质量不合格，不得不炸掉返工，浪
费了八袋洋灰，两吨砂石，五十多个工，还有炸药及其他东西。
这是因为我对魏富海他们教育不够，管理不好，没有及时检查造
成的，这次事故我要负责，请领导处分我吧！"

"责任是次要的，严重的是你的态度。你目无组织，擅做决
定！"邵仁展看人们在望着他们，向焦昆说，"走，咱们到一边去
谈谈！"

焦昆看邵矿长火气这么大，明白他是听了冯文化的话，心里暗暗不高兴。他随邵仁展来到一棵树下，搬块石头坐下说："昨天我来到这里发现水泥基础不合格，不返工是不行的。你和唐矿长都不在，要等就要窝工，就要影响一系列施工。在这种情况下我只有决定返工；我这样做是为工程负责，是为了抢时间，为了避免窝工浪费。批评我失职，根据质量事故处分我，我毫无怨言；但批评我的做法有错误，我想不通！"

邵仁展见焦昆顶撞，觉得他这简直是对抗，便声色俱厉地说："你要想通，这是闹独立性，搞分散主义！你有组织能力，情况熟，工作积极肯干，这是好的；可是你太骄傲自满，不仅没把同级干部放在眼里，还目无组织，目无领导，现在已经发展到不可容忍的地步，这像话吗？嗯？"

焦昆看邵仁展的火气很大，就不再争辩了。他是个脾气暴躁的人，但在首长训斥自己的时候，不论情况有多大出入，心里有多大委屈，从来不插言，总是默默地认真地听着，这已成了他的习惯。

邵仁展肝火很旺，越说越上火，他站起来说："你主观主义，处事独断独行，混凝土的质量并不见得非炸掉返工不可，你既不听下级的意见，也不听同志们的劝告，武断地炸掉返工。你说你为工程质量负责，难道别人就不为工程质量负责了吗？你擅自处理，你的组织性纪律性到哪里去了？游击习气！搞建设能乱来吗？"

焦昆对这样主观主义的批评并不服气，但他仍然一声不响，冷静地听着。

邵仁展把焦昆狠狠地批评了一顿，看焦昆总是一声不响，泄了劲，觉得自己也该有些涵养，于是稍稍平静下来。沉默了一会儿说："我一时激动，话说得过火了些，不过你要改正才是，不然会栽大筋斗！你还有什么意见？"他的声音也温和些了。

"我要考虑考虑，想一想。"焦昆说，"不过，水泥墩的返工工程还得抢先完成，请你批准。"

邵仁展犹疑了一下，最后说："好吧，你要好好检查！"

焦昆站起来，习惯地向邵仁展行个军礼，迈步回到水泥墩继续工作去了。

邵仁展看了焦昆一眼，往回走了。他仍然是满肚子火气，浑身都感到不得劲。这并不是跟焦昆生气，而是对唐黎岘有意见，认为焦昆的傲慢情绪，对他不尊重，是唐黎岘鼓励的结果。他正走着，忽然传来悦耳的歌声，转脸一看，右侧是一所小学校，一群孩子整整齐齐地排列在庭院里，高声唱着：

> 解放区的天是明朗的天，
> 解放区的人民好喜欢，
> 民主政府爱人民，
> 共产党的恩情说不完！
> …………

靠窗下，有一位女教师在演奏风琴，弹奏得很好，跟孩子们的清脆歌声配合在一起，优美动听。

邵仁展看那位教师好像是他的妻子，奇怪地想，她怎么到这儿来了呢？他不禁站下仔细看看，见她穿着一身毛蓝制服，短发，肩上搭着一条翠绿色的围巾。当孩子们唱完一支歌，女教师抬起头来，这使他看到果然是黄玉芳，便走了过去。

黄玉芳没有看见丈夫，叫孩子们唱《没有共产党就没有新中国》，她奏了一节过门，向孩子们点一下头，孩子们整齐地唱起来。她一边熟练地奏着琴，一边细审着孩子们唱的音节。几个月没跟孩子们在一起唱歌了，现在陶醉在琴声和歌声里，看来她的心情是那么宁静和愉快。

邵仁展看妻子领孩子们正唱得起劲，不想打搅她，便站在一边悄悄地看着。黄玉芳恬静的姿态和悦耳的琴声使他心头的火气顿然云消雾散了。待黄玉芳奏完一个曲子后，他走上前说："玉芳，你领孩子们玩得很痛快呀！"

黄玉芳转脸一看，发现丈夫站在身边，她兴奋地站起来，满脸堆笑地说："太痛快啦！这些日子在家里闷死了。这样热火朝天的日子，待在家里太不好受，我要出来工作，只想要赶快出来工作！"

孩子们都仰起头来瞅着邵仁展，他们似乎不欢迎这个客人，正唱得好好的，被他搅乱了。有个男孩问："老师，咱们还唱吗？"

"唱！"黄玉芳向邵仁展说："你等一下，我再领孩子们唱两支歌。"她向孩子们招招手，让他们排好，重又奏着风琴领孩子们唱起来。

邵仁展站在一边听着，感兴趣地看着她。妻子朴实端庄，性格温和柔顺，待人亲切体贴，富于感情，而且很勤恳能干，在哈尔滨的时候，白天教一天课，回家来还操持家务，做完饭洗完衣服还要批改学生作业，经常搞到深夜。

这时黄玉芳把全部感情贯注在琴声和歌声里，眼睛只注视着孩子们，好像丈夫没有站在身边。

俞立平由屋里走出来，看见了邵仁展，高兴地说："邵矿长，你来得正好，我正要找你呢！"

邵仁展说："找我有事吗？"

"有点事，"俞立平热情地说，"请到屋里坐。"

邵仁展摇摇头说："我不进去啦，马上就要走了。"

"进屋坐一会儿吧！"俞立平热情地留他。

这时由办公室里走出来两名教师，一位是五十来岁的老先生，穿着长衫，戴着礼帽，苍白的脸膛，嘴巴上留着短胡髭，彬彬有礼地跟邵仁展打了招呼；另一个是高小毕业的青年，十七八岁的光景，不像个老师，倒像个大学生，他也学着老先生的样子，点头哈腰，请邵矿长到办公室去坐。

邵仁展推辞不了，只得随他们进了屋子。屋里收拾得很干净，墙上挂着世界地图和中国地图，几张自然景物挂图，还有几幅字画，字写得清秀，内容竟是孔夫子的格言。墙当中还挂着一张毛主席像。屋里摆着两张桌子，桌上放着一只古色古香的木刻笔筒，里边装的不是笔，而是插的一束含苞待放的杏花。屋里的一切都是矛盾着的，连空气都是那样，从敞开的小窗子送进一些春天的气息，但它顶不出屋子里的闷气。

老先生客气地递过烟来，又倒上一碗水，满脸堆笑地说："本校经费困难，没啥招待邵矿长，务请邵矿长海涵！"

"不要客气！"邵仁展冷淡地说。他没有拿烟，也没有动那碗水。

"实在抱歉！"老先生坐下来说，"邵矿长光临本校，我们感到非常荣幸，我代表全体教师和学生向邵矿长致敬！"

年轻的教师也彬彬有礼地说："我们感到非常荣幸！非常热烈欢迎邵矿长光临视察指导！"

邵仁展对老先生的陈腐客套很反感，看那位青年也跟他学，觉得好笑。他不愿意跟他们谈话，坐在那里也感到不自在，一边哼哈答应，一边望着俞立平，希望俞立平说话。俞立平看出邵仁展的意思，向两位教师说："你们忙去吧，我要向邵矿长汇报一下工作。"

两个教师站起来，礼貌地向邵仁展点点头，退了出去。俞立平目送两位教师走后，转脸问："你看这两位教师怎么样？"

邵仁展说："这是十八世纪的人物，前清的遗老！"

俞立平笑着说："就是这样的教师还缺乏呢！"他正经地说，"现在解放了，矿工们的生活一天比一天好起来，大家都要送孩子上学。这所学校已经有二百多名学生，还有不少儿童要上学，因为学校条件不足，还不能全收留。"

邵仁展说："矿里已经拨出一笔款，并且已跟土建单位商量好了，要扩建矿山子弟小学，等校舍修好了，就可以让那些孩子上学啦。"

俞立平说："这个我知道，缺乏校舍当然是个大问题，但这不是那些孩子上不了学的原因。天气暖和了，没有校舍可以在外边上课，就像解放军那样；突出的问题是教师，现在教师太缺乏，这所学校里就只有两名教师，就是刚才你见到的两位。"

邵仁展听俞立平的话，明白他打的是什么主意，淡然地说："招嘛！乡村没有，到城市里招，有文化的人并不少。"

俞立平看出邵仁展已明白了自己的意思，跟他争辩说："招是可以招一些，可是要有一定的骨干。现在的教师有的是孔夫子的信徒，宣传的是封建主义那一套，有的是宣传资本主义，就是没有马列主义。这怎么能行呢！我们要改造旧的教育制度，要用无产阶级思想占领这个阵地，没有骨干怎么能行呢！"

邵仁展装作不懂他的意思，淡淡地说："你应该到县里去谈，请县里想想办法。"

外边琴声悠扬，孩子们起劲地唱着，嘹亮清脆的歌声十分鼓舞人心。

俞立平看邵仁展故意装着不懂，只好照直说了。他用手指一下窗外，说："你听，黄玉芳同志风琴弹得这样好，孩子们喜欢她，她也热爱教师这行职业，有教学经验，又是从老解放区来的，她是个最理想的人选！"他见邵仁展皱起眉头，又说，"矿山子弟小学的学生，绝大多数都是矿工的子弟，这是为矿山服务的学校，从矿里调几名干部来也说得过去。黄玉芳同志原先就是教师，到学校里来正好！"

邵仁展看俞立平恳切地望着他，沉思了一下说："好吧，我再考虑考虑，研究研究。"说完就告辞了。

黄玉芳正在教唱新歌，见邵仁展出来了，就向孩子们说："今天不唱了，改日再唱吧！"

孩子们正唱得高兴，听了黄玉芳的话，不约而同地瞅瞅邵仁展，对他有些不满，但都没有吱声。黄玉芳把风琴盖好，跟孩子们招招手，同邵仁展一起回家去。

他们沿山麓小道肩挨肩地走着，春风吹得很猛，他们顶着风走得很慢。自从到矿山以来，两个人就没有在一起散过步。当年在哈尔滨的时候，有时去遛遛马路，偶尔也一同到江边去散散心。那时，黄玉芳跟他在一起散步，心情总是愉快的，现在却两样了，邵仁展没有理会她的心情，满腹心事，默默地走着。

道路很窄，左首是岩石累累的山岭，右首是矿山小镇。居高临下地往小镇望去，小镇的全貌都在眼底。黄玉芳来到矿山还很少出门。她望着起伏的山岭，望着沿山沟建筑的小镇，感到这地方很美，很值得喜爱。他们穿过一片丛林，看到了散布在山上山下的工人，工人的叫号声使她激动，她真想把这雄壮的劳动歌声记录下来。眼见山沟里展开了伟大的建设工作，她受到了很大的鼓舞，在家里再也待不下去了，渴望马上出来工作。于是她站下来庄重地说："仁展，我已经拿定了主意，决定马上来当教师。"她仰起头来望着邵仁展，那神气似乎是不容丈夫干涉。

喏，她还端起架子来了。邵仁展想着，漫不在意地微微一笑说："家里扔不下，我看你算了吧。当个教师有啥意思，整天跟孩子们打交道，教个加减乘除，领着他们唱个歌……"

"得了吧！"黄玉芳烦恼地打断了邵仁展的话，丈夫这样瞧不起自己的职业使她来了火，"教师是崇高的职业，在当前，它更是个光荣的工作岗位！解放了，穷苦的工人和农民都翻了身，生活有了改善，他们欢欢喜喜地送孩子上了学，对孩子们怀着无限希望，盼望孩子们在新社会里受到教育和培养。在这种形势下，难道当教师没有意思吗？仅仅是教个加减乘除、领他们唱个歌吗？就算是教加减乘除，教唱歌，你又是怎么看的呢？你呀，哼！"

邵仁展被黄玉芳一顿抢白，脸红了。

黄玉芳继续说："现在教师很缺乏，那老教师有浓厚的封建主义思想和严重的资产阶级思想，年轻教师在日伪时期受的是奴化教育，一脑子奴隶思想……这些人还需要一段改造过程，教育界需要充实新的力量。邵仁展同志，你只想到你的矿山，整天为缺乏设备发愁，积极向上级要物资要干部，你可想到别的?"

邵仁展惊奇地瞧着她，他第一次听她这样侃侃地谈话，瞧她，骄傲地昂着头，肆无忌惮地教训起丈夫来了，而且称他为"同志"。这时黄玉芳继续盯着他说："矿长同志，眼光不要太狭窄了，要开阔眼界，多看看，多想想，多关心社会的大事!……"

邵仁展被黄玉芳盯得好不自在，不高兴地避开了她的眼光，爱理不理地说："我是个矿长，不是省长，矿山的事就够我想的了，哪有空想那么多!"

"你想得太少了! 只想到你在家里生活舒适，让我在家侍候你!"黄玉芳激动地说。一阵风吹过，把她脖子上的围巾吹飞了，她追上去，在小树上取下围巾，跑回来继续说："你呀! 咱们结婚八九年了，可是你对我很不了解，不了解我的志趣，不了解我的心思，不了解我的工作，对我的志向也不够尊重! 在这两个多月里，我在家里想了很多，对我的工作，对我的思想，对我的许许多多弱点都想过了。我承认我有许多弱点，我有依赖思想，脆弱，作为一个家庭妇女还可以，要用一个国家干部来衡量，那可就相差太远! 是的，太远! 太远啦!"她激动得脸色都红了，停了一下，继续说，"我把我们的关系前前后后都想过了，我们的关系不算坏，日子过得和睦，可是你对我太不尊重，一切都得听你的，我认为这种情形应该改变了。"

这一番话太出乎邵仁展的意外。看她那直率倔强的态度，他惶惑起来，为什么她有这么大的火呢? 他思索了一阵问："这是怎么一回事，你为什么对我发起火来呢?"

黄玉芳说："你只要想想就会清楚，糟糕的是你不去想! 我早就要跟你好好谈谈，你总是不在意！"

邵仁展想起来了，那天晚上黄玉芳想跟他谈的就是这个。他说："你谈吧！"

黄玉芳说："我已经都谈出来了。我不再光是侍候你的妻子，现在我已经是一名人民教师，担负着教育下一代的责任。可你呢？还跟过去一样地要求我，随意支配我！瞧瞧周围吧，一切都在变化，可你不看也不想，还像七年前那样对待我！……"她到底脆弱，说着说着，眼窝里含着泪珠，她不愿意跟老邵再谈下去，怕控制不住自己的感情，没等邵仁展说话，就向家里跑去了。

邵仁展站在那里望着奔跑的黄玉芳，感到这事来得很突然。他站在那里想了很长一阵，觉得妻子现在已经变化了，但自己没有注意到这个变化，在家庭生活中还是跟过去一样对待她；这时他也想到不该让她在家里待两个多月，在这样热火朝天的日子里，把她关在家里是不对的，因此也难怪她对自己有意见。他开始后悔起来，一直望着黄玉芳进了家屋，他才迈步向办公室走去。

三十二

晚饭后，天已经黑了。山上的电灯还没有亮，空中没有星星，一群矿工在山坡上走着，手里的矿灯像点点流星。

在这时刻，唐黎岘总是爱出来走走，看来他在休息，实际上他是单独思索一些问题。

今天，邵仁展向他讲了焦昆炸掉混凝土返工的问题，老邵的火很大，把焦昆说得一无是处。唐黎岘对焦昆炸掉混凝土的事有自己的看法，对焦昆这个人也有自己的看法，但是他怕真的由于自己对焦昆有偏爱，看不出他的毛病，因此想冷静地思考思考，检查一下自己对此看法的正确性。他相信自己对焦昆是了解的，工人们也一致赞扬他。焦昆对别人要求严、直爽、好提意见、毫不妥协等等，唐黎岘认为这不仅不是什么缺点，反而是个最大的优点。一个党员干部就是要勇于负责，勇于向一切不良倾向作斗争，如果他对周围的事物缺乏敏感，麻木不仁，敷敷衍衍，得过且过，就不是一个好干部。他认为做一个领导干部，培养干部要全面，要注意发扬他们的一切长处，因此他不同意邵仁展的看法。按邵仁展的主张实际上是想磨去焦昆的棱角，要去掉他经过战火锻炼养成的革命朝气，让他变成一个所谓"绵羊"干部。这种干部他是看见过的，他们对待上级是百依百顺，报喜不报忧，对周围的同志嘻嘻哈哈，一团和气，领导布置个什么事，既不用脑筋，也不结合具体情况，依样画葫芦地传达下去，指示是贯彻了，工作效果如何却另作别论。人们对这样的干部没有可指责的，好相处，好领导。他想，如果真的把焦昆的棱角和革命朝气磨掉了，让他变成那样的所谓"好干部"，那是错误的，不应该的。

忽然，电灯亮了。镇上，山麓建筑物门前和山上竖井架上的电灯，全亮了。

唐黎岘站下来望望周围，两边是黑巍巍的大山，沟膛子里到处是灯光，辉映起来别有风光。前边是邵仁展的家，屋里灯光明亮。他想进去跟老邵唠唠，但他考虑了一下，又改变了主意，去找严浩了。

严浩每到晚间就早早把门关得严严实实，很怕有什么人闯进来。唐黎岘推了一下没推动，就轻轻地敲起门，严浩不欢迎任何人来，听见有人敲门，心里很不痛快，慢腾腾地欠起身子，也没有应一声。

唐黎岘听屋里没有动静，就喊："严工程师，睡了吗？"

严浩听出是唐黎岘的声音，应了一声，忙去开了门，把唐黎岘迎了进来。

唐黎岘走进屋，见这个房间很大，只有严浩一个人住在这里，显得空旷些。他走到桌边，看见桌子上有一张报纸，那上边画了不少红杠杠，注意看看，原来报纸登的是党的七届二中全会的公报，他感兴趣地说："严工程师，你挺用功啊！"

严浩说："闲着没事，拿起来看看。"

唐黎岘没料到严浩能这样关心这份公报，便问："你读了以后有些什么感受？"

严浩前几天已经看过几遍了，现在又重新拿起来研究，因为他还有不少疑问，他是带着问题去研究的。他虽然还有一些保留看法，但他觉得共产党气魄大，公报里展示了中国的灿烂远景，他特别对要把中国由落后的农业国变为先进的工业国一点感兴趣，他曾逐条逐句地推敲过，看出共产党决心要发展工业。他还拿矿山的实际情况去对照文章里的话。经过对矿山这几个月的观察，印象逐步加深，自己的看法想法也有了一些变化，尽管还有些地方他不习惯，不喜欢，但有许多事他暗暗称赞，佩服共产党对建设新中国的一片赤胆忠心，更佩服共产党对工人有办法，矿工们动员起来了，工人在献交器材运动中，在冬季施工中表现出的热情，给他留下了不可磨灭的印象。现在他对国民党注定要垮台，共产党一定能胜利已深信不疑，也开始相信共产党在经济建设上定能有所作为。可是，他对公报的全部实现还有怀疑，说："公报谈的气魄很大，令人兴奋，如果真的能实现就好啦！"

唐黎岘又问："你认为这没有可能吗？"

严浩想了一下说："我不知道全国的情况，没有那么大的胸怀，不能妄加评论。"

唐黎岘看严浩不愿说，就不好往下谈了，只好换个话题，跟他谈起焦昆炸混凝土的事。严浩见唐矿长也来问这件事，就不再沉默了。因为这件事跟自己有关系，他怀着戒备的心情，替焦昆也是替自己辩护。他把当时的情况详细地说了一遍，又拿出他的鉴定记录和详图给唐黎岘看。他说："浇灌的混凝土质量很差，不能将就。我认为焦主任这样严格要求是对的，搞建设要有科学态度，不能糊弄，质量不合格就该立刻返工，在这件事上不能责备焦主任！"

唐黎岘听了严浩的话，就更清楚了，认为邵仁展责备焦昆不妥当。这件事并不是重大事故，就是那么个混凝土基础，有工程师做鉴定，焦昆是有权决定返工的。他觉得邵仁展不深入，偏听偏信，不了解下情，又加上感情用事，处理问题难免不出偏差。他安慰严浩说："你放心吧，在这件事上你是对的，焦昆也是对的。质量不合格就要返工重搞，要严格，不能放松！"

严浩点点头，轻松了，停了一下又说："魏富海就是不认真，爱糊弄！可是话又说回来，这事不能多怪他，也不能怪冯科长，主要是准备不够，赶日子抢工期造成的。洋灰不好就要停下，不能那样干！宁肯晚几天，也不要放松质量……唐矿长，施工太乱了，问题不少哇！"

唐黎岘听严浩又来了这一套，觉得有些乏味，没有跟他争论，鼓励他说："问题是不少，在我们面前是摆着许多困难，存在许多矛盾，还会出现这样或那样的问题，但我们的前景是美好的，我们的建设事业正在蓬勃发展，我们将建设一个繁荣富强的新中国。严工程师，鼓起勇气干吧！旧时代将永远地一去不复返了。现在你有了用武之地，有这么些好工人支持，定会在工作中做出贡献来的，你说呢？"

严浩微微一笑，又习惯地仰起头。

唐黎岘由严浩的屋子出来，看见了薛辉。他知道薛辉是不放心，特意来保卫他的，就说："小薛，你跟我干吗，这四处有岗哨。"

薛辉说："我是尽我的职责！"

唐黎岘走到薛辉跟前，向他打听焦昆回没回来。薛辉告诉他说焦昆还在破碎机工地上。唐黎岘听罢掉头向破碎机那面望望，那里果然是灯光明亮，便决定去看看。他拉了薛辉一把说："咱们看看去，焦昆又要连夜搞突击了！"于是两人一起朝破碎机工地走去。

破碎机的工地上灯光明亮，但他们不是在干活，而是在开会。焦昆把他领导下的班组长、党团员、工会组长和老工人等所有的骨干和积极分子都召集来，共有八十多人参加。人们坐在岩石、木头或草地上，静悄悄地听焦昆讲话。

焦昆站在人们面前，神情严肃地说："同志们，浇灌的混凝土基础不合格，首先我要负责，我向魏富海他们交代得不够，没有及时检查，管理不好，造成了这次质量事故。这次事故浪费了人力，浪费了国家财富，特别是浪费了水泥。现在水泥很缺乏，运来一吨水泥要费很多周折，浪费了多么可惜！……"

焦昆的话出乎工人的意料，大家来开会的时候，原以为他一定要大发脾气，有些人准备挨批评，听焦昆首先承担了责任，都深受感动，互相交换着眼光。唐黎岘和薛辉到了，为了不打搅会议进行，悄悄在一边坐下来。

古尚清为焦昆不平，站起来说："我说句公道话，焦主任没有责任，他天天下坑道去，不能让他把一切都照顾到，这活是魏富海领着干的，他应该负责！"

"不！"焦昆说，"我是修建工程主任，应该照顾到，应该很好地交代清楚，及时检查；就因为我没照顾到，才出了事故。至于魏富海，当然也要负责……"

魏富海站起来说："我马虎了，光想快一点搞完，不注意质量。不过，水泥确实不好，我跟冯科长说了几次，他都叫我将就使用，硬是给发那种坏水泥，我也没办法。"

焦昆听魏富海把责任都推在冯文化身上，非常生气，脸色更严肃地盯了魏富海一阵问："那么说，你就没有责任？"

魏富海一看焦昆的眼光就是一惊，装作老实地说："我也有责任！"

焦昆厉声地说："你不要往别人身上推责任，工程出了事故，施工人员推卸不了责任！我问你，施工员是管什么的？"

魏富海喃喃地说："管施工进度和质量。"

"那么质量出了事故，是供应人员的责任，还是施工人员的责任？"焦昆两眼仍然逼视着魏富海。

魏富海张口结舌，后悔方才不该那样说。焦昆毫不留情地批评道："自从那天我到这里，你就千方百计推卸责任，你这算什么态度！这责任不能推到冯文化身上，你是施工人员，对工程质量最清楚，你却那样干，这不是糊弄是什么？嗯？"

薛辉看着怪有趣，不禁小声向唐黎岘说："焦昆好厉害呀！"

唐黎岘向薛辉摆摆手，不让他说话。他全神贯注地望着会场。灯光下，几十个人鸦雀无声，一个个都望着焦昆。焦昆的神色严峻，谁也不看，两眼一直盯着魏富海。唐黎岘想，不错，焦昆的脾气是有些暴躁，对人的错误毫不留情，可是这不正是极可贵的吗？也正因为这样，他赢得了人们的尊敬，大家也都爱接近他。

焦昆狠狠地批评了魏富海一顿，魏富海额上冒起汗珠。接着苏福顺、古尚清、林大柱等人都相继发了言，一致赞成焦昆，批评了魏富海。

当谈到供应科的时候，许多人纷纷对材料提出了意见。有人说："混凝土返工，冯科长也有责任，他不顾质量，总是想把不好的材料塞给我们。"焦昆见大家把火力转向供应科，就向大家说："材料供应是不够理想，但是我们要体谅供应科的困难。现在材料不好搞，他们很卖力，到处紧跑，搞了许多材料，基本上保证了整个矿山的修复施工，我们应该感谢人家，不要指责人家。咱们造成浪费，就对不起人家。施工应该量材使用，把各种材料用到适当的地方去。比如说水泥，坑道里用量很大，那里的质量要求不高，使用的却是好水泥，如果把那些水泥用到这里，就可以保证质量，把这里的水泥用在那里，一样好使。大家都要想办法把有限的材料用在刀刃上，千万不要浪费。"

唐黎岘对焦昆这番话也很满意。当着冯文化的面，焦昆尖锐地向他提意见；在这里，他却为供应科说公道话，动员同志们想办法。他跟薛辉交换了一下眼光，看出薛辉对焦昆也是称许的。

焦昆最后说:"同志们,今天召集大家来这里开会,是让大家从这件事上接受教训。我们现在不是给日本侵略者工作,糊弄不得,干起活来要为国家着想,为长远利益着想,对质量要一丝不苟;凡是发现质量不合要求,绝不能马虎从事!今后谁负责的施工出了质量事故,就到谁那里开这样的会,这一条大家同不同意?"

众人异口同声地说:"同意!"

"好!"焦昆挥挥手说,"我们就这样办,我相信谁也不会欢迎到你那里开这样的会。现在咱们大家共同研究一下今后如何干法,大家谈一谈!"

苏福顺第一个站起来说:"今后可不要再开这样的会了,这一次就够了!现在咱们不是给日本鬼子干活,是给咱自己干的呀,马马虎虎,瞒哄糊弄,太不像话!我今后不论干什么活,都要干好,也要干得快,绝对不出质量事故!对质量的事,今后大家要互相监督才对!"

古尚清说:"矿山里过去有句话:糊弄鬼,糊弄鬼,糊弄一会儿是一会儿。那时候糊弄行,现在可不能再糊弄。脑袋瓜要开点窍,想想你糊弄谁,糊弄国家吗?糊弄共产党吗?那简直是没有良心。我老古绝对不糊弄,谁要见我糊弄,骂我,批评我都行!"

苏福顺和古尚清这一带头,施工员、领工员、班长、组长都争先恐后地站起来表示态度,下保证。会议开得很严肃,也很活跃。在工地上开这样庄严的会,更富有战斗气氛。

唐黎岘听人们的发言,看大家都很严肃,发言的劲头也很足,觉得这个会开得不错,他相信通过这次会,质量事故定会减少。

焦昆发现了唐黎岘，就凑过去低声向他汇报了一下情况和征求意见。当他看大家发言差不多了，便请唐黎岘讲话。

　　唐黎岘站起来说："大家谈得都很好，我不需要多说了。我想向大家提出两点意见，供大家参考。一点是如何采取措施保证质量，大家的认识很明确，决心很大，劲头很足，都有国家主人翁的高度责任感，这非常好。你们回去后还要研究一些措施，有了决心再加上可靠的措施，工程质量就可以得到保证；另一点是节约材料问题，也要想想办法，能代替的还是要代替，能节约的尽量节约，但不能降低工程质量！"

　　散会了，焦昆和唐黎岘一起往回走。他看大家的情绪很好，心情也很愉快，边走边向唐黎岘说："混凝土基础不合格，炸掉返工是个坏事，同时也是个好事。这次事故给大家敲起警钟，使大家受到了教育，对保证建设工程质量有好处。"

　　唐黎岘说："这个会开得不坏，不过，你事先为啥不跟我们谈谈呢？"

　　焦昆不了解唐黎岘的意思，一时不知怎么答复好。唐黎岘瞅瞅焦昆，在黑暗中看不清他脸上的表情，但猜到他是误会了自己的意思，便问："你是不是不信任我们呢？"

　　焦昆说："这个会开得匆忙些，我只想让大家接受这次质量事故的教训，引起大家对工程质量重视就行了，事先没有很好准备，所以没有向你们谈。"

　　"仅仅是这样吗？"唐黎岘望着焦昆，见他不说话，微笑着说，"让我给你揭穿吧。你是因为对这件事和邵矿长意见有分歧，找他怕他不支持，找我又怕我也有异议，或者你还考虑到别的，因此只有自己开了。是这样吗？"

焦昆确实事前感到为难。邵矿长对这件事跟自己有不同的看法，向他请示说要开这个会显然不适当；找唐矿长吧，又怕影响两位矿长之间的关系；而这个会又不能拖，他考虑来考虑去，只好自己这样开了。他坦率地说："你说得对，正是这样，也许这是无组织无纪律行为，我准备检讨。"

　　唐黎岘听了焦昆的话，觉得这件事不能等闲视之，心情有些沉重。他认为搞工业建设和打仗一样，需要团结一致，意志统一，全体人员齐心努力，才能打胜仗；如果领导核心的思想不统一，互相间不信任，就要使工作受到影响。沉默了一会儿，他说："你决定返工无疑是正确的，那时候我们都不在，你是可以决定的；开会不告诉我们就错了。你给自己扣个无组织无纪律的帽子不合适，但你对领导不信任，有股怨气，这样可不好！"

　　焦昆烦恼地说："开会以前我再三考虑过，找邵矿长吧，怕他怀疑我有意与他为难；找你吧，又怕影响你们的关系，我就决定自行开了，结果还是不对头。唐矿长，打冲锋、搞建设我都不怕，就怕搞关系学，这些关系真难处理呀！"

　　唐黎岘理解他的烦恼，这情况确实使他为难，于是语调温和地说："社会上充满了矛盾，充满着斗争，人们的思想不同，对事物的认识不同，因而是会产生矛盾的，我们要学会善于团结同志，善于团结那些与自己意见不相同的人。'关系学'——姑且借用一下这个名词吧，"他笑笑说，"还是要讲的，但重要的是要从党和人民的利益出发，按照党的原则办事，而不要掺杂进个人成分。"

　　他俩沿着山麓小道摸黑走着，谈得很融洽。焦昆坦率地谈出自己的一切看法和想法，唐黎岘也毫无保留地谈出自己的意见，两人之间用不着"关系学",谈话尽管严肃,情谊却在增长。

唐黎岘向焦昆谈了省委干部会议情况后,说:"革命形势发展得很快,到处需要钢铁。领导上对辽南钢铁公司抱有很大的希望,指示要加紧恢复,尽快炼出钢铁。公司大力抓炼钢炼铁的修复工程,高炉平炉肯定会提前生产,我们的生产日期也必须提前了!"

焦昆听了这个新情况,情不自禁地站下思索了一下说:"我们要争主动,无论如何也要保证高炉生产。自从你上次提出要集中兵力打歼灭战后,我和张学政把修复工程安排调整了一下,现在已经搞好了。"

"好!"唐黎岘说,"明天就开干部会把它定下来。"

焦昆说:"五号大井已经有了基础,不过要达到生产的程度,还需要进行大量工程,支架几乎要全部重搭,空洞要充填,充填量很大。"

"是呀!"唐黎岘同焦昆、薛辉继续往前走,边走边说,"我正为这个焦虑,等磨电车运石块去充填,是指望不上了。邵矿长和严工程师从开始就担心设备问题,多次用设备问题来反对现行施工计划,现在我们可真正碰到设备问题了,怎么办?总得想办法!"

焦昆感到问题的严重性,思索起来。唐黎岘见焦昆不语,没有再说话,同他一起默默地走着,思索着。

天气阴沉,除了矿山和镇里灯光明亮外,周围的山岭都隐藏在黑暗里,一片漆黑。东北方远远的山沟里不时出现了缥缈不定的光亮,蓝不蓝,绿不绿,一闪一闪的。有时候只有一星星,有时候一片片的,时隐时现,忽明忽暗。

薛辉望见了,用手指着说:"你们看哪,那讨厌的鬼火又出现了！"

"是磷火，不是鬼火。"唐黎岘一面望着一面纠正薛辉的说法。那神秘的光亮飘动着，由一两点变成十几点、几十点，越来越显明，它们与矿山的灯光极不相称，望着它们，使人感到极不愉快。

焦昆向他们说："那地方是狼洞沟，山上全是坟，沟膛子里是万人坑。日本侵略者在孤鹰岭矿这么多年，不知折磨死多少中国工人，那里简直尸骨成山！"

听了焦昆的话，再看看眼前这些磷火，唐黎岘和薛辉想象到在旧社会里矿工的生活，这使他们的心情更感到沉重。

他们望了一阵，唐黎岘说："清明节的时候，要动员全矿职工去掩埋万人坑的尸骨；现在已经解放了，矿工弟兄们已经结束了他们的悲惨生活，我们该让死者们很好地安息！"

"趁那个机会，还可以对职工进行一次深刻的阶级教育！"焦昆补充说。

磷火继续在山谷里徘徊着，飘荡着，一下消失了，一下又出现了……

三十三

第二天早晨，唐黎岘就要薛辉通知科级以上干部和工程师到五号大井去开会。他准备了一下，就戴上柳条帽，披上雨衣，会同邵仁展下了大井。他们来到第一层坑道，见焦昆、严浩、张学政、冯文化和一些干部都在那里等着，另外还有苏福顺。唐黎岘问焦昆这里离掌子面还有多远，焦昆一面回答他走不远就到，一面点起了矿灯，领头向前走去。

巷道很长，往里一望，点点灯光望不到头，但他们快接近掌子面时，情况就不同了，顶棚越来越矮，像焦昆那样的高个子，要时刻注意撞头；里边很阴暗，又湿淋淋的，苏福顺快走几步抢在头里，给大家带路。

正走着，苏福顺喊："当心脑袋！"焦昆举灯望去，见前边好像是被炮崩了似的。那里顶壁岩石错动，压坏了支架，有几条木头倒挂着，有几处岩石挤出了，像随时要滚下来。

唐黎岘也举灯看看，问："老苏，这是怎么一回事？"

苏福顺举灯照着，解释说："这是因为上边岩层错动，岩石下沉，把支架压坏了。"

"危险吗？"唐黎岘望着苏福顺的脸。

苏福顺一边观察一边说："危险倒有，不过现在岩层是稳定的，没啥大震动它不会塌方，就怕震动太大。"

唐黎岘回头向邵仁展说："在开采以前，对这地方要采取安全措施。"

邵仁展点点头。

苏福顺弯着腰，一边察看一边往前走，不时回过头来照看大家。这在他来说是平常的事，十几年来，他经历过许多惊险事件和场面，从中摸索了丰富的经验，对岩层的变化很敏感，听见微小的声音，就能判断出要发生什么事故。今天，他更分外小心，不敢有一点马虎，因为矿里的领导都跟在自己的后边。

过了这段险区，前边是一层层岩石拱门，走不远就到了掌子面前。

掌子面乱糟糟的，矿脉岩石错乱，挖掘得凸凹不平，有的顺着矿脉斜掏上去，有的往下掏个深深的大坑，采完没有充填，支架搭得又不稳，几个岩柱像是古塔似的支着顶壁，从岩石缝里喷出水来，哗哗的像是天降大雨，地上的污水很深，人没法进去。他们在干处停下来，开始研究这段掌子面的情况。

张学政展开图纸，指点着掌子面说："这个采区的地质构造复杂，矿层的变化很大，有几条横断层贯穿矿体中间，矿体节理发达，围岩很不稳定，日本人采取杀鸡取蛋的采矿法，乱采乱掘，造成现在这个局面。"他举起灯照着说，"瞧，掌子面乱糟糟的，顶板情况恶化，特别是那采空了的区域，里边不敢进人，需要很好地充填。"

他们观察了一阵，离开那里下了第二层坑道。这里焕然一新，污水排出去了，污泥也已清理干净。照明线路全部修好，灯光明亮，空气流通，只是支架情况很坏，一群工人正在整修支架。苏福顺领大家走到半路就停下来，说里边顶棚支架情况恶劣，空洞险区很多，不充填，不重新搭支架，进去有危险。于是他们退出来，到井下办公室研究起施工安排。

唐黎岘首先请张学政谈一下五号大井的修复工程。张学政展开图纸，先讲解了地质情况、矿脉状况和失修情况，然后谈到修复工程。他说："日本侵略者的采矿方法极坏，给继续开采带来很多困难。这种采矿方法必须改变，但一时改不过来，要采取必要的安全措施。在开采以前，主要是充填空洞，清理好掌子面，搭好支架，搞好通风。别的工作量不算大，最主要的是充填。光充填这个区域的空洞，就需要运进来四十多个火车皮的石头；而采石场又在孤鹰峰下，路程这么远，磨电车指望不上，运这么多石头很困难。"

唐黎岘向大家传达了省委干部会议精神，讲了一下革命形势，最后说："公司集中力量抓了炼铁厂和炼钢厂的修复工程，炼钢炼铁肯定会提前生产，形势逼人，需要更加一把劲，保证高炉炼铁，因此，我们的生产日期也要提前！"

干部们听到这个要求大为震动。严浩抬起头，惊讶地望着唐黎岘，冯文化情不自禁地喊道："还要提前？"邵仁展在上山时，唐黎岘已经跟他讲过，因此并不感到惊讶，只是紧锁眉头在苦思。

唐黎岘扫视了干部们一眼，郑重地说："公司正在安排，我们必须采取主动，不然等高炉点火，供应不了矿石，可就被动了。"

任务加重了，在新情况下怎么办呢？干部们互相交换着眼光，脑子里翻腾施工问题。只有严浩不大在意，坐在一边看着大家，想看看他们究竟用什么办法去完成。

唐黎岘看大家都沉默不语，觉得不必拖时间，便说："为了保证高炉生产，按现在这样规模去干是不行的。我们的施工面铺得太广，战线拉得长了，这是因为我们对公司整个修复形势估计不足。现在要调整部署，不是急需的工程就暂缓，要集中力量修五号大井，为开采做准备。"他停了一下又说，"张工程师把这里的情况说得很清楚，情况就是这个样子，工程量很大，磨电车来不了，等是不行的，也不能冒险作业，不充填好，不搭好支架就不能生产。"

矿长的话引起一阵议论，有些人热烈赞成，有的人表示怀疑。这时，一直没有说话的邵仁展发言了，他说："要调整工程部署我同意，但要考虑到这里有许多环节，各个环节中都紧密相连，要变动就要全盘变动，不能只在这里勉强生产，放下别的。因为生产一开始，任务就会不断压下来，光这条坑道完不成任务，将来会陷于被动。下棋不能只看一步，应该看到下步棋。"

唐黎岘明白邵仁展说的"全盘变动"就是"全面收缩"的意思，他严肃地说："调整是为了提前生产，绝对不意味着撤退，矿山建设的各个环节固然是紧紧相连的，可是也有区别。在这些环节中有的是关键环节，应该集中力量去突破它，突破了这个环节对全面工程将起促进作用。五号大井是最重要的关键环节，把这里搞好了，就可以生产矿石，并有可能成为矿山将来产量最大的矿井。二号大井也不放弃，可以做些清理工作，等五号大井恢复起来，就集中力量修复二号井。这样一个接一个地修复起来，不仅不会造成被动，而且能够争取主动。"

邵仁展问："磨电车来不了，你打算怎么办呢？"

"用人力！"唐黎岘斩钉截铁地说。

这一下惊动了所有在场的人，都抬头望着唐矿长。

唐黎岘说："情况摆在这里，磨电车来不了，再等俩月也指望不上，不能因为等磨电车让高炉饿肚子；退路没有，等也不行，只有这样干！"

焦昆接过来说："邵矿长，你再给我三百人，我保证用两个月充填好，保质保量，把掌子面清理好，搞好坑里的运输线路，还可以做一些掘进工作，做到安全生产。"

邵仁展问："你有根据吗？"

焦昆说："我根据实际标定的定额计算，加上可以估计到的工人劳动热情。"他看邵仁展仍旧怀疑，便进一步说，"我和苏福顺一起早上山标定过。从采石场挑一担石头到井口，连装带倒，快的需要二十五分钟，慢的需要半个钟头，他跟我一起计算过，如果再有三百人就能达到那个目标。"

原来是这样，怪不得焦昆的裤脚都被露水打湿了。大家对焦昆这种雷厉风行的作风和实事求是的精神都很赞赏。

邵仁展思索了一下说：“三百人倒不算多，可是现在拿不出那么多人。”

唐黎岘跟他算账说：“磨电车在近期来不了，磨电道的工程暂停，二号井和三号坑道目前只往外排水，清除污泥的工作暂缓，另外从其他工作场所和勤杂人员中再抽出一部分人，这几部分人凑到一起就够了。”

邵仁展抬头看大家，但眼光落在冯文化身上，问：“你们有什么看法？”

冯文化欠了欠身子说：“这样干我倒是满乐意，省得我为设备着急，可是这种干法是不是太那个了……”他看唐黎岘瞅他，不说了。

邵仁展又把眼光落在严浩身上，问；“严工程师，你有什么建议？”

严浩冷淡地说：“对计划、对设备问题我谈得不少了，再没有什么可说的。设备不到，最好是等着，别的我提不出建议。”

邵仁展不满意严浩的答复，把眼光从严浩身上移开，筹思了一下说：“我到公司去跑了好几天，对设备和材料摸了一下底，许多设备和材料都解决不了。情况是明摆着的，根据条件，不仅不可能提前，原计划也完成不了！我认为要实事求是，承认事实，放慢施工速度……”他看焦昆要说话，马上接着说，“我并不是不顾公司需要，我估计高炉不一定会提前生产，就是提前也不过是少数高炉生产，用不了多少矿石。公司有好几处矿山，有的矿山条件较好，他们会供应矿石的！”

唐黎岘提醒他说："现在选矿条件不好，炼铁技术也没过关，公司需要孤鹰岭的富铁矿，我们不能把供应矿石的担子推到别人身上！"

"如果公司让我们提前生产，就要给我们解决设备和材料问题，不具备条件，是不可能快生产的！"邵仁展显得理直气壮地说。

唐黎岘说："公司已经给我们解决了一些设备和材料，给我们创造了一些有利条件，我们不能等公司把一切都给解决，应该挖掘内部潜力，主动去战胜困难！"

焦昆接着说："自从修复工程一上马，我们这里就存在困难。经过全矿职工的艰苦奋斗，已经战胜了不少困难，为什么现在要撤退呢？绝对不能撤退，一定要提前生产，满足高炉生产的需要！"他有些激动了。

邵仁展看焦昆的劲头那样足，心里很不高兴，沉默了一会儿说："高炉真的能提前生产，非用我们的矿石不可，我也不赞成不顾实际条件去突击。我的意见，在五号井里采取一些临时安全措施，在原有的基础上用原来的方法开采。"

焦昆忍不住地问："这不是要冒险作业吗？"

听焦昆这样说，邵仁展立刻变了脸色，提高声音说："我们要实事求是地谈问题，不要乱下结论。什么叫冒险作业？你想一下子彻底改造好矿井，能办得到吗？目前，设备不足，要靠体力劳动，搞那么大的工作量怎么能行呢！孤鹰岭矿是个大矿，不能用手工业的办法来开采！"

冯文化立刻表示拥护地说："我完全同意邵矿长的意见，只有这样干！"

严浩本来不想多说话，可是忍不住。他慢吞吞地说："在不得已的情况下，也只有按邵矿长的意见办。这里原来是个现代化的矿山，到我们手里用挑筐挑可说不过去，日本人知道了会嘲笑我们说：中国人真高明，瞧他们是怎么样干的呀！"

焦昆听严浩说这种讽刺话，气得脸色发白，怒冲冲地盯着他。严浩注意到焦昆的眼光，傲慢地仰起头。两人在处理混凝土事件时曾一度互有好感，现在出现分歧了。焦昆说："严工程师，对待工程任务应该抱积极态度，多提些建议才对，不应该只是一味批评，吹冷风！"

严浩不满地瞥了焦昆一眼，又瞅瞅站在身边的邵仁展。焦昆激动了，滔滔不绝地说："我非常希望一切劳动都机械化，也要往这个目标奋斗，将来一定要改变那些手工作业的方法。可是一切要从实际情况出发，目前没有条件，能消极等待吗？我军在开始的时候连大枪都不多，用的是大刀、梭镖、火枪和土造手榴弹，敌人讽刺我们，说我们是'土红军''土八路'，可是'土红军''土八路'就是用这些土武器闹起革命，闯起江山。不用说反'围剿'和抗日战争的时候了，就是前几年，不也是很困难吗？国民党军队行动用汽车，我们用步行，敌人讽刺说'解放军用腿跟汽车赛跑'，可是解放军硬是用腿赛过了他们，消灭了他们，现在眼看全国就要解放了，解放军也已经装备起来，将来会越来越好。如果按照你们的观点，等装备到机械化程度再打仗，会有今天的局面吗？装备不好就消极怠工，这种态度对头吗？"

严浩被焦昆质问得哑口无言，脸红地避开了焦昆的锐利眼光。

会场上形成的对立使空气紧张了。唐黎岘没有理会严浩，向邵仁展说："全面收缩是消极的，将就生产更不行！孤鹰岭矿是人民的矿山，我们要为党负责，为工人的安全负责，采矿方法虽然不能完全改变，但一定首先要改善安全设备，不做到安全绝不能生产。"

焦昆一针见血地说："不顾安全是对群众漠不关心，毫无群众观点！日寇为了掠夺资源，不顾工人死活冒险作业，使多少矿工惨遭死伤。我们绝不能那样办，不做到安全，宁肯拖迟一些。"

邵仁展被焦昆刺痛了。昨天他跟焦昆发了一阵火后，回来遇见严浩，听严浩把当时的情况说了一遍，承认焦昆立刻炸掉返工是对的，觉得对焦昆的批评不合适，想找机会跟焦昆交换一下意见。现在他看焦昆这样，就又上了火，两眼盯着焦昆说："谈问题不要扣帽子，不要硬往原则上拉！"

"应该提高到原则上去认识。"焦昆对原则问题向来不放松，不管你是谁，都要直爽地辩论，"我整天在坑道里转，非常了解原来的基础是个什么样子，日寇临垮台这二年急着采矿，根本不采取安全措施，危险极了。我们要设身处地替工人们着想，要有一些阶级感情。"

邵仁展被焦昆几句话说得无言以对，但仍然不想服输，局面僵持下来。唐黎岘看这情况，觉得再争论下去没有益处，决定让大家再酝酿一下，改日再开会讨论，会议不欢而散了。

这天晚上，邵仁展躺在床上想睡，可是瞪着两只苦涩的眼睛，无论如何睡不着，有关的事都一股脑儿涌上心来。自己刚到矿山的时候，想了很多办法，不料一开始就跟唐黎岘和焦昆他们发生分歧，全没有兑现。他想起那一系列争论，满肚子都是气，觉得这两人自以为是，主观片面，不听意见，在施工安排和管理上，坚持重新搞一套。工程一上马就忙乱，一直到现在，如果不纠正，还要忙乱下去，这怎么能行啊！……他想着，心里很烦躁，觉得头昏脑涨；他努力压下思绪，闭上眼睛想睡，但忽然又想起白天的争论，觉得自己的主张是客观的、实事求是的。磨电车来不了，用人挑石头，笑话！如果别的设备再解决不了，又怎么办呢？挖内部潜力，矿里的家底穷得可怜，有多大潜力可挖呢？……接着，他又算起力量。现在矿里有了将近一千名工人，也有了一批干部，人力问题不算大，可是设备、材料都大成问题，缺磨电车、鼓风机、机床、水泥、钢材……他觉得想这些会影响睡眠，便命令自己说："唉，算啦！想这些干吗，明天再说吧！"于是他把注意力集中在闹钟的嘀嗒声上。

嘀嗒，嘀嗒……邵仁展努力想克制，可是克制不住。他忽然又想起了严浩。这位老兄可倒好，不着急，不上火，只作为旁观者提点意见，身上没有担子，没有压力，轻松自在。对严浩他不免有些羡慕。唉，听之任之算了，何必这样操心呢？但马上又否定了这个想法，不能啊！自己是副矿长，对工作哪能不积极负责呢？……接着，他又思索起当前的工程，盘算着措施，越想越烦躁，越睡不着了。他翻翻身，决心把注意力集中在闹钟的响声上：一、二、三……

夜深了，孩子们都睡着了，黄玉芳也睡得很香，均匀地呼吸着。顿时他又想起跟妻子的冲突，这件事使他感到恼火。现在事情就够多了，她又跟着凑热闹，闹别扭。他觉得自己对她很体贴，宁肯自己马马虎虎，让她穿得好一些。凡是她所喜爱的，在可能的情况下都给她弄到。可是她对自己竟有了这么多意见！唉，这又从哪儿说起呢？……他发觉思考起来就没个头，又重新数起一、

二、三……

外边下雨了。先是唰唰小雨，后来越下越大，哗哗倾泻不止，雨点打在玻璃上，噼噼啪啪一阵紧似一阵，闹得他更加烦躁，索性翻身坐起来，扶着窗台往外望望，街上的电灯被雨雾蒙住了，显得黯淡无光。

早晨，邵仁展刚刚起床，电话铃响了。他抓起耳机一听，冯文化焦急地在电话里说："邵矿长，发生事啦！水泥全被雨水浇湿了！"他吃了一惊，放下耳机，急忙出屋。

雨停了，天空仍然阴沉，山野里雾色茫茫。邵仁展望了矿山一眼，感到很不痛快，深深嘘了一口气，不顾道路泥泞，大步向存放水泥的地方走去。他来到现场，见水泥散乱地堆放在一间小矮房里，小屋地势低洼，房盖露了天，屋地里的水有一尺多深，水泥全泡在水里，抢救已来不及了。他发火地向冯文化喊："你这是怎么搞的，水泥这么贵重，为什么不放个好地方！"

冯文化很痛心，愁眉苦脸地说："原来的库房太小，新的库房还没有盖，没有好地方堆放。这个房子原来没漏，没料到……"

"没料到！你是干啥的！"邵仁展打断他的话，"水泥这么缺，要从哈尔滨往这里运，一斤水泥比一斤白面还贵，这你不是不知道，工程又非常需要水泥，这一损失，施工怎么办？"

唐黎岘也接到了冯文化的电话，他和焦昆一起来了。焦昆围着小房观察了一遍，情况很明显，房盖是有人冒雨扒的，只因雨水把一切都冲刷掉，没有留下任何痕迹。他断定这是敌人的破坏活动，满腔怒火地想追出敌人，没有对冯文化说什么。

唐黎岘面对着那堆损坏了的水泥，神色非常严峻。冯文化看他那样，惶惶不安地准备挨批评，其实他的担心是多余的，唐黎岘一向不在这种情况下斥责人，因为他认为在同志着急上火的时候，斥责批评不会提高对方的思想认识。

沉默了一阵，邵仁展向唐黎岘说："原来水泥就不够用，这一损失，会使一些工程受到很大的影响！"

"是呀，这事确实严重！"唐黎岘沉痛地说，瞅了冯文化一眼。

冯文化避开唐黎岘的眼光说："我没照顾到，使水泥受了损失，我要检讨！不过旧仓库太小，装不了多少东西，我早就提出要盖个大仓库，直到现在也没有安排上！"

唐黎岘看冯文化不仅没有很好地认识自己的错误，反而推在客观条件上，非常生气，严厉地说："同志！出了问题，你应该从自己思想上检查，绝对不应该推脱、埋怨！"

邵仁展看冯文化很狼狈，又对他暗暗同情，认为仓促开工，给供应工作带来很大的困难，又不给他创造良好条件，哪能让他把一切都照顾到呢？他替冯文化开脱说："冯科长在这件事上是失职了，不过也要体谅他的困难；我们只忙于修复工程，缺乏基本建设，修建这么大的矿山，首先应该盖个坚固的大型仓库。"

唐黎岘听邵仁展这样说，觉得他毫无原则。爱护干部应该不断提高他的思想和工作水平，替冯文化开脱，只会助长他的埋怨情绪，对他丝毫没有好处。唐黎岘说："仓库是需要盖的，但绝对不能放慢生产工程，去修那种大型仓库！再说，这也不是理由，旧仓库里堆的是破铜烂铁，为什么不把那些东西搬出来，把水泥放进去？为什么不垛起来？"

焦昆忍不住地插言说："这是因为警惕性不高，马虎从事，让敌人钻了空子！"

冯文化想起在两个月前，焦昆曾郑重地提醒他要提高警惕，他却没有在意。听焦昆这样的批评，他无言以对了，蜡黄色的脸膛上布满愁云，后悔自己的疏忽。邵仁展觉得冯文化的理由也站不住脚，不再说了。四个人默默地站在那里。

这时，魏富海领两个工人来了。他见唐黎岷、邵仁展、焦昆和冯文化都在这里，明白了几分，但不动声色地拿出领料单，向冯文化说："冯科长，我们要领水泥，你给批一下！"

冯文化心烦地摆摆手说："水泥全被雨浇湿了！"

魏富海故作惊讶地说："哎呀，怎么被雨浇湿了！"他奔到屋门口去看。

魏富海知道水泥是关键性材料，他早就指使牛胡子找机会毁坏它。牛胡子常来供应科联系买货，借此机会了解水泥放在这间小房里，早就想毁掉，却一直没找到当口儿；昨天晚上下雨，他看时机到了，冒雨跑来扒开了房盖。魏富海早晨得悉牛胡子干了这件事，但不知效果如何，现在知道已经大功告成，心里暗自高兴。他退出屋门，装作很痛心地说："唉，这么多水泥都湿了，过两天就会变质，太可惜了！破碎机基础还没浇灌完，两天后就得停下，真糟糕！焦主任，我们怎么办？"

"水泥现在还可以用，你们赶紧浇灌！"焦昆说着，厌恶地瞟了魏富海一眼。魏富海看了这四个人一下，装作难受地长长叹了一口气，领些湿水泥走了。

邵仁展叹了一口气说："破碎机的施工眼见要停了，坑道里和地表上好几个工程都得停！工程太脆弱了，禁不住风吹雨打！"

唐黎岷明白邵仁展的意思，接口说："工程脆弱，人可不能脆弱，就要禁得住风吹雨打！"

邵仁展觉得唐黎岘又教训人了，反感地在嘴角露出一丝冷笑。焦昆忍不住地说："事情很明显，这是敌人的破坏！敌人给施工制造困难，想打击我们的施工情绪。水泥损失了，施工情绪可不能受影响，应该鼓起更大的劲头，积极采取措施！"

邵仁展听焦昆也来教训自己，气呼呼地说："同志，咱们还是谈实际问题吧！破碎机工程一直在抢修，如今也不得不在半路停下，热情再高，也得面对现实！"

唐黎岘想跟邵仁展个别谈谈，便向焦昆和冯文化说："趁现在能用，尽量抢着多用上些，同时要把造成事故的原因和损失情况弄清楚，准备向公司写个报告！老邵，咱们走吧！"

雾气开始消散，空气湿漉漉的，风停了，气压变低，让人不爽快。唐黎岘和邵仁展各怀心思，都认为施工已经到了重要时刻，究竟怎么样干，应该立刻决定，不容再拖了；两个人也都拿定了主意，决心要说服对方。一路上谁也没说话，来到办公室坐下后沉默了一阵。唐黎岘说："老邵，咱们今天要敞开胸怀谈一下，工程已到了这样阶段，我们的思想该统一了！"

"是呀，不容许再拖了！"邵仁展从容地说，"我们要把实际问题摆开，根据实际情况，当机立断，做出决定！"

"那天会后，你酝酿了吗，有什么新的意见？"唐黎岘期待地望着他。

"我坚持我原来的看法：施工速度非放慢不可！"邵仁展谈得很直率，又补充说，"破碎机工程就要被迫停工了，这是个明显的信号，照这样干下去，前途真不堪设想。"

唐黎岘耐心地说："老邵，不要这样悲观。水泥问题是个偶然事件，只有几个工程会受几天影响，不能影响整个修复工程。我们在党的正确领导下，上有公司领导的关怀，下有广大群众的支持，何愁不能战胜这些困难呢？"

邵仁展觉得唐黎岘又脱离实际，毫不妥协地说："盲目乐观非常有害！施工多么乱呀，总是处在被迫停顿的边缘，缓一下有什么关系？何必搞得那么紧张！"

"革命事业那么急需钢铁，我们为什么不加紧搞呢？你只强调所谓正规的施工秩序，忽视了革命需要，能争取的不争取，这不对呀！"唐黎岘还是耐心地说。

邵仁展却激怒了，提高声音说："我强调施工秩序，正是为革命负责，为革命建设事业负责！搞工业有它的特点，有它的规律；主观主义，盲目乱干可不行！"

唐黎岘也来了火，但他镇定地、严肃地说："我们要考虑工业建设的特点，但是也要考虑解放了的工人阶级的特点，人民企业的特点，更不能忘掉我党我军的光荣传统！资本主义的工业建设规律必须打破，工业建设必须革命，要走新的工业发展道路，要建立新的秩序！"

谈话异常尖锐了。邵仁展变颜失色地沉默了好长一阵，说："看来我们是难以谈得通了，请你允许我向上级提出我的意见！"

唐黎岘克制住内心的激动说："提吧！这是民主权利，任何人也无权干涉！"

谈话僵了，两个人沉默地坐着。薛辉推门走进来，把通知单交给唐黎岘说："公司通知明天开干部会，正副矿长都参加。你们下午就得动身了。"

在公司干部会上，干部们重新学习了毛主席在七届二中全会上的报告，传达了党中央对工矿建设的指示，务了两天虚，然后布置生产任务。根据需要，根据全公司的人力、物力和各个环节的关系，按轻重缓急重新调整了计划。决定在年内修复起部分炼钢、炼铁、轧钢、炼焦、矿山等生产工程；围绕这些生产工程，还要相应地修复部分动力、运输、机械、耐火材料等有关附属工程，任务十分艰巨。孤鹰岭矿是重点工程之一，由于炼钢炼铁工程要提前，矿山也得随着跟上去，需要提前两个月供应矿石。

邵仁展经过学习，认识有些提高，又看风头不对，只好在会上保持沉默。唐黎岘在会上表示说："任务确实很艰巨，但是炼钢炼铁的修复工程都上去了，我们一定要跟上去，无论如何，一定要保证高炉生产！"

散会后，唐黎岘提议和邵仁展一起到炼铁、炼钢以及附近几个有关的附属厂去转转。邵仁展对这建议感到意外地说："任务这么重，你还有闲心去参观？"唐黎岘说："急也不在乎几个小时，转转有好处！"邵仁展勉强地跟他向烟囱林立的工厂群走去。

辽南钢铁公司是个庞大的破烂摊子。在远处看，厂房连片，实际上各厂都是孤立的，厂与厂之间凡是能长草的地方都长了草，纵横交错而铁锈斑斑的路轨，给杂草蒙盖住了。架在空中的瓦斯管道、输水道、蒸气管破烂不堪，厂房的铁架子东倒西歪，到处是残垣断壁，一派荒凉景象。不过，现在部分区域已经活跃了，火车鸣叫着奔驰，汽车来回奔跑，在一些修建工地上，人们正在热火朝天地忙碌着。唐黎岘和邵仁展刚走进炼铁厂，突然听见哨子响，一个工人向他们挥动旗子嚷："站住，往后躲！"他们只得往后躲躲。少顷，只听轰隆一声响，火光一闪，碎铁片乱飞，升起了一股硝烟。

硝烟飘散后，摆旗的工人摇摇旗，从其他高炉边、洋灰柱子后跑出一大群人。唐黎岘和邵仁展看爆炸结束，一同向高炉走去。他们来到高炉边，看见炼铁厂的徐厂长站在人群里，正在跟工人谈论爆破的事，看见他们便热情地嚷："老唐，老邵，你们二位来啦！"

唐黎岘走上前问："老徐，为啥搞爆炸？"

徐厂长告诉他们说："日本侵略者临垮台时，还和我们捣乱，故意把熔化了的铁水留在炉膛内，凝固成大铁疙瘩，不爆炸就没法修。现在是搞试验，在炉膛内爆炸铁疙瘩，排除障碍。"

唐黎岘点点头，转脸望望高炉。一群工人正往炉内扛道木，一小队工人带着榔头和八角钢钎子，爬进炉内去打眼，有几个干部在炉上朝这里望，显然是在等徐厂长。

徐厂长兴奋地说："现在已经干起来了，虽然困难重重，可是胜利在望。日本侵略者临走时曾藐视我们说：'高炉交给你们中国人，绝不会炼出铁，只能长高粱。'我们要做出个样子给他们看看，不仅要炼出铁，而且要快炼，多炼，比他们炼得更好更多！"他看炉上有人向他招手，便说："你们二位稍等一下，我去去就来，咱们到办公室唠唠。"

唐黎岘本想请徐厂长介绍一下经验，看他很忙，就说："你忙去吧，我们到别处看看，好快一点回矿。"

徐厂长说："忙啥，坐一会儿嘛！"

唐黎岘说："还忙啥呢，你们已经雷厉风行地干起来，我们还没回家，将来我们供应不上矿石，修起高炉也炼不出铁呀！"

"好吧，我们等着你们供应足够的好矿石。"徐厂长跟唐黎岘和邵仁展握握手，奔向高炉。

唐黎岘和邵仁展离开高炉，顺着通向钢厂的大道往前走。路两边都架着管道，许多工人在沿线修理，道东的炼焦厂也很热闹，已经有一座炼焦炉开始生产，工人们正在修第二座，那里红旗招展，人声鼎沸。再往前走，一群工人在修建凉水塔，远处的瓦斯罐上也有人爬上去修。两人走了一阵，唐黎岘说："形势发展得很快，修复工程齐头并进，炼钢、炼铁的工程走在前边，其他的工程就得跟上去，形势逼人哪！"

　　邵仁展闷闷不乐地说："炼钢、炼铁是头号重点，一切都优先解决，设备材料供应及时，要多少人给多少人，工程怎么能不快呢。"

　　唐黎岘说："公司这样做是对的，钢和铁是主要生产，需要集中力量搞。"

　　邵仁展没有吱声，暗自对唐黎岘不满。他觉得唐黎岘不顾矿山的实际情况，只顾在领导和同志们面前表现自己，说大话，出风头。现在已经说了大话，招来的后果会使矿山更加被动，工作原来就很乱，再加快就更乱了。再说群众已经发动起来，还有啥潜力可挖呢？特别使他生气的是，有些厂矿都趁机提出设备材料要求，而唐黎岘却只字没提，硬充好汉。

　　唐黎岘在会上看出老邵的神气不佳，知道他会感到压力大，有意同他到几个厂参观参观，看看各厂的修复形势，好鼓起他的干劲。他边走边说："咱们在山沟里，坐井观天，见不着大世面，出来看看，到处都干得热火朝天，革命形势发展很快，我们得加紧追，不然就会被甩在后头。"

　　他们接着去炼钢厂，在一名干部的陪同下，到平炉厂房去参观。厂房正在修复，但是里边已经修好一座平炉，正在烘炉，他们一进门就感到热气扑面。在平炉前站着个个身体结实的一群工人，陪他们参观的干部说："这些人就是我国第一批大型平炉炼钢工人！"邵仁展问："他们学会了吗？"那位干部说："现在还没学会，正在学，等把炉烘好，就让他们炼钢，他们会炼出来的！"那些不久就要试着炼钢的工人，听他们议论，都转过身来以流露着自信和幸福的眼睛看着他们。

离开了炼钢厂，两人顺原道往回走。通过参观，他们知道公司的钢铁生产部门已经走在前边，矿山必须紧紧跟上。他们感到形势逼人，需要快一点赶回矿山，因此走得很快。

三十四

清明节那天，矿山停了半天工，全体职工集合起来，还组织了一部分职工家属，扛着铁锹铁镐，整队到狼洞沟去。

镇郊春色更浓了，柳枝披上嫩绿的新装，杏花开得红艳艳的，樱桃树含苞欲放，山坡上草色翠绿，喜鹊忙着衔枝做巢，成群的云雀从高空落下田野找食。工人队伍走过，雀鸟呼啦啦飞起，带着银铃般的鸣声，掠过人们的头顶。

山村的农民怀着翻了身的喜悦，正忙着准备春耕，男女一起动手，挑着抬着往地里送肥，偶尔也有一两头老黄牛，拖着满载粪土的大车，在石头子路上咯噔咯噔地走着，赶车的扬着鞭子紧喊："喔喔，驾驾！"老牛却不大理睬，仍然慢吞吞地走着。

队伍由焦昆带领，在大车道上浩浩荡荡地前进。唐黎岘和薛辉顺着田野小道，抄近路往前走。唐黎岘一边走着一边望着那些星散的人家和那些忙碌的农民，内心充满了喜悦。他听俞立平向他谈过，矿山郊区的土地改革在一个月前已经完毕，分得土地的农民正在高高兴兴地准备春耕播种。他这几年来都是在农村里转，对农村的一切都感到亲切。他很想跟这些翻了身的农民谈谈，但都离他很远。他和薛辉走了很长一段路，看见一个十四五岁的男孩牵着一头毛驴，毛驴驮着粪篓子，一个老头儿担着粪担子跟在毛驴后边，吆喝着从小溪对岸走来。唐黎岘领薛辉站下，等两人来到近前，便跟老头儿打招呼说："老大爷，你们往哪儿送粪哪？"

"往前边地里！"老头儿看唐黎岘像个干部，就想放下担子。

唐黎岘摆摆手说："老大爷，走吧！别耽误活。"

老头冲唐黎岘笑笑，吆喝着毛驴往前走。

唐黎岘和薛辉跟了一程，来到地头，他用脚踹了踹垄台，弯腰抓起一把土，放在手中捻了捻说："这块地土质不坏，在这山沟里是少见的。"

老的叫陈云山，他捋着胡子，满怀喜悦地望了一眼自己的地说："这是毛主席、共产党给的，在过去我房无一间，地无一垄，连个掇烧火棍的地方都没有，若不是解放了，做梦也梦不到哇！你看，我还分得一条毛驴，看它的个头多高，四条腿多壮实，真像一头骡子。"

唐黎岘看了毛驴一眼，内行地点点头说："是头好牲口，你这回有了地，又有牲口，日子可好过了。"

"托毛主席他老人家的福哇！"

陈云山帮男孩卸完粪，掏出小烟袋，装上烟，拿出火镰打火，因为引火艾蒿潮了，连打七八下也没点着，唐黎岘划根火柴替他点着，跟他坐在一起唠扯。陈云山告诉他说，他爷爷那辈由河南逃荒来到这里，到他这一辈给地主扛了三辈子活，他弟弟陈宝山在日伪时曾在矿山做工，后来被岩石砸断了一条腿回家了。他有三个儿子，大儿子在两年前参了军，二儿子今年春天到矿山当工人，留下老三和他在家里种地。

唐黎岘称赞地说："你很会替儿子安排工作，工农兵都有，很好！"

陈云山坦率地说："儿大不由爷，不是我替他们安排的。依我的，老二也得在家种地，这小子，偏偏要上矿山，拉也拉不住！"

"矿山不好吗？"薛辉含笑问道。

陈云山说："在家里种地安全，到矿山干活有危险。他二叔到矿里才干一年多的活，就断了一条腿。"

薛辉跟唐黎岘交换了一下眼光，向他解释说："你不能用日伪时代的眼光来看今天的矿山，现在不比从前了，矿里领导很关心工人的安全，处处为工人着想，不会有啥危险的。"

唐黎岘说："是呀，现在矿山掌握在人民手里了，是共产党领导下的矿山，不能让工人有危险，你放心吧！"

陈云山听罢认真地打量了他们一眼问："你们是哪的，是县工作队的吗？"

"我们是矿山的。"薛辉用手一指唐黎岘说，"他是唐矿长！"

陈云山吃了一惊，在他心目中，县长就是很大的官，听儿子说唐矿长比县长还大，现在自己正在和这矿长随便地说着话，他有些抱歉地说："唐矿长，我老汉笨嘴笨腮，说话颠三倒四，你听厌了吧？"

唐黎岘亲切地说："你说得很好嘛，请坐！"他有些责怪地瞧了薛辉一眼，埋怨薛辉的多嘴会破坏他和老汉的随意交谈。

果然陈云山有些拘束，不再像方才那样随便了。站在一边的小伙子也在偷偷地打量着唐黎岘。

唐黎岘看陈云山不说了，引导他说："陈大爷，你这块地准备种什么？"

陈云山说："我打算种高粱。"他用小烟袋指指说，"这是豆茬，豆茬地种高粱是再好也不过了。辽南的高粱米很有名，秋天高粱熟的时候，要顶浆收割，打下高粱用碾子一去皮，雪白雪白的，做出饭来喷喷香，真顶上稻米。"

唐黎岘说："辽南人最爱吃高粱米，也爱种它，你这河南人也受了影响。"

陈云山说："我爷爷那辈算河南人，我是在这里生这里长的，就得算辽南人了。"

"对，对！"唐黎岘笑着说。

陈云山也笑了，磕了磕烟灰说："俞区长那天给我们讲话，让我们多种些菜，好支援矿山。我今年种了不少土豆，种了很多大茄子、芸豆和南瓜。"

"好哇！"唐黎岘鼓励他说，"矿里正在修复，今年又要开工生产，工人越来越多，需要大量蔬菜，非常感谢你们的支援！"

焦昆带着大队从大车道上走过来，陈云山看这么些人扛着铁锹铁镐，感到奇怪地问："唐矿长，这些人是干什么的？"

唐黎岘说："这些人都是矿山的工人，到狼洞沟去填万人坑，矿工的悲惨生活已经过去了，不能让那些工友弟兄的尸骨丢弃在山沟里。"

陈云山望望那上千人的队伍，又瞅瞅唐黎岘，从这件事上他相信矿山要大变了。

队伍过去了，唐黎岘和薛辉告辞了陈云山，尾随着队伍向前进。

狼洞沟两山夹一沟。一边是高耸的石峰，陡峭的岩壁由山腰直插到山顶，巉岩兀立，乱石横生，石缝子龇牙咧嘴，有几处形成天然石洞，在岩石空隙地带，灌木丛生，密密麻麻的葛藤爬满了石崖。另一边是光秃秃的土山，漫山坡坟冢累累，密密层层直到岗梁。在沟口立着一座炼人炉，沟膛子里边白骨成堆，这就是万人坑。

焦昆带领人们来到山下，黑压压的人群站满了山坡，他们望着沟膛子里的白骨，心情都很沉重。唐黎岘随后赶来，登上石崖望了众人一眼说："同志们，这就是出名的万人坑，这里边堆着咱们工人阶级弟兄的白骨……它证明了万恶的日本法西斯的滔天罪行，它是黑暗社会的见证！不了解旧社会的工人生活状况的，看看这满沟的白骨就可以了解。那时候日本侵略者和汉奸把头骑在工人头上，千方百计地剥削工人、折磨工人，多少工人惨死了！多少工人冤死了！……今天是解放后的第一个清明节，我们要把这些阶级弟兄的尸骨掩埋起来，埋了阶级弟兄的尸骨，可不要忘了阶级仇恨。现在请林大柱同志给大家讲一下他的遭遇！"

林大柱挂着铁锹登上岩石，望了望沟里的白骨，瞧了瞧围在他身旁的黑压压人群，激动得说不出话来，站了半天，才说："孤鹰岭矿开工修建那天就有我。那时候这一带满山是树林子，后来树木被鬼子砍光了，死了矿工就往这里埋，成了个坟场。日本鬼子霸占矿山的年月里，究竟折磨死多少中国人，谁也算不清。头几年死了矿工，弄个'狗碰棺材'，或用席头卷起来，埋在山坡上，几年后全山都埋满了，日本鬼子就修个炼人炉，死了人就用火炼。在他们临垮台前三年，从关里关外抓来了大批劳工，又立了什么矫正辅导院，天哪，死的人可太多了！有时候传染病一起，死的人成车往这里拉，炼也炼不过来了，就挖个大坑，一个坑里埋三五十人。再后来坑也不挖了，死了人就往沟膛子里扔，谁知道这万人坑里死了多少工人弟兄呀！"

林大柱要讲自己的悲惨遭遇了，他的苦处太多了，细讲起来，三天三夜也讲不完。唐黎岘要他只讲有关万人坑的一段事，他一想到那些往事就十分伤心。这时他激动地说："要讲苦，我的苦水得几天几夜才能倒完。就讲一件事吧！我的兄弟林大祥埋在万人坑里，我也差一点成了万人坑里的冤魂。那一年，矿里流行霍乱病，可邪乎啦，工房子里一病就是一群。我兄弟大祥病了，浑身发烧，一天多没吃饭了。把头来催上工，我向他说：'他有病，不能上工！'把头瞪着眼睛嚷：'穷骨头还这样娇，会走道就得上工！'大祥是个火性子，跟把头犟了几句嘴，把头抢起洋镐把就打，硬逼着他上了工。大祥进了坑道就昏倒了，我把他背出坑道，送到工房子里，他哭着对我说：'哥呀，咱们逃走吧，若不然非死在万人坑里不可！'我也想走，可是没到期开不了钱，不用说家里每月还等着捎俩钱度命，连个路费也没有哇！我说：'再等几天开了钱就走。'大祥呜呜哭了。这时候，把头又来了，看见我们俩就大骂，不容分说逼我去上工。我被逼着进坑道干了一宿，天亮回来时，大祥被抬进隔离间去了，什么隔离间呀，那就是死人仓库，人死了不往外抬，等够了一车再往外拉。死人跟活人放到一起，臭味难闻。我进去一看，大祥已经不行了，连说话的力气都没有了。我想把他背起来，鬼子把我好顿打，撵我出来就把门锁上，再也不许我进去。当晚我也病了，第二天下午把我也送到死人仓库里，我到那里时，正赶上装车，鬼子正指挥人抬尸体，哎呀，抬的正是大祥。大祥还没有死，睁着眼睛看我，费了很大的劲也喊不出声来。我扑过去抓住抬的人嚷：'他还没死，不要抬！'鬼子把我推倒说：'什么的没死，马上就死啦！'硬把大祥扔在车上，然后又扔上几个尸首压上他……"

林大柱再也说不下去了，伤心地哭起来，站在他身边的秋妹也哭了，在场的好多人都流了泪。

林大柱边哭边说："我昏过去了，当我醒过来时，大车早走了！……我在那里躺了一天，昏昏沉沉的，只等死了！就在那晚下半夜，苏福顺和苏福昌哥儿俩，悄悄把后窗户撬开，福昌兄弟进来把我背出去，背到他们家里花钱给我治病，苏大嫂像对待亲兄弟那样照看我，整整养了一个月我才好了。多亏苏家哥儿俩，若不然我逃不出鬼门关，他们的恩情我一辈子也忘不了！"

人们都感动地望望苏福顺和苏福昌，苏福顺和苏福昌的眼里泪光闪闪。

突然，在人群里有人号啕大哭。众人一看，哭的人是郎金魁。他在人群里挤着要上前，大家给他让开一条路，他登上岩石，憋了半天好不容易说出了一句话来："我一家五口人下关东，现在就剩下我一个人啦！……"说完又呜呜哭起来，越哭越伤心，再也说不出话了。

许多老工人都了解郎金魁的身世，他家住在山东掖县，家贫如洗，辈辈给地主扛活。那一年他们家乡遭了大水灾，实在过不下去了，他父亲用挑筐一头挑上他，一头挑上他姐姐，跟他妈妈领着十二岁的哥哥，沿途乞讨闯关东。他们到了沈阳听说孤鹰岭矿招人，就来当了矿工，他父亲在矿山干了七个年头，有一天洞子冒了顶，砸死在里边。那时候他才十四岁，为了活命跟哥哥一起去当童工，妈妈和姐姐给人家洗补破烂，一家四口都劳动，还是吃不饱肚子。过了一年，有一天晚上他回家，一进门看见妈妈倒在炕上，被人打得鼻青脸肿，哭得声嘶力竭。他忙跑到妈妈跟前去问，妈妈一面问他哥哥去哪里了，一面告诉他金大马棒把他姐姐抢走了。他一听气得眼前直冒火星，愣了愣神，转身跑去找哥哥；哥哥顺魁也是个愣小伙子，认为自己理直气壮，领着他就去找金大马棒。兄弟俩走进金大马棒的院子，见金大马棒屋里灯光明亮，里边传出日本人的说话声，他们犹犹豫豫地没敢进去。两个人正在窗下徘徊，忽然有个狗腿子由屋里出来，一看是他们俩就喊："有贼！"这一喊由屋里跑出几个狗腿子，不容分说，就把他俩绑起来送进了矫正辅导院，分别把他们关在两个地方。过了五个月他被放出来时，才知道哥哥早已死了；回家一看，妈妈也早已去世；别人告诉他说他姐姐被金大马棒糟蹋后，被金大马棒的老婆送给鬼子的狼狗吃了。

郎金魁泣不成声，人群里充满悲愤，沉重的气氛笼罩着群山。

唐黎岘扶着郎金魁，用洪亮的声音说："同志们，郎金魁太悲痛了，他一家五口人来到了矿山，几年的工夫就被万恶的日本鬼子和汉奸折磨死四口，最后只剩他一个孤儿。郎金魁、林大柱有苦，在场的许多人都有苦。他们的苦，不仅仅是他们个人的苦，这是民族苦，阶级苦；现在我们在毛主席、共产党的领导下，已经得到解放了，过去的那种日子再也不会回来了，但我们永远也不要忘记在旧社会所受的苦！我们要把悲痛化为力量，积极行动起来，在共产党的领导下，又快又好地把矿山修复好！"

苏福顺忍不住地大声说："若是不解放，咱们穷工人有罪遭哇！现在解放了，穷工人得了好，成了国家主人，再不挨打受气了，我们要拿出全部力量去干，把我们的国家建设好，若不好好干，就对不起共产党，对不起毛主席！"

"对！"郎金魁抹干了眼泪，高声喊，"我以前糊涂，干活吊儿郎当，那能对起谁呀？我错了！从今天以后我郎金魁一定要好好干，要拿出全身的劲来干！"

人群沸腾起来，都争着讲话，古尚清、曹顺林相继讲了话。林大柱也激昂地重新讲了话，他坚决表示要为矿山的修复努力到底。众人原先的悲痛气氛已被激昂的情绪所代替，都纷纷表示决心，大有气壮山河的声势。

唐黎岘见时间不早了，向人们挥挥手说："天不早了，就谈到这里吧！回去后我们还要抽出些时间让大家继续诉苦和谈感想，让大家牢记阶级仇，民族恨。同志们，现在我们动起手来，把万人坑填平，让我们受难的阶级弟兄们安息吧！"

人们立时都行动起来，挥起铁锹铁镐，掩埋沟膛子里的那些白骨。

苏福顺回到家里，想起今天在狼洞沟的情形，禁不住地又想到老二福昌。老二由家搬出去有五个来月了，疙瘩始终没解，几次让他搬回来他也不干。他心里总惦记着这码事，想起来觉得不安。在过去那样的苦日子里能很好相处，为什么现在就搞不到一块儿呢？他对自己说：不行，还得说服他搬回来。于是马上就去找苏福昌。

到宿舍里没找到福昌，有人说，看见他在街上跟翠花说话，猜到他可能到牛家酒馆去了，便赶紧去牛家酒馆，进门一看，福昌果然在里边喝酒，他不满地喊："老二！"

苏福昌看到大哥责备的眼光有些不安，忙把手上的酒盅放下。翠花看见苏福顺，忙迎上前说："喏，苏大哥啥时候也不登俺的门，哪阵风把你刮来啦，真是个稀客！来吧，你们哥儿俩在一起喝喝！"

苏福顺厌恶地瞅了她一眼，迟疑了一下，到苏福昌的桌边坐下，说："你怎么又来这里喝酒啦？"

苏福昌发窘地脸红了，没好意思回答。刚才在山上听林大柱和郎金魁诉苦，自己也回忆起过去的艰难生活，觉得需要冷静地想想。今昔一对比，新旧生活太明显了，初次想到自己这样落后，对不起共产党。一路上他正在思索，遇见了翠花，禁不住几句甜言蜜语，又跟她来了。

翠花拿来一只酒盅一双筷，又主动地添了一盘猪头肉，嬉皮笑脸地说："苏大哥，喝吧！别那么看你兄弟，他有好多日子没来了，今天是我请他来的。"酒客不多，她索性在桌边坐下，接着说，"福昌跟你不一样，你老婆孩子一大堆，有人爱，有人疼，他是个光棍汉，谁疼他呀！"

苏福顺听这个话非常恼火，坏人总是用这来挑拨他跟老二的关系，他厌恶地向她挥挥手说："你忙你的去吧！"

"不忙！"翠花没羞没臊，死皮赖脸地跟他纠缠说，"你来得好，我正想跟你说说，要是福昌娶我，你同意吗？"

苏福顺听了感到惊讶，询问地瞅瞅老二，苏福昌发窘了，自己还没有决定娶她呢。酒客们都好奇地往这边看，翠花不顾周围的酒客，挑战似的瞧着苏福顺，看他那惊讶的样子，暗自感到得意。

有一个酒客要添酒，翠花站起来走了，苏福顺低声问："福昌，你真要娶她？"

苏福昌吞吞吐吐地说："我还没想好，还不知道她肯嫁不肯嫁，也不知道她公公让不让她改嫁。"

翠花添完了酒，又回来坐下说："现在寡妇兴改嫁了，自由了，我公公也管不了我。我不愿意守下去，也不愿意这样混下去，要嫁个正正经经的有手艺的工人，跟他正正经经地过日子。大哥，你是知道的，福昌跟我……嗯，嗯！那个……哎呀，看我说些什么傻话呀！"她假装害臊了，稍稍低下了头，一面又扫视在座的酒客，眼光里好像说：你们背后讲去吧，我要嫁给苏福昌了！

在这种场合，苏福顺觉得不便跟福昌说什么，又看翠花跟他纠缠个没完，心里很厌烦，嘱咐苏福昌抽空到家里去，便起身走了。

苏福昌低头喝着闷酒，翠花看他那样子觉得有趣，仍然坐在一边和他纠缠不休，嘻嘻地笑着。

三十五

清明节后，天气晴朗，正是施工的好日子，职工们开展诉苦运动后，阶级觉悟有了很大的提高，劳动热情更加高涨。经过上级批准，矿里集中力量修复五号大井。

四月二十一日清晨，一个振奋人心的消息传到矿山。电台报道毛泽东主席和朱德总司令向全军发布命令，命令解放军向国民党区全面大进军。从凌晨起，解放军百万雄师在长达五百多公里的战线上强渡长江，摧毁了敌人的江防，直捣蒋匪老巢南京。扩音喇叭反复播送进军的战报；区政府组织的宣传队，敲锣打鼓地走上街头，矿工们、家属们和小镇上的居民都互相传播着胜利消息，整个矿区洋溢着欢腾的气氛。矿党委决定，乘此东风，进一步发动工人群众，为加速修复工程打一个歼灭战。

孤鹰峰下集合了五百多人，黑压压的布满了山坡。凡是参加五号大井的人都来到了，有的拿着铁锹，有的拿着扁担、挑筐，有些人抱着凿岩机，整整齐齐地站在一起。人们怀着兴奋的心情望着焦昆，热烈地议论着，集合在这个地方开会，他们感到很新鲜。

焦昆戴着一顶宽边大草帽，手里拿着一根扁担，像他当副营长时一样，怀着无比的热情望着这支队伍。身在众人之中他感到浑身都是力量，对完成任务也充满信心。看时间到了，他就登上一块大岩石问："苏师傅，你们的人到齐了吗？"

苏福顺高声回答："到齐啦！"他又问林大柱，林大柱也告诉他说全来了。他又问了一下这时担任运石队队长的古尚清："老古，你们的人数够了吗？"

古尚清往后边一指，说："全在这里，一个也不少。"

焦昆领大家唱《咱们工人有力量》的歌，五百多人的大合唱，虽然不齐，但很雄壮，歌声在山坡振荡着，把镇里的人都给惊动了。

歌声一停，焦昆就说："同志们，大家知道，中央已经命令解放军全面大进军，百万雄师冲垮了敌人的长江防线，直捣蒋介石的老巢南京。全国解放的日子已经不远了！全国解放以后，党的工作重点要转到经济建设上。我们站在工业建设的前线，上级要求我们更好地完成任务！高炉修复工程要大大提前，开火就需要矿石，因此我们也要提前开采矿石。为了保证供应矿石，从今天起我们要集中力量修复五号大井，要保证按时出矿，做到安全生产。这是个艰巨的攻坚战，大家要学习解放军那种英勇善战、无坚不摧的精神，行动起来，在矿山修复工程上打个漂亮仗！"

焦昆讲得很简短，总共只有五分钟。这几句话足够了，工人们浑身是劲，满腔热情，个个都准备冲锋陷阵。

焦昆见唐黎岘领一些干部来了，请他讲话。唐黎岘向他摆摆手。于是，焦昆就高声宣布："会就开到这里，各队到各队的施工现场去，马上开始工作！"

一声令下，队伍马上行动起来。苏福顺带领一队人去坑道修整洞子，林大柱领着一群人继续下大井三道巷道里去清除污泥，凿岩工扛着凿岩机往峭壁走去，其余二百多人，每人脖子上都系着白毛巾，头上戴着草帽，肩上担着筐，站在那里听候调遣。

古尚清在身上紧紧裹着一件短小的青衣，背上搭一个破披肩，腿上绑着裹腿，草帽背在后背。他捡了一条最粗的扁担、两个最大的挑筐，很威势地站在人们面前高声喊道："伙计们，跟我来！"

于是，二百多人跟着他，浩浩荡荡地走向采石场。

焦昆和唐黎岘也跟在古尚清的队伍里，来到采石场，就赶紧装筐。唐黎岘第一个担起来走在头里，焦昆第二，古尚清把两筐装得像两座小山，紧紧跟上他们。

矿长、主任担起挑筐走在头里，这是无声的鼓励，多么新鲜的事呀！在旧社会，工人想见矿长的面都很难，干这种活，把头会拿着大马棒监视着，现在矿长走在头里，这还有啥说的？跟上去，大家一齐跟上去！转眼之间，排成了长长的行列。

二百多人结成了一个整体，人人充满了热情，个个感到浑身是劲，搬运几十车皮的岩石算什么，看那架势能搬走一座大山。

　　唐黎岘担着岩石越过山沟，爬上对面山坡，回头望望，嘿，长长的行列跟上来，二百多条扁担颤悠悠的，一个跟着一个，快步如飞。他充满信心地想，有了这支队伍，任务一定会提前完成。

　　焦昆看大家这样的劲头，相信不仅能达到自己预定的指标，而且一定还会大大超过，这使他格外感到高兴。

　　古尚清是个爱咋呼的人，现在他一声不响，挑着沉重的筐子跟在唐黎岘和焦昆后边。他从两位领导的身上学到了一些窍门，认为用不着咋呼，只要自己把筐装得满些，走得快些就行了。

　　由采石场到井口，长长的行列络绎不绝，形成一股人流。

　　在返回采石场的路上，焦昆拉一把古尚清说："老古，你不是说你领导不了吗？你瞧，大家干得多么有劲！"

　　古尚清望了人们一眼，说："这不是我领导的，是你和唐矿长领导的，你们在头前那样一干，谁不跟上来简直是蠢驴！"

　　"老古，忘掉你那个口头禅吧，开口骂人蠢驴，人家会对你有意见的。"焦昆认真地说。

　　古尚清却并不在意地哈哈笑着说："矿山的人谁不认识咱老古，谁不知道咱大炮从小没上过学，不会斯文，蠢驴才会……"他发现又脱口而出，马上把话打住了。

　　焦昆被他逗笑了，说："当了头头就要讲究些斯文，不能自己原谅自己，要注意改呀！"

　　古尚清叹了一口气说："我生下地起就没想要当头头，爹娘也没想叫咱出息，没供咱念书，要干活咱有把力气，爬杆架线咱有一套本领，还是让咱干活吧！"

焦昆认真地说："现在不仅要想，而且要真正干，要学，要锻炼！"

古尚清瞅瞅焦昆，没有再说话，他想，事是明摆着的，就得领头干，真得要很好学呢。

张学政挑着担子从后边追上来。他上身穿着一件薄薄的秋衣，下身穿着蓝布裤，裤脚扎起来，两条腿更显得长了，个子更显得细高细高的。他挑着两筐石头，累得满头是汗，焦昆愉快地向他说："张工程师，累不累呀？"

"不太累！"张学政微笑着说，"不过，笨重的体力劳动要不得，机械化生产就省劲了！"

"是这样！"焦昆说，"我们是要实现机械化，建设目标就是要为高度机械化、电气化而奋斗。可是我们是唯物主义者，要根据客观条件去做，现在我们是在一片废墟上搞建设，各方面条件都不具备，只有这样开始才行，不然只有等待，那样就前进不了！"

"对，所以对目前这样做我完全赞成！"张学政说。

在这一段时间里，焦昆和张学政合作得很好，可以说是志同道合。俩人经常一起下矿井，一起思考那些伤脑筋的工程难题，一起跟持不同意见的人辩论，而且能够互相帮助。张学政跟焦昆学到了不少东西；焦昆也跟张学政学到不少技术知识，至今还坚持每周两个晚上跟张学政上技术课。因此，两个人已建立起深厚的友谊，彼此很接近，有空爱在一起谈谈。他们到矿井边把石头倒了，一同往回走，张学政说："我看了党的七届二中全会公报，高兴极了！这样一来，工业建设就更显得重要，人民政府就要投入更大的力量，咱们的工作更有干头了！"

焦昆提醒他说:"你别只顾高兴,这样一来,任务就会更重,压力就会更大了!"

张学政微笑地说:"你不是说过任务越重越有干头吗?我记住了你这句话,也喜欢这句话。"

焦昆笑了。

张学政发议论说:"中国过去是个半殖民地国家,大企业都掌握在外国人手里,中国技术人员在学校毕了业,要干就得到那些企业里去。到那里干些什么呢?还不是帮外国佬掠夺中国资源,要不就只有到旧政府里去混,不然就得改行或者失业。哪个正直的工程技术人员不苦闷哪!现在解放了,任务越重越说明党和人民政府对国家的工业建设有决心,越说明前景光明,就越有干头!"

焦昆点点头说:"你说得不错,在工业战线上很有干头。要把我国建设成为社会主义国家,首先就得发展强大的工业。你好好干吧,等你到严浩那么个年岁,一定会搞出不少成绩来的。"

张学政很受鼓舞,心想严浩比自己大十七岁,自己再干十七年,真能干不少事呢!

晨雾已经散尽,太阳高高升起,阳光照耀着大地,照着沸腾的人群。孤鹰峰下左侧的采石场上,上下各处都有工人在忙碌着,头戴柳条帽、腰挎安全带的凿岩机手正攀登在峭壁上嘟嘟打眼。采石场到矿井口一路排成人流,都戴着草帽,几百个草帽在阳光下闪着光,担着担子快步如飞。

张学政望着如火如荼的劳动场面,心里很激动。在冬季施工的日子里,工人冒着严寒,克服各种各样困难进行施工,使他受到了教育,确信解放了的工人阶级有无穷潜力。在编制计划时,他同焦昆、苏福顺、林大柱和古尚清等人合作，从这些人身上吸取了不少东西。这一段的感受相当深，因此感到身在群众中就有力量，跟严浩他们争论起来，说话也硬气。

炊事员担着水送上山，焦昆让古尚清招呼人们休息，自己同张学政一起来到唐黎岘身边。唐黎岘向张学政说："张工程师，你看能不能按期完成？"

"能，太能啦！"张学政解下脖子上的毛巾，擦擦脸上的汗说，"工人的劳动热情太高了！"

唐黎岘说："时代变了，伟大的革命浪潮把旧社会冲垮了！到处充满了胜利的喜悦，另一种生活正在开始，前途充满了希望，因此群众精神振奋，只要很好地领导他们前进，他们会创造奇迹的！"

张学政领悟地点点头，他知道这些工人里边多数是新工人，来自四面八方，有些人刚到矿山不过一个星期，就这样热情劳动。他认为除了唐矿长所说的原因外，矿山领导干部的带头劳动也起到很大的促进作用。此刻他感到挑担子非常光荣。他说："今天早晨，严工程师看我准备上山挑岩石，讽刺说，真新鲜，工程师用挑筐担岩石，外国人若是知道了，他们会说，呀，真了不起，设备解决不了，逼着工程师上山挑石头，搞充填。"

焦昆听了心里很恼火，说："让他们笑吧，将来我们的成果会堵住他们的嘴巴，我看，最可笑的，是只会纸上谈兵，实际什么也搞不成的工程师。"

唐黎岘笑了，说："站在资产阶级立场上的人，是会见笑的，因为他们瞧不起劳动人民，好逸恶劳，把劳动看成耻辱。我们正好跟他们相反，认为劳动最光荣。我们并不缺少劳动力，让你们来跟工人一起劳动，目的是让你们跟工人打成一片，锻炼思想，这样也可以提高你们在工人群众中的威信。"

焦昆接口说："工人绝对不会见笑的，他们会这样说，张工程师真不错，没有架子，担起石头跟我们一起跑，挺长的腿，还跑在我们前头哇！"他拍了张学政一掌，哈哈笑起来。

张学政也笑了。领导上这样关心自己，他心里很高兴。

炊事员拎着半桶水走过来让他们喝水。唐黎岘、焦昆和张学政坐下来，一群工人也走来坐在一起，一边喝水，一边继续交谈。他们谈到了清晨解放军大进军的消息，谈起革命形势，又谈起矿山的工作，越谈越高兴。正谈着，古尚清领着苏万春过来了。

古尚清离老远就说："唐矿长，万春找到了一个窍门！"

待他们走到唐黎岘跟前，苏万春说："我有个想法，但还没有想周全。"

"你有个什么想法就谈谈吧。"唐黎岘望着苏万春说。

苏万春用手指指沟膛子说："沟膛子这么深，挑着一担石头下坡爬坡，两边的坡度又是这样陡，一下一上很费劲……"

"对，越过这个沟太费劲。"唐黎岘对苏万春的想法很感兴趣，指指对面的石头说，"你坐下，详细谈一谈！"

苏万春刚坐下，古尚清就替他说了："小伙子有一个想法，在对面山坡上搭上木架，横拉两条钢丝绳，岩石筐子用钢丝绳运，这样就省着爬沟了。"

焦昆听他这么一说，兴奋地放下水碗，称赞地说："这个想法很好，搞成功了会省不少劳动力，来，咱们好好研究一下，一定要把它搞成功。万春，你再具体说说。"

苏万春看领导这样重视，很高兴，想了一下说："我还没有想好，不知道行不行，我想在两边山坡搭个架子，横拉上钢丝绳，采用卷扬机或者其他办法，让钢丝绳串动，这样就可能运石头筐。"

苏万春说完，在场的人都认为这个办法是可行的，搞成了就不用再下沟爬坡，能省不少力气，都希望快一些搞成功。唐黎岘望着山沟思索了一下，转脸问张学政："张工程师，你看这办法能不能行得通？"

张学政没有及时回答唐黎岘，望着山沟思索一阵说："苏万春同志想得很好，我在书上看过有种绞索道，用它搞运输是可以的，但需要足够的钢丝绳，要有绞盘，如何架设还要很好研究。"

古尚清向苏万春的肩上捶了一拳说："好小子，脑瓜有缝，比你大叔脑瓜活。"他性急地说："唐矿长，这办法有门，说干就干，马上动手吧！"

唐黎岘对张学政说："张工程师，你是不是领他们搞一下，找上几个老工人，抓紧时间把它搞成，你看好吗？"

张学政欣然同意说："好，我们一定尽快把它搞成！"

"你们马上就动手吧！"唐黎岘放下水碗站起来。

古尚清站起来，向人们挥挥手，用洪钟般的声音喊："伙计们，干哪！"接着他就带领在场的人又去挑石头。

张学政同苏万春往山下走去，焦昆看他走远了就向唐黎岘说："张学政这个同志很好，跟严浩大不相同，他旁观了好几个月，对一切都怀疑，好像他的职责就是吹冷风。"

"你不要性急，严浩将来也会跟我们一道干的。"唐黎岘说，"像严浩这样的人，我们需要推着他走！"

薛辉跑上山来，见到了唐黎岘和焦昆，离老远就嚷："好消息！好消息！"一边加快脚步往上爬，来到焦昆和唐黎岘跟前，他擦了一把汗，从身上掏出笔记本，一面看一面对唐黎岘说："方才公司刘经理打来电话，你不在，就跟我说了。他说炼钢炼铁的修复工程已经上去，现在要狠抓一下矿山。咱矿提出的设备材料要求，他亲自找有关部门进行了研究，已经确定调拨给咱们矿四台空气压缩机、三台卷扬机、两部车床、两个大马达、三架大水泵。公司考虑咱矿交通不方便，还给咱调来两辆大卡车，一辆小吉普车。还给我们许多木材、水泥、线材、钢材和各种建筑材料。他说这是公司尽最大努力给咱矿调拨的，让我们把有限的设备和材料用在刀刃上，一定要保证供应铁矿石。"

唐黎岘和焦昆听薛辉讲了一遍，又兴奋又感动，这样一来许多问题都可以解决，按期开工生产更有保证了。两人都十分高兴，觉得这实在是太好了。

薛辉瞟了他们一眼说："怎么样，这消息不坏吧？"

"嗯，这是个非常好的消息！"唐黎岘命令薛辉说，"你去把这个消息报告给邵矿长，请他同冯文化一起组织人力，赶快把这些设备和材料运来。"

薛辉应了一声，向山下跑去。

唐黎岘瞅瞅焦昆，看焦昆望着奔跑的薛辉出神，拍了他一下说："老焦，这回完成任务更有把握了吧？"

"矿长同志，这还用问吗？"焦昆愉快地瞅瞅唐黎岘兴奋地说，"这情形使我回忆到战场，想起了我们师长。他是严肃的人，有时候也爱跟下级开点玩笑。一个营或者一个团跟敌人作战，有时战斗打得很激烈，打得很艰苦，向他请求派两门大炮支援的时候，他告诉你说，大炮另有用场，别指望它，要充分发挥你们自己的力量，用自己的火力顶住敌人。看来指望不上了，只得凭自己的力量去战斗，可是当战斗打到紧要关头，师长会突然通知你，大炮已经调去，不是两门，而是十几门，并且问你说，怎么样，这回有把握了吗？当你兴奋地回答他一句，他就哈哈大笑。现在我们已经干到这种程度，公司再给调拨来这么些设备和材料，那还有什么说的。"

唐黎岘点点头说："上级都是站在更高的角度来看问题，都体谅下级的困难，可是不能有求必应，要统筹全局，分轻重缓急，把有限的设备材料用在刀刃上。老焦，现在要看咱们的啦！"

焦昆没有再说什么，把眼光移向正在挑石的队伍上。

古尚清挑着担子走过来，后边跟着长长的队伍。白色的草帽，白色的毛巾，白花花地活跃在绿色的山坡上，像奔腾的激流。

晚上收工，计算了一下，超额百分之四十。焦昆非常满意，照这样干下去，完全可以达到预期的目标。古尚清和一群积极分子向焦昆要求晚上加班，他坚决表示不同意，向围拢到他身边的工人说："今天干得非常出色，大家都相当累了，不要再干啦，马上回家休息，要吃饱睡足，明天再干！"

古尚清只得吹起哨子，宣布收工。

晚霞烧红了白云，也烧红了蓝天，半边天都是火红火红的。远处的山岭、树木和沟膛子里的人家，都被涂上了一层红色，这预示明天是个好天气，干部和工人都感到心情开朗。

运石的工人下了山，古尚清走在后头，由于心情快活，干了一天活也不觉得累。他走到镇里，听见广播喇叭里正在表扬运石队的成绩，其中还特别提到他，说他这是继抢修线路后又打了一次漂亮仗；他高兴地咧嘴笑着，走起路来也分外有劲。

路过牛家酒馆，离老远他就看见翠花站在门口向他招呼说："你听见了吗？广播里正夸你呢！今天可是个大喜日子，升了官，又上了广播，进来喝一顿吧！我给你烫上新到的好酒，又香又有劲，保你满意。"

古尚清听翠花招呼他，又嗅到了酒香，馋了，暗想："对，今天确实是个喜日子，应该进去美美地喝一顿。"可是刚走到门前，忽然想起自己已经对焦昆下了保证，又犹豫了，马上停止了脚步。

翠花看古尚清站下来，风骚地对他笑着催促说："来吧！还磨蹭啥？你有喜事，天又这么美，酒又那么香，美美地喝上一顿，多么痛快呀。"

翠花的挑逗和酒香的诱惑使他忍耐不住了，暗在心里说："进去喝一顿吧，就这一次！"他刚跨过门槛，觉得自己不该破坏诺言，横了横心，咬了咬牙，又毅然转身往家走去。

翠花奇怪地问："你怎么走啦？"

"我不喝了！"古尚清边说边迈着大步。

翠花望着他，暗自骂了他一声，又嘲笑他说："喏，一个男子汉大丈夫，叫老婆给管住了。你快走吧！回家晚了，小心老婆的烧火棍！"

任凭翠花嘲笑，古尚清连头也不回，忍耐着，克制着，大踏步地往前走，他要赶快离开酒馆远点，怕自己受不住诱惑。

回到家里，娟子妈笑嘻嘻地迎出来。她听见了广播，又看男人神采焕发，心里非常高兴，眼光柔和地瞧着男人，体贴地说："可把你累坏了吧！"

古尚清说："不累，干得很痛快。"可是他进屋就往炕上一坐，到底是累了。

娟子妈随男人走进屋，给他倒了一碗水，告诉他说："广播喇叭里讲了你的事，真招人喜欢，有不少人夸你呢！"

古尚清心里高兴，但冷冷地说："活是大家干的，我不过是领个头罢了，没有什么可夸的。"虽然这样说，娟子妈看出男人是快乐的，她也分享这份快乐，含笑地走进了厨房。

矿山的活跃气氛带到家庭里来了，家里也洋溢着生气。古尚清很舒畅，卷了一支烟抽着，回想着方才在牛家酒馆门前的事，暗自满意自己的横心，若是进去，又会喝得晕天晕地的。他正想着，娟子妈已放好饭桌，端上炖芸豆，外加一盘炒鸡蛋，还烫了一大壶酒。老古看见了酒，又欢喜又不安，两眼盯着那冒着热气的酒壶，皱皱眉头说："你烫酒干什么？"

娟子妈看古尚清两眼盯着酒，抿着嘴笑笑，关怀地说："这是我特意给你打的，让你喝个痛快！"

"你，嗳！"古尚清站起来，向老婆说，"我戒酒啦！"

娟子妈听了男人这句话，感到意外，又有些怀疑，睁大两眼望着他。

古尚清又瞅瞅酒壶，感到为难地说："我已经向焦主任下了保证的呀！"

娟子妈明白了，怪不得他有好多日子没喝酒，原来是这样。她感动地想，男人嗜酒已经十来年了，痛快时喝酒，不痛快也喝酒，常常喝得酩酊大醉，为这个她不知操了多少心，和他打了多少架，自己费尽了心机，磨破了嘴唇说他，他也不改。现在他竟戒酒了，她知道这是唐矿长和焦主任的力量，矿里的事那么忙，他们对自己丈夫还这样关心，这实在难得；放在箱子盖上的时钟当当打点了，望望那座老时钟，她心里就更加激动，热泪在她的眼睛里滚动。

古尚清见老婆流泪，动了心，诚心诚意地向她道歉说："过去的事都怪我，让你操了不少心，我实在对不起你！"

娟子妈听了男人的话，心里更激动，热泪止不住流了下来。

时钟嘀嗒嘀嗒地响着，时间不停地在前进。社会变了，人也变了，家庭关系也随着在起变化，虽然是微小的，不那么明显。娟子妈在男人喝酒这件事上感受得最深，她不再怀疑了，相信他这回说话是算数的，这预示着家庭会更加和睦美好。

古尚清不过意地用大手替老婆抹了抹眼泪，柔声地说："看看你，都是四十来岁的人了，还像个小孩子似的，快别这样啦！"

娟子妈觉得这是第一次受到丈夫的温暖和体贴，心里感到很幸福，同时觉得他更加可爱了。她轻轻地推开他的手，撩起围裙擦擦眼泪，深情地说："过去我也不好，不体谅你，总是跟你吵！"

古尚清更加感到不过意，想说些什么，但又觉得不必多说了，拍了老婆一掌说："别说了，咱们吃饭吧！"

娟子妈看出古尚清馋那酒，不忍心让他干馋着，跟他商量说："要不你就少喝一点，解解馋，解解乏。"

古尚清见老婆这样体贴自己，感动地打量了老婆一眼，觉得这真是个金不换的老伴，考虑了一下，就同意了。

吃完了饭，古月娟还没有回来。他从焦昆那里知道公司给矿里调拨了不少设备和材料，高兴得憋不住，总想跟人说说，看月娟没回来，他便向苏家走去。

苏家的全家人都在家，比古家热闹多了。苏大嫂和素梅在做针线，苏福顺爷儿俩正在研究架设绞索道问题，古尚清一进屋，也被卷了进去。

三十六

经过两天的努力，一条横越山沟的绞索道建成功了。两边山坡搭起木架子，紧绷两条钢丝绳，架子下安装着绞盘，马达一开，随着马达的轰鸣，钢丝绳串动，把一筐筐的岩石传送过来，又把一个个空筐传过去。工人分成两队，一队由采石场把石头运到架子前，另一队由对面的架子下运到井口。这样一来，节省了八十多个劳动力。

石头源源不断地运进坑道，运到空洞处充填危险坑。

负责指点充填的是曹顺林和郎金魁。曹顺林是个老工人，有经验，是焦昆指派他来的；郎金魁自清明节诉苦后，觉悟有了提高，觉得自己再也不能吊儿郎当了，下决心要好好干。他自告奋勇要求到危险区工作，焦昆再三考虑过后才让他来的。

曹顺林开玩笑地说："郎金魁，干这工作可不能马虎溜号。"

郎金魁红着脸说："你别从门缝里瞧人，把人看扁了，我郎金魁不是过去的郎金魁，你瞧着吧！"他没有说空话，工作真的比从前认真负责了。

坑道里运石头的一帮人是新来的壮工，新下洞子有些胆怯，他们把石头运到空洞，胡乱一扔，就赶紧往回跑。

郎金魁着急地嚷："哎呀呀，这干的是什么活呀！胆小鬼，往前走几步也不会把你压死。我在这里待了七八年，还不是活到现在。"他嚷着走到最危险的地方，要他们把石头运到他的脚下。

壮工里有个瘦瘦的，这人姓马，郎金魁管他叫瘦马。瘦马最胆怯，尽管郎金魁吵嚷，他听也不听，仍然不敢往里边运，照样把石头扔到边上。

郎金魁走过去，指责他说："你这是怎么干的，你看看，石头都堆在这里，影响里边的充填啦！"

瘦马愁眉苦脸地说："我害怕！"

郎金魁生气地说："胆小鬼，我怎么不害怕！"

瘦马瞅瞅站在身边的工人，故意提高声音说："你一没有老婆，二没有孩子，无牵无挂，当然不害怕。我可不像你，我有老婆孩子，他们都指望我养活他们，若是我死在这里，他们怎么办？"

郎金魁气得脸色发红，两眼盯着他怒冲冲地嚷："你这是胡说，岩层没有变化，一切都是好好的，塌不了方，怎么就会死！怕死你干脆回家去算了，整天守着你的老婆孩子，那样保险！"

运石头的工人都来了，看他们两人争吵。

瘦马并不恼怒，不跟郎金魁顶撞，仍然愁眉苦脸地说："在家里没有钱花，有钱花谁也不来下洞子。咱们现在不是在野地里说话，是在深深的地下，头上顶着一座大山，沉重的大石头，这地方都采空了，支架没搭好，到处龇牙咧嘴，谁知什么时候冒顶，谁知什么时刻片帮塌方，过去经常冒顶，一冒顶就压死许多人！"

瘦马这一渲染，那些新工人都互相交换着疑惧的眼光。

曹顺林听见了，恼怒地嚷："谁在这里边乱说，哪一个再乱说就是搞破坏，我要去报告！"

瘦马一听吃了一惊，赶紧申辩说："曹师傅，你不要见怪，我新来，啥也不懂，以后绝不再乱说！"

瘦马不响了，新工人们仍还惶惑不安，议论纷纷地不想再在这里干了。郎金魁正挠头，苏福顺从最里边走出来，壮工里有不少人认识苏福顺，看他来了就不说了。

苏福顺全身湿淋淋的，左手拎着一盏矿灯，右手拿着一把铁锤，走到人们面前说："你们是新来的，对坑道不摸底，心虚害怕点倒不新鲜。我第一次下坑道也是这样，熟悉了就不害怕了。这座矿井开工的时候就有我，十几年来我天天在坑道里转，连一个包都没碰着。"

郎金魁插言说："苏师傅是孤鹰岭矿最老的工人，最有经验，有他在这里，你们怕什么？"

苏福顺接着说："前天焦主任不是说了吗，为啥要搞充填，就是为了安全嘛！日本鬼子不顾矿工的死活，乱挖乱掘，不注意安全才发生事故，共产党关心咱们矿工，每时每刻都为咱们矿工着想，矿里派我们几个老手在这里，就是为了照顾大家安全。你们放心吧，我们去的地方你们只管去，绝对不会出事！"

有个壮工向大家说："苏师傅说得很对，有苏师傅他们在这里，咱们就不用怕了，走，运石头去吧！"

瘦马也点头说："对，对！我太胆小了，一想到头顶上是个大山就害怕！"

苏福顺问："你什么时候来到矿里的？"

瘦马龇牙笑着说："我新来，今儿个是头一次下坑道，说那些不在行的话，让你老见笑。"

苏福顺又问："你过去在家干什么？"

瘦马说："我在家种庄稼，山沟里的人，没见过大世面。"

苏福顺有些怀疑地说："我听你说的话很在行，采空啦，支架啦，冒顶片帮啦，这都是行话！"

"噢!"瘦马想了一下,掩饰地说,"我表哥是矿工,常听他讲起,不然我哪里知道这些。苏师傅,你老忙吧,我运石头去啦!"

壮工们都走了,苏福顺向郎金魁说:"你这条'狼',连个瘦马都对付不了。小伙子,别只管跟人家吵哇!"

郎金魁惭愧地挠挠头,自己尽瞎咋呼,咋呼了半天,人家都不听。

苏福顺冲他笑笑,拎着矿灯准备回原地方去,这时唐黎岘和焦昆进来了,苏福顺等两人来到近前问:"绞索道搞好了吗?"

焦昆兴奋地说:"搞好了,完全成功!这一下每天可节省八十多个劳动力,把这些人调进坑道里来清理污泥、搭支架、修巷道,修复工程的进度就更快啦!"他拉了苏福顺一把说:"苏师傅,坐下歇歇,唐矿长要跟你谈一件事。"

周围湿漉漉的,没地方坐,三个人靠岩壁蹲下来。苏福顺看唐黎岘特意找他谈,不知是什么事,蹲下来望着唐黎岘。

唐黎岘说:"矿里不久就要开工生产了,要成立个采矿车间,负责领导采矿生产,车间需要配备一个既懂生产又有领导能力的人担任主任,你说谁担任这个职务适合?"

苏福顺认真地想了一阵,说:"我想不出人来,上级给调吧!"

焦昆跟唐黎岘交换了一下眼光,说:"假若说让你担任,你看怎么样?"

苏福顺立刻摇摇头说:"焦主任,你别开玩笑了,我哪行!"

唐黎岘说:"他不是开玩笑,公司已经批准,任命你为采矿车间副主任!"

苏福顺听了不胜惊异,让自己当采矿车间副主任?凭自己这么点能力要当副主任?他一时呆住了,睁大两眼盯着唐黎岘。

焦昆理解他的心情，一个在旧社会里受尽压榨和歧视的工人，刚解放不久就被提拔当副主任，这变化太大了，他怎么能不惊讶呢？便笑着说："你感到意外吗？"

"太意外了！"苏福顺着急地说，"我不行啊！一个大老粗，没有领导能力，对政治知道得不多，让我当采矿车间副主任，这怎么能行！"

唐黎岘说："这是经过我们反复研究才决定的，你很适合。革命形势飞跃地发展，到处需要干部，就说咱们矿山吧，到处都是缺额，你是个老工人，又是共产党员，这个担子你不挑谁挑？"他看苏福顺张口结舌，微笑地跟焦昆交换了一下眼光说："采伐木材的时候，你不是领导得很好吗？"

焦昆说："老苏，那一次我们就是有意识地让你锻炼一下，我们觉得你果然很称职。"

苏福顺对领导这样信任自己和下力量培养自己，很受感动；可是让自己当采矿车间副主任，领导采矿生产，感到心里没底。

焦昆鼓励他说："你有许多方便条件，业务熟，人也熟，在群众中有威信，有党组织的正确领导，你怕什么！"

"是呀！"唐黎岘说，"你有这些好条件还怕什么，我们也是一样，刚担任领导职务时也有困难，锻炼一个时期也就干过来了。我们了解你的难处，让焦昆同志先跟你共同负责一个时期，不过你可不要依靠，要尽快把全盘工作担当起来。老苏，你是矿里的第一批工人干部，要给其他工友做个榜样！"

苏福顺瞧着唐黎岘和焦昆，心里很激动。从这件事上他又一次体验到工人的政治地位跟过去不同了，在旧社会里哪有这样的事！这时，他意识到党提拔自己当干部，是要自己为革命多负一些责任，应该挑起这副担子。于是他鼓起勇气说："好，领导上让我干，我一定拿出全身的劲去干！"

唐黎岷满意地握握他的手，同焦昆站起来走了，走不多远，看见了张学政。

张学政穿着雨衣，在倾盆大雨似的喷水段工作，他全身湿淋淋的，好像暴风雨中的水手。

焦昆问："张工程师，你在那里搞什么？"

张学政回头一看是唐黎岷和焦昆，便从里边退出来说："我在观察这股水的岩层情况，测量一下流量，好采取措施解决它。"

唐黎岷说："好哇！掌握了可靠的资料，设计就有了可靠的基础，你这样肯下功夫非常好！"

"我做得很不够，经验不多，不下功夫到实地观察就想不出措施。"张学政回答说。

唐黎岷说："将来你就是有经验了，也不能忘掉这个好作风。科学是最讲实际的，不去实地观察，光凭主观想象采取措施是不可靠的。"

张学政说："我不会忘。跟焦主任在一起工作，就别想蹲在屋子里，这一冬一春已经养成习惯，不到实地调查一番，说话就不硬气。"他说着冲焦昆笑笑。

焦昆微笑着问："大冷的天，我赶你到山上去，当时你悄悄骂过我吧？"

"骂是没骂过，可皱过眉头。"张学政坦率地说。

焦昆拍了张学政一掌，哈哈大笑。

焦昆和张学政相处得这么好，使唐黎岷很高兴，觉得他们这样互相帮助，互相配合，对工作非常有利。

张学政让唐黎岘和焦昆往前走走，并向他们讲解说："山有多高，水就有多深。看，那不是山缝子往下流的水，而是从旁边挤出来的，这说明在这岩层附近有泉水带，如果不采取预防措施，就会造成水患。"

焦昆往里边观察一说："需要采取措施，你先搞出个方案，咱们再找有关人员共同研究。"

焦昆领唐黎岘离开张学政，向大巷道里走去。这里增加了灯光，巷道里亮亮堂堂，从井口到掌子面到处都有人，人声喧哗，搭支架的敲击木头发出啪啪响声，运石头的人，有的推着车子在小铁道上行进，有的用挑筐担，川流不息，一片生气勃勃的景象。他俩望着忙碌的人们，心情很愉快，人们已经上阵了，胜利在望。

两个人来到第三层坑道。这里的情形与上层坑道不一样，仍然很阴暗，在长长的巷道上看不到一个人。他们进到里边，看见林大柱带领一队人在那里干活。他站在稀泥里埋头挖泥，身上、脸上到处都是泥点子，唐黎岘喊了他一声，他才抬起头来，冲两个人憨厚地笑着。

焦昆告诉唐黎岘，清理污泥的活又累又脏，稀泥很深，在稀泥里站的时间长了冰腿，有些人宁肯到山坡上去挑石头，也不愿意在这里干，但是由于老林善于团结人，以身作则地带头干，大家都留下来了，而且干得很好。

唐黎岘向林大柱招招手，等他来到跟前便问："老林，工作进展得怎么样？"

林大柱说："还好，多数人干得挺欢，只有几个人不安心，嫌这里又脏又冰腿。"

唐黎岘给林大柱一支烟说："干这种活确实是又脏又冰腿。脏倒不要紧，冰腿可是个问题，宁肯少干点，也不要搞坏身子。可以轮班干，两个小时一换，人手不足，再给你增加一些人。"

林大柱感动地望着唐黎岘，暗想，矿长对人想得那么周到，自己可没想到。他立刻把工人们召集在一起，宣布了唐矿长的决定。工人听了都很受感动，马上就跳进稀泥里干起来。

唐黎岘向林大柱说："一定要坚持轮换，要鼓励下去就猛劲干，到时候就出来，你要以身作则。"

焦昆留下来，唐黎岘一个人向外走去。他来到破碎场，见这里的乱石和蒿草已被清除，两个电焊工人在焊结栈桥，飞着亮光闪闪的电火花。房盖重新搭好，里边的混凝土基础已浇灌好，苏万春领一群人正在安装破碎机。

苏万春满脸是汗，用大扳子拧着螺丝，看见了唐黎岘，就用铁锤敲打着破碎机说："唐矿长，你看。货卖一张皮，现在喷上漆，看着也挺好。"

唐黎岘看破碎机的铁锈全没有了，喷上了一层漆，崭新锃亮，让人高兴。他说："太好啦！苏万春同志，你们又为修复矿山立了一大功！"

苏万春兴奋得满脸是光辉，说："破碎机能用了，听冯科长说，大马达和运矿皮带公司都给了，这里生产没有问题啦！"

太阳已近西山，空中的云彩开始变红，一片灿烂的晚霞。唐黎岘此刻心情很宁静，望着眼前的山峰，望着在山上干活的人群，对征服大自然充满信心。现在公司已经批准矿里的安排，经过几天的努力，已把群众组织起来、发动起来，工作正在顺利开展，看来有把握满足高炉开工的矿石需要。

镇上已经炊烟四起，集市上的人群还是闹闹哄哄，那里挤满了新摆的摊子和新搭的帐篷，贸易公司也在那里开起门市部，饭馆门前的幌子，新开商店门前的招牌，被夕阳照得分外鲜艳。商贩们扯着嗓子高声叫卖，连走在山坡上的唐黎岘都能听见。在市场上走动的多数是妇女，挎着筐、提着篮，她们是在买菜；矿山小学放学了，孩子们成群结队，唱着歌往家走。

黄玉芳由山麓的小道走过来，她看见唐黎岘，站下来招呼道："唐矿长，你上山去啦?"

"我下坑道去了。"唐黎岘紧走几步，来到黄玉芳面前问，"放学啦?"

"是呀。"黄玉芳换了春装，上身穿着翠蓝色的线衣，下身穿着毛蓝裤子，头巾也是翠蓝色的。她的心情很愉快，满面春风，同唐黎岘一边走一边问："沈立敏同志现在在哪儿?"

唐黎岘说："已经随军过了长江，到了南京。她来信说要随军乘胜前进，等到解放了全中国再来跟我胜利会师。"

黄玉芳向唐黎岘望了一眼，笑着说："胜利会师? 有意思。你们两人一定最盼望全国解放了，特别是你，一定时时刻刻在盼望胜利会师。"说完又笑了起来。

唐黎岘笑着承认说："我盼望早日解放全国，也盼望我们早日会师，不过，我们决心坚持到底，决不半路妥协。"

"好，我看着你们!"黄玉芳又认真地说，"不过，这里也很需要医务人员，把她调来也是为了工作嘛!"

唐黎岘感谢黄玉芳对自己的关心，但没有回答黄玉芳的问话，反而问她："你对你的工作满意吗?"

黄玉芳到学校摸了一段情况后，了解那位老教师不仅封建主义思想浓厚，而且有些观点很反动，更感到学校需要她。她认为自己到学校工作是符合革命利益的，也为自己的职业自豪。她严肃地说："我很满意。学校里很需要人，特别是需要骨干，矿里要设法帮助解决。"

唐黎岘没料到黄玉芳这一手，微笑着说："怪不得老邵说他斗不过你，你果然有两下。目前矿里也缺少骨干，暂时还没法解决。"

黄玉芳带笑地争论说："同志，不要有本位主义！学生都是矿工子弟，他们是建设事业的接班人，这是有关革命的百年大计，可不能忽视。"

唐黎岘对黄玉芳这种精神很称赞，微笑着说："你的想法很好，你一定会成为一个出色的教育家。"

黄玉芳笑着说："得啦，唐矿长别讽刺人啦！我还只是个小学生，今后还要请你多多帮助呢！"

他们一边走一边说话，黄玉芳向他讲了学校的情况，讲了自己的工作，征求他的意见，她信任他，也尊敬他；唐黎岘对她谈的意见，她都记在心里。两人谈了一路，到宿舍附近才各自回家。

黄玉芳推开房门，见丈夫站在窗边沉思，没有打搅他，退出来轻轻把门带上，走进另一间屋子；邵仁展没有注意妻子，此刻他正在苦恼着。

昨晚开了党支部委员会，大家耐心地对邵仁展进行了帮助。今天他整天都在思索。到孤鹰岭矿已经好几个月了，自己热爱这座矿山，热爱这工作岗位，到这里就满怀热情地投入了工作；可是回想一下这几个月的经历，发现自己跟修建工程是游离的，脚步跟修建队伍的步伐那么不合拍。修复工程是在不正常的情况下进行的，遇到了很多自己以为没有办法解决的困难，然而矿山党组织却领导广大工人群众把它一个个地战胜了。他印象最深、最感到难堪的是木材事件，眼见工程陷入困境，唐黎岘和焦昆却轻而易举地把它解决了；事情很简单，可是自己就没有想到。破旧的破碎机已被工人修好，磨电车的难题又被热情的群众突破了。现在公司又调拨来一些设备和材料，事情更好办了……他回想起这种种，许多事情都出乎自己的意料，为什么会这样呢？他苦恼地思索着。

现在他终于明白，一开始他就没有跟修建队伍的脚步合上拍，一直用怀疑态度对待修复计划。虽然自己做了不少工作，想依靠管理机构对修复工程进行有力的领导，可是自己没有成为修复工程的真正组织者，至今仍认为唐黎岘和焦昆他们跑得太猛了，可是群众紧紧地跟着他们猛跑，到底抢到了时间。前些日子在公司开会，听各单位负责同志的发言，又去参观，发现整个修复工程快得完全出乎自己的预料，确实感到形势逼人。事实胜于雄辩，只有面对现实。

夕阳的余晖散尽了，光线暗了。邵仁展仍然没离开窗边，他好像在凝视着窗外的景物，实际却什么也没注意，只是苦思着。忽然他听见门口有人说话，转身望去，原来是唐黎岘来了。

唐黎岘一边打量着他一边说："你那样专心地望什么呀？"

"没有什么可望的。"邵仁展指指椅子说，"请坐！"

唐黎岘也到窗边往外望了一眼，前边是一片房子，只从一条空隙可望见镇里一段街道，那里人群川流不息。他坐下来，注意到墙上的画。上次来时主人因搬家，还没来得及挂出来，唐黎岘感兴趣地瞧着说："你喜欢画？"

"喜欢。"邵仁展说，"你喜欢什么？"

唐黎岘说："我喜欢地图。现在已经弄到了世界地图、全国地图、矿山的地形图；可惜省的地图没弄到，弄到一张伪满帝国的地图，只能作个参考。"

邵仁展想起了在唐黎岘的办公室里，墙上的确挂着好几张地图。

唐黎岘愉快地告诉他说："我今天又到五号大井和破碎场去看过，设备正在安装，工人正在运石头充填，现在可以说，开工生产的困难已经突破了。"

邵仁展瞥了他一眼，慢吞吞地说："我对党和政府的力量估计不足，对群众的力量估计不足。"说完便沉重地坐在床边，背靠着墙。

唐黎岘明白他这几句话是经过冷静的思考的，虽然还浅，但值得欢迎。在昨晚的党支部委员会上，他的态度还不错，对错误却认识不足；这时唐黎岘觉得作为一个支部书记，自己应该跟他进一步谈谈。他说："认识来自实践，经过实践才能看清问题，我们也只有从实践中去总结和提高。看来现在你对自己错在什么地方已经开始有了些认识，但是不是可以进一步想想，你为什么对这些估计不足呢？"

邵仁展晃了一下头说："我还没有想。"

唐黎岘亲切地说："要想想，那才是最主要的。"看邵仁展没吱声，他又说，"我想，你所以估计不足，是对当前的形势，对党在目前形势下一系列的方针政策学习不够，理解不够，因此思想跟不上。解放了，社会跟过去有了天翻地覆的变化，群众的精神面貌跟过去大不相同。在新形势下，旧的办法不相适应了，要求革命，要求采用一套新的办法，实践证明，只有发扬我党我军的那套好传统好作风，才能突破重重困难，施工才能加快速度，如果用严浩那套资产阶级方法来办，肯定说，到现在还是纸上谈兵。"

邵仁展觉得唐黎岘说得太重了，赶紧接过来说："我的主张跟严浩的可不一样！"

唐黎岘热情地注视着他说："你受了严浩的影响，确切地说，你还没有跳出资本主义办企业那一套！"他看邵仁展皱着眉头盯着自己，又说，"老邵哇，这是可以理解的，过去你所学的和实际做的都是资本主义那一套，想一下子完全摆脱它也不现实，但形势逼人，不大步往前赶不行啊！"

邵仁展的脸色红一阵白一阵，看来他好像对唐黎岘的话接受不了，但唐黎岘的亲切的眼光使他压抑着冲动，没有反驳。

唐黎岘继续说："我想，你会理解我为什么要向你说这些，老邵，是什么原因使你不能完全摆脱过去的一套，你想过了吗？"他等了一下，看邵仁展不吱声，说，"还是我刚才说了的，你还缺少学习，你忽视了学习马列主义毛泽东思想，如果不能用马列主义观点去观察事物，怎么会摆脱旧社会的影响呢！"

邵仁展的脸色缓和下来，说："我是学得不够！"

唐黎岘仍还亲切而又严肃地说："你是个副矿长，光懂工业技术还不够，必须努力提高政治水平；政治水平高了，就会有正确的思想方法，认识就会准确，也就能更好地发挥革命精神和发扬党的好传统好作风，不然的话，就会把工作引到歧路上去！"

二人一直谈到十点来钟，送走了唐黎岘后，黄玉芳向丈夫说："你们两个的谈话我全听到了。唐黎岘那么诚恳，那么耐心，说的话又那么有道理，你可不能辜负组织上的关心哪！"

邵仁展从她的神色和眼光里，看出她在为自己焦急，同时对自己又满怀期望，他感到一阵难过，激动地说："我要想想，我一定好好想想！"

三十七

矿山不久就要开工生产了，到处充满着喜气洋洋的气氛。对曹顺林来说更是喜上加喜，他要结婚了。

结婚是在星期天，老曹早早地就起来忙活。矿里把修复好的红砖房给了他一间，又给三天假，让他筹备婚事。他自己有些积蓄，加上工会和工友们的帮助，置办了一套锅碗瓢盆，做了新被褥和一套新衣服。他成年累月地住工房，从没有操持过家务，现在干起来笨手笨脚的，忙活一阵就累得满头是汗。

娟子妈和苏大嫂等五六个妇女接受工会的委托，来给他帮忙，娟子妈一进门就用惊奇的眼光打量着曹顺林，见他穿着一套新衣服，理了发，剃光了胡子，精神奕奕，满面红光，便笑着说："哎呀呀！曹大哥，你这一打扮，起码要比原先年轻十多岁！"

苏大嫂也笑着说："是呀，当了新郎官，返老还童了！"另一个妇女接着说："人逢喜事精神爽，曹大哥今天小登科，过年就要抱大胖小子了。"妇女们你一言我一语，嘻嘻哈哈地跟他开玩笑。

曹顺林不好意思了，脸色绯红。在这些妇女面前，他不知所措，只是嘿嘿笑着。妇女们看他这样子，更放肆地闹起来，拿这位新郎官开心。曹顺林知道，在她们面前还是装老实点好，不然难免要吃亏，为了避开妇女们的耍笑，他忙着要去干活。

娟子妈按他一把说："你笨手笨脚的瞎忙啥，静等着当新郎官去吧！"她系上了围裙向几个妇女说："咱们动手干吧！"

她们动手干了一会儿，古尚清、苏福昌等人也陆续来了，又过了不久，林秋妹和古月娟伴着新娘子来了。新娘子看来有三十七八岁，身材瘦削，容貌端正；她的脸部表情和衣着都给人以质朴的印象。这时她有些羞涩地不敢正视人。她是个寡妇，丈夫是个贫农，因为在家过不下去，由河南来到东北，到矿山不到三年就病死了；后来改嫁的丈夫又不幸被砸死在坑道里，她领着一个女儿落到姨父家。曹顺林是她的老乡，在她困难的时候曾帮助过她，她对曹顺林很感激，他俩早就都有意这件事，因为几年来矿山停工，老曹自己的生活都没有着落，就放下了，这次经过古尚清两口子的促进，才定下了这件喜事。

婚礼举行后，爱闹的人围着新娘子和新郎官闹腾开了。古月娟和林秋妹来到了街上，街上收拾得非常整洁，商店的橱窗布置得焕然一新，两边墙上贴着许多画。有一幅油画画着一群矿工，拎着矿灯，扛着凿岩机，雄赳赳地迈着阔步，还有个女工，在柳条帽下露着两条小辫，眉清目秀，英气勃勃，手里拿一把小榔头，神气十足地跟男矿工们并肩前进。

她俩站下来欣赏，画上那女工的神气使她们感到扬眉吐气，觉得她就是代表她们，她们就是这样同男工们并肩前进。古月娟十分肯定地说："我看，那就是画的咱们，咱们没落在男工的后边，跟他们站在一起，不是一样神气嘛！"她站在画的前边，迈开步子，昂着头，学着画上那女工的模样，很神气地望着前方。

林秋妹被她逗笑了，拍她一掌说："你这个丫头真逗人，装得倒挺像，是不是英雄，还要看实际哟！"

"实际也不含糊！"古月娟说，"现在我刚当工人不久，还没有本领，将来有一天我会走在男工的前头！"

林秋妹看来了一群人，拉了古月娟一把向前走去。她不像古月娟那样想啥说啥，但比古月娟更要强，而且在实际行动中暗暗加劲。她努力学习文化，努力掌握技术知识，思想上积极要求进步，下决心不愧做矿里的第一批女工，那幅油画使她受到很大鼓舞，决心要走在男工的前头。她说："月娟，很快要开工采矿了，那时候又生产又修建，一定很热闹，谁有多大本事，尽管使吧！"

古月娟说："那当然，到明年这时候再看，矿山又会变一个样。那时候新工人一定很多，咱们就不能算新工人了，你成了林师傅，我成了古师傅……"

林秋妹拦住她说："你得了吧，刚学徒就想当师傅，真是……"没等她说完，古月娟就抢过来说："这有什么稀奇，焦主任不是说了吗，现在学徒也要打破过去的老规矩，过去不论学什么手艺都要三年满徒，现在可等不了三年，半年以后就要独立工作，也得带徒弟哩！"

林秋妹说："当师傅可要像个师傅样子，自己干不好，那就会带坏了徒弟。"她这话是随便说的，古月娟却觉得是有意说给她听的，不服气地瞟了她一眼说："秋妹，谁也不要逞能，到时候瞧，看谁是个好师傅！"

林秋妹看古月娟那挑战的眼光，也不肯示弱地说："瞧就瞧吧！你这个……"正说到这里，噗嗒噗嗒的脚步声惊动了她们，她们站下一看，是苏福昌拖着沉重的靴子在后面走来。

古月娟说："二叔，你怎么也走了，不和大家一起闹新房了吗？"

苏福昌冷淡地说："我没有心思。"好像谁惹他生气了似的，脸上冷落落的不理会两个姑娘，噗嗒噗嗒地从她们身边走过去。

古月娟用嘴指指苏福昌，低声向林秋妹说："瞧他，满脸不高兴，这又要到牛家酒馆喝酒去啦！"

林秋妹点点头。

果然，苏福昌走到胡同口，一拐弯就向牛家酒馆走去。古月娟说："你瞧，他去了吧，我妈说有个寡妇本来对他有心思，就是嫌他爱喝酒，好跟那个坏女人翠花胡混。"

林秋妹望着苏福昌，叹了一口气说："苏二叔是个好人，就是爱喝酒，爱上牛家酒馆去，工作不积极，为这个，苏大叔对他费了不少心思。"

走不远，林秋妹回家了，古月娟想去买笔记本，便向市场走去。在上工的这几个月里，她一直是在欢快的心情下度过的，她越来越自信，按她妈妈的说法，扬气了。是呀，她怎么能不扬眉吐气呢？她这一辈子不会像妈妈那样了，上了工，成了建设大军中的一员，在她面前摆着无限广阔的前途。她想到好远好远的年代，但她并不好高骛远，只是一心一意想成为像她爸爸那样的有本领的工匠，成为模范工作者。方才跟林秋妹谈了一阵，劲头更足了，暗自决心跟林秋妹比赛一下，她边走边盘算，想了好多，甚至把将来怎么样带徒弟都想到了。她买完本，出了市场，远远地看见了薛辉，看样子他是要上山，她赶紧追上去，连喊了两声。

听见她叫喊，薛辉站下来等她。

古月娟跑到薛辉跟前，气喘吁吁地问："你到哪里去？"

"我准备上山。"薛辉看古月娟跑得气喘吁吁，用手指点着她说，"你呀，就是没个稳当劲，你慢走几步我也会等着你的。"

古月娟抿嘴笑着，薛辉的话使她喜欢。

"你不是到曹顺林家里去帮忙吗，为啥又跑出来了？"薛辉问她。

古月娟说："完事了。新娘子和新郎官本来要按老一套拜天地的，后来被我爹说服了，恭恭敬敬地对毛主席像行鞠躬礼，两人都腼腼腆腆的，臊得红脸涨耳，真有意思。"说着她情不自禁地嘻嘻笑起来。

薛辉也笑着说："你就爱凑热闹，人家结婚嘛，还能不腼腆。"

两人边谈边向山麓走去。古月娟跟薛辉讲了一阵曹顺林结婚的趣事后，又讲起那幅油画和自己的决心，在薛辉跟前，她的话就是多，薛辉连插嘴的机会都没有。"你有这样决心非常好，好好干吧，我相信你将来会成为一个出色的工人。"等她讲完了，薛辉这样说。

古月娟听了很高兴，抿嘴笑着说："我再加劲也赶不上你！"

薛辉说："我有什么了不起的，并不比你强。"

"你比我强多了！"古月娟敬爱地瞧着薛辉。

薛辉跟她慢慢走着。自从他俩在一起扭了秧歌以后，接触多了，古月娟常到宿舍里去找他，对他逐渐产生了感情；薛辉也喜欢她的爽朗性格和泼辣能干，为她的要求进步感到高兴。

两个人来到两棵大杨树前，古月娟见薛辉红着脸不说话，似乎察觉了他的心思，觉得满心欢喜。他俩默默地面对面站着，彼此心里都透明，可是谁也不说话。良久，薛辉从口袋里掏出一支钢笔，递给她说："听你爸爸说，你在学文化，这支笔给你用吧！"

古月娟接过钢笔，紧紧地握在手里，两眼仍然注视着薛辉，希望他再说些什么。

薛辉看着她那热烈期待的神色，向她说："月娟，你的心思我了解。"

"是呀！"古月娟惊喜地低声说着，猛地抓住了薛辉的手，此刻，她觉得自己非常幸福。薛辉心里也感到很幸福。他，一个放马娃，一个从小就失去母亲的苦孩子，从小就很少受人爱抚，现在月娟这样爱他，多么让他激动啊！

温暖的风吹过来，枝条轻轻摇动，树叶子婆娑低语，雀鸟在枝头喳喳叫着。他俩靠树边坐下，古月娟深情地望着薛辉的脸，像有许多话要说；薛辉也好像有不少话要说，却不知从哪里说起。沉默了一阵，他终于说："月娟，我们不要把眼光局限在个人问题上，不要局限在个人的幸福上，要放宽眼界，看得更多、更远！……咱们要做革命的同伴，共同为人类的彻底解放进行斗争！"他看古月娟出神地望着自己，又进一步解释说，"我不是光指的打仗，参加建设矿山也同样是革命工作，咱们一起为修复矿山贡献力量。我听苏万春说，你要求进步，工作也很好，这都使我很高兴，可不要为个人的事多分散精力，我希望你思想更进步，工作得更出色！"

"嗯，希望你今后要多帮助我。"古月娟诚恳地提出了要求。

交谈了一阵，薛辉看看时间不早了，便站起来说："我还有事，咱们改日再谈吧！这里有个通知，你给焦主任送去好吗？"他从口袋里掏出一份通知交给古月娟。

古月娟接过通知说："咱们俩一块送去吧！"

薛辉说："我还有事，劳驾，请你跑一趟吧！"

古月娟不大愿意地说："劳驾？你懒得跑腿，就抓我的差！"

薛辉笑笑说："我确实有事，我要到唐矿长宿舍去。不遇见你，我也要抓别人的差，还是你替我跑一趟吧，谢谢你！"

古月娟同意了，她把通知揣进口袋，问："焦主任在哪里？"

"可能在孤鹰峰下露天采石场那里，你这就去吧。"薛辉说罢玩笑地行个军礼，就走了。

古月娟向山上走去，虽然凉风阵阵吹来，她也不觉得凉快，现在她的心太热了，黑里透红的脸上挂着汗珠。今天她看什么都感到无限美好。矿山上还有人挑岩石，绞索道在不停地转动，露天采石区凿岩机嘟嘟响，这一切都预示着开工生产的日子已经不远了。如今她感到矿山对她特别亲切，她尤其敬佩唐矿长和焦主任那些领导，是他们带动全体矿工把矿山修复到现在这样的程度。她在矿山过了整整二十年，对矿山的每个山头，每个建筑物都很熟悉，过去她对这些丝毫不感兴趣，甚至认为矿山就是贫穷的根子，很希望离开这个地方，现在她对矿山的一切都理解了，矿山不仅是国家的财富，也是自己幸福的源泉，她爱这座丰富的矿山，爱那个峻峭的孤鹰峰，也爱那些建筑物。自己从此跟矿山联系在一起了，永远也不想离开它，决心要跟薛辉一起，为矿山努力工作一辈子。

她边走边想，越想心里越高兴，不知不觉就来到了老君庙附近，见庙前聚集了一群人，正在纷纷争论，便加快了脚步。来到近前一看，原来老君庙的上盖被扒掉了，庙墙推倒了半边，老君的牌位扔在地上，香炉打得粉碎。围在庙旁有四十来个工人，有的表示赞同推倒老君庙，有些人表示反对，形成两派，争执不下。

她觉得这事挺有意思，站在一边悄悄听着。

一个老头儿在生气地嚷："眼见就要开工生产，工人天天下坑道，为什么在这时候扒老君庙，这是谁干的事，简直是成心跟咱矿工过不去！"

瘦马站在人群里，半天没有说话，这时插言说："老头儿，你别发火，这一定是干部们叫扒的。干部不信神，也不让你信神，你再吵嚷要挨训了！"

老头儿反驳说："不会是干部叫扒的。我听苏万春说过，唐矿长说要扒庙得征求咱工人的意见，大家同意扒就扒，不同意就不扒，现在这事谁也不知道，怎么就扒了呢！"

瘦马冷笑着说："不是唐矿长，也可能是焦主任，他说办就办，哪有工夫问你！"

"胡扯！"老头儿反对说，"焦主任最讲民主，什么事都跟咱工人商量。"

瘦马说："不管是谁扒的，反正我有意见。咱们在坑道里多险哪！过去有李老君镇山，咱心里还安适点，可现在，惊动了鬼神……"

古月娟火了，忍不住上前说："这净是胡扯，哪里有什么鬼神？哪里有什么李老君？谁见过这些玩意儿是什么样啦？这些全是鬼话，日本鬼子在的时候，又修庙又祀典，可是舍不得下力量填空洞，又不肯花钱搞安全设备，坑道里常出事；现在矿里多么关心工人，没有磨电车，用那么些人力去填空洞，你们跑到这里来宣传迷信，不嫌臊得慌？"

古月娟的话引起了在场人的注意，大家都瞧着她。有个不认识她的人打听她是谁，他身旁的小伙子告诉他说："她叫古月娟，是古大炮的姑娘。她像她爸爸一样，也是个炮筒子，敢说敢道，总是爱抢上风头。"古月娟见大家都看着她，并不胆怯，两眼直盯着瘦马。

瘦马嘟嘟囔囔地说："这丫头嘴巴好厉害，像个大干部似的教训人，谁爱听她瞎叭叭！"他后退了两步，避开了古月娟的眼光。

"古月娟，你说得好，就要有这个劲头！"有个工友在鼓励她。

工友们纷纷嘲笑那几个反对扒庙的人说："你们倒是说呀！怎么被小古的一顿机关枪就打熊了？""瘦马，你回去准备些香纸蜡烛，把李老君请到你家，让他专门保佑你！""对，让李老君给你护身！"大家七嘴八舌，嘻嘻哈哈地说笑着走了。

古月娟向山上走去。她爬上山坡，眼前就是采石场，很多人在热火朝天地忙着。她走到近前往人群里望望，看没有焦昆。有些工人发现了她都好奇地看她，还有几个小伙子在低声嘀咕，她有些恼火地暗在心里说："我有什么好看的，还不跟你们一样是工人！"她迎上去，问那几个小伙子："同志，焦主任在哪儿？"

有个小伙子用手一指说："在西边！"她就沿峭壁下向西走去，边走边找，找了半天终于看见焦昆跟一群工人在一起干活，便高兴地喊："焦主任！"

焦昆抬头一看是古月娟，便拎着铁锹走了过来。古月娟把通知交给他说："这是薛辉让我送给你的。"

焦昆接过看看，原来是通知他晚上回矿开会。古月娟看他把通知装在衣袋里时问他说："山下的老君庙扒了，是你让他们扒的吗？"

焦昆根本不知道这回事，听她这样说，立刻引起他的注意，便向古月娟说："走，咱们看看去！"于是一同向山下走去。

438

三十八

晚上，天突然阴了下来，乌云遮住星月，刮起湿漉漉的南风，有降雨的兆头。就在这个晚上，小镇上、职工家属住宅区甚至独身宿舍里也卷起一股阴风，谣言到处传播，说扒了老君庙惊动了鬼神，太上老君大怒，调动了附近的山神妖鬼来兴师问罪，因此天昏地暗，星月无光，又说什么坑道里的红老鼠和白老鼠都在往外跑……迷信的、胆小的和那些爱扯闲事的都成了义务宣传员，还不断地添枝加叶，越传越玄。

矿里对这情况很注意，唐黎岘当晚十点多钟又召集几个主要干部开会，研究了敌情，确定在矿山开工以前，要打击敌人的气焰，要采取一些预防措施，并决定让焦昆集中精力抓一下这工作。散会后，焦昆立刻向有关人员布置了任务，回到宿舍，已经是午夜一点多钟了。

焦昆没有睡，继续研究着敌情。根据王勇志的侦察，牛家酒馆确实是敌人的联络据点，牛乐天和翠花都是特务分子；敌人很狡猾，翠花在老君庙里取回严浩的信后，再也没有去过；她扬言要跟苏福昌结婚，是企图掩盖自己的身份。牛乐天则借给矿山买东西的机会，几次出去跟匪徒联系，王勇志跟他去过几次，发现他跟县城有个伪装掌鞋的特务分子和前岭村的一个开小铺的匪探联系。金大马棒匪徒自从被解放军撵出匪巢后，长时间销声匿迹，牛胡子也没再跟他联系。在新来不久的一批壮工里又发现了可疑分子，根据苏福顺的汇报，对外号叫瘦马的人进行了调查，结果他报的地址是假的，来历不明。老君庙是昨天夜里扒的，究竟是谁扒的还没弄清楚，但可以肯定是敌人干的，敌人还借此散布起谣言，企图制造混乱。综合所有的情况看来，敌人对矿山下了力量，不甘心矿山开工生产，伺机进行破坏。但是敌人还要采取什么行动呢？破坏活动是谁指挥的呢？

屋里空气很沉闷，焦昆推开窗户见天气阴沉，空中乌云密布，山野里雾气腾腾。他想，怪不得敌人利用天气变化造谣生事，在山区阴雨天确实有种神秘色彩。他呼吸着山野里的新鲜空气，思索着。此刻他集中考虑是否要立刻把牛乐天和翠花逮起来；逮起来对敌人无疑是个沉重的打击，留下来则可能扩大一下线索，因为矿山里肯定还隐藏着敌人。他权衡利弊，下不了决心。

在床上熟睡着的薛辉被凉风吹醒了，睁眼一看，见焦昆站在窗边吸烟，感到惊奇地说："你还没睡呀？"

"没睡！"焦昆看把薛辉搅醒了，有些不过意，赶紧把窗户关上。

薛辉没参加晚上的干部会，不知道会上研究的事，但是凭着经验，他也猜到了几分，便坐起来问："扒老君庙的事弄清楚了吗？"

"还没有。"焦昆在床边坐下说。

薛辉说："晚上我到工人宿舍去，听工人议论这件事，苏福昌说他早晨就知道老君庙被扒了。"

焦昆对这情况很注意，思索了一下说："你现在到工人宿舍走一趟，悄悄把苏福昌叫来，我要跟他谈谈。"

不大的工夫，薛辉就把苏福昌领来了。焦昆打量了他一眼，见他睡眼惺忪地打不起精神，知道他是刚醒过酒；待他坐下后便问："老苏，你早晨听说扒了老君庙，那是听谁说的？"

苏福昌愣了一下，瞅了焦昆和薛辉一眼，说："听翠花说的。"

焦昆又问："她是怎么说的？"

苏福昌想了一下说："早晨我准备到曹顺林家里去，在市场遇见了翠花，她向我说：'你知道吗？矿里把老君庙扒了，你们进坑道里像下地狱一样，就是不求神佛保佑，也要讨个吉利，这一来可苦了你们啦！'"

焦昆听这情况，断定庙是牛胡子的一伙扒的，谣言也是从牛家酒馆里造出来的。他思索了一下，又问："她还说过别的吗？"

"没有说别的。"苏福昌看焦昆在夜里把他找来问这事，感到这事很重要，心里有些不安。

焦昆还想跟苏福昌深入地谈谈，忽然门外有人轻轻敲门，他应了一声，门开了，王勇志在门口出现。王勇志看屋里有苏福昌和薛辉，向焦昆使了个眼色。焦昆便向薛辉说："你领苏福昌到隔壁等一下，一会儿我再跟他谈谈。"

他们出去后，王勇志凑近焦昆说："方才我发现有两个人从后门走进牛家酒馆，屋里的灯光亮了一下，马上又熄了，那两个人一定是匪特，我们动手吧！"

焦昆听罢略加思考说："你立刻回去继续监视敌人，不要露面，一切都由我们来办！"

王勇志应了一声，立刻走了。

焦昆派王勇志监视牛家酒馆，已有不少时日了，为的就是要多逮一些敌人；现在敌人自投罗网，哪能错过机会。他立刻分别给夏连长和俞区长挂电话，要他们马上到这里来。挂完电话，他从枕下抽出盒子枪，装满子弹，往腰里一插，拿起杯子喝了一杯水。

夏连长和俞区长很快都来到了。焦昆向他们说："情况又有了新的发展，方才王勇志来报告说有两个匪特进了牛家酒馆，机会不可错过，我的意见马上请示上级，赶紧把敌人逮起来。"见俞立平、夏连长都表示赞同，便说，"老俞，你马上用电话向县公安局请示，我去请示唐矿长。区中队、警卫连要马上集合起来，暗暗把牛家酒馆围住，并且要把住各个要道，防止敌人溜走，先不要惊动敌人，什么时候进行搜捕，听我的命令！"

俞立平和夏连长走后，焦昆立刻去找唐矿长。

经过上级批准，立刻采取了行动。区中队已经把住街道口，警卫连的战士分头跑步奔赴各自岗位，还选出十几名精明强悍的战士，带着冲锋枪和卡宾枪列队在连部前待命。

焦昆从唐矿长那里回来，让薛辉把苏福昌领进来，向他说："老苏，你知道吗，翠花是个特务！"

苏福昌听了非常惊讶，愣了一下，嘟囔着："她是特务？她怎么能是特务呢？"

焦昆说："你不要怀疑，我们全调查清了，她是金大马棒匪帮的联络员，多次给金大马棒送情报。她说什么要嫁给你，你以为是真的吗？她那是为了替自己打掩护。"

苏福昌惊呆了。他知道翠花不是个好女人，可是想不到她是个特务，更想不到她能跟金大马棒有联系；他恨透了金大马棒，翠花跟金大马棒是一伙，也一样可恨。

焦昆以责备的眼光注视着他，说："老苏哇！你太糊涂了！你是个老工人，可是你的表现不像老工人样子，连个好人坏人都不分，糊里糊涂地跟那些不三不四的人在一起混，为这个，你哥哥说了你多少次，你就是不听，还听坏人的挑拨，跟你哥哥闹意见。你哥哥你嫂子不知为你操了多少心，我也替你着急。因为对翠花还在调查中，所以不便先跟你谈。"他看了一下表又说，"现在来不及跟你详谈了！老苏哇，你再也不能这样糊里糊涂过日子了，你应该擦亮眼睛，把好人坏人分清楚，好好跟你哥哥学习，做一个像你哥哥那样的好工人！"

苏福昌看焦昆的亲切眼光，这一席话使他深受感动，心里非常懊悔，脸色红一阵白一阵，望着焦昆说不出话。

焦昆说："现在又有匪特到牛家酒馆去，我们马上要去搜捕，谁也没进过牛家酒馆后院，地形不熟，有些不方便。我想请你跟我们一起去，给我们指点指点，你看好吗？"

"好，我带你们去！"苏福昌马上站起来说。

焦昆和薛辉领苏福昌到警卫连部，带着那十几名战士奔向牛家酒馆，同事先包围的战士会合到一起。天还未明，远近不清楚，焦昆怕部队受损失，决定等一等。

东方发白了，在这黎明的一刻，镇里更加沉静。忽然，翠花把门开开，探出身子往外望望，发现房前有人，大惊失色，忙想把门关上。薛辉一个箭步蹿上前，用盒子枪逼着她大喝："举起手来！"

翠花乖乖地举起双手，脸色苍白，口吃地说："这……这……这是干什么，我……我，一个妇道人家！"

薛辉厉声喊："你说，到你们家的两个匪特在哪儿？"

"没……没……没有人来呀！"翠花嘴说着，立刻浑身瘫软，扑通一声坐在地上。

薛辉追问道："你快说，匪特在哪儿？"

翠花的脸上没有一点血色，目瞪口呆，望着薛辉，说不出话来。

焦昆嚓的一声打开匣枪的机头，挥枪向人们说："搜！"

酒馆的门面很小，后院的房子很大，屋里的东西很多，檩头较长，屋里的光线很暗。战士们把屋子团团围住，由苏福昌指点着，薛辉第一个持枪冲进屋，焦昆和俞立平领三名战士也跟着冲进去。他们搜索了一阵没有人，当他们挪开一个柜橱，突然从地下嗒嗒嗒打出一梭子子弹。

俞立平喊："地窖！"

薛辉晃了两晃，摔倒了。

焦昆忙拉了薛辉一把，里边又打出一梭子子弹，他冲地窖还击了三枪，高声喝道："快滚出来，你们已经被包围，跑不了啦！"

回答的又是几枪。

焦昆又向里边打两枪，里边没有声响，俞立平一砸柜橱，里边又打出几枪。一个战士往洞里扔个手榴弹，在洞口爆炸了，炸坏了柜橱，可是里边还往外打枪。敌人很顽固，死守地窖，人不能上前。正在僵持不下，薛辉苏醒过来，见敌人还往外打枪，他咬着牙，用尽全身的气力，猛扑到地窖口，对准里边嗒嗒嗒扫了一梭子，地窖里的匪特再也没有还枪了。

焦昆扑过去把薛辉拉下来，抱在怀里一看，薛辉的衣服被血染红了，人又昏迷过去了。他大吃一惊，忙向身边的战士说："快到医务所去找大夫，让医生立刻来抢救！"

薛辉躺在焦昆怀里，脸色苍白，嘴唇被自己的牙齿咬破，虽然昏昏沉沉，手里还紧攥着盒子枪。

人们都走过来，肩并肩地站在门前，眼含着泪花，焦急地望着他：一位年纪较大的战士，走到他身边噙着热泪说："唉，薛辉同志呀！眼见全国就要解放，好日子就在眼前了，想不到你在这时候遭了敌人的毒手！"

焦昆抬起头来向大家说："就是全国解放以后，艰苦斗争的生活也绝不会过去，国内外敌人不会睡大觉，他们还要采用各种各样的方法向我们进攻，我们丝毫不能有和平麻痹思想！我们要开始伟大的经济建设，要向大自然斗争，还要向形形色色的敌人做斗争，任务很重。我们要学习薛辉同志的英勇的斗争精神，奋勇向前，打倒一切敌人，战胜一切困难，巩固无产阶级专政，建设好我们的国家！"

俞立平和一位战士把牛胡子的尸体由地窖里拖出来，这个狡猾的匪徒临死还顽固抵抗，终于落到应有的下场。两个战士在地窖里又拖出两具尸体，一个是金大马棒的副官，昨晚他奉金大马棒的命令潜入孤鹰岭镇，想跟魏富海一起指挥匪特进行破坏活动；另一个就是那个壮工瘦马。

焦昆看见瘦马，立刻想起这人在昨天还进过坑道，担心特务在矿山搞破坏活动，转脸向站在身边的一个战士说："你快去告诉唐矿长，特务昨天还去过井下，怕有破坏活动，请他立刻把坑道里的人全撤出来，等仔细检查后再施工！"

医生和两名护士气喘吁吁地来到了，一进屋就紧忙进行抢救。医生给薛辉打了一针强心剂，经检查，发现他左胸中了一枪，左肩的肌肉穿个洞，忙给他进行包扎。

俞立平领几名战士在地窖里搜出五枚定时炸弹，六支手枪，三百发手枪子弹，一箱子手榴弹。

焦昆命令战士把翠花押进来，她一进屋就扑通一声跪在焦昆跟前央求说："饶了我的命吧！我屈呀，金大马棒那天杀的逼我干的，不是我情愿的，老天爷在上，我要是说假话……"

焦昆严峻地斥责道："算了吧！老天爷也救不了你，你要保命，就好好坦白！你坐下说！"

翠花瘫软地坐在地上，脸色灰白灰白的，披头散发，说话也不流利了，口吃地说："我坦白，我……我一定坦白！饶命啊！"

"金大马棒在哪儿？"焦昆厉声问。

翠花吓得差一点趴下，说："他现在在哪儿我不知道。"

"金大马棒到过你家几次？"焦昆又问。

"一次！啊，不对，是两次！"

"什么时间？"

"都在去年冬天！"

"上你家来做什么？"

"我……我不知道！"她结结巴巴地说，"他每次来，都……都要我在……外边放风，我实在不知道他们……他们在屋里讲些什么。"

焦昆又问："屋里除了金大马棒，还有谁？"

"还有我公公！"

焦昆思索了一下，又问："平常到你家跟金大马棒接头的，还有谁？"

翠花一听问这个，更加惊慌，连连摇头说："没有，没有，他只……只跟我公公接头！"

焦昆两眼直盯着她厉声喝道："不对，还有人到你家跟金大马棒接头！"

"没有！没有！"翠花又连连摇头，原来金大马棒对她和牛乐天交代过：一旦被捕，绝对不许暴露矿山的特务组织，不许供出魏富海，如果供出魏富海，绝不留情，早晚要被处死。因此焦昆追问这个，便一口咬定说没有。

焦昆看见了定时炸弹，更担心敌人会破坏坑道，没有时间再审问这个女人，便向身边的战士说："把她带走！"

翠花仍然赖在地上不动，死皮赖脸地说："焦主任，饶了我吧！我一个妇道人家，光给他们放放风，没做什么坏事！"

战士拉了她一把说："别耍死狗啦！妇道人家还当特务！快跟着走吧！"

经医生包扎完后，薛辉仍还处于昏迷状态，他被安放在一块门板上，由两个战士抬着，一群人簇拥着往外走。

翠花走出酒馆前门，看见了苏福昌，冲他嚷："福昌，你可要有良心，我翠花可没亏待你，咱们是多少年的老交情了！我真心真意要嫁给你，看在咱们的情分上，你可要替我讲讲情啊！"

苏福昌经历这一场战斗，对她厌恶透了，呵斥道："毒蛇，快跟着走吧！"

队伍刚来到街上，古月娟由家里飞跑而来，她得到了薛辉受伤的消息，但不知道伤势怎样，这时远远望着担架上的白罩衫，猜到情况严重，更快步跑到近前，拦住担架就要掀开看。当医生向她摆摆手表示不同意时，她急得瞪大眼睛盯着医生嚷："为啥不让我看，我一定要看！"

经焦昆替她讲了情，医生终于同意了。古月娟掀开白罩衫，薛辉苍白的脸色使她吃了一惊，接着喊："薛辉！薛辉！"

薛辉猛听得有人喊他的名字，慢慢醒过来，他听出是古月娟的声音，强打精神睁开了眼睛。众人见薛辉睁开眼睛，都觉得分外高兴。

古月娟的泪珠落在薛辉脸上，她赶紧用手轻轻把它抹掉。

薛辉用微弱的声音安慰她说："月娟，不要害怕，不要替我担心，我会好的，一切都会好的！你要勇敢些，坚强些！"

古月娟点点头说："我一定要跟你学，要像你那样坚强、勇敢！你放心吧！"

薛辉满意地瞥了她一眼，脸上露出一丝微笑。他想跟焦昆说话，焦昆拦住他说："酒馆里的匪徒全被消灭了，你放心好了！现在你需要安静，需要全力跟伤势作斗争！"

薛辉疲乏了，又昏迷过去。焦昆命令把薛辉赶紧送往医院，两个战士重又抬起薛辉，加快了脚步；古月娟跟在薛辉的身边，这突然的变故使她受了很大的震动，她没有再流泪，只是紧紧地跟着向医院走去。

忽然，山上传来一声闷雷似的响声，大家吃了一惊，不约而同地都朝山上望。焦昆知道是矿井出了事，带着部队就向山上跑去了。

三十九

早晨上工的汽笛响过了不久，突然汽笛又响起来，而且拉得长长的。这不平常的汽笛声惊动了全矿区的人。不久前又是枪声，又是爆炸声，现在又汽笛长鸣，人心自然更加惶惶，整个矿区笼罩着动乱紧张的气氛。

坑道里出了事故。矿里的管理干部、在山麓工地上劳动的工人、刚下夜班不久的工人，都成群结队地纷纷往山上跑去。矿工家属们也都走出屋，议论纷纷，不安地向矿山张望，看见黑压压的人群往山上跑，知道矿坑里出事了，不知灾难落在谁的头上，她们沉不住气了，互相吆喝着结伙向矿山跑去，人群里有苏大嫂、娟子妈、曹顺林的新娘子。她们不顾一切地跑着，像潮水似的拥向五号大井，到井口都停住了。

冯文化奉唐黎岘的命令，在这里把住井口，不准人乱进。他叫来十名战士站在井边维持秩序，分批地往下放需要进去的人。

林秋妹正是当班，她心里很紧张，但表现得还很镇静。她把毛巾系在脖子上，挽着衣袖，任凭工人们吵吵嚷嚷，她既不反驳，也不慌张，稳健地开着罐笼，安全地把人一批一批地运下去。

那些有经验的老矿工，不用坐罐笼，噌噌噌地踏着铁梯跑下去。

妇女们拥到井口，秩序就乱了。她们气喘吁吁，神色惊慌，见人便问自己的男人在哪里，有的听说男人在井下就吓得哭起来。

冯文化满头是汗，敞开衣服，扯着嗓子喊："不要吵，不要叫，往边上躲躲，别碍事！"尽管他的声音很高，也压不倒那些妇女的吵嚷声。解放还不到一年，矿山还没有开工，她们心里没有底，哪里能不惊慌，她们拥上前，争先恐后地发问，哭着，嚷着。新娘子听说男人在井下，简直要急疯了，不顾一切地要下井去看。冯文化喊哑了嗓子也不顶用。

正在混乱中，焦昆跑上山来。他一看这情形，马上跳到高处向混乱的人群挥手喊："大家静一静，听我说！"

妇女们不嚷了，工人们安静下来，都在原地站下望着焦昆。

焦昆高声说："坑道里的情况暂时还不清楚，唐矿长、邵矿长他们都到井下去了，我马上就进去，尽快把情况查清，查清后立刻上来告诉你们。现在矿里要集中力量抢救，情况很紧急，需要有秩序地进行。你们这样乱吵乱闹，碍手碍脚会耽误事！要听我的话，退到一边好好等着！"他向妇女群里扫一眼，看见了娟子妈，说："古大嫂，你负责招呼妇女到那片草地上去，大家都去吧！"

娟子妈向妇女们招呼了一下，大家就都随她往边上走去了。

焦昆向站在那里的职工说："我们职工不准再乱吵乱嚷，现在要临时组织起来，由干部领头，每十五个人一组，编好后在一边等候调用！"话音一落，那些管理干部都出来了，各自招呼十五个人，列队在一边等着。快刀斩乱麻，混乱的场面很快就平静下来，组成了有组织的队伍。

冯文化钦佩焦昆，也后悔自己没想到这些。他叹了一口气，擦擦额上的汗，客气地向焦昆打招呼。

焦昆说："老冯，让那些工人们好好等着，有什么用场好调动，我下坑道去了。"说完便向井口走去。

林秋妹看见焦昆，问："焦大哥，镇里为什么枪响？"

"方才我们去抓特务，特务顽抗，打起来了。"焦昆回答说。

林秋妹惊讶地问："镇里有特务？抓住了吗？"

焦昆告诉她："牛家酒馆是匪特的联络据点，牛乐天和翠花都是特务，打死了三个，把翠花抓起来了。这一仗打得很激烈，薛辉受了重伤！"

林秋妹吃了一惊，忙问："薛辉的伤很重吗？要不要紧？"

"很危险哪！"焦昆登上了罐笼说，"现在已经抬到医院去了，正在抢救。"

"古月娟知道了吗？"

"她知道啦！"

林秋妹的心情很沉重，生气勃勃的薛辉受了重伤，若是有个好歹，这对古月娟的打击多么大呀！她吁了一口气，开起罐笼，罐笼轰轰隆隆地降下去，她来不及向焦昆打听详细情况。

焦昆下了罐笼就往里边走，见坑道里的一切工作都停止了，矿石车都停在巷道的铁道上，灯光明亮，人群在紧张地走动。里边究竟发生了什么事，问了两个工人，回答也不清楚，这使他更焦急，来到井下办公室前，看见邵副矿长全身泥土，神色阴沉，正在打电话要工具。他想打听一下坑道里的情况，邵副矿长见他走来，停下电话向他说："坑道被崩塌了，苏福顺他们堵在里边！"

焦昆吃了一惊，忙问："塌得多大？堵了多少人？"

邵仁展向他看了一眼，表示要告诉他，可是电话不能撂，继续高声跟对方说话。焦昆看他腾不出时间，只好向里边走去，古尚清怀里抱着一些电线由里边跑出来，见到他就说："焦主任，苏福顺他们堵在里边了！"

"除了苏福顺还有谁？"焦昆问。

"有张学政、曹顺林，还有谁我说不清楚！"古尚清说罢就匆匆走了。焦昆继续向里边走去，这回他不再打听了，直奔现场，越往里边走，聚集在巷道里的工人越多，大家看他急匆匆地走来，纷纷闪开，给他让出一条路。

前边坑道走不通了，支架的木头断了，乱石和泥土塌下来堵得严严的，究竟堵塞多深，没法估计。唐矿长拿着一根撬棍，亲自指挥工人挖乱石。工人在进行突击，个个汗流满面，铁器撞击岩石叮当乱响；巷道太窄，人多施展不开，许多人有劲也使不上。

焦昆走上前，喊了声："唐矿长！"

唐黎岘看见焦昆，退了几步向他问："抓没抓到敌人？"

"击毙了三个匪特，抓起来一个！"焦昆顾不得多介绍那些情况，便问起这里的情形。

唐黎岘告诉他说，接到焦昆派人送来的紧急报告后，他马上就下命令让工人撤出来，别人都出来了，只剩下苏福顺、曹顺林、郎金魁和张学政在里边。这地方原先就不安全，岩石有裂缝，支架不够牢靠，特务就在这里放下定时炸弹，一爆炸震得岩石塌落下来，把巷道堵塞了。他找些老工人研究，估计伤害不着人，人堵在里边，若是能及时扒通，人还有救，他神情严肃地说："为了四位阶级弟兄的生命，我们要动员矿山的所有力量进行抢救，无论如何也要把他们抢救出来！"

"对！我们一定要把他们抢救出来！"焦昆赞同地说。这种情况在旧社会里经常发生，有时成百人被堵塞在坑道里，那时日本人对此毫不在乎，不管工人如何焦急，家属如何哭喊，也不采取紧急的抢救措施，等慢慢腾腾扒开后，工人都死在里边了。现在要以全力进行抢救，可是能否把人救出来，他心里没有数，看见林大柱在那里，忙拉住问："你看能救出来吗？"

林大柱满脸是汗，急促地喘息着，话语不连贯地说："能……就怕时间长！塌方……很严重……把老苏他们……堵在里边！主要是空气……不能超过三个钟头，过了这个时间，他们……就会憋死！要快干！快干！"说着，他又忙着去挖岩石。

是呀！里边的空气充足能熬时间长一些，如果不充足两三个小时就把人憋死了。焦昆知道这里边原先通风不好，空气很不足，现在里边的人究竟怎么样还不知道，他很焦急，也很沉重。

一个新工人忍不住地冲里边喊："苏师傅！"

巷道里没有回响。

新工人又喊："曹师傅！"

同样没有任何反应。

新工人的呼喊，更增加了紧张气氛，对苏福顺他们是否还活着，大家都很担心。

焦昆制止那位新工人说："不要喊了，快去挖石头，无论如何要把他们抢救出来！"

焦昆又把工人重新组织一下，分批分班，轮换着干，抢救工作在加紧进行……

被堵在里边的人还活着。

苏福顺、曹顺林、郎金魁和张学政等人为了给开工生产做准备，在坑道最深处的掌子面上劳动。正干着，突然轰的一声巨响，震动得整个洞壁摇动，电灯一下子全熄灭了，立刻一片漆黑，瞪大眼睛什么也看不见，就是在对面，也看不见对方的脸。

郎金魁惊讶地喊："这是怎么搞的？"

刹那间，曹顺林明白是出了事，惊慌地说："冒顶啦！咱们可能堵在这里边了！"

苏福顺、张学政马上都明白了是发生了坑塌事故，料到是被堵住了，可是弄不清是怎么出了这次事故。

黑暗中，四个人都站立不动，坑道里静得很，只听见滴滴答答的滴水声。

静默了一会儿，郎金魁沉不住气了，不安地说："这可怎么办！这可怎么办哪！"

苏福顺说："小郎，不要着慌！现在还不知道是怎么一回事，咱们得先摸摸情况！”他说着从内衣口袋里掏出火柴盒，拿出火柴点起了矿灯。

这一下提醒了大家，都点起了矿灯。

矿灯一亮，大家的心情都开朗些。张学政、曹顺林、郎金魁不约而同地都望着苏福顺，因为苏福顺年龄大，经验多，三个人都信赖他。

苏福顺不声不响，古铜色脸上的表情非常沉静，他举灯望望洞子，又扫视了三个人一眼，思索了一下说：“都把工具拿着，跟我往外走！”

苏福顺领头，三人随着他一起往外走，走了不长时间就被堵住了。苏福顺举灯照看，见眼前堆积着岩石泥土，从塌方的岩石来看，情况很严重，这使他暗吃一惊。

曹顺林也看出情况严重，不安地向苏福顺说：“不妙哇！”

苏福顺没有说话，举灯继续观察，他清楚情况很不好，在这里停三个小时以上就不行了；他也明白自己的处境，知道三个人都看着他，因此丝毫不能露出不安的神色，他就像平常那样观察岩壁。

曹顺林等三个人都站在他的身边，苏福顺的镇静使他们感到有了主心骨，也都安定了；现在都等着他说话，等着他想办法。

苏福顺观察了一阵，转向他们说：“咱们往外挖，要挖出去！”

这句话提醒了曹顺林，是呀，过去有人遇到这种情况时就是自己挖出去的。他感到有了一线生机，赞同地说：“对，我们要挖出去！”

张学政也马上赞同，对自己在这种情况下拿不出办法感到惭愧，马上拿起工具去挖；郎金魁也马上挖起来。他们巴不得一下就挖出个窟窿来。

挖着，挖着，也不知挖了多长时间，四个人累得汗流浃背，手酸腿软，加上洞内空气渐渐稀薄，呼吸不畅，再也挖不动了，可是前面仍然堆着石头和土。

空气逐渐稀少了，矿灯的火苗渐渐缩小。苏福顺举着它，望着它，张学政等三个人也都望着它。忽然，他的手颤动一下，火苗跳动了一下，熄灭了；其余三个人的灯也在这时熄灭了，洞子里又陷入一片黑暗，四个人都愣住了。

郎金魁软瘫瘫地依偎石壁坐着，睁大眼睛望着黑洞洞的坑道，他感到恐怖和绝望，带着哭声说："完啦，这一回可完啦！"

曹顺林听郎金魁这样说，心里也很焦急。在旧社会里，见过多少塌方埋人的事，自己都算逃过来了，想不到今天轮到自己头上。他觉得很可惜，解放了，工人翻了身，生活越来越好了，自己打了半辈子光棍，刚成了家。共产党对待工人这样好，自己出的力气太少了，眼见就要开工，多么需要人手哇。如果真的出不去，就报答不了共产党的恩情了！

张学政默默地坐在曹顺林的身边，还在思索办法。他觉得自己是工程师，在这个时候应该拿出办法才对，可是他想不出点子，暗自焦急。

苏福顺明白处境更加危险了，空气越来越稀少，时间再一拖长就了不得了。他觉得自己对三个人负有责任，应该很好地保护他们，要把他们带出去。面对着黑洞洞的坑道他苦苦地思索着。他由坑道里想到坑外，想起了唐黎岘，又想到了焦昆，相信他们此刻一定很焦急，一定在设法抢救他们。他也忽然想起了唐矿长的话："一个共产党员在任何困难紧急的情况下，都要站得稳，挺得住，要成为群众的表率，带动群众战胜困难！"想到这里他感到增加了力量，暗想这里就只自己是共产党员，在这样的情况下，应该安慰、鼓舞他们，不能让他们感到悲观绝望；于是便对他们说："你们不用着急，也不要害怕，虽然情况是很不好，但党对我们工人就像父母那样关心，唐矿长、焦主任他们和外边的人一定正在想办法抢救我们！"

郎金魁说："我知道他们在救我们，可是怕来不及呀！我的胸口现在就闷得慌！"

"那是你急的！"苏福顺凑过去，让郎金魁枕在自己的膝上，说，"你要相信大叔的话，外面的人会把我们救出去的，现在我们要自己保护自己，不要着急，不要动，空气越来越少了，不能消耗体力。老曹，张工程师，你们都要安静地躺着，好多熬一些时间。"

三个人对苏福顺一向尊敬，这时听他说得从容镇定，也都受到了安慰，镇定地躺着。苏福顺摸索着紧紧握住曹顺林的手，又用力握握张学政的手，二人对他这亲热的行动都深受感动。

苏福顺说："事情很明显，这是特务炸坏的，特务想堵死咱们，咱们要挺得住，要坚持，一定要活着出去！"

张学政想到这是对自己的严峻考验，暗自鼓励自己要向焦昆和苏福顺学习，要鼓起勇气，一定要经受住考验。他接过苏福顺的话说："对，咱们坚持就是跟敌人作斗争！"

四个人挨在一起，静悄悄地偎依石壁躺着，他们越来越感到气闷、口渴，郎金魁因为精神过于紧张，已经昏昏沉沉；曹顺林和张学政也都支持不住了。苏福顺想起了人民救星毛主席，想起自己站在毛主席像前入党宣誓那天，毛主席亲切、慈祥地望着他，眼前也仍然那样瞧着他，鼓励他……他暗暗鼓励自己：要挺住！他用沙哑的声音鼓励三个人说："要坚持！要挺住！"

张学政和曹顺林低声地重复说："要坚持！"昏昏沉沉的郎金魁也听到了苏福顺的话，暗在心里说："要坚持！"

抢救工作正在大力进行。

整个矿区的力量都动员起来了。矿山领导干部全在场，区政府的干部也来了，工人、医务人员、战士都等在指定地点，听候调用；严浩也自动跑来，同唐黎岘、邵仁展和焦昆分工指挥抢救工作。参加挖岩石的人干得很猛，可是塌方太大，总是挖不透。

众人估计里边的空气难以维持了，都焦急得不得了。林大柱这个不爱说话的人，等另一批人把他换下来时，也急得向那批人喊："快挖！快挖！里边等不得啦！"

唐黎岘正在现场指挥，忽然焦昆不见了，喊了两声也没有找到他。他感到纳闷：正在忙的时候，老焦上哪儿去了呢？刚才他听到林大柱那样喊，心里万分着急，跟邵仁展交换了一下眼光，继续指挥人们加紧挖。

这时，忽然传来了焦昆的喊声："闪开！闪开！"接着，站在巷道里的工人也都纷纷喊："闪开！闪开！"

唐黎岘往外望去，见焦昆把来矿山工作的工程地质人员搬来了，一群钻探工人抬着一台小型钻探机匆匆赶来。唐黎岘非常高兴，忙用两手一挥，吩咐巷道里的人都闪在边上，给让开一条路。邵仁展也大为振奋。这回有办法了，能穿过一根钢管，放进一些空气，里边的人就可以得救了。

汗流满脸的工人们都闪在一旁，那几个钻探工人很快就把钻探机安好。开始往里边打钢管。

唐黎岘、焦昆和邵仁展肩挨肩地站在钻探工人身边望着，巷道里的所有工人都望着。钻头沿着石缝钻进去，嚓嚓响着，一米、一米五……三米、四米，刚钻进五米深，突的一声钻穿了，立刻引起人们的一阵欢呼。

钢管钻透了，可是里边的人究竟怎么样，仍然是个谜。焦昆向负责送风的喊："马上送风！"

风管对着钢管呼呼猛吹，氧气送进坑道了，筋疲力尽的苏福顺被风吹醒了，惊喜地往风口那边爬爬，清凉的风迎面扑来，他立刻明白了一切，激动地喊："风！风来啦！快往这边来！"

只有张学政一个人微弱地应了一声，那两个人却没动静。苏福顺吃了一惊，爬过去先把郎金魁抱往风口下，然后又把曹顺林抱过来。两人处在昏迷状态中，被风一吹，不久都苏醒过来，睁开了眼睛，贪婪地呼吸着清新空气。

苏福顺摇晃着两个人，激动地说："呼吸吧！那是党给咱们送来的空气，是唐矿长他们给咱们送来的空气呀！"他爬上前，望见了一线光亮，喊："你们看，光，光！"

三人随老苏一看，果然有一线光亮透进来，大家连忙爬向前去。

苏福顺用手一摸，原来是一根钢管插进来，他把耳朵贴往管子上，隐约地听见外边的喧闹声，便兴奋地说："听啊！外面闹闹吵吵在救咱们呢！"

张学政等三人都凑过去听，果然听到外面的喧闹声，那声音使他们感到分外亲切，激动。

张学政跳起来，挥着双臂用尽力气喊："共产党万岁！毛主席万岁！"郎金魁、曹顺林也随着激动地喊起来。

苏福顺的心情也十分激动，他说："爹亲娘亲也比不上共产党亲，若不是有党的领导，咱们哪能得救哇！来，咱们快敲敲钢管给外面的同志送个信，他们不知怎么样为我们着急呢！"

郎金魁捡起一块石头，当当地敲起来，响声顺钢管传向外边。外边站在钢管边的人听见响声，蹲下来听真切了，高兴地跳起来向大家喊："同志们，里边的人在敲打钢管，给咱们送信来啦！"

这一声像春雷般驱散了阴云，众人的脸上立刻都现出了笑容。唐黎岘亲自蹲下把耳朵贴在钢管上听听，果然从里边传来当当响声，他兴奋地对着管子喊："苏福顺！苏福顺！"

"我在这里，你是唐矿长吗？"

"我是唐黎岘，老苏，你们四个人都好？"

"我们都好！请矿长放心！"

唐黎岘这时才一块石头落了地，忙站起来向大家说："同志们，苏福顺他们四个人都活着，大家继续挖，快一点把他们救出来！"

工人们又拥上前，挥舞着铁锹，继续紧张地干起来……

焦昆派人到井外告诉大家，说里边的人还活着。工人和家属们听到这个喜讯，都兴奋得欢呼起来；虽然一再动员他们回去，却谁也不肯走，都想亲眼看看那几个人。

两个小时以后，唐黎岘、邵仁展、焦昆伴随着四个人一起坐着罐笼上来了。林秋妹最先看见，忙向外边喊："他们上来啦！"

工人们、家属们闻声向井口拥来。苏福顺、郎金魁、曹顺林、张学政一个跟一个地走出来。他们个个脸色苍白，但都笑容满面。人们立刻爆发一阵欢呼声，热烈向他们祝贺，并欢呼抢救的胜利。

苏大嫂和曹顺林的新娘子都跑上前，她们好像忘了是在大众面前，紧紧拉住男人的手，上上下下地仔细打量。

唐黎岘指着人群向苏福顺等人说："你们看，大家都在关心你们。为了抢救你们，矿山几乎全部停止了工作，区政府停止了办公，在矿山的兄弟单位都出了力，调动了所有的力量。这是一场紧张的战斗，我们取得了战斗的胜利！"

苏福顺等人抬头望去，工人、干部和职工家属站满山坡，众人的亲切眼光都集中在他们几个身上，这使他们都感到一股暖流流进心房，眼里都闪动着热泪。

唐黎岘转向大家说："同志们，这场战斗胜利结束了。阴谋被粉碎了，堵在里边的同志全部救出来了，镇上还破获了一个匪特联络点，打死了三个匪特，活捉一名……有些同志到过牛家酒馆喝过酒吧？牛胡子和翠花对你们笑脸相迎，你们却不知道他们都是特务，都是杀人魔王金大马棒的爪牙！"

众人闻听都感到惊讶，纷纷议论起来。

唐黎岘挥手让大家静下后继续说："这事并不奇怪，东北刚解放，残匪还没有彻底肃清，在矿区附近有金大马棒匪徒活动，孤鹰岭镇肯定还有匪特，就是职工队伍里也可能隐藏着阶级敌人。你们认识瘦马吗？他就是特务，定时炸弹就是他放的……同志们，千万不要麻痹大意，每时每刻都要提高警惕！"

所有的人都静悄悄地听唐黎岘讲着，他停了一下又说："大家知道扒老君庙的事吧？这也是敌人干的。他们扒了庙，又造出许多谣言，企图扰乱人心。老君庙是日寇骗人的把戏，本来不该信。他们不顾矿工死活，要工人冒险作业，出了伤亡事故就推到鬼神作怪，借以转移工人的视线……其实哪里有什么李老君，烧香磕头有什么用，今天若不是大家大力抢救，苏福顺他们能得救吗？大家不要再受人愚弄了，应该相信党的话，坚决破除迷信！"最后他还把薛辉在与匪特斗争时受了重伤，现在还处在危险中的消息告诉了大家。

这消息使大家感到惊讶、痛心，满山坡的人都默默地站在那里。唐黎岘同薛辉在一起工作了好几年，他们间已建立起深厚的阶级感情，他沉默了一阵继续说："现在，我们要开始新的战斗！大家要积极行动起来，注意安全，加劲劳动，修复工作更要加快速度进行，坚决保证按原定日期开工生产！"

唐黎岘的话刚一落音，一个医生向大家说："薛辉的伤很重，流血过多，需要给他输许多血，医院里没有存血，请大家发挥阶级友爱的精神，给予帮助！"

听医生这么一说，人们纷纷呼喊着报名，在医生身边很快地就围满了黑压压的人群。

四十

太阳已经靠近西山，飘浮在天空的云彩在逐渐改变颜色，山峰的黑影投入山谷，暮霭从谷底浮起；顶峰的岩石被夕阳照着，闪耀着灿烂的光芒。被两边山岭的阴影遮住了的小镇和山坳里的人家，已升起了缕缕炊烟。日班的工人下班了，他们成群结队地由山上走下来。

林秋妹也跟着人群走下山来，今天她没有回家，准备去看看古月娟。自从听说薛辉受了重伤，她就一直惦记着这事，一方面要安慰安慰朋友，另一方面也为了打听一下薛辉的情况。她现在跟那些工人一样，尽管昨天在搜捕匪特和抢救四位矿工的战斗中取得了辉煌的胜利，仍然感到不够舒畅。因为在保卫矿山中薛辉受了重伤，而且还很危险。但此刻她的心情是宁静的，风暴已经过去，明天矿山就要开工生产了。

路过山沟小溪，她蹲下来洗脸。溪水清清，几条小鱼顶着流水往上游，她扔过去一块小石头，小鱼惊慌地钻进石缝里。她洗完了脸，感到很清爽，重新戴上蓝制帽，把围在脖子上的围巾塞进衣袋里，站起来往前走，走不远就看见古月娟由大车道那边垂着头慢慢走来，她高兴地招呼了一声，便疾步跑到古月娟跟前，同情地打量着她。古月娟两眼红肿，脸色苍白，看样子非常疲倦。秋妹紧紧地握住她滚热的手说："月娟，你病了吧！"

古月娟摇摇头，用手扶着林秋妹的膀子说："我刚给薛辉输血去了，有点乏。"

林秋妹关切地说："我听说你昨天已经输了，今个怎么又输哇！你要注意自己的身子呀！"

古月娟说："看见那么多人出于阶级友爱给薛辉输血，我真是感动，若是能救活薛辉，我情愿把身上的血都抽给他！"

她的血型正好跟薛辉的相同，她觉得自己对抢救薛辉不能尽别的力量，唯一的就是给薛辉输血，哪能不多输一些呢？

林秋妹问："你看见薛辉了吗？他现在怎么样？"

古月娟摇摇头说："从他入院我就没有再看见他。大夫和护士的心都像是铁打的，我那么跟他们央求，都不让看一眼！"她和秋妹一边走一边谈，现在她不再害羞了，大方地向女友说出心底的话："秋妹，你是最了解我们俩内心的人，薛辉是个多么好的人，又勇敢又能干，又关心人，昨天他伤得那么重，还帮助我，鼓励我，我多么需要他的帮助哇！……若是他有个三长两短，那……"她激动地拉住秋妹的手，不说了。

林秋妹看她这样激动，自己也很激动，体贴地说："月娟，你不要胡思乱想，薛辉会好的。你是个刚强的人，要经受住任何风波！矿山马上就要开工生产了，大家都摩拳擦掌地准备大干一场，你要好好注意身体，咱们也要好好干它一场，决不能落后。"

"你放心吧！不管出了什么事，我决不泄气，不辜负大家对我的希望，我要像薛辉那样去做！"古月娟刚强地说。

两人来到道口，古月娟要赶着回家，先走了；林秋妹独自向街里走去。

黄昏时分，街上的人比白日多。大部分工人都下班回家，居民都出来纳凉，不少人家把饭桌搬在门前，一边吃饭一边听拴在电线杆上的播音喇叭放送节目，有些人聚在一起畅谈前线的胜利消息，谈论明日开工生产的盛会；一群工人在街上扎松树彩楼，在矿山子弟小学里，黄玉芳领着一群学生在排练节目，到处都是喜气洋洋的。

林秋妹来到街上，看见焦昆由区政府出来，她迎上去说："焦主任，明天开工生产，我要求让我从矿井里运出第一批矿石！"

"好。"焦昆立刻答应了她的要求，"你回家好好休息，养足精神，明天好参加第一次的生产战斗！"

林秋妹看焦昆答复得很干脆，心里非常高兴，向焦昆表示了一下决心，就往家走去。

焦昆对林秋妹的积极性很满意，暗想秋妹已经不是六年前的秋妹，她已经成长了。他准备到医院去看看薛辉，刚走不远，忽听得古尚清嚷："焦主任，你看看，我们搭的彩楼合不合格？"

焦昆站下来看看，彩楼扎得很好，鲜绿色的松叶配着红色彩旗，鲜艳夺目，使街上增加了节日气氛。他称赞地说："扎得很好，这样一来就真像个过节的样子了。"

古尚清说："矿山开工是个大喜日子，我们一定要把街上打扮得漂漂亮亮的，明天早晨你再瞧，街上要来个大变样！"说着他又爬上木架去绑松枝。

焦昆离开古尚清那里，就向医院走去，他要看看薛辉和昨天被堵在坑道里的四位同志，走到修配厂附近，他听见里边马达轰鸣，锤声嗵嗵响，就走了进去。

厂内灯光明亮，车工、刨工、铣工忙着加工备件，钳工们在修理备件。明天就要开工生产了，白班的工人下班也不回去，都忙着为生产创造条件。工人们见他进来，高兴地跟他打招呼。他在各机床前转了转，走进锻造间，这里炉火熊熊，苏万春掌钳，拎着小锤叮叮指点，小李照着嗵嗵锤击，大家都兴高采烈地忙着，他凑上前去问："你们打什么？"

"打钎子！"苏万春一边继续掌钳，一边高声跟他说，"打眼放炮需要钢钎，几年没打钎子了，现在又用着了它。"

焦昆说："不仅用着，还会用得很多很多，怕你们今后还会供应不上呢！"

苏万春满怀信心地说："你放心吧，用多少我们就能给多少，保证足用！"

锤声不停地叮当响着，火花四处飞溅。焦昆跟苏万春交谈了几句，就离开修配厂直奔医院。

医院在镇郊，坐落在山脚下。规模很小，只有五位医生和十几名护士，分内外两科，有二十来张病床，医疗设备也很简陋。焦昆走进去，认识他的医生都跟他打招呼，可是当他提出要看看薛辉，医生们都面有难色，把他介绍给一位老医生。老医生是由公司派来的，专门负责治疗薛辉。他向焦昆介绍情况说："薛辉还处在危险期里，情况很不乐观，三天以后才能看出上下。"

如果不是薛辉的伤势严重，医生是不会讲这种话的，焦昆有些担忧地说："薛辉是个非常好的同志，请你们无论如何要设法把他抢救过来。"

老医生说："我们正在做最大的努力！"

焦昆提出要看看薛辉，老医生沉思了一下，仍还没有同意，他只好作罢，便去看苏福顺、张学政、曹顺林和郎金魁他们。

走进一间大病房，他见到曹顺林、郎金魁和张学政都在这里。这三个人经过一天一夜的静养，精神都好多了。曹顺林见他进来就说："焦主任，让我们出去吧！明天就开工了，我们在这里躺不住哇！"紧接着郎金魁也说："是呀，我想去放第一排炮，实在躺不住了。"

"躺不住也要躺，"焦昆笑着说，"恢复好身子就是你们的任务！要放炮不难，从明天起就要天天放了。"

他们是昨天从坑道里救出来后就送来的。一方面为了给他们检查检查，一方面也为的是让他们在这里休养几天。他们的身体都很好，睡了一夜都恢复得差不多了。焦昆很高兴，拍拍郎金魁的肩膀说："你们到这里就得听大夫的，我说话不算，要耐心养几天，把身子养得棒棒的，出去后好迎接新任务。"他奇怪为什么不见苏福顺，便问："老苏呢？"

"不知上哪了，已有好一会儿没见他了。"郎金魁答道。

张学政对焦昆的到来，更是高兴。他穿着白罩衫，脸刮得白白净净的，满脸堆着笑容。焦昆打量着他微笑地说："你这一收拾，年轻多了！"

张学政开心地笑着说："我不喜欢人说我年轻，年轻往往跟幼稚连在一起，'嘴上无毛，办事不牢'，人家就不信任，我倒希望留起胡子，秃了顶。"

焦昆说："你这个愿望现在可办不到，等你真的到了秃顶那天，又会留恋和怀念青年时代了。"

张学政若有所思地说："说实在的，我的确不老练，昨天在坑道里，人忙无智，我有点蒙头。苏福顺是那么沉着老练，那么有办法，没有他在场，简直不可想象！"

焦昆看张学政这样坦率地跟自己交谈，感到很高兴，他友爱地把脸凑向他低声问："昨天你受惊了吧？"

张学政也放低声音说："开头是吃了一惊，后来看苏福顺那样沉着，就不惊慌了。我们相信你们在外边会大力抢救。"稍停了一下，他又说，"昨天的事使我受了一次深刻的教育，使我体验到很多东西。"

焦昆表示理解地点了点头。

两位护士进来查房、送药，所有的病员都到自己的床位，唯有苏福顺不在。护士向曹顺林他们打听，他们说他已经出去一个多小时了。一位护士出去找了一下，也没有找见，她们有些着急。

焦昆对苏福顺的行踪本来已猜到了几分，便笑着向两位护士说："你们不要着急，我负责给你们找回来！"

两位护士听焦昆一说也恍然大悟。从午饭后苏福顺就几次找医生要求出院，医生没有答应，要留下他再观察两三天。她们猜到他是回到了矿井，就说："焦主任，你见到他时请你一定让他回来，不然我们就去找他。"

他们猜测得都没错。苏福顺一小时前就跑回矿井了。焦昆一进矿井就见他在巷道里指点工人操作，于是离老远就喊："老苏，好哇，你溜到这里来了！"

苏福顺等他来到跟前就说："那些大夫真叫人没办法，落到他们手里，就要把你的五脏六腑检查个遍，就好像我有多大病似的。工人哪会那么娇，在小鬼子时期，从里边爬出来还不得照样上工干活。他们只知其一不知其二，不管矿里怎样忙，非要留我住几天不可，说啥也不行。"

"你还满有理呢！"焦昆对苏福顺的心情是满意的，但还是认真地说，"我方才从医院回来，护士正在到处找你，我就估计你一定跑回矿山来了。他们让我劝你回去，若不然她们就要让人进矿井把你逮回去呢！"

苏福顺听说要来找他，心慌了，忙向焦昆说："你得替我向他们说说。明天就要开工了，在这样的时候让我在病房里躺着，没有病也会急出病来！"他又恳求地说，"你去替我给医院打个电话，帮我说说，我对他们简直是没有办法！"

焦昆打了电话回来，苏福顺听说他已经跟大夫说好，同意他不再回医院，但每天必须要按时去检查，才放了心。他拉着焦昆的胳膊说："走，我领你去通盘检查一下！"

他们先检查了通风、排水、供电等设备，然后看了运输情况。轻便铁道已经全铺好，在道上摆着一排矿石车，车身被擦洗得很干净，车轴都上了油，试着推推，车子很轻便。他们来到了掌子面，几个打眼工正在用凿岩机突突打眼，炸药已经运进来，几个爆破工正在现场研究明天如何爆破。

苏福顺领焦昆看完，满意地说："搞得不坏，一切都准备得妥妥当当，别说明天开工，就是现在下令开工，马上就可以开矿！"焦昆看一切都准备就绪，也很满意。他随苏福顺来到最下边一层坑道，看见苏福昌领一伙人在修整小铁道。等他们来到近前，苏福昌用脚踢踢铁道向他们说："这叫什么铁道，锈得厚厚一层皮，还有那些道木，四棱不上线，连铆钉都不够用，若不是现在，我非撂台不可。"

焦昆察看了一下铁道，见苏福昌很会利用这些次料，铺得平平整整，合乎规格，他高兴地说："你们干得很好，像这样的材料能干成这样子，实在是不错。"

苏福昌随随便便地说："干不合格的活，就不如在这里坐着。"他边说边用撬棍去撬小铁轨。

焦昆跟苏福顺交换了一下眼光，会心地微微一笑。苏福昌他们已经干了一天了，到现在还没走。焦昆帮他们整好一根铁道，马上下命令说："你们已经超过了工作时间，马上收工回家休息！"

苏福昌看看前边几根铁道说："我们把这几根干完吧！"

"不行，明天再干！"焦昆又转身向苏福顺说："我也不准你留在坑道里，马上回家！走，我跟你们一起回去！"

焦昆不顾他哥儿俩争讲，一手拉一个就往外走。他们坐罐笼出了大井，见镇里的电灯亮了，街道上增加了路灯，几道松树牌楼亮着一排排红灯，在山上往下望，更显得美丽。他的心情很舒畅，单等明日一声命令，开山炮一响，矿区就会更加有生气了。走到山麓，他向苏福昌说："苏福昌同志，你应该回家啦！"

苏福昌听了站下来，情不自禁地瞅了哥哥一眼，不好意思地脸红了。

苏福顺拉住他的手说："福昌，回家吧！过去的事就算过去了，用不着再提它，从今天以后，重打鼓另开张，回家过新日子，做个新人！矿山明天就要开工生产了，有多少事要我们做，别再为这些事费心思了！走吧，把行李扛回家去。"

苏福昌迟疑不动。昨天逮捕了翠花使他受了很大的震动，觉得自己太糊涂了，太容易受骗了，长时间跟狼混在一起，一点也没有察觉，而且还受她的拉拢和挑拨，跟哥哥闹别扭，他觉得对不起哥哥，也对不起关心他的焦昆，他半天没有说话，眼睛有些湿润了。

焦昆看苏福昌的神色，觉得不必再向他说什么，拉住他的胳膊说："走，我帮你扛行李去！"

他们一起来到苏福昌宿舍，帮他收拾起东西就一同返回家，来到苏家附近，被小虎子发现了，忙向屋里喊："奶奶，爷爷和二爷都回来啦！"

苏大嫂、苏万春、素梅抱着孩子都迎出来。苏福昌有些不好意思，一句话没说就走进屋里。

苏大嫂高兴地向焦昆招呼，又忙着给苏福昌整理行李，素梅也到厨房忙着做饭去了，苏万春也像什么事都没有发生过地和苏福昌随便说着话，看这一家人都已融洽，焦昆就站起来想告辞，苏福顺、苏福昌、苏万春都怎么也不让，苏大嫂也赶来留他，焦昆推却不过，只得留下。这一顿饭，使他和这一家人更增进了友谊。

自从翠花被逮捕后，魏富海就坐卧不安，硬着头皮在矿里待了两天，晚上溜出孤鹰岭镇，快步如飞地奔走了三个多小时，到东山土匪新的住地跟金大马棒见了面。

　　由于昨天县公安局跟矿区一起行动，把潜伏在县城的特务和岭前村的匪探都逮捕了，这就使金大马棒失去了耳目，听魏富海说了一遍孤鹰岭镇发生的情况，他大惊失色，瞪着两眼盯着魏富海，半天没说出话。

　　魏富海看金大马棒盯着自己，先发制人地说："你派那个姓马的是混蛋，事就坏在他的身上，你选派人太不小心，造成了这样的局面！"

　　"你身为副司令，在孤鹰岭镇全权负责，看他不称职，为什么不早采取措施！"金大马棒顶了过去，站起来焦躁地踱步，走了好几个来回，又向魏富海挥挥手说，"互相埋怨没有用处，还是想想以后怎么办吧！"

　　魏富海自然不愿意追查责任，听金大马棒这样说，立即说："是呀，事情已经发生了，没有办法挽回。"他沉默了一会儿问，"孤鹰岭镇到底该怎么办，放弃吗？"

　　金大马棒想了一下说："不行，这是很重要的工业基地，周围是山区，我们地形熟，情况熟，有许多有利条件，绝对不能放弃！"

　　"那么换别人去吧，翠花给他们弄走了，我再待在那里太危险啦！"魏富海丧气地说。

　　金大马棒沉思了一阵说："翠花虽然是个女流，还有些办法，她就是不坚决，但她是怕我的，不会供出你，两天一夜了你还没有出事就是证明。你已经在矿站稳了脚跟，还得继续留在矿山！"

魏富海觉得这看法有道理，但他仍然有些不放心地说："这太冒险了，夜长梦多，谁能保险她！"

"她要敢怎么样我就派人把她干掉！"金大马棒来回在地上踱步，又咬牙切齿地自语，"焦昆哪，焦昆！你好厉害呀！我不除掉你就死不瞑目！"他停下来向魏富海说："辽南山小林稀，解放军追得那么紧，山村穷棒子又跟我们作对，大部队不好活动，经过几次交手，打得我手下只有七十来人了。我正向上面请示，准备暂时解散队伍，让大家分散潜伏起来，等待适当的时机再干。"

"我非常赞成，只要青山在，不怕没柴烧。我们钻进他们内部去，让他们明枪易躲，暗箭难防，得手的时候就干它一下！"魏富海又有了精神。这两个匪特坐下，又策划起新的阴谋来。

四十一

次日，焦昆一早又下矿井检查一遍，一切放心了，他才出来，这时已经八点过了。

晨雾升起，到天空化成朵朵白云，云团飘散，露出瓦蓝瓦蓝的天空，天气晴爽，群山分外清晰。山燕在峰峦的上空嬉戏，鹞鹰展开双翅在高空盘旋。

矿山清晨的宁静，使焦昆不禁想起了军事生活。这种气氛就好像在战场上一样，一切都准备就绪，就等总攻的时刻到来。当开山炮声一响，整个矿山就会沸腾起来。他走了不远，往东走去，东边靠山麓的高岗搭起台子，台上插着十几面红旗，巨幅红布悬挂在台口，红布上的白花花的大字闪着光；台下已聚集了黑压压的人群，人群正在从小镇里、从远处住宅区、从山坳里的零散人家，源源不断地聚来，到会场附近就形成一道洪流，滚滚地涌进会场。红旗招展，台上台下接连一片，场面庄严壮观。

焦昆心情振奋地大踏步向会场走去，见娟子妈、苏大嫂、秋妹娘和老曹的新娘子都在一队妇女里边，便向她们打招呼说："你们都参加开会来啦？"

"来啦！"娟子妈兴高采烈地说，"这样大喜的日子，我们怎么能不来呢？矿山开工，我们跟你们一样高兴！"

"是呀！"苏大嫂说，"你苏大哥回家常说，家属也要跟矿山一条心，开矿山也少不了我们这些人哪！"

娟子妈接过话头说："说的是呢！苏大哥若没有你这个好老伴照顾，他哪能一心一意去开矿，应该给你记一功。"

"对，矿里能修复得这样快，你们这些家属都有一份功劳！"焦昆也接着说。

唐黎岘、邵仁展、严浩都在主席台上，焦昆刚上了主席台，唐黎岘就告诉他说："公司的刘经理原本要来参加咱们的大会，因为昨天接到省里的通知，今天早晨他到省里开会去了。他来电话要我们把这一阶段的工作好好总结一下，公司准备召集各厂矿负责同志到我们这里开个会，要推广咱们的经验。你始终站在施工的最前线，体会得最深，要思考思考，在这次总结中你也是个主力！"

焦昆每天忙于工作，没有系统地想过这些，感到心中无数，摆摆手说："我只能领工人去干，摆弄文字可不行。"说罢瞅瞅邵仁展，邵仁展瞧着台下的人群，也在着急地想着总结的事，他也没有系统想过，究竟要总结什么，怎么个总结法呢？在这次总结中，自己该怎么办呢？……

唐黎岘见焦昆摆手，又见邵仁展忧心忡忡的样子，便加强语调向焦昆说："认真总结一下很有必要，要善于工作，也要善于总结，只有不断总结检查才能提高。我们干了这么长时间，也应该回过头来认识一下。"

焦昆表示同意地点点头。

严浩今天换了一套新装，上身穿着白丝绸衬衣，下身穿着灰色凡立丁裤子，刮净了脸，显得开朗些，但仍习惯地仰着头，坐在一边一声不响。矿山这样快就开工生产，出乎他的意料，面前的沸腾景象也在他心里激起了浪花，面对这样的现实，他不得不暗自承认修复工作取得了成就。

台下的群众越聚越多，空场上、草地里、岩石上到处站满了人，有排列整齐的职工，有穿着新装的职工家属、居民和小学生，还有从附近农村来的农民。工人队伍互相拉歌子，秧歌队、踩高跷的起劲地扭着，锣鼓喧天，一派喜气洋洋的景象。

焦昆站在台上，兴奋地望着台下的人群，认出一个个熟悉的面孔。古尚清、苏万春、苏福昌都在队伍里，古月娟也来了，她两眼注视着台上。焦昆知道苏福顺和林大柱领人在坑道里，要穿凿第一个孔，放第一炮，采出第一车矿石；林秋妹也在岗位上，正准备运出第一批矿石。

唐黎岘向邵仁展说："老邵，是不是开始？"邵仁展看了一下手表说："可以了！"说完就迈步走到台口，两手扶着讲台，庄严地望望台下的人群，清了清嗓子，用洪亮的声音喊："孤鹰岭矿开工典礼大会现在开始！"

号令一下，全场肃静，乐队奏起音乐，鞭炮噼噼啪啪响起。

音乐和鞭炮声一停，黄玉芳带领一队小学生上台献词。二十名小朋友站在台前，用清脆的声音集体朗诵诗篇。

邵仁展退到一边，脑子里仍然是乱糟糟的，根本没听孩子们在朗诵些什么。要总结了，那些一直在争论的问题，现在就能够完全做出结论吗？从这一阶段施工看来，这样干法是可行的，可是长久这样干下去行吗？……他烦恼地想着，尽管凉风阵阵吹来，他仍浑身冒汗，用帽子不停地扇着。

祝词完后，爆发了热烈的欢呼声和掌声，人海沸腾了。工人们跳出来，挥舞起帽子，有几个人把孩子高高举起，小孩也跟着大人一起鼓掌欢呼。

唐黎岘望着沸腾的人群，心情跟群众一样激动。他怎么能不激动呢？今天的胜利不是轻易取得的，去年秋天他带着薛辉来到矿山的时候，矿山的景象荒凉一片，要干部没有干部，要机械没有机械，工人也很少。十个月来，在党的领导下，跟残余的匪特、跟大自然和各种各样的错误思想作了艰苦的斗争，现在终于打开了局面，开工生产了，这确实是个了不起的胜利。这时轮到他讲话了，又是一片热烈的掌声。他走到台前向人群挥挥手，等群众静下来，他开始讲了："同志们，今天矿山开始生产了！这确实是我们的巨大胜利，这个胜利不是那么容易取得的。日本侵略者临走时曾经预言，矿山完蛋了。我们孤鹰岭矿的全体职工在党的领导下，在上级和兄弟单位的帮助下，发扬革命精神，艰苦奋斗，英勇地向国民党匪特、向大自然、向一切困难展开斗争！……请大家回忆一下吧，我们遇到的困难有多少哇！但是它没有吓倒我们，反而一个接一个都被我们战胜了。目前马上就要开工生产，这是给国内外所有的敌人最好的回答，这说明在毛泽东思想指引下的中国人民有志气、有智慧、有力量……"

台下爆发一阵热烈的掌声。

唐黎岘继续说："毛主席教导我们说，'夺取全国胜利，这只是万里长征走完了第一步。……但革命以后的路程更长，工作更伟大，更艰苦。'我们矿山也是如此，今天打响了第一炮，但要把矿山全部恢复起来，再扩大生产规模，还会有不少困难。我们一定要听党的话，戒骄戒躁，同心同德，继续发扬革命精神，向反动派、向大自然、向一切困难进行英勇斗争，用最好的质量、最快的速度恢复起矿山，建设好矿山！同志们，让我们行动起来，胜利前进！"

他的话音一落，焦昆走向台前，举起手臂领人们高呼口号，上万人都高举手臂同声地喊着，洪亮的声音震撼着山岭，发出更为洪亮的回声。

唐黎岘也站在台口跟群众一起呼口号。看着这热烈的场面，他忽然想起安源罢工胜利，工人集会庆祝胜利时的情景。那时候他还很小，跑去看热闹。那天在大草坪上人山人海，工人振臂高呼"工人万岁""工人阶级万万岁"的口号，听着，感到浑身是力量。此刻他和当年有同样的感觉，望着振臂高呼的群众的海洋，他感到浑身是力量；矿山里一支工人阶级的队伍形成了，在党的领导下，它将会成长为无坚不摧的力量，任何困难都能战胜，任何艰难的任务都能完成，开工后的新矿山和它无限美好的远景似乎在他眼前展开。这时他正好听到焦昆挥着手臂喊："热烈响应党的号召，战胜一切困难，迅速修建好矿山！"他也和群众一起振臂高呼。

"中国共产党万岁！"

"毛主席万岁！"

…………

开山炮响了，震天动地的一声，接着连排响起，群山也随着轰鸣。矿山的汽笛响了，火车、汽车的笛声同时响了。洪亮的响声冲破云霄，充满了山谷，激励着人心。它向矿工们，向全矿区的居民，向群山宣布：死去的矿山复活了，荒凉的矿山开始变样了，它将和入关作战的中国人民解放军一样，迎着新的胜利进军！

炮声隆隆，前进的号角已经吹起，矿山在一个新的起点上开始了胜利的进军！

一九六四年底初稿于鞍山
一九六五年五至八月修改于北京